ハヤカワ文庫 SF
〈SF2148〉

タイタン・プロジェクト

A・G・リドル
友廣 純訳

早川書房
8067

DEPARTURE

by

A.G. Riddle

Translated by

Jun Tomohiro

First published 2017 in Japan by

HAYAKAWA PUBLISHING, INC.

This book is published in Japan by

direct arrangement with

RIDDLE INC.

c/o THE GRAYHAWK AGENCY.

夢を諦めない人々へ

タイタン・プロジェクト

登場人物

ハーパー・レイン……………………………作家
ニック(ニコラス)・ストーン…………………ベンチャー投資家
オリヴァー・ノートン・ショー………………億万長者
グレイソン・ショー……………………………オリヴァーの息子
サブリナ・シュレーダー………………………医学研究者
ユル・タン………………………………………コンピュータ科学者
ジリアン…………………………………………三〇五便の客室乗務員
ボブ・ウォード } ……………………………三〇五便の乗客
マイク

I　生存者

1　ハーパー

　あと一時間もすればこの飛行機は地上に降り、私は〝決断〟を迫られることになる。この先一生、悔やみつづけるかもしれない決断を。結果次第では混乱と窮乏が待ち受けているだろう。あるいはバラ色の人生が開けるか。どちらに転ぶか、確率は五分五分というところだ。べつに恐いなどとはこれっぽっちも思わない。いや、それどころか、決断のことなどほとんど忘れかけているぐらいだ。

　作家というのは概してあまり外出しないものだが、この私も例外ではない。稼ぎがあまり多くないという点も同じだ。飛行機はいつもエコノミー・クラスを使うし、十回のうち九回は、こちらが油断しているときに限って不意に咳き込む風邪気味の客やら、あの、

〝きみたいに素敵な女性がなぜいまだに独身なんだい？〟というお決まりの質問を向けてくる既婚の男やらに挟まれることになる。ひょっとして航空会社は私のデータに印でもつけているのではないかと疑いたくなるぐらいだ――〝苦情を言わない客。劣悪な座席を割り当てるべし〟と。

ただ、今回のフライトは話がべつだった。

いまから六時間ほどまえ、私は地表からはるか四万フィートの高みにほんの一瞬だけ存在する、夢の世界に足を踏み入れた。そう、国際線のファースト・クラスに。パラレル・ワールドさながらにひょいと現われては消えるこの楽園には、一風変わった独自のしきたりや作法がある。私はそのすべてをじっくりと観察した。おそらくこの世界を目にする機会など二度と巡ってこないだろうから。何しろ今回の航空券代だって、たぶん、ロンドンにある私の小さなフラットの家賃二カ月ぶんはするはずなのだ。本当は現金のほうがありがたかったが、私はプレゼントとしてこのチケットを贈られたのだった。いや、もっと正確に言うなら、袖の下を握らされたということだろう。ニューヨークで会った際に私に〝決断〟を求めてきた億万長者が、私を手なずけるために与えたチケットだ。

違う、私は悩んでいるわけじゃない。そう、いまはまだ〝決断〟から解放された世界にいるのだから。

ニューヨークからロンドンまでは七時間弱のフライトで到着する。私は十五分おきに座席のモニターを切り替え、飛行機がどこを飛んでいるかを確かめた。このままずっと、燃料が尽きるまで飛びつづけてほしいと念じながら。何なら客室乗務員にこっそりメモを渡そうか。〝四万フィート以下に高度を下げたら爆発するぞ！〟とでも書いて。

「おい、いったい誰をどやしつければお代わりを運んでくるんだ？ それにインターネットはどうなった？」

楽園にもトラブルはある。見たところ、この人口十人の〝ファースト・クラス国〟で不満を抱えている住人はわずか二人だけのようだが。私はその不穏なエリアを〝陰気なぶつくさ通り〟と名づけた。そこに坐る三十代ぐらいの住人たちは、離陸してからずっと酒をあおっては競うように皮肉を口にしているのだ。二人のうちのひとり、いままさに酒を要求している人物を私は知っていた。彼が苛立っている理由も承知している。私にも関わりがあるからだ。グレイソン・ショーというその男を、私は全力で避けていた。

「おい、あんたに言ってるんだ」グレイソンがわめいた。

〝ジリアン〟という名札をつけた、ほっそりとした黒髪の客室乗務員が調理室から顔を覗かせ、弱々しく微笑んでみせた。「申し訳ありませんが、ただいま機長がベルト着用のサインを点灯させております。お飲み物のサービスも――」

「勘弁しろよ、黙ってミニボトルを二本ばかり投げればいいんだ。二メートルちょっとの距離じゃないか」

「気にするな、ジリアン」もうひとりの皮肉屋が口を挟んだ。「どうせミニボトル二本ぐらいじゃこいつの憂さは晴れないさ」

「助言に感謝するよ、2Aの変人さん。あんたの洞察力には恐れ入る」

グレイソンが立ち上がったとたん、乱気流でまた機体が揺れた。前進しようとする彼の手が私のヘッドレストを摑むのを感じた。ありがたいことに、長く伸ばしたブロンドの髪が顔にかかっているせいで私の姿は見えていないようだが。彼は私が坐る最前席のすぐ前、調理室の入口で足を止めた。

「ほらな、どうってことない話じゃないか。あんたは空のホステスだろ、さっさとボトルを寄こせ」

ジリアンの顔から愛想笑いが消えていった。彼女は何かを取ろうとしたが、ちょうど鳴りはじめた機内電話がその手の進路を変えさせた。

グレイソンがこめかみを揉んで横を向いた。そして、私と目が合った。「おまえか。まったく、この便はいよいよ最悪だな」

彼は怒りの矛先《ほこさき》をこちらに向けようとした。が、そのころには例の皮肉好きもやって来て、威圧するかのようにぴったりとグレイソンのそばに立っていた。なかなかハンサムな人物だった。短く刈った黒髪、引き締まった顔、毅然としたまなざし。

グレイソンはしばし彼を見つめ、それから首を傾げた。「おれに何か用か？」

「おまえこそ、おれに用があるんじゃないかと思ってな」

いつもの私はこうした雄同士のぶつかり合いにはまったく興味がない……が、正直に言うと、私は２Ａのこのヒーローに好感を抱いていた。それに、なぜか不思議と親しみのようなものを感じる。

グレイソンが何か言い返そうとしたが、その口からことばが出ることはなかった。背後ですさまじい轟音が鳴り響いたのだ。機体ががくんと落ち、それが止まったと思うと、今度は地震で転がされる小石さながらに跳ねたり揺れたりしはじめた。時間の流れがどこまでも遅くなったかのようだった。二人の男は眼前の床に倒れて転げまわっている。揉み合っているのかもしれないが、それさえわからないほど私自身も揺さぶられていた。

機内が騒然となった。客室乗務員たちが懸命に通路を進み、シートの背で体を支え、できる範囲で物をしまい込み、席に戻ってシートベルトを締めるようにと乗客たちに呼びかけた。機内アナウンスが流れているが、何を言っているのかまるで聞き取れない。

頭上のパネルが開き、目の前に酸素マスクが落ちてきた。丸くて底が平たい、黄色いプラスティックのカップ。透明なビニールの管の先で激しく上下するそれは、手が届きそうで届かないくす玉人形《ピニャータ》を思い起こさせた。

どこへ消えたのかわからないし、知りたくもないが、グレイソンの姿がなかった。もうひとりの皮肉屋は立ち上がって壁に体を預けている。機体の後方を見やってわずかに目を細めると、彼は何かを見積もるように視線を左右に揺らした。

やがて彼が私の隣に腰を下ろし、しっかりとシートベルトを締めた。

「やあ」

「こんにちは」この騒音では聞き取れないだろうが、私もとりあえず口を動かした。

「おれの声が聞こえるかい？」

どういうわけか彼の声ははっきりと耳に入ってきた。アメリカ人の発音で、落ち着き払った口調がこの騒ぎのなかではひときわ印象的だった。外の世界が崩れゆくなか、私たちだけがまるで泡に包まれたように気さくにことばを交わしている。

「ええ」今度は自分の声も聞こえたが、どこか遠くで響いているかのようだった。

「シートベルトをするんだ。体を前に倒してしっかり頭を抱えろ。顔を上げるなよ」

「なぜ？」

「この飛行機は、たぶん墜落する」

2　ニック

おれはまだ生きているが、無傷だとは言えないようだった。

全身に痛みを感じる。ほろ酔い気分はどこかへ吹き飛び、いまは脈打つような痛みが頭を叩いていた。最悪なのは骨盤のあたりだ。内臓を守ろうと、ぶつかる直前にシートベルトを下にずらしたせいだろう。目的は果たせたものの、ただでは済まなかったというわけだ。バックルを外そうとしたところで、おれはふと手を止めた。

やけに静かだ。

ライトはすべて消え、かすかな月の光だけが窓から差し込んでいた。背後でまばらにうめき声が漏れている。ニューヨークのJFK空港を飛び立ったとき、この777型機にはおよそ二百五十名の客が乗っていたはずだ。たとえ生き残ったのがその一部だとしても、機内にはもっと声が溢れているはずではないか。あるいは悲鳴が。これほど静かだというのは、何か不吉なものを感じる。

どうやらおれの意識は明瞭だし、両手も動く。歩くこともできそうだ。おれは無事だったと言えるだろう。が、あの衝突の激しさを考えれば、おれほど幸運でない者は大勢いるに違いなかった。みんなを助けなければ。おれは久しぶりに——思い出せる限りでは、初めて——正気を取り戻し、使命感に駆り立てられていた。そして、自分は生きていると実感していた。

隣の女性はいまだに動く気配がなかった。教えたとおり、深々と体を折って頭を抱えている。

「おい」出てきた声はかすれていた。

彼女は動かなかった。

手を伸ばし、ブロンドの髪を掻き上げてみた。頭がわずかに動き、充血した片目がこちらを見上げたあと、彼女がそろそろと起き上がって小さな顔を振り向けた。もう一方の目もやはり赤くなっていた。こめかみから顎まであざができている。

「大丈夫か？」

彼女は頷いて唾を呑んだ。「ええ、たぶん」

次は何を訊くべきだろう？脳の状態を確認するのか？「きみの名前は？」

「ハーパー。ハーパー・レインよ」

「きみの生年月日は、ハーパー？」

「十二月十一日よ」そう言うと、彼女は出生年には触れずに小さく笑った。

これなら心配ないだろう。見たところ、歳は二十代後半から三十代前半。それに、いままで気づかなかったがイギリス人だ。ロンドンへ帰るところだったのかもしれない。

「じっとしていろ――すぐに戻る」

問題はここからだ。おれはシートベルトを外して立ち上がった。と、とたんにふらついて思いきり壁に肩を打ちつけてしまった。飛行機は三十度ほど機首を下げた状態で停止しており、左側へもわずかに傾いていた。その場にもたれて痛みが退くのを待った。

そして、視線を巡らせ、初めて後方の通路に顔を向けたところで……おれは凍りついた。機体が消えていた。ごっそりと。残っているのはファースト・クラスとビジネス・クラスだけだった。ビジネス・クラスの先には樹木の枝に覆われたギザギザの穴がぽっかりと口を開けている。穴の縁《ふち》ではちぎれた配線が暗い森に火花を飛ばしていた。乗客の大半はエコノミー・クラスに坐っていたのだが、いまやその姿はどこにもなかった——あるのはひっそりと静まり返った森だけだ。消えた機体ははるか遠くに墜ちてしまったのかもしれない。それとも粉々に砕けたか。我々が同じ運命を辿らなかったことが驚きだった。

前の方から規則的な音が聞こえてきた。ファースト・クラスと調理室を仕切る壁を伝い、おぼつかない足取りでそちらに進んだ。ジリアンだ。あの客室乗務員がコックピットのドアを叩いているのだった。

「出てこないんです」おれの姿に気づいて彼女が言った。

彼女はこちらの返事も待たずに壁際に退がり、受話器を摑んで耳に押し当てたが、すぐにそれを脇に放った。「壊れてるわ」

ショックで混乱しているに違いない。いま優先すべきことは何だろう？　おれは、ねじれた金属に飛び散る火花を振り返った。「ジリアン、火災の危険はないのか？」

「火災？」

「そうだ。このエリアに燃料は積まれてないのか？」まっとうな質問だと思うが、ひょっとするとおかしなことを訊いたのかもしれない。

ジリアンは戸惑った表情を浮かべ、おれの背後に視線を向けた。「火災の心配はないはずよ。機長が燃料を捨てたもの。それとも……」

ファースト・クラスに坐る中年の男が顔を上げた。「火災？」

彼の周囲の客も次々に同じことばをささやきだした。

「ここはどこだ？」次の質問として、これも訊いて当然のことだろう。

ジリアンはこちらを見つめるばかりだったが、そこでハーパーが口を開いた。「イングランドの上空だったわ」おれと目が合うと、彼女が付け足した。「私……モニターで現在位置を見ていたの」

初めて多少なりとも希望が湧く情報を得られたが、それについてじっくり考えている余裕はなかった。〝火災〟ということばが、ついに聞かせるべきではない相手の耳まで届いたのだ。

「火事だ！　ここから逃げろ！」誰かが叫んだ。機内に残った人々が一斉に席を立ちはじめた。パニックになった二十人ほどの群衆が狭い空間でもつれ合っている。数人がそこから抜け出して後方の穴に駆け寄ったが、飛び降りられずに戻ってきた。「閉じ込められた！」その台詞が「火事だ！」という叫びに加わって、事態はいっそう悪化した。ビジネス・クラスの白髪の女性がつまずいて床に倒れ込んだ。その女性を踏みつけて、人々が前方へ向かってきた。唖然として突っ立っているジリアンとおれがいる方へ。女性が悲鳴を上げてもいっこうにスピードが緩む気配はない。

彼らは脇目も振らず、まっすぐこちらを目指して突き進んでいた。

3　ニック

押し寄せる人々を目にして我に返ったのだろう。ジリアンが両腕を広げて叫んだが、その声はまるで役に立たなかった。騒ぎに掻き消されておれでもよく聞こえなかったのだ。群衆を前に為す術もなく立ち尽くす彼女を見て、とっさに体が動いた。

前に出てジリアンを自分の背後に押し込み、しっかり足を踏ん張った。声を張り上げると、思ったよりも大きくてはっきりした声が出た。「止まれ！　みんな動くな、ご婦人が倒れてるじゃないか！　いいか、よく聞け、火なんか、どこにも、ない」人々を落ち着かせるため、最後は一語一語区切るように、ゆっくりと冷静な口調で言った。「わかったか？　火災は起きていない。危険はないんだ。どうか落ち着いてくれ」

多少の押し合いは続いたものの、何とかパニックは収まった。全員の目がじっとこちらを見つめている。

「ここはどこなの？」ひとりの女性が叫んだ。

「イングランドだ」

その地名が、まるで内緒話のようにひそひそと人々のあいだに広がっていった。

ジリアンがおれの背後から出てきて、座席のひとつに寄りかかった。ホワイトハウスの会見場に詰めかけた報道陣さながらの迫力だ。堰《せき》を切ったように人々がおれに質問をぶつけてきた。

「もうすぐ救助が来る」思わずそう答えていた。「とにかくいまは冷静になることだ。パニックになれば負傷者が出る。もし誰かに怪我をさせたら、これは立派な刑事犯罪になるってことを忘れるな」そこでひと呼吸置き、だめ押しで付け加えた。「墜落後にトラブルが起きたとなれば、マスコミもこぞって犯人探しを始めるだろう。朝のニュースに自分の顔が出ることを覚悟しなけりゃならない」世間からの蔑《さげす》みの目――人々がもっとも恐れているものだ。この脅しは効いたようだった。徐々に騒ぎ声がやみ、今度は一転、抜け駆けして出口に飛びつく者がいないか探るような視線が交わされるようになった。

「どこか痛む者はその場で安静にしていてくれ。内臓が傷ついている場合、動けばどんどん悪化してしまうからな。救助隊が着いたら状態を確認して、いつ、どういう方法で移動するべきか判断してくれるだろう」何はともあれ、これで少しは安心してくれるはずだ。

「機長はどこにいる？」でっぷりとした中年の男が訊いた。

ありがたいことに（いや、残念と言うべきか）嘘はすらすら出てきた。「救助隊と連絡をとり合っているんだ」

ジリアンが困惑した顔を向けてきた。うれしい情報なのか、嘘なのか、判断がつきかねているといった表情だ。この調子では、今後どこまで彼女の協力をあてにできるかわからない。

「あんたは何者なんだ？」べつの乗客が叫んだ。

「おれたちと同じ、ただの客さ」厄介なことに、あの2Dの飲んだくれも生き残ったようだ。彼がどんよりした目でこちらを見すえていた。「こいつの話なんか真に受けるなよ」

おれは肩をすくめた。「もちろん、おれも客のひとりさ――ほかに誰が乗ってる？　さて、みんな聞いてくれ。歩ける者はちゃんと手順に従って飛行機を降りよう。全員、いったん近くの席に坐って呼ばれるのを待つんだ。この女性が――」そう言ってジリアンを顎で指した。「非常口を開けてくれる。彼女が列を指定するから、呼ばれたら言われたとおりに動くんだ。それから、このなかに医者がいたらすぐに来てほしい」

ジリアンが左前方の非常ドアを開けると、緊急脱出用のスライダーが膨らむ音がした。彼女の隣に立って外を覗いてみた。まわりを囲む木に引っかかってはいるが、それでもスライダーを使えば二メートルほど下の地面に降りられそうだった。機首はまだ地表から数十センチ浮いている。樹木がこの機体の断片を支えている格好だが、いまのところ充分に安定しているように見えた。

「次はどうすれば？」ジリアンが声をひそめて訊いた。

「いちばんうしろの客から降ろしてくれ」そのほうが機体のバランスが崩れにくいだろう。

およそ五分後、人々は列を作ってスライダーを滑り降りており、それとともに状況が明らかになってきた。ファースト・クラスの客はみな無事だったようだが、ビジネス・クラスに坐る大勢が——おそらく、約二十名の客の半数近くが——座席から動かなかった。

黒い髪を肩のあたりで切った、四十代前半ぐらいの女性が、戸口にいるおれの隣で足を止めた。「医師を探しているの？」わずかに訛《なま》りがあった——たぶんドイツ人だろう。

「ああ」

「その……私は医学士の学位をもってるわ。でも、患者を診る医師ではないの」

「なるほど、それじゃあ今日は患者を診てくれ」

「わかったわ」そう答えたが、彼女はまだためらっているようだった。

「ここにいるジリアンから救急箱をもらってくれ。機内に残っている者を診察して優先順位をつけるんだ。まずは重篤な患者、次に子ども、女性、男性の順で手当てしてほしい」

ドクタは何も言わずにすぐさまジリアンと機内に戻っていった。おれは非常口に残り、客たちがぶつからないように降りる間隔を調整した。そして、ついに最後のひとりが地表へと滑り降りていった。あの踏み潰されそうになっていた老婦人だ。彼女の足が地面に着き、やはり老齢の、夫と思われる男性がその手を取って立ち上がらせた。彼がこちらを見上げてそっと頷いたので、おれも頷きを返した。

ファースト・クラスとビジネス・クラスに挟まれた調理室から、ガラスの瓶がぶつかる音と怒声が聞こえてきた。例の2Dが誰かを責め立てているようだ。

そちらへ近づいてみると、ハーパーが2Dと向かい合って立っていた。険しい顔つきをしている。2Dは傾いたテーブルに一ダースほどのミニボトルを並べていた。半分はすでに空っぽで、いまはジンのキャップをひねっている。

いったい彼女に何を言ったのか、あるいは何をしたのか、問い詰めたかったが、もっと差し迫った問題があった――機内に残っている乗客たちだ。その大半が助けを求めているはずだし、手当てが必要な者もいるに違いない。

「飲むのをやめろ」おれは語気を強めて言った。「治療に必要になるかもしれないだろう」もし救助が来るまえに消毒薬が切れてしまったら、たとえ酒でもないよりはましなのだ。

「そのとおりさ。まさにおれの治療に役立ってくれてるよ」

「おれは本気だぞ。いますぐそれを置いて飛行機から降りるんだ」

2Dが芝居がかった動きでコードの繋がった機内電話を手に取った。「みなさん、墜落《クラッシュ》機長ことミニボトルの独裁者に、どうぞ盛大な拍手を」そう言うとひとりで拍手喝采の真似をし、握っていたボトルをひと息に飲み干して口元を拭った。「そうだ、こうしよう」彼はろれつが怪しくなった口調で続けた。「歩み寄りが大切だからな。おれがぜんぶ飲み終えたら、おまえに空き瓶をくれてやるよ」

やつの方へ足を踏み出すと、ハーパーが行く手を遮るようにあいだに立った。と、不意に誰かに肩を掴まれておれは立ち止まった。

あの医師だった。

「終わったわ」彼女が言った。「ちょっと来てもらえるかしら」

その口ぶりに何やら胸騒ぎを覚えたおれは、2Dをひと睨《にら》みし、それから踵《きびす》を返してドクタのあとを追った。ハーパーもいっしょについてきた。

ドクタはある座席まで来て足を止めた。スーツを身に着けた中年の黒人男性が坐っている。壁にもたれかかった体はぴくりとも動かず、顔面には乾いた血がこびりついていた。

「この男性は、頭部に受けた鈍器損傷が原因で亡くなっているわ」ドクタが小声で言った。「前の座席と側面の壁に頭を打ちつけたのよ。シートベルトはちゃんと締めていたけど、ビジネス・クラスの座席はファースト・クラスより前後の間隔が狭いでしょう。力が弱い人とか背の高い人とか、とにかく前の座席に頭部が届いてしまう人は、落下や衝突時に揺さぶられて致命傷を負ってしまったの。犠牲者は彼を含めて三人よ」彼女がまわりのビジネス・クラス席を示した。見たところ七人の乗客がまだ座席に留まっている。「残りの四人は、意識はないけどまだ生きている。と言っても楽観はできないし、ひとりはちょっと動かせない状態ね。あとの三人もひどい怪我を負っているけど、病院へ連れていけば助かりそうよ」

「なるほど。助かったよ、ドクタ」

「サブリナよ」

「ニック・ストーンだ」おれたちは握手を交わし、ジリアンとハーパーも自己紹介をした。

「あなたにこれを見せたのは」サブリナが言った。「程度の差こそあれ、私たちもみんな頭部に外傷を負っているはずだからよ。生存者たちの血圧を正常範囲内に保つこと、それが何より重要ね。自覚症状がなくても頭部に傷を負っていれば、興奮したり体に無理をかけたりすることで脳梗塞や脳出血を起こす恐れがあるのよ」

「そうか、教えてくれて助かったよ」正直なところ、そんな新情報を得てもどう扱えばいいのかわからなかった。というより、いまから何をすればいいのかさえわからない。三人の女性は何かを期待する目でこちらを見つめていた。

最初に思い浮かんだのは機体の主要部分のことだった。ビジネス・クラスがこの有り様なら、もっと座席間隔が狭いエコノミー・クラスはどうなっていることか。裂けて墜落したときの衝撃は何倍もすさまじかっただろう。もし消えたうしろ半分にまだ生存者がいるなら、彼らこそ助けを必要としているはずだ。

「残りの機体を探さないと」

ぽかんとした表情が返ってきた。

おれはジリアンに顔を向けた。「うしろにいた人たちに連絡を取る方法はないか？」

彼女が戸惑い気味に首を振った。「機内電話は通じないし」

電話。「携帯電話は？　後部にいた乗務員の番号は知らないのか？」

「いえ、知ってるわ」ジリアンが携帯電話を取り出して電源を入れた。「圏外だわ」

おれの電話もやはり圏外だった。「アメリカの通信会社だから入らないのか？」

「私はドイツのハイデルベルクに住んでるわ」サブリナが口を開いた。「もしかしたら……いえ、だめね。これも圏外よ」

「私のはイギリスの会社のものよ」そう言うとハーパーも試したが、これも圏外だった。

「仕方がない」おれは言った。「探しにいってみる」

「私も行くわ」ハーパーが申し出た。

ジリアンも志願したが、彼女は救助が来るまで機内の乗客たちに付き添っているべきだという話になった。ハーパーが必要な物資を集めているころ、おれはビジネス・クラスに坐るひとりのアジア人男性——二十代後半ぐらいの若者だ——に目を留めていた。背中を丸めてノートパソコンに向かっており、ディスプレイが暗い機内で煌々《こうこう》と光っている。

「おい」

若者はちらりと顔を上げてこちらを見たが、すぐにまたキーボードを打ちはじめた。

「飛行機を降りたほうがいい」

「なぜだ？」彼はもう視線も上げなかった。

おれはしゃがんで目の高さを合わせ、声を落として言った。「地上にいるほうが安全だ。いまは安定しているが、この機体は木に引っかかっているだけだからな。いつバランスが崩れてもおかしくない。あっという間に転がされて外に落ちるかもしれないぞ」そして、いまも断続的に火花を散らしているねじ切れた隔壁を示した。「それに火災の心配もある。大丈夫だとは言いきれないんだ」

「火災は起きない」彼はキーボードを打つ手を止めようとせず、忙《せわ》しなく視線を動かしつづけていた。「これを片付けなきゃならないんだ」

ここは墜落現場だ。そこから生きて脱出するより大事なことがあるのかと訊きたかったが、そのころにはハーパーがやって来てこちらに水のボトルを差し出していた。おれは、おれの助けを必要としている人々に注意を向けることにした。

「忘れないで」サブリナが念を押した。「あまり無理をすると取り返しのつかないことになるわ。たとえ痛みがなくても、あなたたちも命を落とす危険性があるの」

「了解」

おれたちがその場を離れると、サブリナがアジア人の若者に近づいて何やらささやきかけた。が、出口に着いたころには彼らの会話はほとんど怒鳴り合いになっていた。どう見ても医者と患者という雰囲気ではない。二人は知り合いなのだ。その様子に何か腑に落ちないものを感じたが、いまはそれどころではなかった。

スライダーを降りてみると、そこにいるのは三人だけで、それぞれ頭を抱えて地面にうずくまったり木にもたれたりしていた。しかし、機を降りた人間は少なく見ても二ダースはいたはずだ。みんなどこへ行ったのだろう？ おれは森に目を凝らした。

そのうちに、森の奥でいくつものライトが揺れていることに気がついた。飛行機とは反対の方向へ向かっている——人々が列になって進んでいるのだ。その流れが暗闇に広がっていった。数人だが走っている者もいる。おそらくあのライトはスマートフォンの懐中電灯アプリか何かだろう。

「どこへ向かってるんだ？」誰に訊くともなくおれは呟いた。

「あれが聞こえないの？」スライダーのすぐ脇に坐り込んでいる女性が、膝に顔を埋めたまま言った。

じっと耳を澄ましてみた。そのとき、遠くの方からそれが聞こえた。

悲鳴だ。

人々が助けを求めて叫んでいる。

4　ハーパー

イングランドの鬱蒼《うっそう》とした森は闇に包まれ、目に映る光と言えば頭上の三日月が放つおぼろな明かりと、木立の奥に散らばる電話のライトぐらいだった。走る人々の手元で白い光の粒が前へうしろへ跳ねて揺れ、その瞬《また》きに合わせるように足元の枝がピシリと鋭い音を立てている。

私の両脚は疲れきり、一歩踏み出すたびにお腹や骨盤から全身へと痛みが駆け抜けた。〝脳梗塞〟や〝脳出血〟という単語とともに、ドクタのあの忠告が思い出された――〝あまり無理をすると取り返しのつかないことになる〟。

休まなければ。ニックの足を引っ張ることになるのはわかっているのだが。私は無言で立ち止まり、両膝に手を突いて荒い呼吸を繰り返した。

ニックが隣で急停止し、落ち葉の上でわずかに足を滑らせた。「大丈夫か？」

「ええ」背中を丸めたまま答えた。「ちょっと息が切れただけ。先に行ってちょうだい。追いかけるから」

「ドクタが言ってただろ――」

「わかってる。大丈夫よ」

「目眩《めまい》はないか？」

「ええ、平気よ」上目遣いで彼を見上げた。「私、もし無事に帰れたら、スポーツジムに入り直して毎日通うわ。休まず五キロ走れるようになるまで、お酒も我慢する」

「それもありだな。まあ、おれは無事に帰れたら、何を置いてもまずは浴びるほど飲んでやると思っていたんだが」

「いいわね。私も、ジムへ行くのはそのあとにするわ」

ニックはライトの流れを見つめていた。光がひとところに集まりはじめ、まるでホタルのように何かに群がっているが、そこにあるものはまだ見えなかった。ニックは神経を研ぎ澄ましてそちらの様子をうかがっていた。いったい日頃の彼はどんな仕事をしているのだろう。こういうことが専門なのか。危機管理に関わる職業とか？　対処法を心得ているし、あんなに確信をもって人々に指示を出せるのだから。私にはとても真似できない。私と彼はほかにどんなところが違うのだろう、と思った。少しは似ている部分もあるのだろうか。そして、こんな状況だというのになぜこれほど彼のことが気になるのだろう。

「行きましょう」そう声をかけると、私たちは少しペースを落としてふたたび走りはじめた。二、三分後には木立が途切れ、開けた場所に出た。

まさか、こんな光景が待っているとは思わなかった。

二十人ほどの人々が木立を抜けたところに寄り集まっている。眼前に広がる湖はどこか不自然だ。やけにきれいな円形をしていて、まるで人の手で造られたような印象なのだ。だが、私をぞっとさせたのは湖ではなく、その水面から五メートルほど突き出ている物体だった。巨大な魚がぱっくりと口を開けているかのような、縁がギザギザした黒い穴がある——翼より前方がちぎれてしまった、飛行機の胴体部分だ。こちらと向かい合う格好で客席が並んでいるのが見えたが、最前列に人影はなかった。

おそらく尾翼《びよく》は湖の底に達しているのだろう。だが、穴の開いた胴体部分は何に支えられてああして水上に顔を出しているのか。車輪か、エンジンか、それとも木だろうか？いずれにしろ長くはもたないはずだった。穴の最下部から水面までは五メートルほどの距離があるが、機体は少しずつ、しかし着実に傾きつづけていたのだ。

十一月半ばにしては寒さの厳しい晩だった。吐く息が白い煙になって夜空に上っていく。水は凍えるほどの冷たさだろう。

飛行機の内部で動きがあった。禿げた男性が通路を駆け上がってきて、断崖のような出口の前で足を止めた。彼はシートの背を掴んで下を覗き込んだあと、恐怖に青ざめながらも懸命にジャンプする勇気を振り絞ろうとした。そんな彼のためを思ってのことだろう。背後からがっしりした体格の若者が現われ、いきなり彼に体当たりしていっしょに外へ飛び出した。ねじれた金属に脚が引っかかったのか、若者は体をひねらせたままおかしな体勢で着水したが、先に落ちた男性とはぶつからずに済んだようだった。その動きを追って水面に視線を下げた私は、すでに二つの人影が水しぶきを上げて岸へ向かってきていることに気づいた。岸辺には泳ぎきった者たちの姿もあり、ずぶ濡れのまま身を寄せ合って震えていた。そちらに近づき、寒さで歯の根も合わない口から漏れることばを集めて状況を探ろうとした。

〝うしろから水に突っ込んだ……〟

〝すごい衝撃だった――シートから吹っ飛びそうになった……〟

〝這い出したときに三人ほど押しのけた。みんな死んでいたと思う。断言はできないが、まったく動かなかったからな。ほかにどうすればよかったんだ？〟

あの水はどれだけ冷たいのか、それぱかりが気になった。何分ほど浸かっていたら低体温症で命を落とすのだろう。

ズタズタに裂けた機体の突端に、紺色のスポーツコートを着た男性が現われた。穴の縁にしゃがみ込み、意を決して飛び降りようとしている。と、不意にニックの大声が湖の先まで響き渡った。

「やめろ！　おまえが飛び降りたら、機内に残っている者をみんな殺すことになるぞ」

かなり過激な言い方だが、そのことばは男性の注意を惹いたようだった――もちろん、私を含めた岸にいる全員の注意も。

ニックが水際に近づいて男性に呼びかけた。「聞いてくれ。おれたちが助けにいく。だが、あんたには生き残った人たちを出口まで連れてきてもらう必要がある」

機上の男性——たぶん五十歳前後だろう、少々お腹が出ている——は、困惑した顔で突っ立っていた。「何だって?」

「しっかりしろ。機体が沈みかけているんだ。もし下の貨物室に水が入ってしまったら沈む速度はいまよりもっと速くなる。ほかにも意識のある者がいるなら彼らと協力して動いてくれ。気絶している者をできる限り起こしてまわって、動けない生存者は出口まで運んでくるんだ。そこまでしてくれたら、あとはおれたちが何とかする。わかったか?」

男性がのろのろと頷いたが、気が動転しているのは明らかだった。あれではまともに指示をこなせるはずがない。ニックもそれに気づいたようで、今度は穏やかな口調でゆっくりと話しかけた。

「あんたの名前は?」

「ビル・マーフィーだ」

「よし、ビル、あんたは生きている人をみんな出口に集めて、その場で待つんだ。みんなを集めて待つ。いいか?」ニックはことばが染み込むのを待つように間を置いた。「ビル、機内に意識がある者はいるか?」

「たぶん……いるな」

「何人だ?」

「わからない。五人か、十人か。暗くて見えないんだ」

「わかった。じゃあ、彼らのところへ行って伝えてくれ。協力してみんなを出口に集め、そこで待機するようにと。出口に集めて待つんだぞ」

ビルが背を向けて機内の暗闇に消えていった。私はニックの隣に立った。「どうするつもりなの?」

「考え中だ」ぼそりと答えると、彼は周囲の人々に目を向けた。いまや岸には三十人ほどの人間が集まっていた。飛行機の前方に乗っていた満身創痍の者たちと、泳ぎを終えたばかりのずぶ濡れの生存者たちだ。ニックは彼らの方へ向き直り、声を張り上げた。「心肺蘇生法《CPR》の心得がある者はいるか?」

二人が手を上げたが、ひとりはしぶしぶという感じだった。

「よし。きみたちはここで待機してくれ。なかには呼吸停止の状態で助け出される者もいるだろう。彼らのためにできる限りのことをしてほしい。まずは試してみて、反応がなければ次の者に取りかかるんだ」彼が残りの人々に顔を向けた。「さて、このなかに泳げない者がいたら出てきてくれ」

なかなかうまいやり方だった。こういう形で自分から不参加の意思を表明させようというのだろう――もし抜けたければ前へ出ろ、というわけだ。六人が重い足取りで進み出た。このなかで本当に泳げないのは何人だろう、と思った。

岸辺で震えている女性が、不安と強気を半々に含んだ口調で言った。「私はもう湖には戻れないわ。死んでしまうわよ」

「おれも無理だ」彼女の隣にいる赤毛の男も声を上げた。

「そんなことを言わないで――お願い、夫がまだなかにいるの」黄色いセーターを着た年配の女性が、かすれた声で訴えた。

「こんなのは自殺行為だ」そう言ったのは、セックス・ピストルズのTシャツを着た長髪のティーンエイジャーだった。

ニックが飛行機の前方にいた人々と濡れた生存者たちのあいだに立ち、二つのグループを分けた。「きみたちは湖に戻らなくていい」彼が泳いだばかりの人々に言った。「泳げない者たちとここに残って、みんなを乾かしてくれ」そして、いくつか上がった異論を遮るように早口で続けた。「だがそのまえに、いますぐ機首側の機体に戻って毛布と救命胴衣を集めてきてほしい。どちらも救出作業に必要なんだ」

なるほど、いい考えだ。ファースト・クラスやビジネス・クラスでは、乗客と毛布の数の比率が完全におかしいのだ。山ほど集まるに違いない。だが、ニックがどんな救助計画を立てているのかはいまだに見えてこなかった。

「おまけに体を動かせば体温が上がるし、血行もよくなるぞ」ニックが手を叩いた。「さあ、急いで出発してくれ。それから、帰りにサブリナという黒髪の女性とジリアンという客室乗務員を連れてきてくれないか。二人を見つけて救急箱をもってくるよう伝えてほしい。頼んだぞ、毛布と救命胴衣だ——ありったけ掻き集めてくれよ」

気が進まない様子ではあったが、泳げない者たちが濡れた生存者たちを引き連れて森へ入っていった。残った私たち——ニックと私を含めて二十三人だ——はその場に立って彼らを見送った。右手にある機体から大きな音が聞こえてきた。飛行機の腹部は、いまや残り三メートルの位置まで水面に近づいていた。明らかに沈む速度が上がっている。

顔にひどい傷がある太った男性が岸辺で言った。「あそこまで行って、誰かを引っ張りながら戻ってくるなんて不可能だ。水が冷たすぎる。彼らだって自分ひとりで片道を泳ぐだけで精いっぱいだったんだぞ」

「たしかにそうだな」ニックが答えた。「だが、そんなに長く水中にいさせるつもりはない。飛行機まで行って戻ってくるわけでもないんだ」

人々の口から一斉に不満げなうめき声が漏れ、それがみるみる大きくなってことばが交じりはじめた。

〝きっと溺れてしまう……〟

〝プロの到着を待つべきだ……〟

〝そんな義務規定にサインした覚えはない……〟

「やるしかないだろう!」ニックの怒鳴り声でぴたりとざわめきが止まった。「やるしかないんだ。わからないか？　みんなでやるんだよ。ほかに選択肢はない。いいか、あそこに残されたひとりひとりが、誰かにとって大切な人なんだ。彼らは誰かの息子であり、誰かの娘だ。きみたちと同じように誰かの父親や母親かもしれない。もし、あそこにいるのが自分の息子や娘だったらどうする？　自分の夫や妻が意識を失って、助けも得られず取り残されているとしたら？　いまごろ誰かの家では、母親が息子からの連絡を待って電話を確かめているかもしれない。あと一時間もすれば彼女は不安に駆られはじめるだろう。そして、もしおれたちが助けなければ、彼女は二度と息子に会うことも、その声を聞くこともできなくなる。そう、このおれたちに、水に入って息子を救う勇気がなかったばかりにな。おれはそんな良心の呵責《かしやく》には耐えられないし、きみたちだって同じはずだ。ほんの少し事態が違っていたら、あそこにいるのはおれたちだっただろう。まだ生きているのに、気絶したまま座席に坐って溺れ死ぬのを待っていただろう。おれたちが行かなければ、彼らは間違いなく溺れてしまう。いい、いますぐ助けなければ死んでしまうんだ。ほかに助けなど来ない。おれたちが動くか、彼らが死ぬか、それだけだ。たしかにサインなどしていないが、ほかに誰がいる？　おれたち以外に彼らを救える者はいないじゃないか。いいか、一秒無駄にするごとにひとりが命を落とすと思ってくれ。おそらくあの機内には二百人近い人間がいて、その命がおれたちの手に委ねられている。おれに考えがある。きみたちの協力が必要だ。だが、もしこの岸に坐って彼らが溺れるのを見ていたいというなら、その者はいますぐ向こうへ行ってくれ」

動く者はただのひとりもいなかった。機体から聞こえるかすかな振動音を除けば、物音ひとつ聞こえない。ニックが話しているあいだずっと息を詰めていたことに気づき、私は小さくため息を漏らした。

「よし。さっそくだが、まずは火をおこそう。ライターをもってる者はいるか?」

「ここにある」ニューヨーク・ジャイアンツのスウェットシャツを着た中年の男性が進み出て、ライターを差し出した。

「ありがとう」ニックが頷いてそれを受け取った。「みんな、森へ行ってなるべくたくさん枝を運んできてくれ。三十秒で頼む。わざわざ折り取ったりせずに落ちてるものを拾えばいい。さあ、急いでくれ」

彼がこちらを向いた。「小枝を集めて細かく折ってくれないか」

私たちもみんなに続いて森に入り、腕いっぱいに焚きつけを抱えて戻ってきた。ニックが自分の焚きつけを地面に置き、その上に屈み込んだ。数秒後、小さな炎がちらちらと揺れはじめた。私も焚きつけをそこにくべ、やがてみんなが太い枝や細い枝を抱えて森から出てくると、炎は見る間に立派な焚き火に成長した。何て心地のよい暖かさだろう。しかも、焚き火の効用はそれだけではない。いまごろ私たちを捜しているはずの救助隊にとって、この火があるのとないのとでは大違いなはずだ。

「よし、みんなよくやってくれた」そう言うと、ニックは立ち上がって焚き火を囲む人々を見まわした。「おれの計画を説明しよう。これだけの人数がいれば行列を二本は作れるだろう。そう、岸からあの機体まで、みんなで水中に並ぶんだ。腕一本ぶんぐらいの間隔をあけてな。まずは機体が水面すれすれまで沈むのを待たなければならない。そして、そのタイミングで素早く水に入って持ち場まで泳いでいき、生存者をパスして岸まで届けるんだ。何よりスピードが肝心だということを忘れないでくれ。生存者には救命胴衣を着てもらうから、水深が深い場所ではただ彼らを押して次の者に送ればいい。きみたちも、腰より深く水に浸かる場合は救命胴衣を着てもらう。立ち泳ぎをする必要はない。それから、ここが重要な点だ。耐えられなくなったらすぐに水から上がること。我慢できないほど寒くなったり、手足が痺《しび》れたりしたらギブアップして焚き火にあたってくれ。そして、体温が回復したらなるべく早く戻ってほしい。救出された人たちも同じだ。まずは充分に暖まってもらい、可能であれば彼らにも列に加わってもらう。ここまではいいか？

最後にもうひとつ。泳ぎに自信のある者は――ライフガードの経験があるとか定期的に泳いでいるとか、あるいは単に健康で長時間息を止められるというのでもいいが、いますぐおれのところに来てほしい」

三人が前に進み出た。みんな若く、二十代か三十代前半ぐらいだった。

ニックがこちらに顔を向けた。「きみはどうだ？」

「ええ」そう言って頷いたものの、口のなかが乾きはじめていた。「大丈夫。泳ぎは得意よ」これは言いすぎかもしれない。たしかに大学に入るまえは水泳チームに所属していたが、何しろ十年以上も昔の話なのだ。

　ニックは私たち四人を脇へ連れていき、小声で言った。「おれたちは真っ先に向こうへ行く。スピードが落ちるから救命胴衣は着けないでくれ。機内には通路が二本ある。二人と三人に分かれて動こう」彼が最年少の若者と私を指差した。「きみたちはおれと組む。おそらく、尾翼近くの客席はすでに水没しているだろう――完全に密閉されてはいないだろうからな。もし入ってみて予想どおりだったら、その水際から作業を開始するんだ。水中にいる客は諦めるしかない。すでに溺れてしまっているからだ。とにかく、入ったら急いで通路を下り、水没していないいちばん奥の列から乗客の脈を確かめてくれ」

　ニックが自分の首に手を当てた。「強く押して待つんだ。脈がなければ次に進む。脈があれば、もう一方の手で思いきり頬を叩いて起こしてみる。それでも反応がなかったら、シートベルトを外して担《かつ》ぎ上げ、隣に立っている人間にパスしてくれ――機内に残っている者たちにも協力してもらうつもりだ。先に子どもから確認しよう。これは当然のことだし、それに体重も軽い。救命胴衣を着せれば容易に水に浮いてくれるだろう。まずは五列見てみて、子どもがいなかったら戻って大人の脈を確かめるんだ」ニックは、だいたい同じ座席数になるように各自の分担を決めた。

そのころには毛布を抱えた者が戻りはじめており、焚き火のそばに戦利品を下ろして暖をとっていた。ニックはまっすぐジリアンとドクタのもとへ向かい、CPRを担当する二人を手招きした。

「この二人はCPRの心得がある」彼がサブリナに言った。「きみの力になってくれるだろう。彼らといっしょに機体から運び出した人たちの手当てをしてくれ」そして、ジリアンの方を振り向いた。「きみは、CPRの心得は？」

「私は……訓練は受けたけど、一度も……」

「どんなことにも最初はある。きみなら大丈夫だ」

「賛成しかねるわ」サブリナが眉をひそめ、前方の機体に乗っていた傷だらけの人々に目をやった。「体に無理をかけることになるでしょう。頭部に危険な外傷を負っている可能性があるのよ」

「仕方ないんだ。おれたちがやるしかない」ニックは、偉そうな物言いをするわけでも、突き放すような言い方をするわけでもなく、ただ決然とした口調で言った。

彼のそんな態度を好ましく感じた。

ニックがまた水際へ走っていき、大声でビルを呼んだ。もう一度叫んだところでようやくあの太鼓腹の男性が姿を見せたが、疲労と緊張ですっかり憔悴しているようだった。穴から水面までの距離はもう一メートルほどしかない。それを目にして一気に不安が膨らんだのだろう。彼が怯《おび》えた顔をこちらに向けた。

「だめだ、人が多すぎる。おれたちだけではとても手がまわらない」

「大丈夫だ。おれたちも手伝いにいく、ビル。きみは座席の下から救命胴衣を集めて、すでに出口へ移動させた人たちに着せてやってくれ。わかったか？」

ビルが周囲を見まわした。「そのあとは？」

「そのあとは、おれたちが彼らを機体から下ろして救出チームに渡す。ただし、きみを含めて動ける者はそこに残ってくれ。手伝いが必要なんだ。いいか？」

ビルが頷いた。

「こっちにいるみんなが一列に並んで岸と機体を繋いでくれる。もうすぐそっちへ行くからな。さあ、さっそく始めてくれ」

続いてニックは岸にいる人々に注意を戻し、並ぶ順番を決めはじめた。充分に体力がある者は機体に近い先頭に、弱っている者は中間に、ほどほどに体力が残っている者は岸寄りにという配置だった。言われてみれば納得だが、私には思いつかなかった。こんなふうに寒さに震え、追い詰められ、これから大勢の死を目の当たりにすることがわかっている状況では。

ニックは、持ち場を交替することがあるかもしれないからと、列に並ぶ全員に救命胴衣を着用させた——賢明な変更だ。

空気が変わりつつあった。人々のあいだにやる気が生まれはじめていたのだ。この焚き火が肉体にも精神にもいい影響を与えているのだろう。泳がない者たちはせっせと森に入って枝を蓄えていた。そのうちのひとり、すり切れたピーコートを着た二十代ぐらいの大男が、救命胴衣に手を伸ばした。「岸の近くでいいなら、おれも列に加われる」するとさらに二人が進み出て、同じ台詞とともに黄色い救命胴衣を頭から被った。

だが、そんなふうに高まっていく周囲の活気をよそに、私の神経はきりきりとねじ切れそうになっていた。近くにいた泳ぎの得意な者たちが自己紹介を始めた。私も握手をしたが、自分の手が冷や汗で湿っているのを感じた。沈みゆく機体から視線を逸らせず、ひたすら飛行機を見つめてその瞬間が来るのを待った。〝私は泳げる〟自分にそう言い聞かせた。〝今夜だけは泳がなければならないんだ〟しかし、どうしても考えずにはいられなかった。下の貨物室に水が入ったら、沈む速度はどれほど増すのだろう。水没した機内では破片や死体はどうなるのだろう。そんな状況で、水面まで泳ぎ着くことができるだろうか。水は手足が麻痺するほど冷たいに決まっている。もし私がいるうちに機体が水に沈んでしまったら、助かる見込みはゼロだ。だが、そんなことを気にしてはいられなかった。理由はひとつ、彼らを助けなければならないからだ。見殺しになどできるはずがない。

ニックと目が合った。「いよいよだ」

5　ハーパー

まるで時が凍りついたかのように、あらゆるものが動きを止めた。静まり返った湖面に突き出す黒い機影。それをじっと見つめるすべての目。と、不意に機体ががくんと下がり、それで呪縛が解けたようにみんなの視線がニックや私を含む先発隊に向けられた。もはや私は、腹部や肩のうずきも、脈打つような頬の痛みも忘れていた。感じるのは自分に注がれる視線だけだ。岸に立つおよそ四十人の人々が、パチパチとはぜる焚き火を背にしてこちらに怯えた目を向けていた。吐く息が白い霧に変わり、彼らの顔の前に立ち込めて鼻や口元を覆い隠している。黄色い救命胴衣に取り付けられたライトが、ロンドンで冬の晩に見る街灯のように濃い霧のなかで瞬いていた。

私は走りだした。ニックのあとを追って湖に突進し、いまや着々と水面に向かって下りてきている機体を目指した。機内に男性三人と女性ひとりの姿があり、こちらに首を伸ばして私たちを待っていた。

冷たい水に入った瞬間、電流のような衝撃が体を駆け抜けた。鋭く息を吸い、前へ進めと自分に命じた。だが、一歩踏み出すたびに感覚は少しずつ奪われていった。三メートルほど進むと胸のあたりまで水が来た。歯を食いしばり、顔や髪に冷たいしぶきを浴びながらら腕を振って、さらに深い場所へと進んだ。機体ははるか先のように思えたが、実際にはあとほんの十数メートルぐらいのはずだった。ニックもほかの男たちもどんどん先へ行ってしまう。必死であとを追いかけた。

若者のひとりが最初に飛行機に到着した。蔓《つる》のように突き出ているねじれた金属を慎重に避けながら、彼は機体の下半分にある、貨物が積まれた空間によじ上った。振り返ってあとから泳ぎ着いた者を引き上げていき、やがて四人の男全員が、すでに水面すれすれまで下りてきたその暗い穴に潜り込んだ。

いちばん遅れて棘だらけの穴の縁に辿り着くと、ニックが手を差し伸べて待っていた。彼が私の腕を握った。「そっちの手でおれの腕を摑め」

二秒後には、私も機体の腹側の空間で彼らとともにしゃがみ込んでいた。頭からつま先までずぶ濡れで、かつて経験したことのない寒さを感じていた。狂ったように体が震え、震えるたびにみぞおちや肩に痛みが走る。寒さが体の内側から私を食い破ろうとしているかのようだった。

誰かの腕が私にまわされ、上下するのを感じた。マイクだ。私と同じ通路を担当する二十代の若者が、私の肩や背中をさすって温めようとしているのだった。顔を上げることもできず、私はただ彼が着ているボストン・セルティックスの緑色のTシャツを見つめていた。彼だって凍えるほど寒いはずなのに。

だが、そう思っても我慢できなかった。気づくと私は温かい彼の胸に倒れ込んでいた。束の間、ニックがこちらを見ていたが、彼はすぐに背を向けて岸辺の人々に列を作るよう呼びかけた。彼らが手を繋いで一斉に水に入った。湖の奥へと進むにつれ、救命胴衣のライトの白い光が散開していった。火から離れるほど彼らの姿は闇に隠されてしまい、その小さな光だけが居場所を知る手がかりになった。二本の光の列は、夜の滑走路を思い起こさせた。大破した飛行機を焚き火のもとへと導く、救いの光だ。〝私たちならやり遂げられる〟自分にそう言い聞かせた。

上の客室から男たちの手が伸びてきて、私を掴んで引っ張り上げた。顔の前をカミソリのように尖った床板が通り過ぎていき、私は思わず目を見開いた。

泳いだあとのショックや痛みはもう感じなかったが、それがいいことなのかどうかはわからなかった。とは言え、体の感覚はまだちゃんと残っている。自分で自分を動かすこともできる。

しばらくその場に立って目を慣らした。機内は暗かった。予想以上の暗さだ。乗客が多いせいなのか、坑道にでもいるような閉塞感と息苦しさがある。楕円形の窓から忍び込む月の明かりがランタンのように通路の奥まで続いており、その先に、暗い底なし沼が見えた。ニックの予想どおり、尾翼近くは水没しているのだ。

〝彼らはもう亡くなっている。彼らを助けることはできない。でも、まだ救える命はある〟

墜落後から続いている鈍い痛みも、冷たい湖を泳いだことで加わった痺《しび》れも忘れてしまうほど、気持ちが昂《たか》ぶるのを感じた。私はできる。やらなければならない。ニックが口にしたことばを思い出し、大事なフレーズを頭のなかで唱えて心を奮い立たせた。

〝私たちが助けなければ、彼らは二度と大切な人に会うことも、その声を聞くこともできなくなる〟

〝ほかに助けなど来ない。私たちが動くか、彼らが死ぬか、それだけだ〟

足元の床は速度を増して沈みつづけており、徐々に水平に近づいていたが、それでもまだ緩い傾斜を保っていた。まっすぐ暗がりへ下りていく坂道だ。

周囲の通路には人が二、三列になって横たわっていた。女性や子どものほか、少数だが男性も交じっていて、そのほとんどが痩せていた。救命胴衣を着ているのは半数ぐらいだ。何てことだろう。ここには三十人ほどの人間がいるのに。目が暗闇に慣れたようで、機内の様子がさらにわかってきた。ビジネス・クラスの席が一列あるが、人影はなかった。次に仕切りがあり、その先にエコノミー・クラスが二区画ほど。座席は両サイドに二席、中央に五席の配列になっている。こちら向きに並ぶ座席を見渡し、私は愕然とした。そこら中に人影があるのだ。百人以上いるだろうか。これは無理だ。時間はあとどれぐらい残されている？　一分か、二分か。いったん貨物室に水が入れば瞬く間に大量の水が流れ込み、すぐに限界点を超えて機体は湖底に引きずり込まれるだろう。全員を助けることなどできっこない。だとしたら――。

ここでもまた、ニックの声が膨らみかけた私のパニックを吹き消した。彼は落ち着き払った顔をしていた――不安の影も、パニックの欠片《かけら》も見当たらない。まるでキャンプに来た休日の父親のように、穏やかに要領よく話している。彼はビルと、機内で彼に協力していた七人にてきぱきと仕事を割り振った。二人の男性が各通路の端に残り、救命胴衣を着た生存者を水中に並ぶ人々に渡すことになった。また、四人は救命胴衣を集めて外へ出す人々に着せるという仕事を任された。

「どんな状況になっても、きみたちには機内に残ってもらう。きみたちの協力が不可欠なんだ」ニックは通路に横たわる意識のない人々を指差した。「彼らのためだ。きみたちがいなければ彼らは死んでしまう。わかるな？」

全員が頷いた。「さあ、急いで始めよう」

マイクが先に走りだした。横たわる人々の体を飛び越え、踏みつけ、蹴散らしていく。私はおずおずと足を踏み出し、すぐにぐらついて近くのシートに倒れ込んだ。

「行け、ハーパー！　踏むことをためらっている余裕はないぞ」ニックの叫び声に押されて私も走りだしたが、一歩一歩、怯《ひる》む自分を追い立てなければならなかった。ようやくカーペットに足が着く場所まで来ると、一気にスピードを上げた。マイクの分担は中央の座席三つぶんで、私は窓際の席を受け持っていた。まだ私は一列めに辿り着いてもいないのに、マイクが誰かを担いで引き返していった。

足元に水が現われた。それを蹴散らして前に進んだが、間違いなくこちらの水のほうが冷たかった。それに、イメージではもっと傾斜が急で、水は尾翼付近にしか溜まっていないと思っていた。だが、実際は次第に深くなっていく浅瀬付きのプールのようなもので、一歩進むごとに冷たい水が十センチほど脚を這い上がってきた。どの列から始めるべきなのか？　水はすでに腰のあたりまで来ていた。ここの乗客は、顔から上しか水面に出ていない。それでも生きている可能性はあるだろうか？　ニックのことばがふたたび蘇った――〝水中にいる客はすでに溺れてしまっている〟。でも、顔は出ているのだ。また歩きだし、水が乗客の顎すれすれで止まっている列まで来た。

最初に確かめたのはティーンエイジャーの男の子だった。まぶたが青黒くむくんでおり、腫れ上がった顔に黒ずんだ血がこびりついている。震える手を伸ばし、冷たく硬直した肉を感じて思わずあとずさりした。打ちのめされた思いで、しばしその場に立ち尽くしていた。口から白い息が漏れていく。

「そこの客はもうだめだ、ハーパー！」マイクが坂を上りながら叫んだ。またひとり肩に乗せている。「水が冷たすぎたんだ。三列ぐらい手前から始めろ」

出口の方で光るライトが、やけに眩《まぶ》しく感じられた。ニックが何かを指差して叫んでいた。ひとり、またひとりと生存者が降ろされ、そのたびにしぶきが上がっている。作業は進んでいるのだ。しっかりしなければ。私もあてにされているのだから。

集中しよう。

体温だ。体温があれば生きている。傍らの客の首に素早く手を伸ばした。冷たい。次の列に移った。この人たちを飛ばすことなどできない。するつもりもない。

四列ほど進み、水が膝の下ぐらいまで下がったころ、指先が温かい首に触れた。これまでの乗客に比べれば立派に体温があると言える。押しつけた指にかすかな脈を感じ、はっとしてその青白い顔に目をやった。マンチェスター・ユナイテッドのシャツを着た男の子だった。肩を揺すって大声で呼びかけ、しまいには思いきって頬を叩いてみた。それでも反応はなかった。シートベルトを外し、腕を摑んで座席から引っ張り上げた。すでに消耗している身には、新たに加わった重みや上りの傾斜がかなりこたえたが、懸命に足を動かして前に進んだ。ようやく人が待機している場所に辿り着き、そこにいた女性と年配の男性に彼を渡した。二人が彼に黄色い救命胴衣を被せ、紐《ひも》を引いて膨らませた。

この子の命を救うことができた。彼はこの先も生きてくれる。

だが、助けたのはまだひとりだ。

作業スピードが上がっており、数秒にひとりが外に降ろされていた。ニックが振り返って頷いた。私はすぐにまわれ右をし、通路をひた走ったが、途中、マイクとすれ違う際に一度だけ足を止めて座席の方に引っ込んだ。

通路に戻ったところで、あることに気がついた。水が流れているのだ。スニーカーの底が引きずられ、足首に水がぶつかってくる。ついに客室も水面に到達してしまったようだ。残された時間はあとどれぐらいなのか。

次の列に駆け寄ったが、生存者はいなかった。急いで次の首に触れ、次に移った。冷たい肌ばかりが飛ぶようにうしろへ去っていく。それでもただ黙々と、規則的に手を伸ばし、触れ、前進するしかなかった。数秒後、私はディズニー・ワールドのTシャツを着たインド人の少女のシートベルトを外していた。そしてまたひとり。今度は黒いセーター姿のブロンドの少年だったが、このときは、隣に坐る母親らしき女性の手から彼の手を引き剝がさなければならなかった。そうしてさらに三人の子どもを運んだ。だが、私の腕や脚は一歩進むだけで焼けるような痛みを感じるようになっていた。体力の限界が近づいている。あとどれだけ動けるのだろう。

私は強引にその不安を追い払った。考えても仕方がない。やるしかないのだ。

マイクに腕を摑まれた。「子どもはあれでぜんぶだな。次は大人だ。きみが見つけてくれればおれが運ぶ。いいね？」

ひとり、二人、三人がマイクに担がれて通路を上っていった。

私は何度も機体の後部に目をやったが、そのたびに、水面すれすれに出ている顔ぶれが変わっていた――上昇する水に次々と座席が呑み込まれているのだ。機体が急速に沈みはじめていた。

マイクが水を押し分けてやって来た。「もう時間がない。生存者がいたら、とにかくシートベルトを外して救命胴衣を着せよう。うまくいけば助かるはずだ」

大急ぎで座席をまわり、手を伸ばして体温を確かめ、ベルトを外していった。座席下の救命胴衣を取るには水に潜らなければならず、最初は、湖に入ったときよりも強烈な衝撃を感じた。四つめの席に取りかかっているところで、足元の機体がぐらりと揺れて傾いた。金属の裂ける音が機内を震わせ、冷たい水がこちらに押し寄せてきた。翼だ。そこに何か起きたらしい。集中しなければ。手を伸ばしてシートベルトを外そうとしたが、届かなかった。今度は潜って挑戦した。よし、うまくいった。が、起き上がっても頭が水から出ることはなかった。

パニックに襲われた。腕を上げて必死で水面を探したが、どこまでいっても水しかなかった。

見ると、暗い水の先にわずかな明かりがあった――出口だ。その光を目指そうと腕を振って水を蹴ったとたん、足が何かに引っかかった。身動きがとれない。うしろへ手を伸ばしたが、指を握ろうとしてもまるで力が入らなかった。その上で寝たせいで痺《しび》れてしまったような感覚だ。力まかせに足を引いてみた。だめだ、外れない。また出口に顔を向け、誰かが気づいてくれることを願って痺れた腕を振りまわした。と、黄色い救命胴衣を着けた誰かが隣を漂っていき、私の姿を隠してしまった。もはや私には、その人物が出口の薄明かりの方へ去っていくのを見つめることしかできなかった。そして、その明かりも次第にかすんで小さくなっていった。

6　ニック

終わりが近づいたいま、おれはようやくこの機体に何が起きたかわかりはじめていた。機首側と切り離されたあと、機体は百八十度回転して地上に墜ちていったのだ。周囲の樹木に接触したおかげで、湖面に衝突するまえに落下速度は落ちていただろう。尾翼から突っ込んだことも多くの命が助かった要因だと思われた。その向きであれば、衝突の瞬間に背もたれに押しつけられる格好になるからだ。これが逆向きなら前方に飛ばされ、前の座席に衝突して首の骨を折る者もいただろう。胴体部分が水面に出ていたのは、何かが支えになっていたからだと考えられる。おそらく折れた樹木だろうが。だが、いずれにせよその支えはついに崩れ、すべてが混乱の渦に呑み込まれたのだ。内部に流れ込んだ水はコンクリートのように重く機体にのしかかり、とうとう胴体部分も水に沈めてしまった。あと数秒もすればすべてが湖底に引きずり込まれるだろう。

「みんな出ろ！　早く！」おれは叫んだ。

最後まで乗客を運び出す手伝いをしてくれた生存者たちが通路を駆けてきて、水中に並ぶ人々のもとへ向かった。行列の先の岸辺には、意識のない生存者が不規則な列になって横たわっているのが見える。ここから焚き火まで点々と連なっているのは、黄色い風船から血まみれのむくんだ顔を突き出しているかのような、ぼんやりとした人影だった。水面にゆらゆらと浮かぶ者もいれば、腰まで水に浸かる者もいるが、その誰もが全力を振り絞って働いていた。ぱっと見は人間とも思えないような姿をしていても、今夜の彼らは聖者の集まりにほかならなかった。

セルティックスの緑のTシャツを着た男――たしかマイクと言ったか――が、ガタガタ震えながらうつむいて脇を走り抜けようとした。彼の腕を摑み、混沌とした機内を見まわして言った。「ハーパーはどうした？」

マイクが呟き込み、ちらりと背後に目をやった。「彼女ならもう逃げたと思うが」そう言うと、ひとつ頷いてみせた。「そうだよ。もう出たはずだ」

「わかった、おれが確かめておく。行け」背中を押すと、マイクは穴の縁まで歩いていって冷たい湖に滑り込んだ。

水中洞窟のようになった通路の奥を覗いてみた。見えるのは膨らんだ黄色い胴衣をまとってこちらに漂ってくる人々だけだった。向き直って前方に行き、焚き火まで連なる人々を見渡したが、救命胴衣を着ていないブロンドの痩せた女性は見当たらなかった。彼女はあのなかにはいない。まだ脱出していないのだ。

足元で何かが破裂した——たぶん救命胴衣だろう。バケツで氷水をかけられたように、顔に大量の水しぶきを浴びた。頭を振って気を引き締め、暗い通路に目を凝らした。またひとり乗客が傍らを流れていった。と、一瞬だが人影が見えた。座席の上に細い腕が伸び、それがすぐに暗闇に呑まれていったのだ。

考える間もなく体が動いていた。真っ黒な水に飛び込んで通路を泳いだ。眼前のシートの背を摑み、体を前に押し出し、死体や正体不明の浮遊物をかいくぐって前進した。

彼女だった。かろうじて顔にできたあざが見て取れる。安堵の気持ちと恐怖が胸の内でせめぎ合っていた。腕を伸ばし、突き出された彼女の手を握ったが、彼女が握り返してくることはなかった。まるで力を感じない。その事実に愕然となり、しばらくそこに浮かんでいた。三〇五便が墜落してから初めて、おれはパニックに襲われていた。

不意に、彼女の腕が助けを求めるようにわずかに動いた。まだ生きている。すぐさま握っていた手を離して両腕を摑み直し、彼女を引き寄せようとした。が、なぜかびくともしない。数十センチあった距離を縮めて彼女を抱きかかえ、両足で座面に立って蹴ってみた。だめだ。何かに挟まっているのかもしれない。酸素が足りないせいか恐怖のためか、鼓動が激しくなっていた。

もう一度、次はもっと腰を落として彼女のウェストを抱え、両脚に全力を込めて跳び上がった。今度はうまくいき、自由になった二人の体が通路に浮かんだが、彼女が動く気配はなかった。爆発しそうな胸の苦しさに耐え、彼女をしっかり抱いたままシートを蹴ってひたすら進んだ。腕のなかの彼女はぐにゃりとしていて、人形か何かを抱いているようだった。その感触に吐き気がこみ上げた。それでも泳ぐことをやめず、やがて手足が痺れてパニックに押し潰されそうになったころ、水中に届く淡い月の光が徐々に明るくなってきた。ついに水面に辿り着き、空気を求めて思いきり肺を膨らませた。と、一瞬彼女を見失った。また沈んでしまうまえにどうにか捕まえ、最後の力を振り絞って水を蹴ったが、いつまで水面に浮かんでいられるかわからなかった。体力が限界に来ているのだ。必死で息を吸い込んでも、冷たい水ばかりが入ってくる。

まわりで声がしていたが、何を言っているのか聞き取れなかった。とにかくハーパーを離さないようにし、岸を求めて水を蹴った。脚がうまく動かない。のろのろと水を掻きまわすばかりで、体が何かに引っ張られているかのようだ。また口に水が入ってきた。それを吐き出し、激しくむせた。おれは口と目を閉じて懸命に耐えた。

ふたたび目を開けると、視界は黄色いゴムで埋まっていた。顔に救命胴衣が押しつけられているのだ。まばたきをした。空には細い月が浮かび、星々は見たこともないほど明るく輝いていた。そして、気づくと岸にいた。誰かが腋に手を差し入れておれを引きずっている。顔を横に向けたとたんに咳き込み、胃が空になるまで水を吐き出した。毛布がかけられ、誰かに押されて体の正面が焚き火の方を向いたことがわかった。すぐに熱が襲いかかってきた。凍えるほどの寒さを味わっていたせいで、初めは肌が焼け焦げるほどの熱さに感じられた。熱気が全身を包み、皮膚を通って震える骨まで染み込んでくる。だが、何度も熱風を浴びるうちにだんだん耐えられるようになってきた。何層にも熱い泥に覆われているような感覚だ——ひりひりと痛むが、自力で逃げ出すことはできない。ほんの数秒か、それとも数時間が過ぎたのか。すっかり時間の感覚がなくなっていた。誰かがおれを掴んで仰向けにし、駆け足で去っていった。ほかの誰かのために湖へ引き返していくようだ。

寝返りを打って野営地を見まわした。ハーパーが焚き火の向こうで仰向けに横たわっていた。サブリナが彼女の上に屈み込み、微動だにしないその体にせっせと何かを施している。サブリナと目が合った。その表情には見覚えがあった。あの、死んだビジネス・クラスの客について話していたときと同じ顔だ。おれは地面に頭を落とした。また満天の星が視界に広がったが、いつしかそれもかすんで見えなくなった。

7 ニック

おれが目を覚ましたのは朝も早い時間帯だった。まだ焚き火の近くにいる。火は昨夜の半分ほどのサイズになっており、毛布にくるまった人々が何重にも輪になってそれを囲んでいた。あちこちにしぼんだ黄色い救命胴衣が転がっているのが見えた。まるで、夜のあいだにぺしゃんこに潰れたゴム製のアヒルが降ってきたかのような光景だ。

おれ自身は、巨大なスタンド・ミキサーに放り込まれて八時間ほど掻きまわされた気分だった。どこかが痛むというより、全身に鈍いうずきが広がっている感じだ。息を吸い込もうとし、むせそうになって慌てて止めた。ひんやりした空気も身にこたえるらしい。いや、ありとあらゆるものがこたえるのだろう。

昨晩、焚き火の前で充分に暖まったあと、おれは輪から外れたところに移動していた。いちばん暖かい場所はもっと凍えている者に譲りたかったからだ。焚き火を二つ用意するべきだった。この位置では、おれでさえ寒く感じる。

湖岸の砂利を踏んで近づいてくる足音があった。急ぎ足で一直線にこちらに向かってくる。やがてサブリナがぬっと姿を現わし、厳しい表情でおれの体に目を走らせた。「気分はどう？」今朝はドイツ訛りが強く、きびきびと歯切れのいい発音をしていた。単に、これが医師であるときの喋り方なのかもしれないが。

おれは起こした頭を地面に戻した。「最高だよ」そう答えたとたんに咳き込んだ。

「とてもそうは見えないわね。できるだけ正確に症状を教えてちょうだい。あなたは体内に損傷を負っている可能性があるの。ゆうべ診た限りではわからなかったけど」

「安心してくれ、ドクタ。おれの体内の傷は精神的なものだけさ」上体を起こして野営地を見まわした。「ハーパーはどこだ？」

「こっちよ」

サブリナに連れられて野営地を横切り、焚き火にいちばん近い輪まで行くあいだ、おれは無意識のうちにずっと息を詰めていた。そこに、ハーパーがいた。けば立った青い毛布を二枚被り、焚き火に向かって小さな体を丸めていて、もつれた金色の髪が頭の上に広がっていた。彼女は動かなかった。

「生きているわ」やがてサブリナが言った。「だけど、それ以上のことはまだわからない。岸に運ばれたときは息が止まっていたの。どうにか呼吸を再開させたけど、意識は完全に混濁していたわ。もしかすると脳の損傷で後遺症が出るかもしれないし、あるいは……。昨日も言ったように、もともと無理をすると何が起きるかわからない状態だったのよ」

「じゃあ、どうすればよかったんだ？　何もせずに黙って見ているべきだったのか？　それとも向こうまで泳いでいって、〝きみたちを助けたいのは山々だが、医者に止められているから無理なんだ〟とでも言えばよかったか？」

「違うわ、そんな話じゃない。私はただ、もともと不安定な健康状態で体に負荷がかかったり酸素が欠乏したりすれば、既存の外傷が悪化する可能性がある、そうなると正しい診断を下すのはますます難しくなる、ということを言いたかったのよ」

「そうか。その、きみがそう言うなら……」おれは深呼吸してこめかみを揉み、がんがんと痛む頭を鎮めようとした。サブリナはゆうべ何十人もの命を救ったはずだし、顔色から判断して、彼女自身は一睡もしていないに違いない。「何というか、おれもかなり参っているんだ。自分の決断を後悔している部分もあって」

「私も似たようなものよ。ここは、自分が落ち着ける環境とはまるで違うから」

「そうだろうな。もう少し……病室と同じやり方ができればいいんだろうが」

「私は病室では働かないわ」

「そういえば、そんな話をしていたな。きみは何をしている医師なんだ？」

彼女が焚き火に背を向けて歩きだした。「何か食べて休んだほうがいいわよ」

「サンドウィッチと昼寝か。悪くないな」おれは岸に沿って視線を巡らせ、耳を澄ました。何も見えないし、聞こえなかった。「で、救出部隊はどこにいるんだ？」

「救出部隊？」

「ほら——ヘリコプターや救命士のことさ。さすがにもう到着しただろう」

「見かけていないわね」

「冗談だろ」

「私は冗談なんて言わないわ」

サブリナは、人とのコミュニケーションがあまり得意ではないようだ。専門的なことはよくわからないが、医師なのに日頃患者を診ないというのはそのせいかもしれない。だが、目下最大の謎はそんなことではなかった。

もしかすると、救助隊は機首側の機体のほうで野営しているのかもしれない。飛行機が墜落したのは約十二時間もまえの話だ――もうここへ着いていないとおかしい。ゆうべの騒ぎのあいだ、おれはうっかり携帯電話をポケットに入れたままにしていた。結果はわかっていたが念のために確かめてみた。やはり動かないし、直る様子もない。

「あっちの機体を見にいって、ついでに食糧も探してこよう。必要なものはあるか？」

「ええ、お願いするわ。五百ミリリットルの水のボトル一本と、一食ぶんの食事。できれば千キロカロリー欲しいわね。炭水化物が五十パーセント、タンパク質が三十パーセント、残り二十パーセントが脂質なら理想的よ。添加物が最小限に抑えられていればなおいいわ」

「驚いたな」

「必要ならもっと細かく指定するけど」

「いや、いいんだ。よくわかったよ。行ってくる」

重い足取りで森に入り、昨夜ハーパーと走った道筋を反対に辿った。彼女はあのときすでに息を切らしていた。もっとよく確認するべきだった——そして、おれたち男に交じって機内で作業してくれなどと頼むべきではなかった。ゆうべのことを思い返し、そこで気がついた。協力者を募った際、おれはほとんど何も考えずに彼女に直接声をかけてしまったのだ。不満を口にする者に対し、おれはあの演説で己を恥じるように仕向けたが、彼女にも同じ圧力をかけてしまったに違いない。おれは彼女の腕をひねり上げ、全員の前で答えを迫ったということだ。

あの救出作業のせいで彼女が命を落とすか、あるいは障碍《がい》を負ってしまったら、それはすべておれの責任だ。

罪悪感が、まるで世界の重みのように肩にのしかかり、おれの足取りをさらに重くさせた。

と、前方で何やら叫び声がした。コックピットの右横のドアから灰色の脱出用スライダーが伸びており、そのまわりに二ダースほどの人間が集まっていた。

「おれたちの食糧だ！」

聞き覚えのある声だった——あの、2Dの飲んだくれだ。彼はスライダーの足元に立ち、大声でわめきながら人々を押し返していた。

「カネを払ったのはおれたちだぞ！」彼が正面に立つ男の顔に指を突きつけた。「ファースト・クラスとビジネス・クラスの食事はおれたちのチケット代に含まれているんだ。おまえたちはエコノミーのを食え。湖にあるんだろ」

ほとんど悩むことなく次の行動が決まった。こういう決断が簡単な問題はありがたい。

おれは黙って人々を押し分けた。

「おまえ——」そう言って2Dが鼻を鳴らした直後、おれはありったけの力を込めて彼の顔面に拳を打ち込んでいた。

2Dがまっすぐうしろにひっくり返り、背後のスライダーに跳ね返されて無様に地面に転がった。すぐに立ち上がってこちらに突進してきたものの、彼が出したパンチは六十センチ以上もおれの顔から離れていた。すかさずもう一発、顔に拳を食らわせた。今度は彼の体が斜め後方に吹っ飛び、スライダーのへりを越えて地面に転がり落ちた。

動くたびにあちこちが痛んだが、気分は実に爽快だった。誰かを殴ったのは、十歳を過ぎてからはこれが初めてだった。最後のパンチになることを願った——とは言え、今回は殴って正解だ。一片の悔いもない。

地面に転がる2Dがこちらに憎悪の目を向けていた。「助けが来たら、暴行罪でおまえを逮捕してもらうからな!」

「ほう、どうやって?」

「二ダースの目撃者がいるんだぞ」

「本当か？」うしろの人垣に目をやった。誰もがにやにやと薄笑いを浮かべており、なかには首を振っている者もいた。

「証拠だってある」そう言うと、2Dは血だらけになった自分の顔を指差した。

「何の証拠だ？　墜落事故に遭ったという証《あかし》か？」

おれは、目を丸くしているジリアンの方を向いた。「食糧はどれぐらい残ってるんだ？」

「まだ多少はあるはずよ。確かめていないけど」

「ひとまず外へ運び出してくれ。二人ぐらい手伝いを頼んで」

群衆が一斉に前へ出てきたが、両手を上げてそれを制した。「待ってくれ。おれたちは下にいたほうがいい。機体が傾くかもしれないからな。食糧はジリアンに運び出してもらって、それからみんなで公平に分けよう。いいな？」

多少ぶつくさ言う声は聞こえたが、本気で摑み合いになるようなことはなかった。何はどうあれ、このおれは、たったいまむかつく野郎をいきなり殴り飛ばした男なのだ。

背後ではジリアンが、二人の男の手を借りてスライダーをよじ上っていた。もうすぐ救助が来るのにわざわざ階段を作るなど、無駄手間になる気もするが、このままでは怪我人が出るかもしれなかった。三人の男に声をかけ、荷物でも機内用ワゴンでも何でも使って階段を作れるか訊いてみた。その結果、まずは朝食を食べてから取りかかるという話になった。

次は何をするべきだろう？　人々は、コンサートの開始を待つファンか何かのように相変わらずその場に群がっていた。本当の助けが必要だ。救助が。

「誰か、電波が入る携帯をもっていないか？」おれは訊いた。

あちこちで声が上がった。

〝いや、おれのは通じない〟

〝バッテリー切れだ〟

〝ひと晩中試してもだめだった〟

〝みんなに訊いてまわったが、どの携帯も通じないようだ〟

妙な話だ。いや、あり得ないだろう。二百人以上の乗客がいて、墜落したのはイギリスだというのに、電波を受信している携帯が一台もないなんて。何かがおかしい。

誰もが同じことを考えていたようだ。ＳＦドラマ『ドクター・フー』のＴシャツとジーンズにツィードのブレザーを羽織った男が、人込みから出てきて言った。「何が起きたのか、答えは明らかだ。そうだろ？」彼は少し間を置き、みんなの注目が集まるのを待った。「ついに勃発したんだよ――第三次世界大戦が。敵が通信手段を、あらゆる電子機器を無力化してしまったのさ。すでに敵が攻めてきたんだろう。だから、誰もおれたちに構ってる余裕がない。いまはおれたちの救助より重大な問題があるんだ」

一斉に野次が飛んだが、不安そうなひそひそ話もあちこちで交わされていた。黒いセーターに小さな丸メガネをかけた、背の低い禿頭《とくとう》の男が声を上げ、はっきりと反対の立場をとった。彼はメイン州ダウンイーストの訛りがある発音で、ゆっくりと冷静に、たとえるならダメ学生を叱る教授といった風情で話しはじめた。「失礼だが、きみの意見は荒唐無稽だと言うしかない」

「こんな状況なのにか？」ドクター・フーのファンが言い返した。「あんたに何がわかるんだ？」

「それなりに色んなことを知ってるさ。以前はアメリカの軍需企業のノースロップ・グラマン社に勤めていたからな」

「へえ、そいつはびっくりだ」

「仮にこれが第三次世界大戦だとしたら、どこかで爆発音がしているはずだろう。頭上には戦闘機が飛んでいるだろうし、戦車や兵員輸送車の音が聞こえてきてもおかしくない。まあ、いずれにしろ第三次大戦がイングランドから始まるとは思えないがな」

「イングランドは最後まで破壊せずにいるのかもしれない。ここは、ヨーロッパ大陸に攻め込むには理想的な拠点になるからな――歴史がそれを証明してる」

「そのとおりだ」軍需企業のＯＢがやり返した。「だからこそ、この土地はおよそ一千年ものあいだ一度も征服されなかったんだ」

「ふん、きっと今回の戦争はこれまでとは違うのさ。あんたらは、戦争と聞けばいつも同じものをイメージする。最後まで戦車やら戦闘機が出てくると信じてるんだ。だが、いまや勝敗の鍵を握るのはテクノロジーだ。連中はおれたちを原始時代に戻したのさ。おれたちが飢えるのをじっと待って、それから攻めてくるつもりなんだよ。おそらくおれたちは電磁パルス《EMP》攻撃にやられたんだろう。墜落も、携帯が通じないこともそれで説明がつく」

「失礼ながら、それは違うな」軍需企業OBが一段と鷹揚《おうよう》な態度で言った。「EMP攻撃なら、携帯電話より先にもっと大きな電子機器がやられてしまう。だが、私は機内でノートパソコンを使っている男を見かけたぞ」

ニューヨーク大学《NYU》のロゴ入りスウェットシャツを着た中年女性が、大声で言った。「飛んでる途中でインターネットが切れたわよ。メールを読んでいたの。あれは墜落する一時間以上まえのことだったわ」

「彼女の言うとおりだ」隣の長身の男が相づちを打った。

「衛星に問題が起きただけじゃないかしら」

軍需企業OBがNYUの女性の方を向いた。「衛星の不具合は、たしかに墜落の原因になり得る。だが、携帯電話が繋がらない理由にはならないんだ。携帯は地上の基地局アンテナを介した通信だからな——まあ、衛星電話はまたべつなんだが。というわけで、考えられる結論はひとつだろう。おそらくこの地区の基地局がすべてダウンしてしまったんだ」

「そもそも基地局なんてないのかもしれないぜ」ドクター・フーが言った。「ひょっとして、ここはイングランドとはまったく違う場所なのかもな」

興味深い意見だ、とおれは思った。

NYUがまた口を開いた。「モニターではイングランド上空を飛んでいたわ——ええ、ちゃんと見たもの」

「いや、考えられない話じゃないな」軍需企業が何か考え込むような顔をした。「もしあの機体に異常が発生して、外部との通信がすべて絶たれていたとしたら、モニターの表示も狂っていた可能性がある。単に予定ルートに沿って動いていただけかもしれない。飛行時間だけを基準にして現在地を割り出していたんだ」

「じゃあ、ここはどこなの！」誰かが怯えた声で叫んだ。

「きっとグリーンランドだ。ひどい寒さだからな」

「アイスランドだってあるでしょう。あるいはイギリス沖のどこかの島か。無人島かもしれないわ」

「きっと、このままずっと発見されないんだ」

老齢の女性がおれに近づいてきた。「あなたはどう思いますか？」

全員が一斉にこちらを見た。

「おれは……」どう思うんだ？　たっぷり一分ほど悩んだ末、おれは数分まえから吟味していた考えを口にした。「コックピットに入れば、もっと詳しいことがわかると思う。コンピュータを調べれば現在地がわかるかもしれないし、ひょっとしたらパイロットに訊けるかもしれない。それに、通信装置で救助を呼べる可能性もある」

結局のところ、我々は問題を先送りにしたにすぎなかった。ほんの数メートル先にある小部屋の鍵さえ開けば、我々が待ち望むありがたい答えを得られるのだ、という発想。だが、効果はあった。たちまちその場の雰囲気が和らいだのだ。そして、食事がふかふかのスライダーから滑り下りてきたところで場はお開きになった。半食ぶんの食事を手に入れると、人々はこぞって暖かい毛布と焚き火が待つ湖岸へ引き返していったのだ。

「コックピットには入れないぞ」

振り返ると、ぎょっとするほどすぐ近くに軍需企業が立っていた。

「なぜそう思う？」

「セキュリティが強化されたからだ。9・11以降、どの機体でもドアは簡単に破れないようになった。長距離用の機体はとくに厳重なんだ。フォートノックスの巨大金庫を破るほうがまだ見込みがあるってほどさ」

「窓はどうだ？」

「同じだよ。どんな衝撃にも耐えられるように作られているからな。たとえ高速で何かがぶつかってきても割れないんだ」

男は、まるで何かを期待するようにその場に留まっていた。まだ言いたいことがあるらしい。仕方がない、降参だ。「何か考えがあるのか？」

彼がさらに近づいてきて、ささやくように言った。「外から入ることはできないが、もしなかに生存者がいれば、内側から出ることはできる。それしか望みはない。まだ墜ちてから十二時間だろう。パイロットひとりぐらいは生きていて、気絶しているだけの可能性もある。彼を起こすことができれば鍵も開けてもらえるはずだ」

「なるほど。では、音を立てて起こせばいいのか」

「そのとおり。さて、ここからが大事なポイントなんだが、ミスタ……」

「ストーン。ニック・ストーンだ」手を差し出すと、彼が軽くそれを握った。

「ボブ・ウォードだ。いいか、最初にコックピットに入るのは我々だけにするんだ。あるいは、信用できる者だけにする」

〝信用できる者〟と聞いてぱっと思い浮かんだのは、昨夜いっしょに機内に入った男三人と――ハーパーだった。とたんに彼女の容態が気になりだした。みぞおちのあたりにじわじわと不安が広がっていく。

「なぜだ？」おれは目の前の問題に集中しようとした。

「コックピットには、銃が詰まった箱があるからだ。万一おかしなやつの手に渡ったら、この野営地はとてつもなく危険な場所になってしまう」そう言うと、彼はおれが2Dをぶちのめした場所に視線を向けた。

「たしかにな」

「では、さっそく始めるか」ボブは早くもスライダーの方へ足を踏み出していた。どうやら彼はこの状況を楽しんでいるらしい。

近くにいた数人の助けを借り、二人で機内に入った。ジリアンがコックピットのすぐうしろにある狭い調理室で食糧を整理していた。

「どんな感じだ？」おれは訊いた。

「これで最後よ」

「わかった、午後にでも何か手を打てるか考えてみよう。すまないが、湖に二人ぶんの食事を届けてもらえないか？　ドクタとハーパーのぶんだ。それから、ゆうべおれと湖に入った三人の男を覚えてるか？」彼女が頷いた。「よかった。彼らにここへ来てくれるよう頼んでほしいんだ」

「ええ、いいわよ」

「もうひとつ。パイロットの名前はわかるか？」名前で呼びかけたほうがいいだろうと思ったのだ。「というより、全乗員と乗客の名簿があると助かるんだが」

ジリアンがパイロットの名前を告げ、ホッチキスで留めた書類も渡してくれた。それにざっと目を通した。おれの名があり、ハーパー・レインの名があって、おれの天敵2Dの名前も載っていた。グレイソン・ショーというらしい。サブリナ・シュレーダーはビジネス・クラスの11Gの客だった。さらに視線を動かすと、ユル・タンという名前が目に留まった。ゆうべノートパソコンにかじりついていた10Bのアジア人だ。ちらりと通路に目をやった。彼はまだそこにいて、相変わらず熱心にキーボードを叩いていた。ディスプレイのライトが彼のやつれた顔を照らしている。あのパソコンのバッテリーがよほど長持ちするか、彼が休んでいたかのどちらかだが、見たところ後者ではなさそうだった。かなり疲れた様子だし、イライラした焦りも伝わってくる。何か不穏なものを感じたが、それが何なのかおれには見当がつかなかった。

「そろそろ始めるか、ミスタ・ストーン?」ボブが訊いた。

「ああ。それから、ニックと呼んでくれ」

どうすることもできなかった。

色々と音は立てたのだ。ファースト・クラスのトイレを隅々まで調べもした。ふたたび地上にも降りた。夜のうちに少し動いたようで、数十センチ浮いていた機の先端がいまは完全に地面に接していた。おれたちは、前面ガラスのあまり亀裂が入っていない場所からなかを覗いてみた。パイロット三人の姿が見えたが、全員ぐったりとして動かなかった。

呼吸をしているかどうかもわからなかった。我々五人——ボブと、湖岸から駆けつけた例の三人と、おれ——はすでに何時間も奮闘していて、おれはすっかり疲れきっていた。

「みんな、悪いが少し休ませてもらう」おれは言った。「湖に戻るから、動きがあったら起こしてくれ」

「ここで休めばいいだろう、ニック」ボブが背後で叫んだが、彼が止める間もなくおれは即席の階段を下りて歩きはじめていた。正直に言えば、ハーパーの様子を見にいきたかったのだ。もう昼下がりだったが、いまだに彼女のことが頭から離れずにいた。心配なのはもちろんだ。しかし、どうやらそれだけではなかった。どうしても振り払えない感情がある。その後も何度か聞こえたボブの声を無視し、鬱蒼とした森に姿を紛れ込ませた。彼は黙って放っておくということができないタイプのようだ。

湖に向かって歩きながら、なぜいまだに救助隊が現われないのか考えてみた。たとえ墜落場所がイギリスの辺境だとしても、焚き火があれば確実に衛星画像に写るし、煙はヘリコプターからも目視できるはずだ。それに、イギリスはたしかに地図でイメージするより広大だが、あらゆるテクノロジーを備えた先進国でもある。その国が領土内で起きた墜落事故を見過ごすなどということは絶対にあり得ない。もう、明朝までこの件について悩むのはやめようと決めた。どのみちいまできることは限られているのだ。生存者たち——まずは彼らのことを考えなければ。暖と食糧と手当て。一部の者にとっては、それを得られるかどうかが生死を分ける境目《さかいめ》になってしまう。

右の方で枝の折れる音がした。見ると、2D——グレイソン・ショーだ——が四メートルほど向こうに立っていた。手に野球バット大の枝を握っている。彼がにんまりと笑い、血だらけになった歯を見せた。

こちらに武器はないし、痛みのせいで走ることもできない。たぶん戦えるほどの体力も残っていないだろう。なかなか面白いことになりそうだった。

8 ハーパー

ゆうべ、私はサイ、を産んだ。言っておくがただのサイではない。双子を身ごもったサイだ。おまけに角《つの》が三本ある。ごつごつの角だらけのサイ。二頭を身ごもった三本角のサイを、私は産んだ。ともかくもそういう気分だった。

自分に息があるのはうれしいが、呼吸するたびに襲ってくる痛みにはいまだに慣れなかった。この痛みが消えるまではずっとここで寝ているつもりだった。明るい面は、これでいくらか体重が減りそうだということだ。食欲がないし、ものを食べたときの痛みなど想像するだけで恐ろしい。

焚き火のそばで、すっぽりと毛布にくるまれた孤独。そこから抜け出した自分の姿を思い描いてみた。いまよりほっそりとして快活で、もうどこにも痛みなどない。灰のなかから蘇ったフェニックスのごとく、湖のはるか上空へと舞い上がり、惨めな暮らしに戻るまえのひとときに自由を讃えて高らかに鳴くことだろう。

そのためには体を休め、翼が生えるのをじっと待たなくては。

ドクタがずっとそばにいた。彼女は昨日よりもだいぶ堅い印象だった。無愛想で、余計なことは一切口にせず、少々人間味に欠けるとさえ感じてしまう。とは言え、たとえ患者との接し方に改善の余地があっても、医師としての知識はしっかりもっているようだった。私にもきちんと情報を与えてくれる。ゆうべ岸に運ばれたあと、私は鎮痛剤を呑んだそうだ。自分では覚えていないが、彼女によれば、そのせいでおかしな夢を見たり頭が混乱したりした可能性があるという（私からは、サイやフェニックスの話はしなかった。どちらもあまり医学的に意味があるとは思えなかったからだ）。

ドクタは私の脚をいちばん心配していた。あの機内でどこかに挟んでしまい、かなりひどい傷を負ったようだ。包帯でぐるぐる巻きにされており、今後も注意して経過を見守る必要があるとのことだった。

昨夜のことで私が覚えているのは、みんなを助けたという高揚感だった。とくに自分が運んで助けた子どもたちの姿は印象に残っている。ほかに思い出せるのは、寒かったことと、ニックの手が私を引っ張っていたことぐらいで、そのあと何が起きたかはよく思い出せない。

目を覚ますと気分はさらに悪くなっていた。おそらく鎮痛剤が完全に切れたのだろう。ニックが食事を届けさせてくれたが、とても口にする気になれずに断わってしまった。とにかく休まなくては。

何分かまえ、焚き火の前を通り過ぎる女の子に気づいた。十二歳ぐらいの、ディズニー・ワールドのTシャツを着たインド人の少女だ。

その姿を目にしたおかげで、ようやく立ち上がって歩こうという気力が湧いてきた。右脚に力が入らず、一歩出すたびに刺すような痛みを感じたものの、何度か行ったり来たりするうちにコツが摑めてきた。

立てば脚への負担が大きくなることはわかっていた。それでも、自分も何かの役に立ちたかったのだ。

大半の人々は焚き火のそばで身を寄せ合っていたが、見ると森から枝を引きずってくる者も何人かいて、弱くなった火にせっせと薪《まき》をくべていた。なかなかいい考えに思え、私も枝がすっかり消えた地面を踏んで木立の奥へと入っていった。

三十メートルほど進んだところで、人の声がした。聞き覚えのある、あの忌々しい声。

「心配するな。いまはやらない」グレイソンが、例によって相手を小馬鹿にするような悪意たっぷりの口調で言った。「おまえがいちばん油断してるときに襲ってやるよ」

「いまも充分に油断してるがな」ニックの声は落ち着いていた。

二人の姿がぎりぎり見える距離まで近づいた。ニックはだいぶ疲れた顔をしていた。黒いクマができていて、その上の目は記憶にあるそれよりずっと鋭く光っている。グレイソンが脇に垂らした手の先には、太い枝が握られていた。こちらに背を向けているので顔は見えない。

わずかに身を乗り出した瞬間、足元の枝がピシリと鳴った。顔を上げると、二人の目がまっすぐこちらを見ていた。

「ちくしょう、ウイルスみたいなやつだな」グレイソンが吐き捨てた。「いつまでもしぶとく生き残る」彼はこちらの反応を待っていたが、口をきく気はなかった。「こうなってうれしいんだろ。おまえにとっては最高の結末だよな？」

ニックは彼を無視してじっと私を見つめていた。「大丈夫か？」

「ええ。あなたは？」

「平気だ」

「やれやれ、お熱いことだな。悪いがおれは失礼するぜ。死ぬほど反吐《へど》が出そうだ」グレイソンが大股で私の横を通り過ぎていった。「おまえの恋人に片目を開けて眠れと言っておけ、ハーパー」

ほどなくして、彼が焚き火に枝を投げ込む音がした。

ニックはすでに私の目の前に立っていた。何やら深刻そうな、張り詰めた表情をしている。いったいどうしたのだろう。

「おれが無理強いしたんだよな」彼が口を開いた。「強引に機内に入らせてしまった」

「そんなことないわ」

「いや、そうなんだ。あれでもしきみが――」

「聞いて。もしまたあの状況になっても、私はまったく同じことをするわ。今朝のように朝になっても焚き火のそばで丸まったままで、目が覚めないとしてもね。見かけたのよ。私が飛行機から助け出した子どもたちを。危険を冒す価値は充分にあった。充分すぎるぐらい報われたと思ってるわ」

ひとつ頷くと、彼は視線を落とした。相変わらず険しい表情をしているが、緊張がどっと抜けはじめたのは私から見ても明らかで、それが大量の風になって吹きつけてくるかのようだった。「どこか痛むか？」

「どこもかしこもよ。全身ぼろぼろだわ」

彼は小さく微笑んでため息をつき、それから初めて声を立てて笑った。「おれもさ」

焚き火の方へ引き返すあいだ、ぐらついた枝を木から折り取って集めながら、色々といまの状況について教えてもらった。奇妙なことに、携帯電話はただの一台も繋がらないという。ただ、もしここがイギリスの僻地《へきち》であればあり得ない話ではないとも言っていた。それに、残念ながらコックピットには入れなかったという話も聞いた。彼は、パイロットは死んでいると推測していた。なかを覗いたところコックピットはかなり狭く、墜落時に致命的な怪我を負ってしまった可能性が高いというのだ。とても痛ましい話だ。

焚き火のそばに戻ると、彼に私の毛布を一枚使うように勧めた。そして、ひと通り抵抗したあとで彼が降参した。私たちはしばらく無言で坐っていた。本当は訊いてみたいことが山ほどあった。職業とか、出身地とか、どんなことでもいいから。ニック・ストーンとはいったいどういう人物なのか。そう、冷たい湖で墜落事故の生存者を助けているとき以外の彼を知りたかったのだ。彼のような人にはこれまで出会ったことがない。まるで、この地球という惑星にどこかべつの場所から送られてきたかのようだ。人間が誰しももっている弱さや欠点などとは、まったく無縁の場所から。

九回めのリハーサルを終え、イマイチだと思いながらも、いよいよ最初の質問を口にしようとしたときだった。誰かが猛スピードで駆けてきて、危うくニックにぶつかりそうになった。

あの、緑色のセルティックスのTシャツを着た若者、マイクだった。彼が膝のあいだに頭を垂らしたまま言った。「やっと……入れたぞ」

9 ハーパー

ニックやマイクに遅れず森を進むのは大変なことだった。一歩ごとに気温が下がり、ふくらはぎからは痛みが駆け上がってきた。

やがて機首側の機体に辿り着き、二人が階段状に積み上げられた飛行機の備品や荷物をひと息に上っていった。と、上に着いたニックが振り返り、こちらに手を差し伸べた。ゆうべ湖で機内によじ上ったときも、彼はこうしてくれたのだ。

ぎこちない動きで荷物の山を上っていくと、ニックが私の腕を摑んで戸口の方へ引っ張り上げた。勢い、彼の腕のなかに飛び込む形になり、彼にしっかり抱き留められた体が痛みで悲鳴を上げた。

だが、それでもいい。これなら痛くても構わない。

いっしょに湖を泳いだほかの二人——名前は思い出せない——もそこにいた。それに、誰かはわからないが、背が低くて髪がない黒いセーター姿の男も。小さな丸メガネの向こうから、私にじっと怪しむような視線を向けてくる。まるで、いったい誰がこの男子専用の樹上の秘密基地に女なんかを連れ込んだんだ、とでも言いたげな様子だ。

思わず〝ここにはおっぱいがある人間は入っちゃいけないの？〟と訊きそうになったが、すんでのところでニックがあいだに入った。「ハーパー、彼はボブ・ウォードだ。ゆうべいっしょだったワイアットとセスは覚えてるよな？」

とたんにボブの顔から警戒の色が消えた。そして、私たちが握手と頷きを交わしたところで、全員の視線が一斉に一列めの座席に向けられた。そこにはパイロットの制服を着た男性がひとり、顔に乾いた血をこびりつかせて横たわっていた。

ボブが彼に近づいて跪《ひざまず》き、背後のニックを指し示した。「ディラン、ほら、ニック・ストーンが来たぞ」こういう状況でなければ少々滑稽なほど、熱のこもった口調だった。「下のことはすべて彼が取り仕切ってくれているんだ。さあ、さっきの話を彼にもしてやってくれ」

パイロットがニックを探すようにこちらを向いた。すっかり変色した顔は大きく腫れ上がり、どこに白眼《しろめ》があるかもわからないほどだった。彼がどうにか口を開け、かぼそい声で話しはじめた。

「予定ルートを半分ぐらい飛んだあたりで一度乱気流に遭って、そのあとすべての通信が途絶えたんだ。大西洋上のどこかだ」

ニックが片手を上げた。「ちょっといいか。一分だけ待ってくれ」

何をする気だろう。彼は通路を進んでビジネス・クラス席まで行き、夢中でパソコンのキーボードを叩いているアジア人の若者の横で立ち止まった。短いやり取りのあと、若者が立ち上がってニックのあとをついてきた。

「続けてくれ」パソコンの若者に視線を向けたまま、ニックがパイロットに言った。

「いまも言ったが、この機は大西洋上空で通信不能になってしまった。だが、その後も我々は予定ルートに沿って飛びつづけた。機長はこの路線を三年も飛んでいたし、おれも半年は飛んでいたんだ。とは言え、使えるのはレーダーだけでほかには何もない。おおよその現在位置は摑んでいたものの、そもそも、あらゆる通信が消えるなどとても考えられないことだった。機長はこの機体ではなく外部の問題だと断言したが、それもちょっとあり得ない話だ。いずれにしろ、そのうち我々はヒースロー空港の管制塔から無線を受信した。到着予定時刻の二時間ほどまえのことだ。その無線によれば、通信障害は世界規模で起きているらしく、着陸は管制塔の誘導に従って行えという話だった。予定どおり滑走路に降ろすが、安全上の理由で高度七千フィートまで降下しろとも言われた。そうなると速度を落とさなければならないが、とにかく我々は指示に従った。そのときだよ。事態が一変したのは」

「爆発が起きたんだな？」ボブが先を促した。

「ああ、最初の爆発だ」

「機体の上方で起きたのか?」

「いや——後方だと思う。あちこちで起きたのかもしれない。よくわからないんだ。とにかく我々は、そこから離れようと急降下を始めた」

「そこでまた爆発が起きたんだろ?」ボブの声には、何かを期待するような熱心さがあった。

「いや……わからない。しかし……爆発とは違うことが起きた気がする。正体は不明だが。次々と衝撃波に襲われて、もみくちゃにされたという感じだった。あんなことは初めてだ。最悪の場合に備え、我々は着陸用の車輪を出してさらに降下し、減速を試みた。巨大な嵐に巻き込まれたのかもしれないと思っていた。だが、とにかく回避できなかった。その後のことはよく覚えていない。ひたすら高度を下げてやり過ごそうとしたが、結局は逃げきれなかったようだ」

ニックは相変わらずノートパソコンの若者を見すえていた。若者は、彫刻のように身じろぎひとつしなかった。いったい何があったのだろう? 私が寝ているあいだに周囲が謎だらけになってしまったという印象だ。「きみはいまの話をどう思う?」ニックが彼に訊いた。

パソコンの若者は、ニックと視線を合わせぬまま、感情を消した抑揚のない声で答えた。

「さっきも言ったように、おれには何もわからない。だが、いま聞いた限りでは嵐のせいで通信が途絶えたようだな。そのせいで墜落したんだろう。もう行ってもいいか？」

「きみの自由だ」

アジア人の若者は席へ戻っていき、最後にちらりとニックを振り返ってから腰を下ろしてまたキーボードを叩きはじめた。

本当に、何がどうなっているのだろう。

パイロットに礼を言うと、ニックはファースト・クラスとコックピットのあいだにある調理室の方へ戻ってきた。それと入れ替わりに、湖岸からついてきたサブリナがパイロットに近づいて容態を確かめはじめた。

「あのパイロットの話を信じるか？」ボブが疑り深い口調でニックに訊いた。

ニックは、ボブが自分の発言を撤回するのを待つかのように、しばし無言で彼を見つめていた。「ああ、信じるとも」

ボブがもったいぶった様子で頷いた。さながら、迷った末にたれ込み屋の情報を信じることにしたテレビドラマの刑事、といった風情だ。「残るパイロット二人は死んでいるから、ほかの目撃者から裏づけはとれないな――まあ、我々も目撃者だが。無線もすでに試したが、応答はなかったよ」

「仕方がない。ひとまず今夜もここで寝て、救助を待ったほうがよさそうだ。朝になっても誰も来なければまた考えることにしよう」

「いちばん大事なことを忘れてるじゃないか」ボブの顔に焦りの色が広がりはじめていた。

「そのようだな。おれは何を忘れてるんだ？」

「銃だよ」そう言うとボブはコックピットに飛び込み、休日に釣り上げた魚か何かのように手に拳銃をぶら下げて戻ってきた。

「しまっておけ」ニックがぴしゃりと言った。「それから、鍵はおれが預かる」

ボブはぶつくさ呟いていたが、鍵を手に戻ってきてニックの手のひらにそれを載せた。

「銃は四挺ある。きみらに一挺ずつ渡せるぞ」彼が顎をしゃくり、泳ぎの得意な三人とニックを示した。どうやら私は〝拳銃クラブ〟に入っていないようだ。

「持ち歩くつもりはない。睡眠は必要だし、そのあいだに奪われたら大変だ。危険すぎるだろ」ニックが鍵に視線を落とした。「こいつも同じだな」そう言うと、彼はその鍵を私に手渡した。「おれたち五人がコックピットに入ろうとしていたことは、すでにまわりに知られているんだ」

私はぴったりしたジーンズのポケットにそれを押し込んだ。そこから熱が放出されているような気がした。『ロード・オブ・ザ・リング』のフロド・バギンズにでもなった気分だ。何しろ、三〇五便の生存者の命に関わる鍵を預かってしまったのだ。またひとつ重荷を背負ったわけだが、〝決断〟に比べればさほど恐いとは思わなかった。

湖岸の焚き火に向かってニックと森を歩きはじめたころには、日はすでに傾きかけていた。どちらも口をつぐんでいたが、私の頭のなかは質問を見直するのに大忙しだった。要するに私は彼の職業を訊きたいのだ。いや、何も自分に嘘をつくことはない。私が望んでいるのは、なるべく遠まわしな形で決定的事実を突き止めること。つまり、ニック・ストーンの人生に女性がいるかどうかを知りたいのだった。いまごろ彼の家ではかわいらしいレディが待っているのだろうか。ミセス・ニック・ストーンが。それとも、心が冷たくて痩せぎすで、ファッション中毒で、サンタのように嘘で固められた恋人でもいるのだろうか。ああ、我ながら何て勝手なことを。脚が痛いせいだ。ただの言い訳かもしれないが……。

やがて私たちは焚き火のそばに落ち着き、湖に沈む夕陽を眺めた。そして、太陽がすっかり水平線の下に隠れてしまったころ、ついに私は聞き取り調査を始めることにした――もちろん、さりげない口調でだ。

「あなたはどこの出身なの、ニック?」

「あちこちで暮らしたよ。きみは?」

「育ったのはイングランドの小さな町だけど、いまはロンドンで暮らしてるわ」

「きみから見て、ここはイングランドっぽいか?」彼が湖や周囲の森を指し示した。

「ええ、そんな気がするわ」

「そうか、おれもだ」そう答えると、彼はごろりと横になって顎まで毛布を引き上げた。「くたくただよ、ハーパー。また明日の朝にな」

彼はあっという間に眠りに落ちたようだった。ふと、グレイソン・ショーの最後の台詞が蘇った。〝おまえの恋人に片目を開けて眠れと言っておけ、ハーパー〟

私も彼と焚き火のあいだに横になり、星空を見つめた。今夜は眠れそうになかった。充分に寝てしまったせいもあるが、本当はもっと大きな理由があった。正直に告白すれば、ニック・ストーンのように心惹かれる相手の隣で眠るなど、ずいぶん久しぶりのことだったのだ。

10 ニック

目を覚ませば、そこにヘリコプターや懐中電灯の光があり、イギリスの救助隊が〝そっちのきみは大丈夫か？〟とか〝次はきみの手当てをしよう〟とか叫んでいるかもしれない。そう期待していた。

だが、そんな幸運は待っていなかった。青緑色の湖に面したぬかるんだ岸辺には、昨夜と何ひとつ変わらぬ風景が広がっていた――青い毛布にくるまった人々が、消えかけた焚き火を囲んでいくつも輪を描いている。動いている者はほんの数えるほどで、その彼らも疲れたようにぼそぼそとことばを交わしているだけだった。

膝立ちになり、焚き火に向かって体を丸めているハーパーの方へ身を乗り出した。彼女は寝息を立てて眠っていた。たとえどんなに大金を積まれても、その眠りを邪魔するつもりはなかった。

野営地を見まわし、三〇五便の生存者が朝を迎えて起きだすのを眺めるうちに、おれは二つの単純な事実を悟って愕然とした。墜落事故からもう三十六時間以上が経過したということ。そして、すでに救助が来ていなければおかしいということだ。

機首側の機体に着いたとたん、おれは既視感に襲われた。今朝もまた、そこに怒れる群衆の姿があったのだ。二日あれば二日とも集まってくるというわけか。グレイソン・ショーの姿もやはり見受けられたが、ただし今回は人々の前に立ちはだかっているわけではなかった。二日酔いなのか、げっそりした顔でうしろの方に坐り込んでいる。どうやらついに酒が一滴もなくなってしまったようだ。だが、そのせいで彼はさらに危険になるかもしれなかった。

疲れていて気づかなかったが、機首側の食糧はゆうべ底をついたようだった。群衆は食糧を溜め込んでいる者がいると文句を言い、野営地から探し出して再分配するべきだと主張していた。「ダイエット・コークのためなら人を殺してもいい気分だ」シワだらけのスーツを着た痩せた男が、そう言うのが聞こえた。もしこの危機を乗りきれたら、コカ・コーラ社の株価を調べたほうがいいかもしれない。

怒りの矢面に立たされているのはジリアンだった。群衆は、まるで機内サービスが不行き届きだとでもいうように彼女を責め立てていた。実際には彼女も生存者のひとりにすぎないのに、制服を着ているというだけで食糧の分配役にされてしまっているのだ。彼女はおれの姿を目にしてほっとしたようだった。

「助けてちょうだい」走ってきたジリアンが両手でおれの腕を掴み、即席の階段の足元まで引っ張っていった。そして、彼女と並んでおれを群衆の前に立たせた。

そこにはボブ・ウォードとサブリナの姿もあった。二人は険しい表情を浮かべていたが、どちらもおれを励ますように頷いた。

人々が騒ぐのをやめ、そっと肘で突いてささやき合った。

〝彼よ〟

〝ああ、湖のときの男だろ〟

「いいだろう」おれは口を開いた。「食糧を探しにいこう。だが、すぐには手に入らない」

「いますぐ何か欲しいのよ！」泥で汚れたセーターを着た女性が叫んだ。

「いまは何もないんだ、わかるだろ？　いいか、おれたちは協力しなくちゃならない。みんなで動けばみんなが食べられる。だが、それができないなら全員飢え死にしてしまうかもしれないぞ」

〝飢え死に〟は失敗だった。人々が一斉に反応し、あっちでもこっちでもその単語が飛び交ったかと思うと、やがて〝飢え死に〟の大合唱が起きてしまったのだ。そのことばを取り消してみんなの注意をふたたび惹きつけるまで、二、三分はかかってしまった。

「それで、どうやって食糧を手に入れるんだ？」肥満気味の男が、ニューヨーク訛りの強い発音で訊いた。

たしかに、どうすればいいんだ？　そこまで考えていなかった。そして、このままでは行き着く先が見えていた。みんなが好き勝手に意見を言いはじめ、そこにいちいちあら探しをする者が登場すれば、おれたちは日が暮れてもなお空腹のままここで議論を続ける羽目になるだろう。いますぐ案を出さなければ。

論理的に考えて、このあたりで手に入る食糧は二つしかなかった。尾翼側の機体に残された食事か、湖の魚だ。陸地で動物を狩る手もあるが、それでいつまでもこの人数の腹を満たせるとは思えなかった。ただし……近くに農園でもあれば話はべつなのだが。かなり望みは薄いが、今後のためにそのアイディアは心に留めておくことにした。

「よし、第一段階だ」おれは努めて威厳たっぷりに言った。「在庫調べをするぞ」

「在庫?」

「そうだ」おれはジリアンと――気の毒なジリアンだ――ボブ・ウォードを指差した。ボブは背筋を伸ばし、キャンプの指導員さながらにめいっぱい厳《いか》めしい顔を作ってみんなを見まわした。少なくとも彼は、相変わらずこの状況を楽しんでいるようだ。「ジリアンとボブがいまからきみたちに訊いてまわる。手荷物や預けた荷物に何が入っているか、座席はどこだったか――というより、どの収納棚に荷物を入れたか――を知りたい。役に立ちそうなもの、とくに食糧があれば教えてくれ。それから、釣り道具や潜水用具をもっている者はいますぐおれのところへ来てほしい。ウェットスーツとか、何ならシュノーケルでも構わない」

でっぷりした四十代ぐらいの男が笑い声を上げ、人々の方を向いた。「おいおい、十一月のニューヨークでシュノーケリングをしようなんてやつは、滅多にいないと思うがな」まばらに笑いが起きると、男はにやりと笑みを浮かべてこちらの反応を待った。

こういうタイプはよくいるし、できればやり込めてやりたいが、もうひとり敵を増やすような余裕はなかった。そこでおれは常識的な対応をとることにした。

「そのとおりだな。だが、乗り継ぎの客もいると想定してるんだ。カリブ海でダイビングを楽しんだ帰り、という者がいるかもしれないだろ。JFKは国際線を繋ぐ主要ハブ空港だ。バハマのナッソーからJFK経由でヒースローに帰るというのはあり得ない話じゃない。反対に、ヒースロー経由で地中海に向かうつもりだった者もいるかもしれない。だから幸運を期待して訊いたんだ」

さっそくジリアンが聞き取りを始めたが、ボブはなかなか動こうとしなかった。「湖に潜って食糧や物資を取りにいくつもりだな」

「ああ。それしか手はなさそうだ」

「それはそうだが、ひとつ問題があるぞ」ボブはそこでわざとらしく間を置いた。どうも彼は、〝問題がある〟と言ってから黙り込むのが好きなようだ。

「と言うと？」

「預けた荷物はすべてLD3に収められるんだよ」

なるほど、LD3か。

「LD3？」

「ユニットロード・コンテナさ」

ユニットロード・コンテナ。なんだ、最初からそう言ってくれればいいのに。

「そう言われても何のことかわからないな、ボブ」

「荷物を積み込むための金属製の箱だ。小型の飛行機では荷物はそのまま積むが、この、我らがボーイング777型機のような大型の機では、荷物はLD3に収められたうえで飛行機に積まれるんだよ。そのほうが多くの荷を積めるし、管理もしやすいからな。777

型機の場合、LD3が三十二箱、さらにパレットも一ダースほど積めたはずだ。はっきりとは覚えてないが」

「パレット?」

「ああ。食糧や物資なんかを積んでおく平板だ」

「それで、何が言いたいんだ?」おれは訊いた。

「LD3は、横二列になって尾翼近くまでぎっしり詰まっているはずだ。だから、たとえそこまで潜れても中身は出せないと思うんだ。手前の二箱は何とかなるかもしれない。だが、それを引っ張り出してうしろの箱を開けるなんてことは不可能だろ。つまり、預けた荷物から何かを取り出せる見込みはないってことさ」

つまり、おれの案はボツだということだ。「教えてもらってよかったよ」

「ジリアンやパイロットに訊いて、パレットがどの辺に積んであるかは探っておくよ。もし断裂部付近か機首側にあれば食糧が手に入るかもしれない」

「そうだな。助かるよ、ボブ」

ボブ・ウォードか。厄介なタイプかと訊かれればイエスと答えるし、役に立つかと訊かれれば、やはりイエスと答えるだろう。

次はドクタが待っていて、〝何かが決定的に間違っているわ、ミスタ・ストーン〟とでも言いたげな表情を浮かべていた。と言っても、サブリナは初めて会ったときからそんな顔をしていた。彼女にとってはこれが普通なのかもしれない。

「やあ、サブリナ」腹をくくって声をかけた。

「屋根のある避難所を作ったほうがいいわ」

そう思っているのは、何も彼女だけではないだろう。

「なぜだ？」

「ここにいる人の大半は最初の晩に軽い低体温症にかかっていたの。あなたやミズ・レインのように中等度の症状を示している人もいたわ。そして、今朝になってある傾向が見受けられた。二人にひとりが風邪をひいているのよ。このまま屋外にいたら症状が進んでしまう。雨でも降ればさらに悪化してしまうでしょう。いつ細菌感染症や肺炎にかかる患者が出てもおかしくない状況よ。避難所が無理でも、せめて高齢者とか免疫抑制剤――自己免疫疾患に対して一般的に使われる薬よ――を服用している人とか、そういう免疫力が落ちている人たちは機首側の機体に隔離したいわ」

「わかった。まずは誰かに頼んで、機体を支えている木がもつかどうか調べてもらおう。ゆうべも少し動いたんだ。下手に人を乗せたら崩れ落ちてしまうかもしれない。夜には戻ってくるから、そのときにまた相談しよう」

「どこへ行くつもり？」

「ちょっとこの周辺を調べてみたいんだ。食糧が必要だし、もしかしたら救助を呼べるかもしれない。あるいは、もっといい避難場所があるかもしれないからな」

サブリナが目を見開いた。「いい考えだけど、あなたは行っちゃだめよ」

「え？」

「あなたはここにいなくちゃ」

「なぜだ？」

「あなたがいないと、ここは滅茶苦茶になるからよ」

何と答えていいかわからず、無言で彼女を見つめた。たぶん彼女の言うとおりなのだろう。にわかに不安になったが、それと同時に、久しく忘れていた感覚が蘇ってきた。充足感というやつだ。いまのおれには、やるべきことをやり、それが人の命を救うことに繋がっている、という確かな手応えがあった。そんなふうに感じるのは、本当に久しぶりのことだった。

何とかひと息つけそうだ。ボブが、機首側の機体で食糧を積んだパレットをひとつ見つけたのだ。あちこちにぶつかって潰れたり破れたりしていたが、集めれば充分に二回ぶんの食事をまかなえそうだった。これでみんなの気力も持ち直すはずだし、差し当たって最大の不満も解消されるというわけだ。

サブリナは荷物調査をするなら医薬品を、とくに抗生剤を探してほしいと言っていたが、いまのところめぼしい成果はなかった。釣り道具をもっているという申告はいくつかあったし、シュノーケリング・セットがあるという客も二人ほど見つかった。と言っても、どれも湖底に沈んだ荷物のなかにあり、例の鋼鉄の箱にしまい込まれていたが。おれは湖の機体までいっしょに泳いだ者たちにそれとなく探りを入れてみた。が、さすがの彼らも水底の飛行機の残骸に潜り込むことにはためらいがあるようだった。無理もない。そこで彼らには、比較的健康な乗客たちとともに周辺の探索に出てもらうことにした。彼らが三人ずつの四チームに分かれて四方に散っていったのは、二、三時間まえのことだ。人でも物資でも、もし何かを発見したらすぐに帰ってくるし、何も見つからなくても正午には引き返す約束になっていた。何とか日没までには戻れるといいのだが。いずれにしろ、そのときにはもっと情報が得られるだろう。

そう願っている。

ハーパーは体調を崩していた。

起きてもひどく咳き込んでおり、頭痛や微熱もあるようだった。自分では大丈夫だと言い張っていたが、心配したサブリナは問答無用で彼女を機首側の機体に移してしまった。機体の胴体部分を支えている木はおれが確かめ、いまだに不安定な状態だと判断していた。しかし、いまはほかの選択肢がないのだから仕方がない。

青い毛布を垂らして覆っていても、ぽっかり開いた穴からは数分おきに冷たい風が吹き込んできた。昼のあいだは焚き火のある湖岸より寒いかもしれない。それでも夜はこちらのほうがずっとましだろうし、サブリナがこれから患者を詰め込めばさらに暖かくなりそうだった。

と、あの謎めいたアジア人、ユル・タンがいい解決策を思いついた。壁を築くというのだ。彼はサブリナと協力してファースト・クラスとビジネス・クラスの持ち込み荷物を集め、それを天井まで積み上げた。隙間もしぼんだ救命胴衣ですべて塞いだ。見た目は不格好だが、効果は覿面《てきめん》だった。

ハーパーは自分がもといたファースト・クラスの座席、1Dに腰を下ろして伸びをした。

「役立たずになった気分だわ」そう言うと、彼女はまた咳をした。

「いまはみんなそうさ。待つ以外にできることはないからな。もう少し辛抱すればここから出られる」

「本当にそう信じてるの？」

「もちろん」ほとんど反射的に頷いた。いまはそう答えるしかないだろう。だからこそ、おれはほんのわずかでも声に不安が混じらないように必死で頑張っていた。

それから一分ほど、おれたちは彼女のシートに二人ぶんの体を押し込み、休める席を探してゴホゴホ咳き込みながら進んでいく患者の列を眺めていた。

「それで、そろそろ教えてもらえる？　何でもできちゃう謎の人物、ニック・ストーンは日頃どんな仕事をしてるのか。困ってる乗客を助ける必要がないときは、いったい何をしているの？」

「おれか？」どう答えるべきか迷い、一瞬口ごもった。「べつに……生存者の救出みたいな面白いことは何もしてないよ。きみは？」

「私は物書きなの」

「そうなのか？　おれも読んだことがあるかな？」

彼女はうつむき、咳にも笑い声にも聞こえる音を出した。「もしかしたらね。これまで六冊書いてるから。でも、私の名前が載ってる本は一冊もないの。その本について人に話すことも禁止されてるのよ」

意味がよくわからなかった。どうやら辛《つら》い話題のようだが。だが、詳しく訊こうとしたそのとき、視界の隅に手を振る人影が映った。マイクだ。階段の足元に立っており、隣には彼女とともに東に向かった二人の姿もあった。みんなへとへとのようだ。腰を屈めて両手を膝に突き、苦しそうに呼吸を弾ませている。何があったかわからないが、ずいぶん慌てて帰ってきたとみえる。

おれはすぐさま立ち上がり、四秒後には外へ降りていた。「何か発見したのか？」

「ああ」マイクが唾を呑んだ。興奮しているが、それだけではなさそうだった。どこか緊張した様子なのだ。「見つけたんだ……何かを」

11　ニック

ゆうべはほとんど眠れなかった。マイクが撮ってきた写真が頭から離れなかったのだ。原野の真ん中でピカピカ輝いている、ガラスと滑らかな金属でできた八角形の建築物の写真。そこへ通じる道や通路は一本もなく、車も、看板のようなものも一切見当たらなかった。草が背高く生い茂った野原に蜃気楼のように現われた、謎の建築物だ。

マイクが写真を撮ったのは数キロ離れた丘の上で、チームはそこから大急ぎで戻ってきたという話だった。従って、内部に何があるのかはまったくわからない。寒さと飢えに苦しむ三〇五便の生存者のためにも、あのガラスの建物に食糧が詰まっていることを願った。衛星電話があって、この窮地から脱出できるというのでもありがたい。事態はいよいよ抜き差しならないところへ来ていたからだ。

食糧は今朝でなくなるはずで、新たに手に入れる方法は事実上皆無だった。少なくとも、百四人の腹を満たせるほどの食べ物を得る手立てはない。ジリアンには、今日は果実やナッツを探すチームと火の番をするチームにみんなを分けてほしいと頼んでおいた。と言っても、その主な狙いは人々を忙しくさせて衝突を避けることにあった――実のところ、ここには食用植物を見分ける知識がある者などひとりもいなかったし、サブリナからも、試しに口に入れたりすれば新たな問題が生じる恐れがあると忠告されていたのだ。

しかし、それでも人々には作業が必要だった。どこで聞いたか忘れたが、こういう状況では、食糧よりも目的を失うことのほうがより多くの人命を奪うのだそうだ。

湖のおかげで水はたっぷりあった。が、安心材料はその一点のみだった。食糧なしでしのげるのは二、三日で、うまくいけばもう少し耐えられるかもしれないが、それを過ぎれば状況はいよいよ醜悪さを増していくに違いなかった。

日が昇ったら、四つの探索チームは最後のわずかな食糧を掻き集め、最長で一泊二日の旅に出ることになっていた。探索距離を倍に延ばすためだ。

マイクは賢く、昨日も携帯電話を持ち歩いていた。今日はひとりにつき二台の電話を必ずもっていかせる予定だった――バッテリーが残っていればだが、自分たちのものに加えてほかの客のを一台もたせるのだ。三人構成の四チームだから、合計二十四台の電話をもつことになる。できるだけ色んなメーカーや通信会社のものを取り交ぜ、受信する可能性を最大限に高めるつもりだった。彼らには一時間ごとに立ち止まって電源を入れ、電波を確認してもらうことになる。それに、何かめぼしいものや目印になりそうなものを写真に収めてもらう。昨日、各チームから伝え聞いた風景――木が茂った起伏のある丘や、点在る草原——は、ヨーロッパ北部にもスカンディナヴィアにも、イギリス諸島にも見られるものだった。だが写真に撮れれば、乗客の誰かがそこに見覚えのあるものを発見するかもしれない。そうなれば、どの方向へ出発するべきか、あるいはこの場所がどれぐらい人里から離れているかを判断できるかもしれないのだ。

湖の向こうに目をやると、木々の突端から最初の日差しが顔を覗かせたところだった。しばらくそこに坐り、朝の冷たい空気に白く濁る自分の息を見つめ、右手ではぜる焚き火の音に耳を傾けた。そして、ゆっくりと立ち上がり、そのまままっすぐ森へ向かった。

ボブ・ウォードが、機首側の機体に設置したにわか作りの階段のところで待っていた。

「私もいっしょに行くぞ」彼が宣言した。

「きみは来るな、ボブ」足を速めて通り過ぎようとしたが、彼が素早く行く手に滑り込んできた。

「マイクが撮った写真を見たよ。あそこには何かありそうだ。私も連れていったほうがいいぞ、ニック」

心を鬼にしなければならない。気は進まないが、いまは百四人の命が危険にさらされているのだし、彼らを救える時間も刻々と失われているのだ。「ここでもやることは山ほどあるだろ、ボブ。おれたちは強行軍で野山を進むんだ。ついてこられない者のために足を止めてる余裕はない」

「私もついていける」
残念だが信じることはできなかった。ボブはもう六十ぐらいだ。おれでさえ、自分より
十歳ほど若くて体もはるかに鍛えているマイクについていけるかどうか、不安だというの
に。
おれはため息をつき、理屈でわかってもらおうとした。「いいか、もしきみが午後にな
ってへたばっても、日没までに野営地に戻ることはできないんだぞ。そうなったらひと晩
中寒さに震えることになる。食糧もないし――」
「わかってるさ、ニック。もし動けなくなったら、私を置き去りにしろと言うよ。危険は
承知のうえだ。さあ、いつ出発する？」
もはやボブは止められないようだし、はっきり言えば、こんなことでもたついている暇
はなかった。おれは頭を振ってついに降参した。「いますぐだ。マイクを呼んできてくれ。
彼が来たら出発する」

機内に入ると、ハーパーの座席の傍らに膝を突いた。深く眠り込んでいるのか、それと
も意識がないのか。肩を揺すってみたが、彼女は目覚めなかった。髪が汗でぐっしょり濡
れている。シャツも同じだ。額の汗を拭き、湿った髪を掻き上げてみた。その肌はぞっと
するほど熱かった。かなり深刻な病状のようだ。

その瞬間、あの朝、湖岸で感じたのと同じ感覚が襲ってきた。あのときサブリナについ

ていくと、彼女はいかにも頼りなげな様子で焚き火のそばにぐったりと横たわっていた。ほかの乗客たちは墜落した際に怪我を負うなどしたし、ハーパーもそれで傷を負った。だが、それでも彼女は元気だった。

おれが泳げと頼んで彼女の命を危険にさらすまでは。

おれのせいだ。おれのせいで彼女は死にかけている。

どうにか立ち上がり、その場を離れた。

サブリナは後方にいて、何やら小声でユルと話し込んでいた。「ハーパーは診てくれたのか？」おれは彼女に訊いた。

「ええ」ひと言そう告げると、彼女は黙ってこちらを見つめた。

「それで、見通しはどうなんだ？　どういう処置をしてる？」

「いまは経過を観察しているわ」

「それだけか？」

「彼女は感染症にかかっているの。彼女の体が病原体を撃退できるかどうか、見守っているところなのよ」

「どう見ても無理だろう」おれは叫びたくなる衝動を必死で堪《こら》えた。「額に触ってみたが、いまにも爆発しそうな熱だったぞ」

「いい兆候よ。彼女の免疫系がしっかり防御反応を起こしているということだもの」

「きっとその防御反応とやらでは間に合わないんだ。日に日に悪くなってるじゃないか。体を揺すっても目を開けなかったぞ。いますぐ抗生剤をやってくれ」

サブリナが何歩かこちらに近づき、声を落として言った。「抗生剤はほとんど残っていないの。重症患者のためになるべく節約してるのよ」

「ハーパーだって重症だろ」

「私が言っているのは、命に関わるほどの重症患者よ」

気持ちを鎮めようと、首を振った。すっかり頭に血が上っていた。疲労、あのろくでなしとのトラブル、睡眠不足、それにここ四十八時間ほどの精神的苦痛がいっぺんにのしかかってきたようだ。自制が効かなくなっている――自分でもそれがわかった。どうにか冷静な口調を保とうとしたが、成功しているかどうかはわからなかった。

「彼女がこうして死の淵に立たされているのは――いや、そもそも病気になったのだって――あの晩、機内に入ってみんなを救ったからなんだ。おれたちは彼女に借りがある。今度は彼女の命を救うべきだろう」

だが、反応はなかった。返事さえ返ってこない。猛烈な怒りがこみ上げてきた。

「いいだろう、サブリナ。もし彼女が死んだら、ここにいるみんながそれをどう解釈するか考えてみよう。わかるか？　たとえ他人のために危険を冒しても、用が済んだら見捨てられて、命も救ってもらえないと思うに違いない。きみがしようとしてるのはそういうことだぞ。それはとても危険な行為だ」

「もし私が今日、まだ絶対に必要でもないのに彼女に抗生剤を与えたら、ほかの誰かを死に追いやるかもしれないの。それも危険な行為だと思うわよ。私はなるべく多くの命を救うためにリスクを天秤にかけている。あなたには馴染みの発想だと思うけど――あなたもあの湖で同じことをしたわよね」

「きみは本当に話が通じない人間だな、サブリナ。自覚はあるのか？」

「あなたは客観的な判断力を失っているのよ。論理的にものを考えられなくなってるわ。それは、あなたがミズ・レインに対して個人的な思い入れをもっているからで――」

「きみにそんなことが――誰かに思い入れをもつという意味がわかるのか？　それとも学術雑誌か何かで読んだだけか？」

「あなたが偏った判断をしているってことは、簡単に証明できるわ。4Dにいるウィリアム・ボイド。彼はミズ・レインより重症よ。でも、あなたはまだミスタ・ボイドの容態を訊いていない」

「ウィリアム・ボイドはあの機内で溺れかけたりしてないだろ。ハーパーはそうだったんだ。いや、そもそも彼女が頑張ったからウィリアム・ボイドは助かったんじゃないのか！　おれが命を危険にさらせと彼女に頼み、彼女はそれを聞き入れた。だからおれたちは」ほとんどわめきながら、おれはサブリナと自分を指差した。「何としてでも彼女を助けなくちゃならないんだ」

「ハーパーがミスタ・ボイドを助けたわけじゃないわ。彼は湖に入っていたの。生存者を機体から岸まで運ぶ列に加わっていたのよ。だけど、いまは救出作業で何をしたかなんて関係ない。あなたがミスタ・ボイドの容態を訊かないのは、彼に個人的な思い入れがないからよ。あなたは客観性に欠けるわ、ニック。私は違う。そうね、あなたが暗に言ったように、あくまで感情を排して事に当たれる人間は私だけかもしれないわ。ここの人たちをどう手当てして、いかに救える命の数を増やすか、理性的に判断できるのは私だけなのよ」

埒《らち》が明かない。まるでロボットと話しているようだ。顎に力が入りすぎて、いまにも奥歯が砕けそうだった。

「抗生剤を寄こせ」

サブリナは、まるで怯《ひる》むことなくこちらを見すえていた。

「聞こえただろ、サブリナ。渡すんだ」

「私を脅してるの？」

「ああ、そのとおりだ。きみこそ人の命を脅《おびや》かしてるだろ。おれが……みんなが多大な借りを返さなければならない人なのに。きみの好きにはさせない。医者として馬鹿げたチェス・ゲームをやるというなら、ほかの誰かを相手にしてくれ」

「いつかこのときが来ると思っていたけど、まさか相手があなただとはね」

「このとき？」彼女の顔を見つめるうちに、じわじわと疑惑の念が湧いてきた。「何をしたんだ？」

「抗生剤は隠したわ。ほかの薬もすべてね」

彼女ならやりかねない。おれのなかで熱くたぎっていた憤激が、研ぎ澄まされた冷酷な怒りに変わった。自分が何をするかわからず、恐くなるほどだった。

無言のまま踵《きびす》を返して通路を進み、ボブ・ウォードの横を通り過ぎた。マイクも傍らに立っていた。

「準備ができたぞ、ニック」ボブが言ったが、おれは振り返りもしなかった。

ハーパーの席で立ち止まり、汗で湿ったジーンズのポケットに手を入れて昨日渡した鍵を探り出した。続いてコックピットに入ると、箱の錠を開けて蓋を跳ね上げた。四挺の拳銃がそこにぞんざいに放り込まれていた。

銃の扱い方は小さいころに身につけていた。おれが育ったような環境では、子どもは常に誘拐される危険と隣り合わせで生きていたのだ。

いちばん上の銃を取り出し、しばらくその重みを感じていた。この感触に慣れろ、おまえなら考えを実行に移せるはずだ、そう自分に言い聞かせながら。だが、銃を手にしたままコックピットにうずくまったころには、やはり無理だと悟っていた。おかしなものだ。

それがどんなに自分の倫理観に反する卑しい行為でも、頭ではやれるような気になるときがある。しかし、本当の決断を迫られるのは、それを実行する道具の感触を体が味わった瞬間なのだ。そして、その瞬間に初めて己の限界を知ることになる――そう、おれにはできない。そんな自分が悪人なのか善人なのかは、よくわからなかった。

向こうに救いがあることを願った。心の底から。

残りの三挺の銃をジャケットにしまうと、蓋を閉めてしばらくそこに立っていた。手のなかに鍵はあったが、頭はいまだに諦めがつかなかった。おれの覚悟など、所詮はうわべだけのものだった。結局は分別が勝ったということだ。それならそれで仕方がない。

おれが近づいていくとサブリナは身を硬くしたが、それを無視して彼女に鍵を渡した。

「コックピットに錠がかかる箱がある」半分背中を向け、呟くようにそう言った。「薬をしまっておくといい――手近に置いておけるし、雨風からも守れるだろう。鍵はその一本だけだ」

彼女は無言でポケットに鍵をしまい込んだ。黒い瞳がまっすぐこちらを捉えていたが、そこには何の感情も読み取れなかった。

いまの自分がサブリナや周囲の者たちにどう見えているか、想像するしかなかった。病的だとか狂っているとか、そんなふうに思っているのだろう。だが、おれは彼らと違い、この四十八時間のあいだ数々の重大な決断を迫られていたのだ。もし正常な状態にあるときだったら自分はどうしていただろう、と思った。もし休息も食事も充分にとれていたら。もし、いますぐ自分が何とかしなければ百人以上の命が危うくなる、という状況でなかったら。

とりわけ、彼女の命が。

しかし、いずれにしてもサブリナは暴力に屈したりしないだろう。そんな手段を考えたのみならず、実行しようとした自分を恥じた。とは言え、彼女にも効きそうな手があることはわかった。理屈で攻めるのだ。それにもうひとつ弱点がある。彼女は、相手の心を読むことが苦手だ。おれのなかで、湖岸で救出計画を練ったときと同じぐらいはっきりと解決への道筋が見えてきた。これならきっといける。

「きみの見通しが狂うと困るから、あらかじめ言っておこう。きみが指摘したように、おれはハーパーに個人的な思い入れがある。彼女に面と向かって命を危険にさらせと頼んでしまったからだ。こんなことになって責任を感じている。もし彼女が死ねば、おれは鬱《うつ》状態になるだろう。精神に変調を来《きた》すということだ。きみは精神疾患についても学んだはずだよな」

返事を引き出すために、そこで口を閉じた。

「ええ」

「鬱状態に陥れば、おれはもうリーダーシップを発揮できなくなる。生死に関わる判断を即座に下すなど、とうていできなくなるだろう。きみも昨日言っていたが、おれ抜きではこの野営地は滅茶苦茶になるはずだ。そのせいで失われる命もきっとあるだろう」

サブリナの視線がハーパーに向けられ、またこちらに戻ってきた。おれから見ても、彼女が脳と呼ぶ生体コンピュータが回転しはじめたのは明らかだった。「覚えておくわ」彼女が言った。

果たしておれの話を信じたのか、手がかりを摑もうと彼女の表情をうかがったが、何も読み取ることはできなかった。

ハーパーの席を通り過ぎるころ、おれはこちらを見つめる機内中の視線を感じていた。できることはすべてやった。あとはおれ自身が信じられるかどうかだ。

外へ出ると、いまの争いのことは忘れて目の前の重要な任務に集中しようとした。おれは残り三チームのリーダーに銃を渡した。彼らが今日向かうのは、進路を四十五度ずらした北西、南東、南西の方角だった。マイクとボブとおれは、ガラスと金属の建築物を目指して昨日マイクが行った東へ進むことになる。今日はペースを上げ、正午まえに目的地に到着したいと考えていた。

「銃は獣に襲われそうになったときだけ使え。どうしても必要になるまで弾を節約するんだ。そして、もし今回も救助を呼べそうになかったら、明日、引き返す途中で大型の獲物を探してほしい。鹿でもヘラジカでも牛でもいいから、見つけたら何でも仕留めろ。それから急いで野営地に戻って、獲物を運ぶために手伝いを呼んでこい。みんな状況は理解していると思う。おれがくどくど説明する必要はないだろう。はっきりしているのは、明日おれたちが救助隊も食糧も持ち帰れなければ、その先、犠牲者が出つづけるということだ。高齢者や弱い者から飢えはじめるだろう。それに、医薬品がなければ生き延びられない者もいる。おれたちがやり遂げるか、人々が死ぬか、それだけだ。幸運を祈る」

各チームが散っていき、マイクとボブとおれも、厚く葉を茂らせた木々や霜の降りた下草を掻き分けて歩きだした。高く伸びた草は日の出とともに霜が解けはじめ、進むにつれてパンツの膝から下がぐっしょりと濡れていった。寒い朝だったが、速いペースのおかげで体温は下がらなかった。ハーパーのことはなるべく考えないようにした。

携帯電話の電源を入れて写真を撮るため、一時間ごとに立ち止まった。だが、一度も電波は受信できなかったし、めぼしいものも見当たらなかった。まさにマイクに聞かされたとおりだ。丘と草原と、見渡す限りの木々。肉眼で見ても、昨日ボブが持ち込み荷物のなかから発見した双眼鏡で確かめても、結果は同じだった。

やがておれたちはマイクが写真を撮った丘の上に辿り着き、八角形のガラスの建物を見やった。目算で十六キロほど先だと予想したが、実際に歩いてみてもそのぐらいはありそうな感触だった。おれたちは昼食もとらずに歩きつづけた。感心したことに、ボブは約束どおりに遅れずについてきた。ただし、マイクやおれよりもはるかに息切れしていたし、顔にはっきりと疲労の色が浮かんでいたが。一時間単位で老化が進んでいるかのようだ。だが、彼なら何があっても最後まで粘り通すだろうと思えた。

八角形の建物までの道のりを半分ほど進み、定時の確認のために足を止めたときだった。双眼鏡で周囲を眺めていたおれは、そこであるものを発見した。南の方角、やはり十六キロほど先に、石造りの田舎屋があったのだ。おれはその場所を頭のメモに書き留めた――もしあのガラスの建物が空振りに終わったら、そこが次の目的地になるからだ。さらに何分か家を観察し、生き物の気配がないか目を凝らしたが、動くものは何もなかった。どうやら廃屋のようだ。

そして、予定より遅くなった午後も半ばに、おれたちはようやくガラスの建物に到着した。それは丘の上から見た印象よりずっと大きかった。少なく見積もっても、高さ十五メートル、幅九十メートルはありそうだ。壁面には青白い磨《す》りガラスのパネルが並んでいて、フレームはアルミニウム製のように見えた。

そこに出入りするための小道――舗装路であれ、未舗装路であれ――は一本もなかった。実に奇妙な話だ。

おれたち三人はドアを探して周囲をまわりはじめた。と、半分ほど来たところで封印が解かれる音がした。見るとパネルの一枚が床から天井に向かって上昇しており、やがて、磨りガラスの向こうに信じがたい光景が現われた。

三人とも、目を見開いてそこに立ち尽くしていた。

この場所を知っていた。かつてたった一度だけ来たことがある。だが、それは子ども時代を通してもっとも鮮やかに頭に焼きついた記憶だった。

当時八歳だったおれは、一週間まえからこの場所に来る瞬間を指折り数えて待ちわびていた。ただし、楽しみにしていたのは目的地ではない。父と出かけられることがうれしくてならなかったのだ。そのころの父はイギリスに駐在するアメリカ大使で、いっしょに過ごせる時間は多くなかった。けれど、その日は父にとても近づけた気がした。

あの日のドライブも、この場所を初めて目にしたときのこともはっきりと覚えている。朝靄がまだ立ち込めていて、緑の野にそびえる古代の宝をベールのように包んでいた。そちらへ近づきながら、おれは心のなかでその名を唱えていた。ストーンヘンジ。おれにとってはそのすべてが異世界のものに感じられた。

いっしょに行った子どもたちのなかで、おれは誰よりも恍惚としていたと思う。ツアーに参加したほかの子の目には、その先史時代の遺跡は野原に突っ立っている古い大岩の集まりにしか見えなかったようだ。だが、おれにとっては違った。父にとっても違った。父には、それは歴史であると同時に霊感を与える存在で、理想の象徴でもあった。およそ五千年まえ、自分たちの文化や理想像を後世に伝えるべく、血と汗を流し、犠牲を払ってそれを建てた人々がいた。この謎めいた民が築いたストーンヘンジはいまも一部が残り、我々の心を動かし、教えを授けている。たとえ断片的なことばであっても、それは父に語りかけていたのだ。あの日の経験によって、おれは父が大使の仕事をどう捉えているかを悟った。父は自分のストーンヘンジを築き――それはアメリカを、とりわけ他国との関係を築くということだ――よりよい人間社会のビジョンを自分なりに後世に伝えようとしていたのだろう。国家の枠組みを超えた、自由と平等を核とした社会の像を。父はおれのことが嫌いなわけでも、いっしょにいたくないわけでもなかった。ただ、自分の仕事のほうがより重要だと考えていただけなのだ。

ストーンヘンジを見た八歳の記憶。あのときおれは、父と自分の関係がどういうものであるかを察し、そのおかげで子ども時代に感じたはずの苦悩をさほど味わわずに済んだ。あれは啓示のようなものだった。なぜ父はそばにいないのか、なぜほかの父親はあんなに我が子に関心があるのか、ふと悩んだときにおれはその啓示にすがりついたのだった。

もっとも、かつておれに啓示を与えたそれは、今日対面しているものほど迫力がなかった。二十八年まえに目にしたのは、長年の風雨や侵略者によって少しずつ破壊された崩れかけの廃墟で、柱も半分しか残っておらず、何本か地面に転がっているものまであった。だが、いま目の前にそびえているストーンヘンジは廃墟などではなかった。まるで、昨日完成したような姿をしているのだ。

12　ハーパー

ぐつぐつに茹だった肉のパウチにでもなった気分だった。薄い肌の袋に詰まった肉のスープだ。

体が熱くてたまらない。インフルエンザならかかったことがあるし、三年まえの冬には母が肺炎になった。これは、そのどちらでもない。何か悪い病気だ。ひどく具合が悪く、そして恐かった。

ファースト・クラスの座席に収まっているあいだ、眠りの合間に一瞬だけぼんやりした覚醒が訪れ、そのたびにまわりの風景が現われては消えていった。

目の前にドクタの顔が浮かんでいた。

「聞こえる、ハーパー？」

「ええ」かろうじて聞き取れるぐらいの、かすれた声が出た。

「感染症が悪化しているわ。脚の傷から菌が入ったのよ。わかる？」

私は頷いた。

「あなたが湖から運ばれたあと傷口を消毒したんだけど、感染は防げなかったようなの。いまから解熱剤を四錠呑ませるわ。またすぐに様子を見にくるから、そのとき次のステップを考えましょう」

錠剤を呑み込み、目を閉じた。次のステップ。思わず笑ってしまった。なぜおかしいんだっけ？　ああ、そうだ。だって、ステップを踏もうにも私は脚を怪我してるのだ。でも、これで少なくとも私のいいところは健在だということがわかった。

痛みはあちこちに残っていたが、熱はだいぶ退いたようで、頭もはっきりしていた。風景が戻ってきて、いっしょにドクタも戻ってきた。右脚をよく見るために横向きにされ、ジーンズを引き下ろされた。パジャマのようにするりと脱げていく。

膝下から足首まで、ふくらはぎ全体に白い包帯が巻かれており、そこに黒っぽい赤紫色の液体が染み出していた。包帯のまわりの皮膚は真っ赤に腫れ上がっている。見ているだけで病気が悪化しそうだった。

あのとき機内で何かに脚が挟まり、ついには手足が痺れて動けなくなった。そこへニックが来て脚を引き抜いてくれたのに、今度はそこが猛烈に痛んでいる。傷口から全身へと、熱がじわじわ這い上がってくるのを感じた。

サブリナは長いこと包帯を見つめていた。まるで彼女は人型のX線装置で、正確な画像を撮るにはしばし静止していなければならないとでもいう雰囲気だった。やがて彼女がこちらの目を覗き込んだ。

「あなたは、ふくらはぎの裂傷が原因で重篤な感染症にかかっているわ。岸に運ばれたときから感染は危惧していたのよ。できるだけ清潔にして包帯で保護したんだけど、それでは間に合わなかったようね。どうするか、そろそろ決断しなくちゃならないわ」

どことなく嫌な響きのことばだった。

「次のステップだけど、私としては、もう一度傷口を消毒して慎重に経過を観察したいと考えているの。普通ならとうに抗生剤を投与しているはずだけど、ここにはごく限られた量しかないから。あなたの感染部位は直接触れられる場所にあるでしょう。だから、抗生剤は服用せずに治療できないかと考えているのよ」

「わかったわ」

「ただ、もし日没まで待っても悪化しつづけるようなら、もっと積極的な手段を講じる必要があるでしょうね」

私は膨らんできた不安を押し隠し、黙って頷いた。

「そのときは、傷口周辺の組織をいくらか取り除いて、三度めの消毒をすることになると思うわ」

彼女は終始、事務的な口調で喋りつづけ、〝敗血症〟とか〝壊疽《えそ》〟といった恐ろしげな用語を使いながら事細かにリスクを説明した。要するに、今日中によくならなければ私の脚の一部を切り取る、という話をしているのだが。どんなに軽い処置で済んでも、この先ずっと夏のファッションは限定されることになるだろう。最悪の結果なら……もっと悪いことが待っている。サブリナは〝一生動けなくなる〟ということばで話を締めくくった。そして、こちらの返事を待った。この状況で、いったい私に何を言わせたいのだろう。

「そうね、どのみち作家はあまり出歩かないから。運動なんてもう何年もしてないし」文明社会に戻ったらジムの会員証を探し出そうと思っていたが、諦めるしかなさそうだ。

「あなたにあれこれ説明したのは、患者も自分の病状を詳しく知って、可能な範囲でいっしょに治療方針を決める権利があると思うからなの。それに、いまのあなたは特殊な状況にあるのよ。ニックがあなたの治療の件で会いにきたわ。いますぐあなたに抗生剤を与えろと、かなり強硬に主張していた。あなたの病状が悪くなったらどうなるか、色々と……予想される結果を並べ立ててね。彼自身の精神にも影響が出るし、そのせいで、この野営地全体の安全にも影響が及ぶと言っていたわ」

ニック・ストーンがそんなに心配しているなんて。だったら頑張らなくては。治さなければならない理由があるのだから。これは、私だけの問題ではないのだ。

サブリナは淀《よど》みなく喋りつづけていた。あらかじめスピーチ原稿を用意し、それを何度も練習したかのような話しぶりだった。「ただ、抗生剤はどうしても必要なときまでとってあるの。私の方針はとてもシンプルよ。できるだけ多くの人を生き延びさせて、救助が来たときに助け出される生存者の数を最大限に増やしたいのよ」

つまりこういうことだろう。彼女は、元気に歩いて出ていく五人よりも、杖を突きながらぞろぞろ降りていく十人の姿を見たいのだ。正しい判断だと思う。彼らを愛する人たちだって賛成するに違いない。もちろん私の母親も。

サブリナはなおも熱心に語った。口調から察するに、だんだん本題に近づいてきたようだった。「でも、ニックの言い分を考えるとね。まあ、大げさな面はあるだろうし、もしかしたら適当な嘘をついているのかもしれないけど。あなたに抗生剤を投与するべきかどうか、私は難しい選択を迫られているのよ。もし私の方針が間違っていて、ニックのことばが真実だとしたら、あなたに薬を与えないことで野営地全体が危険にさらされてしまうんだもの」

「ええ」ここでもまた、彼女は私に何を言わせたいのかと悩むことになった。とくに質問をしてくるわけでもないのに、脚を覗き込んだまま無言で返事を迫っているのだ。彼女はこういうことが不得意なのだろう。会話をすることが。その点だけははっきりしている。

「通常であれば、いまごろあなたは入院して、抗生剤を点滴するような治療を受けているでしょう。でも、ここには経口薬の抗生剤しかない。呑んでも無駄にはならないでしょうけど、百パーセント効果があるとは断言できないの。さっきも言ったように、できれば薬は感染部位に手が届かない患者のためにとっておきたい。それに、思いきって言えば、ちゃんと延命に役立つ場合に使いたいのよ。もっと体重が軽い患者なら、限られた量の薬でも行き渡るし、はっきりした効果が得られるから」

体重が軽い患者。「子どもたちね」

「そのとおりよ」

ようやくわかった。彼女は私に決断してほしいのだ――そして、その場合は私にニックを何とかしてほしいのだ。こうなると、治すかどうかは完全に私が決めるべき問題になる。

誰が抗生剤を呑むかはさておき、秤《はかり》にかけられているのは自分の命や脚だった。どんな決断をすれば胸を張って生きていけるか、自分に問いかけてみたが、話はそれほど単純ではなかった。選ぶ道によっては、私の人生は終わってしまうかもしれないのだ。何という試練だろう。堂々と生きていけない決断をして自分の命を助けることもできるし、堂々と生きられる決断をして命を危険にさらすこともできるのだから。

サブリナがじっとこちらを見つめて待っていた。

私には有り余るほどの欠点がある。だが、もし友人たちに、私の人生をもっとも邪魔している欠点は何かと訊けば、口を揃えてこう答えるだろう。決断できないことだと。とくに自分の幸せに関わる決断ができないのだ。どんな仕事をするか、誰とデートするか、どこに住むか、どこで働くか。将来を左右する決断となるともう最悪だ。それでも、何を着るかや、どこで食事をするかはすんなり決められるほうだろう（そう、ときどきこうして自分の長所を思い出すことが大事なのだ。とくに、困難にぶつかったり重大な決断を迫られたりしたときは役に立つ)。いや、だめだ、こんなことを考えるんじゃなかった。危うく例の〝決断〟の問題にまで頭がいくところだった。集中しなくては。

まず感じたのは、自分がパニックになっているということだった。そして、パニックを起こしていることにさらにパニックを起こし、ついには末期的な決断不能状態に陥ってしまった。つまり、箍《たが》が外れたということだ。何を口にしたところで、私の命と脚(もしくはどちらかひとつ)が失われるか、通路の奥にいるかわいい子どもが犠牲になるか、そのどちらかに決まるというだけの話ではないか。だが、そこからまた時間が経ち、パニックが消え去ったころ、静かになった心に力強いくっきりとした答えが浮かんできた。もはや、迷いも苦しみもない。自分でも不思議だった。どういうことなのか、あとで分析してみなければ。神経質だが有能そうでもある医師が、私の腐りかけた脚のそばにしゃがみ込んでいないときに。

「そのとおりね、サブリナ。私よりも抗生剤を必要としている人がいるはずよ。ニックが戻ってきたら、あなたは勧めてくれたけど断わったと言っておくわ」

「ありがとう」サブリナはため息をつき、調理室の壁にもたれて床に坐り込んだ。一段とげっそりしたように見える。この会話は、彼女にとってかなりの大仕事だったのだろう。

ただ、私にはまだどうしても確かめたいことがあった。それは、ドクタ・サブリナの医師としての経験だ。日頃から私のような症例を診ているのか、こういう治療を何度もしたことがあるのか、ぜひ知っておきたかったのだ。

ひとつ深呼吸をした。「あなたは何を専門にしている医師なの、サブリナ？」

彼女がためらいを見せた。

「感染症の患者はたくさん診てきたの？　外傷を負った患者は？　怪我の治療は何度も経験しているのかしら？」畳みかけるように質問したが、声を発するたびに不安が募っていった。

「日常的には診ていないけど……」

「そう。わかったわ。じゃあ、日常的に何をしているの？」

「研究室で働いているのよ」

そんな。

「だけど、医学部の実習で数々の外傷を治療したわ」

そんな、そんな。二倍、三倍、四倍のショックだ。大学で学んだことのなかで、私は何を覚えているだろう？

ない。

ない。

ほとんど何もない。

私は、彼女から今日の天気予報でも聞かされたような顔で頷き、自分にこう言い聞かせた。サブリナ何某《なにがし》氏は、この仮設の病棟内ではたまたまナンバーワンの外傷外科医だったのだ。そして、いま施せる範囲で最高の治療をしてくれるのだ。だから彼女を信用しなくてはならない。

彼女が、包帯の端を留めている白いテープを剥がしはじめた。「始めてもいいかしら？」

いいも悪いもないじゃないか。どのみち彼女は、研究室で働いているのだ。

中世だ。いま現在、半壊した三〇五便の1Dの席で起きていることを描写するとすれば、そう言うしかない。とことん中世だと。よく、病気より治療のほうが辛《つら》いという話を聞くが、どういうことなのか私も嫌というほど思い知らされている。

激痛が、あたかも消防ホースから無尽蔵に噴き出す水のように全身を駆け巡っていた。痛みがこれほど人を消耗させるものだとは知らなかった。サブリナは、血の巡りをよくするためにときどき動いたほうがいいと言っていた。だが、いまはどう頑張っても無理だ。

実のところ、私はここから二度と歩いて出られないのではないかとさえ思いはじめていたのだ。

13 ハーパー

汗と痛みにまみれて目を覚ましたのは、午後も遅くになってのことだった。体がだるくてたまらないが、たしか、血行をよくするために動けと言われたはずだ。客室をひとまわりするぐらいならできそうな気がした。客室というよりは病室かもしれないが。とにかく少し歩かなければ。シートを押して起き上がり、バランスをとりながらしばらく脚の具合を確かめたあと、そろそろと薄暗い通路の奥に向かって歩きだした。ほとんどすべての座席に乗客が詰め込まれており、その大半は眠っているか気を失っていた。私の姿を追う視線もいくつかあるものの、動きや物音などはまったくと言っていいほど存在しない。どこか不気味な雰囲気で、ともすれば墜落直後の光景と勘違いしてしまいそうだった。

十歩ほど進むと、早くも呼吸が乱れて休まなければならなくなった。ビジネス・クラスのシートに寄りかかり、肩で息をしながら額の汗を拭った。

と、右手の座席にいる子どもがゆっくりと目を開けた。すぐに見覚えのある少年だと気がついた。あのとき、沈んでいく機体から最後に運び出した子だ。私がシートベルトを外し、マイクが担いでいった記憶がある。十一歳ぐらいのアフリカ系の少年で、どうやらいま——死の淵に立たされているようだ。玉のような汗が浮かんでいる。だが、私の心が重く沈んだのは、何よりも彼の瞳を覗き込んだときだった。

「あなたはどうしてここへ入れられたの？」そう訊くと、少年は笑顔を作ろうとして失敗した。

足を引きずって移動し、通路を挟んだ隣の席に体を滑り込ませた。「脚をやられちゃったの。あなたは？」

「肺炎なんだ」彼が口を押さえて激しく咳き込み、ぐったりと背もたれに頭を預けた。

二人ともしばらく無言で坐っていた。そこへサブリナがやって来て、少年の方へ体を屈めた。差し出した手には細長い白い錠剤がひとつ載っていて、もう一方の手には水のボトル——湖の水を沸かして消毒したものだろう——が握られていた。「抗生剤よ」彼女がささやいた。「さあ、早く呑んでしまって」

少年が薬を呑み込んだところで、サブリナと私の目が合った。真意がちゃんと伝わるのかどうか、疑わしい面はあるものの、私はゆっくり頷いてみせた。彼女も頷きを返してきた。

残った抗生剤で時間を稼げれば、この子の命はきっと助かるだろう。ほかにも何人か助けられるのかもしれない。もともと迷いはなかったが、いまははっきりと確信していた。私は正しい決断をしたのだ。

「イギリスの人？」少年が訊いた。

「ええ」

「あなたの喋り方、好きだよ」

「私もあなたの喋り方が好きよ」この子はアメリカ人で、たぶん北部の出身だろう。「どこから来たの？」

「ブルックリン」

「そうか、ブルックリンに住むのもいいわね」

「冗談でしょ？」

「本気よ。ブルックリンは、物書きには住みやすい街だもの」

「何かを書く人なの？」

「ええ」

「記者みたいな人？」

「以前はそうだったわ。いまは本を書いてるの」

「どんな本？」

「伝記よ」

「楽しい？」

「初めのころは楽しかったわね」

彼はそこでまた咳を爆発させ、ようやく発作が治まると、そのまま目を閉じてしまった。そして、おそらく寝たのだろうと私が思いはじめたころ、ふたたび質問をしてきた。「有名なの？」

「いいえ。でも、有名な人から話を聞くわ。私はそれを本に書くだけで、表紙に載るのもその人たちの名前だけなのよ」

「その人たちが書いたみたいになるの？」

「そうよ」

「最悪だね」

子どもというのは、私の仕事人生をひと言で見事に言い表わしてくれる。大人は、やはりひと言でそれを正当化するしかない。「生きるためだもの」

「ほかの仕事をしようと思ったことはないの？」

「あるわ。最近はしょっちゅうね」

「ぼくの母さんはたくさん本を読むんだ。とくに伝記をね。仕事の役に立つんだって」

「へえ、そうなの？　お母さんはどんな仕事をしているの？」

「弁護士だよ。いっしょに旅行に来たんだ。でも、見つからなくて。墜落のせいで行方がわからなくなった人が、まだたくさんいるんだって」

私は頷いたが、彼の目に入っていないことはわかっていた。ことばが見つからなかった。この子を発見したときのことを思い出した。その直前に、私はひとりの女性の首に手を伸ばし、肌の冷たさを感じ取っていたのだ。隣に坐る少年の首に触れ、体温を感じてシートベルトを引き剝がしたのはそれから数秒後のことだった。まだ行方知れずの人が大勢いる、彼にそう告げた心ある人に祝福を祈りたい気分だった。「あなたがこんなに勇敢なことを、お母さんはきっととても誇りに思うわよ」

しばらく沈黙が続いた。そろそろ席を立とうと思ったとき、彼がまた口を開いた。「ぼくはネイト」

「ハーパーよ。しっかり休んでね、ネイト」私が言い終えるのも待たずに、少年は眠りに落ちていた。不意に強い疲労感に襲われ、立ち上がることさえできなかった。

機体に打ちつける雨の音で目を覚ました。雹《ひょう》が降っているかのような騒がしさだ。熱が戻っていた。まえにも増して高い熱が。

ネイトはこの嵐でもいっこうに起きる気配がなく、彼の不自然に傾いた頭が私の不安を掻き立てた。

必死で腰を上げ、通路越しに腕を伸ばした。とたんに焼けるような肌を感じ、思わず手を引っ込めかけた。これはまずい。

周囲に目をやってサブリナを探したが、残念ながら見つからなかった。どうにかファースト・クラスまで歩いていったが、そこにも彼女の姿はなかった。全身を貫くような痛みに襲われ、自分の席に崩れ落ちた。彼女はどこにいるのだろう？　一分だけ休んだらまた探しにいかなくては。

楕円形の小さな窓からは、ほんのかすかな明かりしか差し込んでいなかった。もう日が暮れたのか、嵐のせいで暗いだけなのかはわからなかった。晴天のときでさえ、厚く茂った森の葉が日差しをほとんど覆い隠してしまうのだ。

シートに坐っていると、BGMの出力が徐々に上がっているかのように雨音が激しくなってきた。やがて、その打音に長く尾を曳く風の唸《うな》りも加わったかと思うと、虚《うつ》ろな唸りはみるみる大きさを増してついには雨音を吸い込むまでになった。まるで、嵐に包囲された風のトンネルにでもいるような気分だ。

機体の後方で、積み上げられた荷物が突風に耐えきれずに転がる音がした。病気の乗客たちが慌てふためいている。

私は目を閉じた。金属の屋根を絶え間なく叩く音は、チューニングが合わないラジオのノイズをずっと聞かされているかのように私の感覚を狂わせた。気づくとまたもや時間が飛んでいた。

目を開けると、サブリナが私の顔を覗き込んでいた。

咳払いをしたが、喉から出たのは嗄《しわが》れたか細い声だった。「ネイトが。ビジネス・クラスのあの子――」

「私が手を尽くしているわ」彼女が私の脚を指し示した。「ちょっと見せてちょうだい」

サブリナもだいぶ疲れが溜まっているようだ。ここ何日も保っていたポーカーフェイスが消えている。彼女の口がロボットのように並べ立てることばを聞くまでもなく、顔に浮かんだ表情から事態の深刻さが伝わってきた。

「治療を次の段階に進める必要があるわね。選択肢は二つあるわ。できるだけ穏便に済ませられるよう、最小限の組織を取り除くか。あるいはもっと大胆な施術をして、感染拡大が止まる可能性を高めるか。ここで穏便な方法を選んだ場合、うまくいかなければあとでもっと脚を切り取ることになるかもしれない。でも、いま必要以上に取り除けば、救出後もずっと生活に影響が残る。どちらを選んでも、いい面と悪い面があるということよ。あなたが決めてちょうだい。十五分あげるわ。患者を見てまわってから支度をするから、そのあいだに考えておいて」

彼女が立ち去るのを見届けると、私はシートに体を投げ出した。また決断だ。

私の天敵。

数分が何時間にも感じられた。失うか、生き延びるか。そもそも、生き延びられる可能性がまだあるのだろうか？

熱で朦朧《もうろう》としていたせいで、一瞬、何が起きたのかよくわからなかった。外へ通じるドアが勢いよく開いたかと思うと、人々が列をなして入ってきたのだ。湖岸にいた生存者たちだ。先頭の者は怪我をしているようで、血まみれになっていた。何があったのだろう？

雷でも落ちたのか。それとも木が倒れてきたとか？

ひとり、またひとりと、おぼつかない足取りの人々が戸口を抜けてきた。血を流している者、咳をしている者、傍目《はため》には理由がわからないが足を引きずっている者。無事だったとみえる生存者たちが、大声で助けを呼びながら人々を先導している。

彼らは血相を変えてサブリナを探していたが、見つからないようだった。機内にいるはずなのに――つい先ほどまでここにいたし、出口のドアもずっと閉まっていたのだから。また気絶していたのだろうか？　いや、そんなことはない。

となると、彼女がいる場所はひとつしかなかった。コックピットだ。彼らに教えようとしたが、私の声は小さすぎて、この嵐と騒ぎのなかでは自分でも聞き取れないほどだった。そばを駆け抜けようとする男性に手を伸ばしてみた。が、やはり気づかれずに背中を見送ることになった。

ついに諦めて立ち上がった。調理室の壁を伝ってよろよろとコックピットに向かい、ぴったり閉ざされた鋼鉄のドアをノックしようとした。と、そこで声が聞こえた――小さくても言い争いだとわかる声が、ドアの向こうからしてくるのだ。

「知ってることをすべて教えてちょうだい」サブリナだった。

「もうぜんぶ教えた」こちらは男性の声だが、誰のものかはわからなかった。

「知っていたんでしょう」

「これが墜ちるってことをか？　サブリナ、墜落するとわかってる飛行機にわざわざ乗ると思うのか？」

「何かが起きることは知っていたはずよ」

「知らないって！」

「なぜロンドンへ行こうとしていたの？」

「さあな。連中から、到着したあとで指示を与えると言われたんだ。あんたと同じさ」

「ここはどこなの？」

「本当に知らないんだよ！」

「彼らに連絡をとることはできる？」

「たぶんな……」

「やってみて、ユル。それしかないわ」

「気でも違ったのか？」

「食べ物も薬も、もうないのよ」

「もし墜落させたのが連中だったら？」

「その場合、私たちはもう彼らの手に落ちたということでしょう。だったら何をしても同じよ。連絡をとって。選択肢はないの」

不意にコックピットのドアが開き、私はサブリナと、あのアジア人の若者に対面することになった。

14　ハーパー

サブリナは、まったく動じない様子で私の横をすり抜け、右手の通路を突き進んでいった。そして、そこで慌ただしく新たな怪我人の手当てを始めた。

私は凍りついたようにその場に突っ立っていた。ユルが――それがこのほっそりしたアジア人男性の名前なのだろう――そっと出てきて、私のコメントを待つようにこちらに顔を向けた。

とっさに〝何も聞いてないわ〟と口走りそうになったが、すんでのところでことばを呑み込んだ。よかった。これほど声高に、〝すべて聞いていた〟と白状する台詞もないだろう。それならいっそ、〝聞いたわよ、あなたは墜落事故と何か関係があるみたいじゃない。それに何かの陰謀にも加担していそうね。話を聞かせてもらえる？〟とでも言ったほうがいいかもしれない。

結局私は、ばつの悪そうな表情を浮かべ、蚊の鳴くような声で「こんにちは」と挨拶するに留めた。

ユルは押し黙ったまま左手の通路に去っていった。そして、ビジネス・クラスの自分の列に着くと、ほんの少しだけ長すぎる一瞥《いちべつ》を寄こし、それからいつもの席に滑り込んでいった。

私は倒れるようにコックピットの壁にもたれかかった。右脚にかかる体重を減らし、ひんやりした壁面に熱い額を押しつけた。気持ちがいい。戸口から吹き込んでくる冷たい風も心地よかった。機内に移動させられてから、寒気がしたり熱かったりと目まぐるしかったが、いまはひたすら熱しか感じなかった。体内で激しい炎が燃えつづけているかのようだ。生き延びたいならどんな決断をするべきか、自分でもわかっていた。そして、生き延びたいと思っている。

そこでふと顔を上げた私は、あるものを目にして愕然となった。幻覚でも見ているのだろうか？　サブリナは新たな患者を何人か手当てし終え、血も拭き取ったところだった。その彼らが……年老いていたのだ。湖岸から来た人々のなかには見知った顔もいくつかあったが、その彼らも、たった一日で何十歳も老いてしまったように見えた。頬がこけているとかシワが目立つとか、そんな程度の話ではない。単に飢えや疲労で風貌が変わっているわけではなく、彼らはあらゆる点で、本当に歳をとっているのだ。

この光景に動揺しているのは私だけではなかった。サブリナもすっかり平静を失っていた。目を大きく見開き、ばたばたと慌てた様子で動きまわっている。何か、とてもおかしなことがこの場所で起きているのだ。彼女はその正体を知っているのだろうか？　それとも彼女にも理解できない事態が生じているのか。どちらにせよ、ここにいる誰にとっても歓迎できる話ではないだろうが。

　壁から体を離し、何歩か進んでファースト・クラスの調理室に移動した。そして、そこをひと息に抜けて最前列の自分の席まで行こうとしたときだった。視界の右端で何かが動いた。男性が、ひとりの女性を抱えて戸口から駆け込んできたのだ。避ける間もなく二人が突っ込んできて、女性の体が私の右脚の上に降ってきた。


　意識が戻ったとたんに痛みに襲われた。私はふたたび自分のシートに脚を伸ばして横たわっていた。外は真っ暗で、今度はどう見ても夜だった。雨はまだ降りつづいている。私の正面で、知らない女性が壁にぴったり背中をつけて坐り込んでいた。彼女が立ち上がり、広げた手をこちらに差し出した。手のひらには大粒の白い錠剤がひとつ載っていた。

「サブリナがこれを呑むようにって」

　錠剤を受け取って口に放り込んだ。喉がからからで、それを呑み込むのにボトル半分の水が必要だった。

　汗で濡れた頭をヘッドレストに戻し、目の前を通り過ぎていく乗客たちを眺めた。ぐったりと動かない人が三人ほど、彼らに引きずられて出口に向かっていた。亡くなった人たちだ。

その顔に目を凝らした。ネイトはいない。ディズニー・ワールドのTシャツを着たインド人の少女もいなかった。どうやらみんな、新たに湖岸から来た人たちのようだ。さらに二人が運ばれていった。いったい何人が命を落としたのか。またひとつ遺体が通り過ぎた。その顔は、ここへ来たときよりもさらに年老いているように見えた。何が起きているというのだろう。

うしろでサブリナの声がした。いつもの淡々とした抑揚のない口調はどこかへ消え、切迫した鋭い声を響かせている。乗客たちからあれこれ聞き出しているのだが、返事を待つ時間さえ惜しいという様子だった。「住まいはどこ？　これから言う病院に行ったことがある？　ニューヨーク市のキング・ストリート病院、サンフランシスコのベイサイド総合診療所、ロンドンのビクトリア・ステーション・クリニック。そのいずれかでインフルエンザの予防接種を受けたことは？　マルチビタミン剤は服用している？　何という製品？　自宅に芳香剤を置いている？　慢性疾患はある？」

やがて彼女は私のもとにもやって来て、前置きもなく、返事を待つ間も惜しそうに、同じ質問を浴びせかけてきた。私は、ここ数年のあいだにかかった病院は婦人科だけだと告げた。今年はインフルエンザの予防接種を受けていないが、女性用のマルチビタミンは呑んでいた。だが、製品名を問われて口ごもると、彼女はスコットランドヤードで殺人の容疑者でも相手にするように、こちらにぐいと身を乗り出して答えを迫ってきた。そして、ようやく思い出した名前を私から聞き出すと、それを書き留めて頷いた。まるで、これで切り裂きジャックの逮捕に一歩近づいたとでもいうふうだった。彼女が立ち去った。

上体を起こし、周囲の様子をうかがった。また二人、外へ運び出されていく。

痛みが一段階下がり、少し楽《らく》になっていた。経験したことのある感覚で、サブリナに何を与えられたのか察しがついた。鎮痛剤だ。

眠りがすぐにやって来た。

目を覚ますと、暗闇と静寂が待っていた。痛みが戻っている。振り向いて通路の先に目をやったが、何も見えなかった。今夜は小窓から入ってくる月明かりがほとんどないのだ。まだ降ってはいるが雨脚はだいぶ弱まったようで、規則正しい軽やかな雨音が聞こえてくる程度だった。

じっと横たわっているうちに、目が暗闇に慣れてきた。

と、私の右側をほっそりした人影が静かに通り過ぎていった。ユルだ。

うしろから小さな足音も聞こえてきた。女性で、髪は黒く、私と同じぐらいの背丈。機械のように迷いのない足運び。こちらはサブリナだ。

その三秒後、厚い金属のドアが閉まる音がした。

健康なほうの脚を通路に下ろし、もう一方も試してみた。やはり痛む。精いっぱい音を立てないように注意しながら、足を引きずったり軽く跳んだりして調理室を通り抜けた。

二人も今回は慎重になっているようで、ドアのすぐそばまで近づかなければ声が聞こえなかった。

「私たちのせいよ」サブリナがきっぱりと言った。

「そんなことはわからないだろ」

「いいえ、わかるわ」

「相関関係と因果関係はべつのものだ、サブリナ。適切な質問を全員にしてまわれば、みんなケビン・ベーコンの知り合いを知っているという結果になるものさ」

「ケビン・ベーコンって誰なの？」サブリナが詰め寄った。「エージェントのひとり？それとも乗客？」

「いや――」

「そのベーコンはこの件にどう関わっているの？」

「勘弁してくれ、サブリナ。ケビン・ベーコンの話は忘れよう」

「彼らがあなたに何をさせたのか、どんなことでも知りたいのよ。この機に乗るまでにあなたがしたことは何もかも」

「わかったよ」ユルが苛立った声を出した。

「彼らは何が原因で死んでいるんだ？」

「老化よ」

「は？」

「死因になった病気や体の異常は人それぞれだけど、本当なら、それはぜんぶ歳をとるにつれて悪化していくはずのものだったの」サブリナが言った。「だけど、彼らは急激に老化してしまったのよ」

「なぜおれたちには変化がないんだ？」

「わからないわ。見たところ、この病に冒されているのは乗客の半数程度のようね」

声が聞き取りにくくなってきたので、さらに耳を近づけた。低く唸るような音が二人の会話を掻き消しているのだ。だが、音の出どころはコックピットではなかった。外から聞こえてくる。

ドアからあとずさったとたん、眩しいスポットライトが楕円形の小窓を突き破り、それが機体の先端から後部へと駆け抜けていった。雨音に交じる唸りが大きくなっている。と、不意にライトが消えて音もしぼんでいった。

コックピットのドアが勢いよく開き、ユルとサブリナが飛び出してきた。今回は二人とも、立ち止まって目顔で問いただしてくるようなことはしなかった。ユルが出口のドアを一気に開け、暗く鬱蒼とした森を見まわした。そこにはただ、枝葉にぶつかって不規則に落ちてくる雨のしずくがあるだけだった。

彼がちらりとこちらを振り返った。

私は頷いた。「私も見たわ。光が飛行機のなかを走り抜けていったの」

ユルがサブリナに顔を向け、口を開いて何か言おうとしたときだった。外から聞こえてきたピシリという音が彼を黙らせた。倒れた低木が、ブーツに踏まれて地面にこすりつけられている音だ。誰かはわからないが、まっすぐこちらを目指して走ってくる者がいる。湖岸から来た人か。救助隊か。それとも……。

ユルがポケットから電話を摑み出し、懐中電灯アプリを起動して外を照らした。その程度の光でも、いくつかのシルエットが動いていることが見て取れた。初めは、雨粒が透明な物体にぶつかっているのかと思った。たぶん人の形をした物体だ——それが三つ、機体に向かって突進してくる。

反応する暇もなく、先頭のシルエットが急ごしらえの階段を駆け上がってきて戸口に立った。百九十センチ近い体をそびやかすそれは、ユルの電話が放つ白い光のなかで、ガラスの立像《りつぞう》のようにきらきらと輝いていた。

と、立像が右腕を上げ、ユル、サブリナ、そして私を次々に撃った。音もなく、火花も散らず、まるで空気の銃弾でも撃ち込むように。私の胸で痛みが炸裂した。

15　ニック

マイクもボブもおれも、しばしその場に立ち尽くし、完璧な姿で整然と並んでいるストーンヘンジの高い柱を見つめていた。なぜこんなことが？　いや、なぜと悩むより、いつと問うべきだろう。考えられる答えは二つしかない。我々は過去（それも、何もわかっていない謎の時代）にいるか、あるいは未来にいるかだ――この巨大な石のモニュメントが再建された未来に。

手がかりを求めてガラスと金属でできた八角形の建物を見まわしたが、何も発見できなかった――文字や図像など、時代を推測できそうなものは一切見当たらないのだ。

背後のガラスパネルが小さな音を立てて閉まり、静寂が破られた。ボブが口を開こうとすると、今度は無機質なコンピュータの声が響き渡って彼を遮った。

「ようこそお越し下さいました。ここはストーンヘンジの対話式展示場です。右手の通路を進んでツアーを開始して下さい。なお、来場者の安全、及び史的遺産保護の観点から、通路からは出ないようにお願い致します」

ツアー。視線を下ろしたおれは、そのとき初めて、ガラスタイルを敷いた通路が壁に沿ってぐるりと走っていることに気がついた。と、路面が発光して緑の矢印が現われた。それが指し示す先では円形の的《まと》が赤く点滅している。立ち止まるべき場所を教える目印なのだろう。おれたち三人は無言のまま通路を進み、赤い円の上で足を止めた。

「いまご覧頂いているのは、諸研究に基づき再現された完成当時のストーンヘンジの姿です。このモニュメントが完成したのはいまから四、五千年まえだと考えられています。さらに通路を進んで過去への旅を続け、ストーンヘンジが建設された過程を見てみましょう」

ガラスタイルがまた緑に光り、六メートルほど前方にある次の赤い円まで進めと促した。

「ここは太陽光発電で動いているんだろうな」通路上で待っている目印の方へためらいがちに歩いていると、ボブがささやいた。ちらりと彼に目をやった。何やら、一段と老けたように見える。やはり山歩きがかなりこたえたようだ。

コンピュータの声がわずかに変化した。「ストーンヘンジと太陽暦の関係に興味がありますか？」

ぎょっとして、おれたちはしばし顔を見合わせた。「謎の解明に役立つかもしれないぞ」ボブが言った。「いまが何年なのかわかるかもしれん」

つまり、彼もおれと同様、突飛な考えを受け入れたというわけだ。

「試してみよう」

それから十五分ほど、おれたちはコンピュータを質問攻めにした。だが、ストーンヘンジにまつわる情報以外、何ひとつ知らないようだった。たとえば、「ところでいまは何年だ？」といった分野外の質問をすると、素っ気ない紋切り型の答えが返ってきてしまうのだ――「申し訳ありませんが、ストーンヘンジと関係のない質問にはお答えできません。ほかの来場者のかたにも充分に展示を楽しんで頂くため、スムーズな進行にご協力をお願い致します」

どう見ても、外の行列の長さを測るソフトはプログラムされていないようだ。

マイクもボブもおれも、次の手を思案しながらのろのろと赤い円まで行った。目の前にそびえる石柱が、広大な緑の原野を残して消えていった。原野は向かいのガラスパネルの外まで広がっているようだった。野には巨大な石を引く牛の姿があり、目を凝らすと、石の下に樋《とい》状の木のレールが敷かれているのが見えた。樋のなかには丸く削った木のボールがいくつか入っていて、大きな柱を載せて転がせるようになっている。素晴らしいアイディアだ。その時代にしては、ということだが。動物の毛皮をまとった人々が牛を先導し、木のレールやボールを絶えず前方に移動させながらモニュメントの建設場所へと進んでいく。

「ここでご覧頂くのは、ストーンヘンジの建設が始まったころの様子です。ストーンヘンジは一千年以上の歳月をかけて建てられたと考えられており――」

これは再現映像だ。すべてホログラムなのだろう。プロジェクターのようなものが周囲の柱に仕込まれているに違いない。

「ツアーは終わりだ」おれは言った。

「ガイドを利用しない見学に切り替えますか?」

「ああ」

「引き続きストーンヘンジ見学をお楽しみ下さい。なお、このツアーはタイタン財団の支援によって皆様に提供されています」

広大な原野も牛も、先史時代の労働者も消滅し、あとには崩れかけた石の遺跡だけが残った。おれが二十八年まえに見た姿だ——と言っても、いまが何年なのか定かではないが。このガラスの建物は、ストーンヘンジを風雨や破壊から守る囲いとして造られたのだろう。このささやかな歴史の欠片《かけら》を後世に遺すために。

頭上のガラスの天井に雨が打ちつけはじめ、この不可思議なひとときにBGMを添えた。マイクが草原の真ん中あたりを指差した。「ニック、あれを見ろ」

死体だった。一ダースほどある。かなり古いもののようで、ぼろぼろの服から骨が突き出ているのが見えた。

マイクが通路を外れてそちらに行こうとしたので、腕を摑んだ。「気をつけろよ」

コンピュータが通路を出るなと警告音を響かせたが、無視するのはさほど難しくなかった——あっという間に大きさを増した雨音でほとんど掻き消されていたからだ。

マイクは残り一メートルになった距離を慎重に詰め、やおら膝を突くと、死体を調べはじめた。

「身分証のたぐいはないな」彼が叫んだ。

「未来にはそんなものはないんじゃないか」ボブが言った。

たしかにそうだ。この建築物を建てた者たちにとって、紙に印刷されてラミネート加工された身分証など、実に原始的な代物に思えるだろう。いまは移植チップとか指紋とか、何なら網膜スキャンなどを使うのかもしれない。

マイクが首を振った。「腕時計や電話もないな。あるのは骨と服だけだ」

おれとボブも草原を横切って彼と合流した。「賊にぜんぶ奪われたのかもしれないな」そう言うと、ボブが咳き込んだ。先ほどよりもさらに顔色が悪くなっていた。頬もげっそりとこけている。

おれは頷いた。頭のなかで疑問を整理しようとした。この場所は何かの役に立つだろうか？　この遺跡や骨からわかることは？

「諸君」ボブが、弱々しいが改まった口調で呼びかけた。「我々はいま、決定的な手がかりを得たと思われる」彼はそこでいったん口を閉じた。明らかに、二人のお気に入りの学生が答えを当てるのを待っているのだ。

おれは眉を上げて先を促した。

彼が骨を指差した。「これを見れば、イギリスにはもう、実効性のある組織立った政府が存在していないことがわかるだろう。それも長期間にわたってな。ストーンヘンジは世界遺産だが、とりわけイギリス人にとっては重要な場所だ。もし政府がまだ機能していて、文明社会が存在するなら、ストーンヘンジに骨を放置しておくような真似は絶対にしないだろう。一日だって考えにくいし、一週間などあり得ない。だが、この骨は何年もここにあるようだ。何十年と言ってもいいだろう」

マイクとおれは揃って頷いた。筋が通っている。

「これからどうする、ニック？」ボブが訊いた。

「来る途中で田舎屋を見つけただろう。あそこに賭けるしかない」おれはガラスの天井に目をやった。雨脚はいよいよ強くなっていた。空腹を感じた。何しろ、ここまで食事もとらずに歩きつづけてきたのだ。どちらも何も言わないが、ボブやマイクも腹ぺこに違いなかった。

「ここで軽く食事をして、雨が弱まるかどうか様子を見てみよう」

おれたちは骨のそばを離れて芝生にあぐらをかき、ストーンヘンジで昼下がりのピクニックをした。これがいかに現実離れした光景か、少しずつ実感が湧いてきた。初め、近くにある倒れた柱に腰かけようと思ったが、やはり間違っている気がした。たとえ、この世界に人間が残っているかどうかわからなくてもだ。食事をしながらも、おれの頭には些細なことを含めて様々な謎が渦巻いていた。たとえば、ここの芝生はどこのゴルフ・コースよりもきれいに保たれている。方法はわからないが、きっとこの建物が気温や土壌も管理しているのだろう。

もしここが未来の世界で、何かの大変動が起きたのだとすれば、道路が一本もないことも説明がつく――ついでに言えば、文明の気配がないことも。

マイクがサンドウィッチの最後のひと口を頬張り、それを嚙みながら、本当に問うべき謎をあっさり口にした。「どうしても、おれたちが未来にいるなんて思えないんだよな」独り言のような台詞だった。

ボブが咳払いをした。気の毒に、彼は食べるペースもおれたちに合わせようと奮闘していた。おれはサンドウィッチを置いた。雨は降りつづいている。まだ時間はあるということだ。「タイムトラベルは科学的に不可能ではないんだ――それどころか、毎日のように起きていることなのさ」ボブが言った。「相対性理論によってアインシュタインが理論づけているし、その理論は何十年も検証に耐えてきた。実のところ、飛行機に乗ったことのある者はみんな時間旅行をしているんだよ」

マイクが横目でこちらを見て、〝始まったぞ〟という顔をしたが、おれは興味を惹かれてボブに視線を向けた。

「時間の進み方というのは、重力や速度によって変わるんだ。この宇宙の至るところで変化しているんだよ。ひとつ例を挙げよう。今日、双子が産まれたとする。ひとりは宇宙船に乗せて宇宙へ旅立たせる。宇宙船は太陽系の軌道をまわっているだけだが、ただし、ものすごい速さで動いている――そう、光の速度の九十九・九パーセントのスピードだ。これはアインシュタインが導き出した、宇宙にある物質が出せる最高速度だよ。まあ、そうは言ってもある種の粒子は光速を超える速さで移動できそうなんだが――ちなみに、こうした研究分野にはありとあらゆる可能性が秘められているぞ。たとえば〝量子もつれ〟という現象を使えば、光速を超えるスピードで情報を送ることができるんだ。しかし、少なくとも質量をもつ粒子の移動に関しては、いまのところアインシュタインが定めた速度を上限とみなしていい」ボブがひと息つき、おれたちのぽかんとした顔を見まわした。この男のことは本当に好きになりはじめているのだが、ときどきこうして暴走する癖があるのだ。

「それはさておき」彼が続けた。「双子の話に戻ろう。ひとりは地球上にいて、ひとりはとびきり速い宇宙船に乗っている。五十年後、船が戻ってくる。地球にいたほうは五十歳になっているな――中年の男だ。では、宇宙船に乗っていたほうは？　何とまだ赤ん坊なのさ。もっとも、ほんの少しだけ歳をとっているがな。光速と同じスピードであれば歳はとらないが、質量ゼロのエネルギーの塊にでもならない限り、船はその速度に到達できないんだよ。速度を上げるのにも時間がかかる。とにかく、結論はこういうことだ。速く動けば時間の流れは遅くなる。重力が強くなっても遅くなる」

「面白い話だな、ボブ」おれは間を置いた。「だが、それは宇宙船の話だろ。おれたちの問題とはだいぶかけ離れている気がするが」

「そうか、ではもっと身近な例を挙げよう。GPSだ。もともとGPSは、七〇年代に、アメリカ国防総省が兵士に正確な位置情報を与えようとして開発した技術だ。現在はこのシステムのために、およそ三十基の衛星が地表から約二万キロ離れた周回軌道をまわっている。それほど高い場所では、地球の重力が時空の歪みに与える影響も変わってくる。さっきも言ったように、重力は時間の流れを遅らせるんだ。重力が強くなるほど、時間は遅く進むということさ。だから、地球に近いほど時間の流れは遅い。仮に途方もなく強い重力、つまりブラックホールに近づいたとしよう。そこでは時間はほぼ止まっているだろう。さらに、もし宇宙船に乗って、ブラックホールの境界線である〝事象の地平線〟を越えたらどうなるか。あっという間に中心に吸い込まれるが、その直前の一瞬で、この宇宙の終焉までを見届けることになるはずだ。

一方、それとは反対に重力から遠ざかれば、時間の流れは速くなる――たとえるなら映像を早送りで見るように、より多くの時間を経験することになるわけだ。GPSの衛星はこの状態にある。一般相対性理論に基づけば、GPS衛星の時計は、地上にある時計よりも一日あたり四十五マイクロ秒だけ速く進むと考えられるんだよ。つまり、地上で一日経ったとき、地表の重力から二万キロ離れた上空にあるGPS衛星では、一日と四十五マイクロ秒が経過しているということさ。たいした時間じゃないと思うだろうが、これだってタイムトラベルだ。衛星は我々の未来に行っているわけだからな。ただし、上空で起きていることはそれだけじゃない」

マイクがまぶたを揉んだ。「頭が痛くなってきたぞ、ボブ」

「もう少し付き合ってくれ、マイク。GPSのタイムトラベル問題にはもうひとつ要素があるんだ。速度だよ。さっき双子の話をしただろう?」

ボブが待っていたが、マイクもおれも進んで答えようとはしなかった。だが、彼はそんなことでめげたりはしなかった。

「いいだろう。宇宙船と同じで、実はGPS衛星もかなりの高速で移動しているんだ。誤解されてる場合が多いが、この衛星は地球の自転と同じ周期でまわってるわけじゃない。およそ十二時間で地球を一周している。そのためには、時速一万四千キロほどで移動する必要があるんだ。なかなかの速さだろ。まあ、光の速度は時速十億キロを超すから、それに比べれば止まってるようなものかもしれないが、それでも時間を遅らせるには充分なスピードだ。つまりこの場合、移動速度が速いために、時間の流れは速くならずにむしろ遅くなるんだな。宇宙船の双子の話を覚えてるだろ? 赤ん坊の時間は遅く進んでいた。重力と同様、速度も時間の流れを遅らせるからだ。特殊相対性理論に基づけば、時速一万四千キロで移動するGPS衛星の時計は、一日あたり七マイクロ秒遅れることになる——そして実際に遅れる。要するにこういうことだよ。衛星の速度は時間を七マイクロ秒遅らせ、重力との距離は時間を四十五マイクロ秒進める。つまり一般相対性理論と特殊相対性理論を合わせて考えると、計算上、衛星は一日につき三十八マイクロ秒、未来を旅してることになるんだ。実際そのとおりになっている。GPS衛星の時計は日々、地上の我々には観測できない三十八マイクロ秒を記録しているからな」

「なるほど。でもひとつ教えてくれ。その話はおれたちのフライトとどんな関係があるんだ？」マイクが訊いた。

「あらゆる面でさ。実のところ、もし飛行機がヒースロー空港に着陸していたら、我々はほんの少しだけ過去の世界から地上に戻ることになったんだ。JFKからヒースローまで七時間飛行するあいだ、飛行機はその大半の区間で、三万から四万フィートの高度を時速約九百キロで飛びつづけている。結果、我々は地上にいる者よりわずかに若い状態で飛行機を降りることになっただろう。時間の差は微々たるものだが――本当にわずかで、一千億分の一秒程度だろう――それでも、我々が過ごした時間は地上にいた者より少ないんだ。ただ、話はもう少し複雑でな。もし飛行機が地球の自転に逆らって西向きに――たとえばJFKからホノルルまで――飛んでいたら、我々は相対的に地表より遅い速度で移動することになり、降りたときには周囲の者よりわずかに年老いていたんだよ。

要点を言うとだな、強い重力に近づくほど、あるいは移動速度が上がるほど、時間の進みは遅くなるってことさ。仮にきみがどこまでも速く動けるとしたら、いつかはきみの時間の流れが止まる。その場合もきみには何の違和感もない。きみから見ると、周囲の世界の時間が高速で進んでいくだろう」

「興味深いな」すぐには頭が追いつかず、考え込みながら呟くように言った。「しかし、きみが言ってるのは一秒にも満たない時間のことだろ」おれはまわりの建物を指し示した。

「見たところ、それよりはるかに時間が経っていそうだが」

「たしかにそうだ。私はな、ニック、こういう仮説を立てているんだよ。我々の飛行機は、重力が歪んで生じた、時空の異常エリアのようなものを通過してしまったのではないかと。現代の科学知識で合理的に説明しようとすれば、それしか答えはなさそうだ。重力場の歪みは時空を膨張させ、時間の流れを遅くすることがある。あるいは、我々のケースのように速くすることも。言ってみれば、この歪みが時空に泡を作り出し、その泡のなかに我々の飛行機が入っていたんだ。そして、そこでは時間が驚くべきペースで進んでいた。もしこの泡が弾ければ、時計が止まったのがいつであろうとその時点で我々は外へ放り出される。考えられる説は二つある。この重力場の歪みは自然に生じたか――」

「自然に？」おれは訊いた。

「あり得ることだ。ブラックホールが存在することは、もはや誰も疑わないだろう――実際、我々がいる銀河の中心にもひとつあると予想されているんだ。さっき言ったように、ブラックホールは時間を歪ませ、近づいた物体の時間の流れを遅くする。この宇宙のどこかにはそれとは違う種類の、重力が減少する場があるのかもしれない。ブラックホールとは逆の働きをして、時間の流れを速くする現象が存在するのかも。ひょっとしたら我々は重力の嵐に――未知の自然現象に――巻き込まれただけなのかもしれないな。正直なところ、現代の航空宇宙学はまだまだ発展途上にあるんだ」

いまやおれも、マイクの仲間入りをしていた。聞いているうちに頭が痛くなってきたのだ。「説は二つあると言ってたな？」

「ああ、私はこちらのほうがあり得ると思うんだが、自然現象ではないという説だよ。誰かが、我々の知識が及ばない何らかの技術を使って、我々をここへ連れてきたのかもしれない。機内に協力者がいた可能性もあるだろう」

「実に興味深い話だ」理由はわからないが、ふとユル・タンのことを思い出した。ビジネス・クラスにいた、パソコンに夢中だった無口な男。何かが隠されている気がした。帰ったら、彼とじっくり話してみなければ。

おれたちはしばらく無言で坐っていた。ボブは咳をしており、雨音はますます強く激しくなっていた。頭上には暗い鈍色《にびいろ》の雲が垂れ込め、どこか遠くで雷が鳴っている。マイクが、気だるい一日を過ごす学生のように芝生にごろりと寝そべった。

「きみはどんな仕事をしてるんだ、ニック？」ボブが咳の合間に訊いた。

おれが答えると、彼は何かを感じたようで、あれこれと質問してきた。彼はマイクにも同じことを訊いた。マイクはヨットレースの選手だったが、自分の仕事の話にはあまり興味がないようだった。彼は姉の結婚式に出席するため、ロンドン郊外にある、〝銀行家か何か〟をしている未来の義兄の実家に行くところだったという。式に出られなかったことについては、とくに残念がっている様子はなかった。

しばらくすると、ボブが穏やかな口調で語りはじめた。「引退なんて考えないほうがいいぞ」彼はおれたちに助言した。「仕事を辞めたせいで私はだめになった。人生最悪の決断だったよ。人間、やはり何かをしつづけていないとな」

何でも、彼は最近になって二番めの妻に捨てられたのだそうだ。ロンドンへは仕事の面接のために向かっていたという。ただし、と彼は急いで付け加えた。厳しい秘密保持契約を結ばされているので、具体的なことは一切話せないと。マイクもおれも無理に聞き出す気はなかったが、その態度にボブは些《いささ》かがっかりしたようだった。

ほんの少しボブ・ウォードが気の毒になった。彼のことをいくらか理解できた気がした。ずっと昔、ストーンヘンジを訪れたときに、父のことを理解しはじめたように。ボブのなかにはまだ闘志が溢れており、残された時間もたくさんあるというのに、彼は引退するまでそのことに気づかなかったのだ。もしかすると三〇五便の墜落は、久しぶりに彼に訪れた幸運だったのかもしれない。目標と、何かに打ち込む機会が得られたのだから。あくまで自分の心に正直になれば、おれにも同じことが言えるだろう。三〇五便がＪＦＫ空港を飛び立ったころは、おれはマンネリ化した日常のなかにいた。むろん、飛行機が無事にヒースローに着き、命を落とす乗客もただのひとりもいなかった、という結果のほうがいいに決まっている。だがそれでも、おれはこの墜落で、いままで知らなかった自分の一面を発見できたのだ。これまでの日常には決してなかった形で、おれという人間を形作る要素を教えてもらったと言ってもいい。

ボブがまた激しく咳き込み、ふと動きを止めて自分の拳を見つめた。すぐにシャツの裏で拭き取ったが、おれにもちらりと手についた血が見えた。彼と目が合った。ずいぶん老け込んだ顔をしている。そのときになって、おれは気がついた――彼は実際に年老いているのだ。頬にシワが刻まれ、白眼がわずかに黄色くなっている。動作までもがぎくしゃくしはじめていた。いったい何が起きたというのだ？

少しのあいだ、ガラスの円蓋《えんがい》を執拗に叩く雨の音だけが響いていた。テレビの砂嵐のように耳障りな音が、この洞窟めいた空間を埋め尽くしている。嵐のせいか、日が沈んだのか、いつしか外は暗くなっていた。

初めは、磨りガラスの壁の向こうで雷が光ったのだと思った。だが、光はいつまでも消えなかった。それどころか、それは次第に明るさを増して大きくなり、舐めるように地面を照らしはじめた。上空から放たれるサーチライトが、徐々にこちらに近づいていた。

16　ニック

サーチライトは周辺に広がる高く茂った草むらを照らしていたが、ストーンヘンジを囲うこの建物からはわずかに逸れていた。おれが急いで立ち上がると、マイクもそれに続いた。

ボブも両手を突いてどうにか立とうとしたが、すぐにまた、きれいに管理された芝生の上に尻もちをついた。

「ここにいろ、ボブ！」おれは叫んだ。

マイクとともに走りだし、入るときに開いたガラスパネルのもとへ急いだ。じりじりしながら待つおれたちの前で、ガラスがゆっくり上がりはじめ、コンピュータの声が雨音や遠くのエンジン音に混じって小さく聞こえてきた。「ストーンヘンジ対話式展示場へお越し頂き、ありがとうございました――」

外へ飛び出したところで、サーチライトの出どころが目に入った。あえて呼ぶなら、あれは飛行船か。形はヘリコプターに近いがサイズはずっと大きく、屋根にも後部にも回転翼は見当たらない。それでも何らかの方法でホバリングし、ゆっくりと前へ進んでいる。

おれにはそれがどうやって宙に浮いているのかさえわからなかった。

何歩か前へ出て、大声を出しながら両腕を振ってみたが、船はすでにここを通過して墜落現場の方へ向かっていた。

手を振りながら草むらを駆けだした。マイクには「ここにいろ」と肩越しに叫んだ。

「一周して戻ってくるかもしれない」

背後でマイクも腕を振って叫びはじめた。

風に飛ばされて叩きつけてくる雨のなか、濡れた草原を全力で突っ走った。小高い丘に登ったところで、おれはついに足を止めた。飛行船は、いまや速度を上げて視界の彼方へ飛び去ろうとしていた。双眼鏡でぐるりと周囲を見渡してみた。ほかにサーチライトはないようだ。日暮れを迎えたらしく、あたりは刻々と暗さを増していた。

駆け足で建物へ戻ると、マイクが髪の毛やセルティックスのTシャツをずぶ濡れにして立っていた。

二人とも口を閉じたまま八角形のガラスの館に引き揚げた。なかではボブが、背中を丸めて咳き込んでいた。顔を上げた彼が力のこもった目を向けてきたが、おれは濡れた服を絞りながら首を振るしかなかった。

「どうやら墜落現場の方へ飛んでいったようだな」彼が言った。

「ああ、そうらしい」

「私を置いていけ」ボブが告げた。「そういう約束だっただろ、ニック」

たぶん彼の言うことが正しいのだろう。もしこの風と雨で湖岸の焚き火が消えていたら、せっかく飛行船が来ても現場に気づかずに通り過ぎてしまうかもしれないのだ。だがその一方で、もしすぐに次の飛行船が来るようなら、焚き火をおこし直すどころか野営地に辿り着くまえに船が去ってしまう恐れもあった。ここに留まっているほうが発見されるチャンスはある、おれはそう判断した。それに、そうしなければボブが生き残るチャンスはないだろう。

「約束しただろ、ニック」ボブがなおも言ったが、彼の声は弱々しくなる一方だった。

「ほかの飛行船が近くを捜索してるかもしれない。開けた草原にあるこの史跡にいるほうが、発見される可能性は高いだろう。もし船が墜落現場に気づかなかったらどうする？それに、この嵐のなかを引き返すなんて愚かだ――まともに進めなくて、次の船が来るころにはおれたちの姿が森に覆い隠されているかもしれない。ここにいて、嵐が止むか、次の船が来るのを待ったほうがいいんだ」

「戻らなくちゃだめだ、ニック。もし二つめの説が当たっていたら――何者かが我々をここへ連れてきたのだとしたら、待ち望んでいた救助ではないかもしれないんだ。敵が来た可能性もあるんだぞ」ボブがまた咳き込み、急いで血を拭った。

「そうと決まったわけじゃない」

「万一に備えるべきだ。いまなら不意打ちをかけられる。きみとマイクは優位に立っているんだ。さあ、すぐに出発しろ」

「ここで待つ。もう決めたことだ」


ボブが死んだ。マイクとおれは、今後の山歩きに備えて体力を温存しようと、交替で短い仮眠をとっていた。咳の音で目が覚め、薄暗い明かりのなかでボブに視線を向けた。呼吸が浅く、顔は一段とシワだらけになっており、落ちくぼんだ目がすっかり黄ばんでいた。彼はかすかに手を震わせて息を吸い込んだ。そして、ひとつ身震いすると、それきり二度と動かなくなった。

それはあまりにも異様な光景だった。彼はほんの数時間であっという間に衰えてしまったのだ。十二時間まえは三十キロもの山道を歩く体力があったというのに。どう考えてもおかしい。いったい何が原因で、彼はこれほど短時間で死に至ったのか。何かに感染したのだろうか？　ストーンヘンジのガラスが開いた瞬間、病原菌に冒されたとか？　長年閉ざされていたこの建物に細菌やウイルスが潜んでいたのだろうか。おれは、きれいに整った芝生に転がっている骨に目をやった。ひょっとして彼らもそれにやられたのか。正体が何であれ、おれやマイクには影響がないようだが――あくまでも、いまのところは。

ボブの動かなくなった体を見下ろした。彼はこの地で最期を迎えたことをよろこんでいるかもしれない、なぜかそう思えた。科学や技術や、歴史の発展に寄与したこの場所で。何千年ものあいだ、そうしたものを象徴してきたモニュメントのそばで。

ボブの遺体を何とかし、簡単な葬儀でもしてやりたいと思ったが、現実には時間もなければまともに穴を掘る道具もなかった。悩んだ末、おれたちはほかの遺体のそばに彼の体を横たえ、胸の上で交差するようにそっと両腕を折り畳んだ。

壁際まで行くと、おれはいったん足を止めた。「自分たちのためにも、野営地のためにも、もたもた移動するわけにはいかない。よほどのことがない限り休憩はとらないようにしよう」マイクが頷いたところで、おれたちはガラスパネルをくぐり抜けて草原に足を踏み出した。

風と雨と寒さのなか、夜を徹して進みつづけた。しかし、野営地で待ち受けているものに備えるためには何とか体を温めて休むことも必要で、ついにおれたちは歩みを止めざるを得なくなった。くたくたで、空腹で、凍えていたが、ゴールはもうすぐだった。

あれから飛行船は見かけていないが、あと少しで、墜落現場が発見されたかどうかはっきりするはずだった。そして、彼らが友人か敵かどうかも。

朝日がうっすらと木々の先端を染めはじめたころ、おれは現場から一・五キロほどの丘の頂に登り、ジャケットから出した双眼鏡を覗いて湖岸の野営地を見つけ出した。焚き火はだいぶまえに消えたようだった。ただのひと筋も煙が出ていない。ぬかるんだ岸にぽつぽつと青い毛布が点在していたが、どれも空っぽで、人影はまったく見当たらなかった。果たしてこれはいい兆候なのか、その反対なのか。

双眼鏡を左に動かしていき、鬱蒼とした森の奥に機首側の機体を探そうとした。が、それより先に何かがレンズの向こうに現われた。長いテントが三つ。アーチ形の金属の支柱にビニールを被せた、温室のような形状をしたテントだ。あれは何だ？ 生存者を収容する避難所か。あるいは野外病院か。テントの傍らに、白い死体袋が見えた。薪か何かのようにきちんと三角に積み上げられている。五十体はあるだろうか。口のなかが乾くのを感じながら、双眼鏡を振る速度を上げ、事態を把握するための手がかりを探した。

機体のドアが開いていた。内部に動きは見られない。

今度は遠くに焦点を合わせてみた。ストーンヘンジで見た飛行船――いや、二隻ある――が森のなかの空き地に駐まっていた。巨大な船で、機首側の機体の三倍近い大きさだった。出入り口のドアは閉じており、どちらの船の周囲にも動きはなかった。

森の至るところに双眼鏡を走らせた。だが、やはり動くものは何もなかった。何が起きているにせよ、ここからでは森の木々か、あの長いビニールテントに阻まれて見えないのだ。もっと近くに行かなければ。

17　ニック

三つの透明なビニールテントまであと百メートルほどの位置に来ると、ふたたび双眼鏡を出して焦点を合わせ、ぼんやりと透けて見えている物の正体を探った。幅の狭いベッドだった。それが等間隔で並んでいて、空っぽのものも、人が横たわっているものもあった。と、不意にテントの向こうの森が騒がしくなり、重い足音や枝の折れる音が溢れかえった。

双眼鏡を向け、すぐに出どころを突き止めた。宇宙服のようにかさばるスーツを身に着けた者たちが、低木の茂みの奥へと走っていくのだ。大きなヘルメットを被っているところを見ると、あれは完全防護のためのスーツだろう。何とも不可解だ。ここから見る限り、スーツ姿の集団は一般的な人間よりも背が高い気がした。それとも、あれは人間ではないのだろうか。ロボットという可能性もあるだろうし……何が出てきても不思議はない。なぜいままで人影が見えなかったのか、理由は明らかだった。彼らが木立に入っていくと、木や落ち葉の色に応じ、スーツが緑や茶色に目まぐるしく変化していったのだ。適応型迷彩服だろう。彼らの動きに合わせてスーツがちらちら揺らめき、周囲の色や形に適応しようと奮闘していた。救助隊にあんなスーツは必要ない。あれは軍隊か、秘密裏に動こうとする者が使用する装備だ。もしここへ救助に来たなら、なぜおれたちから姿を隠す必要がある？

次に起きた出来事で、おれは最悪の予感が的中したことを知った。先頭を突っ走っていた人影が腕を上げたかと思うと、その瞬間に破裂音が響き渡り、森のどこかで何か大きなものが倒れる音がしたのだ。必死で双眼鏡を振り、彼らが誰を、あるいは何を撃ったか見定めようとした。やがて、ひとりの男が視界に入った。肥満気味の中年の男が、テーザー銃で電気ショックを食らったかのように地面をのたうちまわっていた。最後に彼の顔を目にしたのは、昨日の朝だった――救助を求めて北西に向かう彼のチームを見送ったときのことだ。このチームも今朝になって野営地に戻ってきたのだろう。スーツ姿の者たちは、謎の武器で次々とチームの三人を仕留めてしまった。と、侵略者がぐったりした彼らを肩に乗せ、アーチ形のビニールテントの方へ――つまり、おれたちがいる方向へ――引き返してきた。

マイクとおれは同時に岩場の陰にうずくまった。それから一分ほどしたころ、おれは思いきってそっと顔を出してみた。

彼らは探索チームの三人を手前のテントに担ぎ入れ、一分後にふたたび姿を現わした。彼らが運んでいるストレッチャーには意識のない乗客がひとり横たわっていた。サブリナだ。彼女を真ん中のテントに運び込むと、彼らはまたひとり乗客を運び出してきた。こちらはユル・タンだ。そしてまたひとり。三人めはハーパーだった。右脚の膝から足首までを白い筒で覆われていて、ストレッチャーの上には袋が吊るされている。彼女で最後だった。

何が起きてもいいよう、おれはジャケットから拳銃を取り出した。

マイクは食い入るように銃を見つめていたが、やがてゆっくりと視線を上げた。「どうする気だ？」彼がささやいた。

おれにもわからない、と答えようとしたときだった。背後でいきなりエアガンのような音が響いた。

おれは即座に、目を見開いて硬直しているマイクに飛びついた。たったいま身を潜めていた岩が甲高い音を立てた。おれの代わりに弾を撃ち込まれたのだ。

銃を構え、撃ってきたと思われる方向にでたらめに銃弾を放った。それから素早く岩の裏側にまわり、ビニールテントの方までぐるりと木立に視線を走らせた。見つけた。岩場の向かいに人影がある。顔を突き出すと、相手が木立のなかをよろよろとこちらに向かってくるのが見えた。命中したようだ。

もう一発撃とうと銃を構えたが、そのチャンスはなかった。人影の背後で地面が吹き飛び、爆風が相手を宙に飛ばしておれを地べたに叩きつけたからだ。木立のなかを転がされ、樫《かし》の大木に衝突してようやく止まった。耳鳴りがして吐き気がこみ上げてきた。肋骨に感じた痛みが急激に膨らんで全身を覆い、あまりの苦痛に身もだえした。しばし吐き気と格闘していた。だが、舞い落ちる土埃《つちぼこり》や木屑《きくず》を浴びているうちに、その感覚も徐々に治まっていった。

どうにか頭がはっきりしてきたころ、少し離れたところで立て続けに轟音が響いた。激しい攻撃を受けているようだ。茂った枝葉の隙間から、墜落現場の上空をホバリングして森を攻撃している船が見えた。あの、二隻の飛行船が駐まっていた空き地の方角だ。

その一秒後、狙われている対象が目に入った。スーツを着た人影が四つ、ジグザグに動いて空からの攻撃をかわしながら、自分たちの船の方へ走っていく。

岩の反対側に戻り、ぐったりしたマイクの体を転がした。死んではいない。弱々しいがたしかに呼吸をしている。背中に深々と細長い金属片が刺さっていた。どうにか引き抜こうとしたが、うまく握ることができなかった。

向こうで繰り広げられる戦闘の音が変化した。先ほどまでは標的をピンポイントで狙う、レーザー砲のような攻撃音が響いていたが、いまは雷鳴のような轟きが木々の上方で鳴り渡っている。と、次々にすさまじい爆音が炸裂し、おれの胸や鼓膜を震わせた。聴覚への強い負荷で方向感覚を失いそうだった。気を引き締めなければ。

あとから現われた船の攻撃音が戻りはじめていた。上空で二隻の船がホバリングしている。二隻はどちらも一歩も退かず、長く激しい撃ち合いをして互いを穴だらけにした。地上からは煙が立ちのぼり、遠いほうの船を覆い隠さんばかりに渦巻いている。おそらく駐まっていた飛行船の一隻が爆撃されたのだろう。

集中しろ。

立ち上がろうとして、またすぐに倒れた。大地が揺れているのだ。周囲の森が枝や砕けた幹《みき》をばらばらと降らせていた。

やっとのことで立ち上がり、震える脚に力を込めた。平衡感覚がなくなっている。

野営地は。テントは。見ると、覆いがすっかり消えていた。アーチ形の金属の枠は縮んでいくつかの小さな箱に収まり、地面に転がっている。枠を覆っていたビニールシートは吹き飛ばされたようで、崩れゆく森のなかを舞ううちにもつれてひと固まりになり、さながら乳白色のビニール製の回転草のように転がりだしていた。落ちた枝や葉を巻き込みながら進んでいるため、次第に森の色に彩られている。まるで、少しずつ自分をカムフラージュして脱出を試みているかのようだ。

脱出。

剝き出しになったベッドの列は、いまや風や落下物にもろにさらされていた。乗客たちが起きはじめている。

退却を始めた侵略者たちは……乗客を解放していた。なぜだ？　おそらく、おれたちを敵の手に渡さないためだ。間違いない。彼らがここで奪い合っているのは、このおれたちなのだ。ボブは正しかった。大きなスーツを着た……何かが、おれたちをここに連れてきた。そして、それは何かと戦っている。

上空の戦況が変わった。あとから来た船が防御側の船を後退させ、黒煙の向こうまで押し戻していた。ただし、反撃はまだ続いている。おれたちに残された時間はどれぐらいだろう？

ハーパーに残された時間は？

木立の先に目をやると、ゆっくり舞い落ちる木屑の向こうに彼女の姿があった。ベッドの上で体を起こし、困惑した様子であたりを見まわしている。おれは走りだした。三度ほど転んだが、アドレナリンに駆られて痛みは感じなかった。

ハーパーのもとへ着くと、彼女が目を丸くした。たぶん、おれがよほどひどい姿をしているのだろう。彼女の両肩を摑んだ。「逃げるぞ！」そう叫んだが、自分の声が聞こえなかった。上空の戦闘の音さえいまは聞こえず、ただ震動だけが伝わってきた。もしかすると、この先ずっと聴覚に影響が残るのかもしれない。

ハーパーが首を振って「脚が」と口を動かしたが、そこではっとしたように下を向いた。びっくりした顔をしている。彼女はおれにはわからないことばを呟き、両脚をベッドの外へ出すと、地面にそっと足を置いてにっこり微笑んだ。

森へ向かおうとしたとたん、彼女がおれの腕を摑んだ。力強い手だった。いい兆候だ。

彼女が指差す方向には、たったいま意識が戻った様子のサブリナとユルがいた。ハーパーが、おれにも唇が読めるようにゆっくりと口を動かした。「あの二人は、何か、知ってる」

彼らのもとに駆け寄り、いっしょに来いと手招きした。向き直ったところで、生存者の半数近くが群がってきているのが見えた。口々に何か叫び、一心にこちらを見つめている。

「逃げろ！」両腕を勢いよく広げて叫んだ。「散らばって走るんだ。聞こえたか？　さあ、行け！」おれはハーパーの手を握り、全力で森のなかを走った。彼女はしっかりりついてきた。というより、遅いのはむしろおれのほうかもしれなかった。信じられない。彼らは彼女を治したのだ。サブリナが治療したとも考えられるが――やはり、それはないだろう。ハーパーは墜落直後よりも健康そうなのだ。肌つやまでよくなっている。

ちらりとうしろに目をやった。ユルが消えていた。

足を止めてサブリナの腕を摑んだ。「ユルはどこだ？」

ほっとしたことにいくらか聴力が戻っていたが、それでもサブリナの返事を聞くには意識を集中させせなければならなかった。「どうしてもパソコンを取りに戻るって」

「なぜだ？」おれは訊いた。

「必要だからよ」サブリナが言った。

「必要としてるのは彼なの？　それとも連中？」ハーパーが、ぎょっとするほど凄《すご》みを利かせた声で詰め寄った。

サブリナがうつむいた。「わからないわ……たぶん……どちらにとっても必要なのよ」

銃を取り出すと、おれは腕時計を外してハーパーに渡した。彼女の口の端に笑みが浮かびかけたが、あらゆる力を動員してそれを抑え込もうとしているのが見て取れた。時計を裏返した彼女が、そこに刻まれた献辞に気がついた。〝長年の貢献に――アメリカ合衆国国務省〟

彼女の眉が上がった。「あなた……国務省で働いていたの？」

「父親のものだ。聞いてくれ、ハーパー。十分経っても戻らなかったら、おれを置いて先に行くんだ。約束してくれ」

ハーパーは相変わらず時計を見つめていた。

「約束しろ、ハーパー」

「ええ。わかったわ」

その場をあとにし、いまだに震えが残る脚を精いっぱい動かして機首側の機体に向かった。テントが外れたベッドの列はすでに空っぽで、あたり一帯から人の姿が消えていた。森の木々はまだ枝葉の欠片を落としている。雪のように降りしきるそれは、緑や茶色の細かな粒となって白い死体袋を覆っていた。不気味な静けさだった。向こうの船から音は聞こえてくるものの、いまは撃ち合いも中断しているようだ。

機体に近づいてもユルの姿は見えなかったが、足は止めなかった。荷物や備品で作った階段を駆け上がり、あちこちぶつかりながらファースト・クラスの区画を抜けた。ユルが荷物棚からバッグを引きずり下ろし、なかを搔きまわして何か探して――。

背後で足音がした。振り返ると、スーツを着た人影が見えた。ここでも迷彩柄を変化させながら、まっすぐおれたちの方へ向かってくる。銃を構えたが、遅すぎた。相手はすでに腕を突き出していたのだ。次は空気が弾けるような音がするはずだと覚悟した。が、その瞬間に銃声が響き渡り、耳をつんざくような鋭い音が狭い空間に充満した。人影がぐらりと前に傾き、ファースト・クラスのシートにぶつかってから床に激突した。スーツがチカチカ明滅し、電気の火花が弾けるような音を立てた。

グレイソンが、ファースト・クラスの調理室に立っていた。銃を前方に突き出している。おれはユルの方を向いた。「もういいか？」

「ああ」

「行くぞ」おれは二人に視線を向けて言った。

彼らを引き連れて飛行機を降り、森のなかに走り込んだ。

こうなってしまったら、スーツ姿の人影はおれたちを捕獲しようとするだろう。連中は何かの理由でおれたちをここに連れてきた。そして、おれたちは連中が欲しているものをもっているのだ。

II　タイタン

18　ハーパー

私は新しい人間だった。文字通りの意味で。頭がすっきり冴え、肌も滑らかで、筋肉はしなやかで力強い。つい半日まえまで死の床にいたというのに、そんな痕跡はどこにも見当たらない（正確に言えば、死の〝フラットシート〟――しかもファースト・クラスの――にいたわけだが、細かいことはいいだろう）。肝心なのは、あの、墜落現場を侵略したスーツ姿の何かが私を治したということだ。それも驚くべき成果を伴って。初めにどんな出会い方をしたかを考えると、とても不可解な話だ。

ちらちらと光る怪物が機内に駆け込んできたあとのことは、まったく覚えていない。あのときサブリナとユルと私は、おそらく麻酔銃のようなもので撃たれたのだろう。翌朝気づいたときには狭いベッドの上にいた。そしてちょうど目の焦点が合ったころ、頭上の鉄の支柱が縮みはじめ、ビニールシートが木立の方へ飛ばされていったのだった。初めは雪が降っているのだと思った。だがほどなくして、それは葉や枝の小さな欠片で、まるでグラインダーが木の先端をすり潰しているかのようにばらばらと落ちてくるのだと気がついた。それから、上空の爆音が立て続けに襲いかかってきた。二隻の船が、進みも退きもせずに睨み合い、熾烈《しれつ》な撃ち合いを続け、その砲撃の音が雷のように私の胸に轟いた。

そして、ニックが現われた。またもや私を助けにきてくれたのだ。もっとも、今回は彼より私のほうがずっと元気だったのだが。恐怖でこわばった彼の顔は土や煤《すす》や血で汚れていて、目が落ちくぼみ、頬もこけていた。私にとっては、その姿のほうが上空で炸裂する砲弾よりもよほど恐ろしかった。

その彼とユルは、二、三時間まえに機首側の機体から戻ってきていた。ユルのバッグと、個人的には何の価値もないと思われる荷物をもって。そう、グレイソン・ショーだ。「彼もいっしょに行く」三人がサブリナと私のもとに帰ってきたとき、ニックはそう言った。それ以来、誰も口を開いていない。私たち五人は、草原を避け、ただ黙々と森から森へ歩きつづけていた。ペースは一定だったが、足取りは決して速くなかった。ニックのためだ。彼は誰よりも体調が悪そうだった。ずっと右の脇腹——たぶん肋骨だろう——を押さえていて、移動中ほとんど常に息を切らしていた。

やがて水を飲むために足を止めたとき、私は少し休んでほしいと訴えた。だが、彼はこのまま進むと言い張った。サブリナが怪我の具合を診ると言っても、やはり聞く耳をもたなかった。

「やつらはおれたちを追ってきてるんだ」彼がユルのバッグを示した。「何かは知らないが、そこに入ってるものも狙っている」

ユルが身を硬くした。

「それについてはあとで話そう。まずは田舎屋に向かう。ガラスの建築物に行く途中で見つけたんだ」

「建築物？」サブリナが訊いた。

「それは……忘れてくれ」ニックは、いまだに荒い息をしながら水を飲んでいた。「何もかも田舎屋に着いてからだ。とにかく、屋根のあるところまで行こう」

それから数時間後、私たち五人は森の際《きわ》に立ち、緩やかにうねる草原の真ん中に建つ古い石造りの田舎屋を見つめていた。どうやら廃屋のようだった。車も、道やドライブウェイらしきものも見当たらない。実のところ、そこには三棟の小さな石の建物以外何もなかった。

ニックは、グレイソンと家の様子を探りにいくあいだ、このまま木の下に隠れているようにと私たちに指示した。私としては待ったをかけたいところだった。グレイソン・ショーは、あのビニールテントで見つけたと思われる拳銃をずっと持ち歩いているのだ。そんな彼をパートナーにして、唯一の避難場所になりそうな家に突入するつもりなのだろうか。だが、私が異議を唱える間もなく彼らは草原を進みはじめていた。

不安な思いで見つめていると、二人は拳銃を抜き、テロの容疑者の隠れ家に踏み込むロンドン警察さながらに身を低くして木のドアの隙間に滑り込んでいった。

傍らにはサブリナとユルが張り詰めた表情で立っており、気まずい沈黙が続いていた。

誰も、飛行機で私が耳にした会話のことは口にしようとしなかった。だが、二人はここで何が起きているか知っているのだ。この二人も関わっている——初めから事情を知っていた。彼らは危険な存在なのだろうか、と思った。まさに八方塞がりだ。一方にはグレイソンが、一方にはサブリナとユルがいて、おまけに謎の軍隊にまで追われているのだから。

ニックとグレイソンが、銃をしまって静かに草原を引き返してきた。

「無人だ」ニックがこちらに叫んだ。「来い、急げ」そして、私たちが木製のドアをくぐり抜けるやいなやこう言った。「外へは出るな。窓にも近づかないようにしろ」

彼が簡素な作りの木のテーブルに残りわずかな食糧を広げた。「五人で分けよう」

そう言ったものの、彼は自分の食事には手をつけず、ふらふらとその場を離れていった。ついに疲労が限界に達したのだろう。私もあとを追って寝室に行くと、彼は泥だらけの服を脱ごうともせずに、倒れるように小さなベッドにうつ伏せになった。

ドアを閉めてベッドをまわり込み、彼の顔の前にしゃがみ込んだ。

「私たちはどこにいるの？」

「未来だ」彼が目を閉じたまま呟くように言った。

未来。なぜそんなことが？　衝撃的な事実だが、未来だと考えれば、スーツ姿の者たちのことも、救助が来ないことも納得できる。

「いまは何年なの？」

「わからない」

「ガラスの建物には何が？」

「ストーンヘンジだ」

「ストーンヘンジ？」私は半ば独り言のようにささやいた。では、ここはイギリスなのだ。うとうとしはじめたニックの肩に触れた。「サブリナとユルだけど——二人は何らかの形で、飛行機で起きたことに関わっているみたいなの」

「そうか。とにかく休まないと、ハーパー。散々な一日だった。彼らをここから出すな。朝になったら起こしてくれ」

「わかったわ」

ニックの呼吸が穏やかになっていき、もう寝たのだろうと思ったころ、彼が不意にささやいた。「ハーパー？」

「なに？」

「きみが無事でよかった」

返事をしようとしたものの、彼はぷつりと意識が切れたように眠りに落ちてしまった。

床に腰を下ろし、彼を見つめながらしばし物思いに耽っていた。それからまた立ち上がり、彼を仰向けに転がして靴を脱がせた。靴下まで水が染みていた。それも剝ぎ取り、濡れてふやけたマメだらけの足を解放した。シャツのボタンを外して無数の傷を目にしたときは、思わず息を呑んだ。山から転げ落ちたのかと思うほど、両腕にも胸にも脇腹にも、黒ずんだあざができていた。いったいどんな目に遭ったのだろう。

本当の助けが必要だ。救助が。とは言え、いまは彼のために自分ができることをするしかなかった。

19 ハーパー

ニックをベッドに落ち着かせるとすぐに、私はカーテンを閉めた。いまは、その白い薄布越しに草原に沈む太陽を見つめている。私の混乱した心とは裏腹な、安らぎに満ちた眺めだ。

ニックはもう何時間も死んだように眠っていた。くるまっている毛布は――どれほど古いものなのか知る術もないが――黄色く色あせ、濡れた衣服は寝室の白いバスタブの縁にかけてあった。私は部屋の隅に置かれた木製のロッキングチェアに坐っていて、わずかでも動くと木がきしんで大きな音が鳴った。集中力のテストでも受けているようだった――動いたとたんにアラームが鳴り響き、ニックが起きてしまうのだ。いまのところは何とか乗りきっているが。

小さな田舎屋の寝室で静かな時間を過ごしていると、色々なことを考えてしまった。頭には、三〇五便がイギリスの森に墜ちてから起きた様々な出来事が浮かんでいた。あのあと、人々の命が危機に瀕しているなか――私自身もそうだし、少なくとも脚はまさに危機的状況だった――嵐のように時間が過ぎていった。だが、ニックが眠っているいま、墜落で命を落とした人々のことを考えずにはいられなかった。その数日後にも、おそらく老化が原因でたくさんの人が亡くなってしまった。今朝がた墜落現場から散り散りに逃げていった人たちのこともある。彼らはきっと、いまの私のように快適で暖かな場所にはいないだろう。ネイトはどうしただろう、と思った。ブルックリンから来た、もう母親に会うことは叶わない男の子。ジリアンは？　墜落後の混乱のなかで、彼女は客室乗務員の仕事以上の役割を負わされてしまった。ディズニー・ワールドのTシャツを着た女の子の姿も思い浮かんだ。みんないまどこにいるのだろう。安全で、幸せだろうか。

私はそうだ。行く手にあるものを恐れてはいても、私はこの上なく幸せだった。脚の感染部位をサブリナに切り取られずに済んだ。自分の足で歩くこともできる。それだけではない。墜落事故で生き残ったし、ニックも死ななかった。おまけに彼はここにいて、比較的健康な状態で生きている。つまり……元気に生きているというだけで、とてつもなく幸運だと感じられるのだ。これまでは、健康に生きていても、それが当たり前のことだと思っていた。自分の命や脚を失いかけるまで、自分の幸運に心から感謝したことなどなかった。

人はなぜ、何かを失いそうになるまでそのありがたみがわからないのだろう。

そしていま、私のなかでは幸福感と深い罪悪感がない交ぜになっていた――自分が生き残ったことや、充分にほかの人たちの力になれなかったことへの罪の意識。もし、どこかのタイミングで事態が違う方向に進んでいれば、大勢の人が難を逃れたのではないか。私の行動が誰かの運命を決めてしまったこともあるはずだ。この何時間か、そんなふうにあらゆる出来事や行動が思い起こされ、頭がパンクしそうになっていた。答えも解決もない、悩みのループにはまり込んでしまったのだ。

この部屋を出て、何かしたほうがいい。

あれこれ思い悩んでいるせいだろうが、さほど空腹は感じなかった。それとも、あのカメレオンのように変化する人影が私に何か食べさせたか、食欲を抑える薬でも与えたのだろうか。またひとつ謎が増えたというわけだ。

そっと腰を上げたとたん、ロッキングチェアの悲鳴に縮み上がることになった。だが、ニックはそれでも身じろぎひとつしなかった。キッチンに行くと、テーブルにおよそ五分の二程度の食糧が残されていた。意外な気がした。五人のあいだには秘密や不信が横たわっているというのに、食卓でのモラルはしっかり守られているようだ。残された食糧をもって引き返し、ベッド脇のテーブルに置くと、また寝室を出て静かにドアを閉めた。

そして、この小さな石造りの家の探索に取りかかった。食糧が不足しているのは明らかだし、それを手に入れることが目的だったが、すべての部屋をいちいち覗き込むこともやめられなかった。年代や正確な場所を知る手がかりがあるかもしれないと思ったからだ。家はどこも埃だらけで、あちこちに虫がいたが、動物が入り込んだ形跡はなかった。持ち主は厳重に戸締まりをしていたとみえる。

リヴィングの本棚はほとんど空っぽで、写真のアルバムが数冊と聖書があるだけだった。書籍の販売関係者にとっては、あまり好ましい状況とは言えない。テレビはどこにも見当たらなかったが、壁に特大のセロファンテープのような、大きな半透明のプラスティックフィルムが貼ってあり、未来の人も何らかのものを見ていたことがうかがえた。

キッチンの食器棚に食糧はなく、マグカップや調理器具といったものしか見つからなかった。

次は地下室に向かおうと、狭くて急な木製の階段を下りた。一段下りるごとに上から届く光が弱くなっていった。思い直して蠟燭《ろうそく》を取りに戻ることにしたが、そこでふと足を止めた。階段の下に黄色い明かりが見えたのだ——壁で蠟燭が燃えている。下に誰かいるようだ。狭い石の廊下の先で、何かを叩きつけるような音がした。

そちらに近づいてみた。戸棚の扉を閉める音だ。やはり、地下には食糧貯蔵室があるらしい——そして、私と同じことを考えた者がいるようだ。前方の部屋の、古ぼけたカウンターテーブルの上で、蠟燭が燃えているのが見えた。傍らに黒っぽい物が置かれている。貯蔵室の戸口を抜けたところで、私は動きを止めた。グレイソンが立ち上がった。揺らめく蠟燭の光のなかでは表情がよく見えなかったが、彼の目が一瞬、テーブルに向いたことはわかった。いまでは私にも、そこにある拳銃が見えていた。

口を開き、しばしためらってから声を出した。「食べ物を探しているだけよ」

彼が戸棚に戻り、瓶を掻き分けて奥を覗き込んだ。「何もない。口に入れられそうなものはな。だが、おれは食い物を探してるわけじゃない」

私も手近な棚に歩み寄った。フルーツやジャムの瓶が詰まっていたが、どれもとうの昔に傷んでしまったようだった。「じゃあ、何を探しているの？」

「飲めそうなものだ」

「未来では、お酒は飲まれていないのかもしれないわ」

「どうかな。いつの時代にも酒でしか解決できない問題はあるはずだ」

「あなたの問題もそうだと？」

「効果があったのは酒だけだ」

「それ以外の方法は試したの？」

グレイソンがそこでようやく振り返った。「おれの問題をどれだけ知ってるってんだ、ハーパー？」

「必要なことはぜんぶよ」

「おまえが知ってるのは、やつが話したことだけだろ。向こうの言い分しか聞いてない」

「そうよ。でも、あなたが陥っているような状況は数えきれないほど見てきた。物書きとして、あなたたちのような家族のことをずっと書きつづけてきたんだもの」

「そういうことにしとくさ。おれが何をするつもりか、やつから聞いたか？」

「ええ」

彼は戸棚に注意を戻し、あちこち引っ掻きまわした末、ついに一本のボトルを見つけ出した。スコッチだ。「何年ものだろうな。百年か、二百年か。それとも千年か？　たまらないな」そう言うとボトルの栓を抜き、深々と匂いを吸い込んだ。彼の顔に笑みが広がった。「皮肉なもんだな。おれの本がおまえのキャリアにも箔《はく》をつけるんだ。おれが暴露本を出せば、〝本人公認〟の伝記もバカ売れしておまえは大金持ちになれるだろう。おれのおかげで一生遊んで暮らせるってわけだ」

背後で石の床を踏む足音がし、狭い戸口にニックが現われた。だいぶ回復したようだ。まだやつれてはいるものの、血色がよくなり、それと同時に目にも静かな迫力が戻っていた。

「大丈夫か？」

私より先にグレイソンが反応した。彼の声にも、相手を小馬鹿にする響きが戻っていた。

「もちろんさ、白馬の王子様。彼女は無事だ。おれと話したからって頭が吹き飛んだりはしないぜ」

「おまえの協力が必要だ」ニックが抑揚のない声で言った。

「何のことだ？」グレイソンが、ボトルに視線を戻して訊いた。

「ユルとサブリナだ。二人は墜落に関して何か知っている。銃をもっているのはおれとおまえだけだ」

「それは違うな。ユルも上で猟銃を見つけたんだ」グレイソンは半分上の空で答えた。相変わらず栓を抜いたボトルから立ちのぼる芳香を嗅いでいる。

ニックは私の目を見たが、またグレイソンに注意を向け、淡々とした口調で続けた。

「おまえの協力が不可欠だ。ベストな状態でいてもらいたい」

グレイソンが鋭い視線をニックに向けた。「飲むなと言ってるのか、親父さん？」

「いいや。おれはただ、おまえの協力が必要だと言ってるだけだ。それ以上、何も口出しする気はない」

ニックが戸口から出ていったので、私もあとを追って廊下を進んだ。これからどうするつもりか訊こうとしたが、そのとき彼がぴたりと立ち止まり、顎をしゃくって狭い吹き抜けの階段を示した。私が下りた階段を過ぎて廊下の端まで行ったところに、もうひとつ階段があるのだ。下からかすかに話し声が聞こえていた。ユルとサブリナの声だ。

「待て」グレイソンがこちらに向かってきていた。「あいつらはずっと下で何かやってるんだ」

私は声を落とし、機首側の機体で耳にしたことを簡単に説明した。あの二人がコックピットのドアを閉めてこそこそと話をしていたこと。サブリナがユルに、墜落することを知っていたはずだし、何か関わっているだろうと詰め寄っていたこと。どうやらサブリナは、彼らが搭乗するまえにとった行動が原因で、生存者たちがわずか数日で老化してしまったと考えているらしいこと。

蠟燭に照らされた狭苦しい廊下で、二人の男は黙って話を聞き、頷いていた。

「それで、二人の会話はどんな形で終わったんだ？」ニックが訊いた。

「終わらなかったのよ」私はささやいた。「あのスーツ姿の侵略者が現われたから」

「なるほど」ニックが言った。「事態がはっきりするまでは、この家を出るわけにはいかないな」彼は背中を向けて私たちを先導し、さらに地下深くへと吹き抜けの階段を下りていった。階下にはコンクリートの壁に囲まれた広い部屋があり、そこに、思いもかけない光景が待ち受けていた。

間違いない。ユルとサブリナは、ここで何が起きているか知っているのだ。

20 ハーパー

この地下室は、上の田舎屋よりもずっとあとに造られたものだと思われた。もともとある地下室のすぐ下に、もうひとつ部屋を掘ったのだ。四方はごつごつした石壁ではなく、白く塗られた滑らかなコンクリートで囲まれていた。ここでは蠟燭も不要だった。奥の壁でコンピュータ・パネルが煌々と光を放っているからだ。その脇の壁には大きなアーチ形の窪《くぼ》みがあり、そこに黒っぽい運搬車のような物体が駐まっていた。と言っても、車体の下に車輪はひとつも見当たらず、ただ金属製の台があるだけだが。ひょっとすると、これが地中に沈んでいって線路か何かに繫がるのだろうか？

たぶんそんなところだろう。これは一両単位で走る地下鉄のようなもので、その駅が田舎屋の地下に存在していたのだ。

黒い車両は横長のスライディング・ドアが開いていて、中央の大きな木のテーブルと、その三方を囲む茶色い革張りのカウチが見えていた。

パネルを見ていたサブリナとユルが振り返り、ニックとグレイソンと、私の方に向き直った。ライフルは、ユルの手が届く位置に立てかけてある。

沈黙を破ったのはニックだった。「こいつは何だ?」

「私たちにもよくわからないわ」サブリナが感情のない平板な声で答えた。どうやら彼女はすっかり調子を取り戻したようだ——何はどうあれ、彼女本来の調子に。

「信用できないな」ニックが前に出て、車両や明るいパネルを眺めまわした。

「公共の輸送機だろうという推測はしているわ」

「どこへ通じている?」

「あらゆる場所よ、たぶんね」

ニックが顔を上げた。「おれたちを置き去りにする気だったんだな」

ユルは何も言わずに目を逸らしたが、サブリナははっきりと答えた。「ええ」

「正直さだけは認めよう」

「これまでだってあなたに嘘をついたことなんてないわ、ニック」

「そうかもしれないが、真実をすべて話していたわけでもないだろ? きみたち二人は事情を知ってるんじゃないのか。飛行機が墜ちた原因も。おれたちには答えを知る権利があると思うがな」

サブリナが口を開いたが、そこで初めてユルが声を発した。「おれたちにもわからないんだ」

「そんなはずはない。いまは何年だ？」

「知らないんだよ」ユルはなおも言った。

「じゃあ、何年だと推測している？」

ユルがためらいがちに答えた。「おそらく、二一四七年だと思う」

「根拠は？」

ユルは頭を振り、横目でサブリナを見た。「おれはただ、こんなことをしてる暇はないと言いたいんだ。いちいち質問に答えてたら三時間は足止めを食うことになる。何ひとつ進展がないままにな。それに、あんたたちじゃ――余計に混乱してしまうだけだ」

「ぜひ混乱させてもらいたいな」ニックが言った。「さあ、聞かせてくれ。おれたちも答えを知りたいんだ」

「答えと言ってもほとんどが憶測で、不完全な情報しかないんだよ。だからこそ、おれたちはロンドンへ行こうとしてたのさ」

「おれたちを置いてか」

「あんたたちのためだ」ユルが自分のバッグを指し示した。「たぶん、連中が追ってるのはおれとサブリナだ。それに、このバッグの中身だろう」

「何が入っている？」

「それを説明してたら、いくら時間があっても足りない」

ニックは何か考え込むようにしばし口を閉じた。「ロンドンには何がある？」

「わからない」

「では、なぜ行くんだ？」

「ロンドンの様子を見れば、どんな連中が相手なのか想像がつくかもしれないからだ。いいか」ユルが言った。「ここにいろ。そのほうが安全だ。連中はおれたち二人に追跡装置を取り付けたかもしれない。〝ポッドウェイ〟の動きを監視してる可能性だってある」

どうやらそれが、地下を走るこの輸送ネットワークの呼び名らしい。

ニックが首を振った。「ばらばらに動くつもりはない。それに、おまえは勘違いをしている。おれたちだってここに長居はできないんだ。もう食糧がないからな。危険でも食べるためには出ていくしかない。遅かれ早かれ、やつらはおれたちを捜し出すだろう。助けを得られなければおしまいだ。それはおまえだってわかってるはずだぞ。ロンドンで答えを探すと言ってるが、本当はそれだけじゃないんだろう？　向こうに救助のあてがあるんじゃないのか？」

「そうよ」サブリナが口を開いた。「ロンドンに行けば助けが得られる、そう信じる理由があるの。それを前提に動こうとしているのよ」

「向こうに助けがあるというなら、全員でロンドンに行けばいい」ニックがパネルに近づいた。「さて、こいつはどうやって動かすんだ？」

「まだ何とも」ユルが答えた。「ネットワークに繋げるまえに、まずは仕組みを理解しようとしていたんだ。車両《ポッド》の動きを監視されてるかもしれないからな」

「ロンドンに移動できれば、その点でも安心なのよ」サブリナが付け足した。「向こうへはすぐ着くわ。うまくいけば、ポッドを使ったことを察知されるまえにネットワークから遠ざかれるはずよ」

「なるほど」

ユルがパネルに触れた。「ずっと〝GP〟を要求してくるんだ。たぶん万国共通の身分証明装置みたいなもので、移植でもされてるんだと思うが。ただ、代替のIDとして指紋が使える」パネルの画面が変わり、〝端末に近づいてサインインして下さい〟という文字が表示された。右下の隅には小さな囲いがあり、なかにこう書いてあった。〝GPがない場合、この画面に親指を押し当てて下さい〟

ニックに手招きされ、私は発光するパネルのひんやりした画面に親指を当ててみた。画面上に赤い文字が現われた。〝認証できません〟

「もう一度」彼が言った。

三度ほど試しても、画面には受け入れを拒むという旨の文字が点滅していた。

次はグレイソンが挑戦したが、結果は同じだった。認証されない。

ニックがユルとサブリナに疑わしそうな視線を向け、それから自分の親指をパネルに押しつけた。

〝ニコラス・ストーン。行き先を入力して下さい〟

「つまり、おれたち三人は」ニックがユルとサブリナと自分を示した。「ポッドウェイを使えるが、あとの二人はだめだってことか？」

「そうらしいな」ユルが言った。

「なぜだ？」

「わからない」

「推測で構わないんだ」

ユルが頭を振った。「どれから聞きたい？　考えられる理由は山ほどあるぞ」

「いくつか話してみろ。ものは試しだ」

「わかったよ。じゃあ、この輸送ネットワークが築かれた当時、ハーパーとグレイソンはロンドンに住んでいなかったのかもしれない。だから登録されてないんだ」

「それとも、おれたちはこいつが発明されるずっとまえに死んでいたか」グレイソンがどこか面白がるような口調で言った。「まあ、二一四七年にはここにいる全員が死んでいそうだがな」

「まあな」ユルが答えた。「いちばんあり得るのは、未来のハーパーとグレイソンがほかの交通手段を使っていたという線じゃないか。自動車とか飛行船とか、テレポーテーションとかさ。おれにわかるわけがないだろ。これで満足したか？　そろそろ出発したいんだけどな」

「満足にはほど遠いが、ここを出たほうがいいことも確かだ」ニックが言った。「このポッドが出たら、すぐに次のが現われるのか？」

「ああ。パネルの説明が本当なら数分でやって来るはずだ」

「よし」ニックがユルとサブリナに頷いた。「二人はこいつを動かせないから、おれたち三人が分かれよう。一台めにグレイソンとサブリナ、二台めにユル、三台めにおれとハーパーが乗る」

ユルが小さく笑った。「おれたちを見張るために分けるのか」

「そのとおりだ。おまえたちは信用できない。あれこれ隠し事をしてるし、おれたちを置き去りにしようとしたんだ。嫌なら洗いざらい白状すればいい。いい加減に観念することだな。ロンドンに何があるか知らないが、どうせ向こうに着いたらたっぷり喋ることになるぞ」

グレイソンがニックのもとへ行き、隣に立ってひたとユルを見すえた。無言のうちに、人数でも銃の数でも勝っていることを伝えているのだろう。

ユルは何やら口のなかで呟いていたが、そのまま自分のバッグを拾い上げた。一瞬ライフルにも目をやったものの、ほっとしたことに、それは手放すことにしたようだった。

サブリナがコンピュータ・パネルを操作して行き先を入力し、グレイソンと一台めのポッドに乗り込んでドアを閉めた。下の床がかすかな振動音を立てて分かれ、ポッドが降下していった。壁の窪みにまったく同じ見た目のポッドが上昇してきたのは、その二分後のことだった。ユルが乗り込み、こちらを振り返りもせずに去ったあと、私とニックも次のポッドに足を踏み入れた。

内部はちょうど列車の個室のような雰囲気だった。私たちは茶色い革張りのカウチに腰を下ろし、艶のある木のテーブルを挟んで向かい合った。両脇に設けられたイミテーションの窓で、人工的に再現されたイギリスの田園風景がゆったりと流れ去っていった。考えてみれば、あの墜落以後ずっと――自分たちだけでなく、他人のことも含めて――死や空腹や、脚を切断される恐怖に追い立てられていて、そうした不安もなくニックと二人で過ごすのはこれが初めてのことだった。

先に口を開いたのはニックだった。「貯蔵室でグレイソンと話してるのを聞いたよ。きみたちのあいだには何があるんだ？」

「彼に憎まれてるのよ」

「きみも彼を？」

「そういうわけじゃないわ。彼のことはよく知らないもの。彼の父親は、オリヴァー・ノートン・ショーなの」

「あの億万長者か」

「ええ。知ってるの？」

「たしか会ったことがある」

「私もよ。一度だけ、数日まえにニューヨークでね。彼が飛行機のチケットを買ってくれたの――そうじゃなきゃファースト・クラスには乗れないわ。チップというか、贈り物ね。私に、本人公認の伝記を書かせようとしているのよ」

「グレイソンはそのことに腹を立ててるのか？」

「ちょっと違うわ。彼の父親には大きな計画があるの。自分の財産を大胆に手放して、新たな形の慈善団体を設立しようとしてるのよ。彼は〈タイタン財団〉と呼んでいるけど。彼が私に書かせたいのは、自分の人生と、人類の真実を探し求めてきたこれまでの経緯ね。彼の財産や財団が人類の未来にどんな役割を果たすか、そのビジョンを語りたいのよ」

「自分の信念が最優先という感じだな」

「そうね。息子のことはあまり頭にないわ。財団が設立されれば、グレイソンには何も遺らないの。ショーにしてみれば、息子には自分の手で人生を切り開いてほしいという思いがあるようだけど。面会を待っているあいだ、グレイソンがショーの部屋にいたのよ。ものすごく怒っていて、遺産を巻き上げるつもりかとわめいていたわ。あんたは見栄っ張りだ、隠居しても最後にひと花咲かせて注目を浴びたいんだろう、とか何とか言って。もっとひどいことも口走っていたけどね。そのうち部屋から飛び出してきたわ。彼に会ったのはそれが最初。ショーの話では、グレイソンはロンドンの出版社に暴露本を出させると脅したそうよ。正当な遺産をもらえないなら、身内の恥を世間にさらしてやるってことらしいわ」

「興味深いな」

「滑稽よ。墜落のあとは葛藤を感じる暇もなかったけど、飛んでるあいだはそのことで頭がいっぱいだったわ」

「葛藤？」

「ショーの伝記を書くべきか否か」

「問題があるのか？」

「そうね、根本的な話をすれば、自分が大きくなったら何になりたいかわからない、ってことが問題なのよ」

「近頃の子はみんなそうさ」ニックが穏やかな声で笑った。

「私は何年か記者をやって、それからゴーストライターになったの。でも、ショーの伝記は自分の名前で本を出せる初めてのチャンスなのよ」

「いい話じゃないか」

「ええ。自分でもそれが望みだと思っていたわ。でも、実はいま小説を書いていてね、シリーズ作品にしたいと考えてるの。本当に好きなのはそっちなのよ。だけどショーの伝記を書くことになったら、小説は完成させられないかもしれない。人生ががらっと変わってしまうから。私が知りたいのは、自分にフィクションを書く力があるかどうかということなのよ。それさえわかれば、もっと簡単に決断できるんだけど」

ニックが頷き、私たちはしばらく無言で坐っていた。

「あなたはどう？　生き方に悩むことなんてある？」

彼が笑った。「ああ。おれも……ちょっとした岐路に立たされてるな」

「仕事のことで？」

「あらゆる面でだよ」

それきりニックは黙ってしまった。何やら急に疲れが出たようだった。彼はあまりお喋りなタイプではないのだ――少なくとも、私生活の話題になると。不思議なことだ。彼の声はこの何日かでたっぷり耳にしてきた。あの凍えるような暗い晩に、乗客を救うために語ったことば。野営地を取り仕切り、平等に食べ物を配分して争いごとを避けた手腕。直感ととっさの決断力。しかし、自分の生活の話となると、ごく単純な質問をされただけでもことばは重い鉄床《かなとこ》のように腹の底に沈んでしまい、こちらは細い釣り糸でどうにかそれを引き上げようと虚しい努力をすることになってしまうのだ。

「ゆうべ言ったことは本当だ」彼が口を開いた。

「何のこと？」

「本当にうれしかったよ。昨日の朝、あそこで生きているきみを見つけたときは」

気持ちを鎮めようと、深く息を吸い込んだ。「ええ、私もよ。明日を迎えられないんじゃないかと思っていたから。それに、目を開けてあなたが見えたときは……その、うれしかったけど、あなたはひどい姿だったでしょう。死ぬほど恐かったわ」

「ここ何日か、苦労の連続だったからな」

テーブルをまわり込んで彼の隣に坐り、額の生え際に触れてみた。そこには、ゆうべ乾いた血を拭き取った傷があった。私は微笑んだ。「でも大丈夫よ。ほら、もうすっかりきれいだわ」

彼が私の腕に手を伸ばし、きつく手首を握った。手のひらに滑り込んできた彼の親指は、私の手を半分覆い隠してしまうほど大きかった。

呼吸が止まりそうだった。

どちらも何も言わなかったが、ゆっくりと、少しずつ、顔が近づいていた。動いているのが彼なのか自分なのかはわからない。二人ともだろうか。

コンピュータの大声が沈黙を引き裂いた。「目的地に到着しました」

それでも私は顔を逸らさなかった。そして彼も。

背後のスライド・ドアが開き、冷たい風がどっと吹き込んできた。と、ニックの目が見開かれ、そこで私もようやく振り返った。視界に、変わり果てたロンドンの姿が飛び込んできた。

21　ハーパー

そこは私が知っているロンドンではなかった。

田舎屋の地下で、私たちはロンドンのどこでポッドウェイを降りるべきか話し合っていた。もしまだ文明的な政府や法執行機関が存在するなら、国会議事堂とか首相官邸とか、スコットランドヤードといった場所で降りれば状況がはっきりするだろうという意見も出た。だが困ったことに、いまの権力者と、私たちを追う謎の存在は同じである可能性があった。

そして、迷った末に私たちは折衷案を選んだ。住宅街であるハムステッドに――ともかくも二〇一五年には、大半が住宅地だった――向かうことにしたのだ。権力の中心地から外れたところなら監視の目がない確率が高いし、そこならこっそり市内の様子をうかがうことも、まずい事態になったときに逃げ出すことも可能だろうと考えたからだった。予想のひとつは当たっていた。ポッドウェイの駅に監視はなかったのだ。というより、人っ子ひとり見当たらなかった。

ニックと二人、しばしポッドの外を覗き、改造された地下鉄駅らしきものを見つめていた。外ではサブリナとユルとグレイソンが待っていた。私たちがぴったり寄り添って坐っているのを目にすると、グレイソンは目玉を天井に向け、石とコンクリートでできた、もはや原形を留めていない洞窟のような空間へ去っていった。かつて線路があり、列車が走っていた場所には、各ポッドに通じる小部屋《ブース》が建ち並んでいた。空っぽの暗いブースが縦横にずらりと配置されているさまは、どこか不気味な感じがした。

不思議な夢でも見ているようだった。以前は混雑した地下鉄駅だったのに、そこから群衆がきれいに消え去っているのだ。携帯電話で話す人、画面を見つめる人、至るところに溢れていた人の流れがどこにもない。ピーク時などは足の踏み場もないほどにごった返し、息をするのも難しかったというのに。

いまは、針が一本落ちた音さえ聞き取れるだろう。

外の通りにも、動くものの気配はなかった――とにかく人の姿はない。

　建物は板で塞がれていたり、荒らされた痕跡があったりで、割れた窓の破片が無人の歩道や車道に散らばっていた。路面のひび割れからは草が野放図に伸び、建物の壁面には蔓《つる》が絡みついて、色濃く茂る緑と崩壊した文明が奇妙なコントラストをなしている。私が愛した街、およそ二千年もまえにローマ人が築き、その後、黒死病やナチスの爆撃といった数々の疫病や侵略に耐え抜いてきた都市が、ついに滅びてしまったのだ。だが、いったい何が原因で？

　すでに日は沈み、おぼろな月明かりが空っぽの通りを怪しく照らしていた。誰もいない車道に出た私は、完全な静寂に圧倒されてその場に立ち尽くした。ロンドンでは決してあり得なかった無音の世界。人知を超えた力すら感じ、ただただ唖然とするばかりだった。まるで大がかりなテレビドラマのなかにでもいるようだが、怖ろしいことに、これは紛れもない現実なのだ。

「それで、この先は？」サブリナとユルを見つめながら、ニックが語気を鋭くして訊いた。

「そこまでは……考えてなかったわ」サブリナが答えた。

「たいしたもんだ」ニックはちらりと駅を振り返った。「ここに留まるのは得策じゃないだろう。どこかに隠れたほうがいい――それに、話し合うべきだな」

「三ブロック先に私のフラットがあるの」謎に惹かれるあまり、深く考えずに口を開いていた。

「いいだろう。この先の計画が立つまで、とりあえずそこに行こう」

手がかりはあった。フラットまでの三ブロックを歩くあいだに、ここで起きたことを知るための謎めいたヒントがいくつか見つかったのだ――現代の洞窟壁画とも言うべき、落書きだ。風雨に掻き消されたり、草や樹木や蔦に覆われたりで、大半は不完全なメッセージにすぎなかったが、残った断片からでもこの都市に訪れた危機を感じ取ることができた。

〝パンドラは必然だった〟
〝タイタンにあらずば死あるのみ〟
〝タイタンは裏切った〟
〝これは報いだ〟
〝タイタンが救ってくれる〟
〝タイタンに祝福あれ〟
〝人類はとうに滅んだ。これはただの後始末だ〟
〝我々はタイタン戦争に勝利するだろう〟

大昔に全八室のフラットに改築されたそのタウンハウスは、通りに面したドアが開け放たれていた。狭い吹き抜けの階段を上り、かつて私の小さなフラットがあった三階に向かった。

上っている途中でふと我に返り、にわかに自分の部屋を見せることが恥ずかしくなってきた。とりわけ、その人の目に触れさせることが。だが、これは馬鹿げた感情だった。実際にはもう、そこは私の部屋ではないからだ。もしいまが二一四七年なら、私が住まなくなってから百年近くは経っているだろう。それでもなぜか、自分が暮らした場所をニックに見せると思うと落ち着かない気分になった。

階段を上りきると、私の部屋のドアがほんの少し開いているのが見えた。そちらに近づき、ドアを押し開けたところで、私は思わず息を呑んだ。

広くなっている。

未来の住人は、隣のフラットとこの部屋をひとつに繋げたようだった。私の家具はなくなっていた。が、この趣味、この特徴は……私のものだ。模様替えをしたのは私自身に違いない。それとも……娘だろうか。とにかく、ここに私と同じ感性の持ち主が住んでいたことは確かだろう。私は戸口で固まってしまった。

ニックが私の肩越しになかを覗き込んだ。「入っても大丈夫か？」

「ええ、いいわ」

ふらふらと部屋に足を踏み入れた。背後の声や動きが次第に意識から消えていった。初めに向かったのは本棚だった。いちばん上の棚に、埃を被ったハードカバーの本が一ダースほど並んでいた。著者はどれも、ハーパー・レインとなっている。デザインや質感も統一されていて、表紙の写真はモノクロが多く、その上にブロック体の文字が印刷されていた。すべて伝記だ。一冊めのタイトルは『オリヴァー・ノートン・ショー――タイタンの興隆』だった。二冊めの伝記は〝デヴィッド・ジャクソン〟のものだが、その名前に聞き覚えはなかった。下の段にも目を走らせ、違う種類の本、装丁が異なる、〝アリス・カーター〟という人物について書かれた本はないかと探しまわった。私が気になるのは彼女のことだけなのだ。だが、彼女の名前はどこにもなく、あるのは見た目がそっくりの分厚い伝記ばかりだった。どれも同じフォントで、もう一度目を走らせているうちに文字がごちゃ混ぜになってきた。ハーパー・レインが記した伝記はぜんぶで二、三十冊はありそうだった。そして、小説は一冊もなかった。

アルバムも存在しなかった。テーブルや壁の飾り棚に写真立てはたくさん並んでいるのだが、そのすべてが真っ暗だった。たぶんどれもデジタル・フレームで、何らかの大変動でエネルギーが失われたときにメモリも消失してしまったのだろう。色あせた一枚でもいいから、プリントされた写真はないかと本棚をくまなく調べた。私の隣で微笑む男性とか、夕映えの海で遊ぶ子どもとかが写った写真はないのだろうか。しかし、下の段に移っていっても、そこには仕事に使う辞書が二冊と類語辞典しか見当たらず、あとは若いころから好きだったぼろぼろの小説が何冊かあるだけだった。

ニックの声が聞こえたが（私の名前と、〝タイタン〟ということばは耳に入った）私は呆然としたまま寝室に向かった。

そこにもやはり、私の趣味を感じた。

こちらの部屋のほうが明るかった。二つの窓から月明かりが差し込み、黄色い模様の入った青い壁がうっすらと光を照り返している。ベッドに倒れ込んだとたん、埃が宙に舞い上がった。細かな塵《ちり》が月光の筋のなかできらめいており、あたかも自分が実物大のスノードームのなかにいるかのようだった。

煙った光の筋の外へ腕を垂らすと、ベッドの側面に手をやり、ある物を隠した場所をまさぐった。そこは、たとえば自堕落な一日の終わりに親しい友人などが転がり込んできても、絶対に発見されない隠し場所だった。もし見つかったら恥ずかしくてたまらない。

これで、答えがはっきりするはずだ。

マットレスとベッドの隙間に指を差し入れ……。

あった。やはり私は、ここに住んでいたのだ。

22　ハーパー

かつて私のものだったフラットの、やはり私のものだったベッドに寝そべりながら、マットレスの下から二冊のノートを引っ張り出した。どちらを先に開くか、しばし頭を悩ませた。左手には大学時代から書きつづけていた小説関係のノートがあり、三辺から黄ばんで破れた紙がはみ出していた。右手にあるのは、これまでにも何冊も使ってきた黒い革表紙のノートで、私の日記帳だった。

まずは答えを手に入れるべきだろう。

日記を開き、最初のページに目をやった。二〇一五年八月三日とある。私は面食らった。これは、三〇五便に乗った当時に使っていた日記帳なのだ。なぜだろう？　私は一年に一冊ペースで日記をつけるのに。書く回数が激減したということだろうか。それとも……二〇一五年ごろに書くのをやめてしまったのか。これはまったく予想外のことだった。日記を読めば、ここで何が起きたかわかると期待していたのだが。

一瞬、リヴィングのみんなのもとへ日記をもっていくことも考えたが、まずは自分ひとりで目を通したかった。そこに描かれた未来の自分の姿を知ることは、ほとんど恐怖に近かった。

次の書き込みがあるはずのところまでページをめくった――本来なら飛行機が無事に着いていたであろう日の翌日だ。

〈二〇一五年十一月十五日〉

確実。今日のキーワードは確実にこれね。私が何をしたかわかる? もちろんわかるでしょう。私がわかっているんだから。あれは間違いじゃなかった。私の運命もこれで安泰。だって、私は確実さを選んだんだもの。

そうね。私は浅はかかもしれない。これでほっとできるし、同時に重荷も引き受けた。身のすくむような思いで大それた決断をした。そう、オリヴァー・ノートン・ショーの伝記を書くことにしたのよ。自画自賛と自己宣伝だらけで、何の役にも立たない大作になるでしょうけど、私の運命は変えてくれるはず。報酬をたっぷりもらえるんだもの。それは確実。お金を手にしたら、それで本当にやりたいことに情熱を傾けられるわ。『アリス・カーターと永遠の秘密』を書き上げるのよ。(注記――タイトルは昨日、『アリス・カーターと永遠の騎士』から変更したわ。考えてみて。みんないい秘密は好きだし、騎士だと少し結末が見える感じがするでしょう?)

伝記を書き上げるのに一年はかかるでしょうね。順調なら九カ月ほどで仕上がるけど、何だかんだでさらに一年は必要になるわ。森の半分の木を切り倒して、書店のドアストッパー代わりになる本を刷り上げるのよ。批評家からはこき下ろされるはず。気に入る読者もいるし、嫌う読者もいると思う。そして、大半の人はすぐに忘れてしまうでしょう(たぶんこれが最悪の結末)。でも、肝心なのはその二年でお金が手に入るということよ(契約書にサインすれば前金で四分の一、最終原稿が認められたらまた四分の一、ハードカバー版が出版されたらさらに四分の一が払われて、ペーパーバック版が出たときに残る四分の一も支払われるわ)。その後も半年ごとに、印税が小切手で送られる。出版エージェントが十五パーセントを引くけど、その価値はあると思っているわ。二年経てばお金の問題から解放される。それは確かなのよ。

確実。私はオリヴァー・ノートン・ショーの伝記を書くと決めた。だから、二年で確実にフィクション専門の作家になれる。自分の人生を、イギリス人の女の子、アリス・カーターのために捧げるわ。彼女は、それまで想像もしなかった力が自分にあることを知るでしょう。そして、自分の選択や特異な能力によって、歴史の流れが変わり、まわりの世界が救われることに気づくのよ。その日を楽しみにするわ。あと二十四カ月ね。

つまり、私はあの仕事を引き受けたのだ。結果はどうなったのだろう? 幸運にも、ここには自分の自叙伝がある。ページをめくり、雑な自筆の文字を追っておよそ二年後の日付を探した。

〈二〇一七年十月二十一日〉

成功した。これが成功でなくて何だろう。次を読めば、決して大げさじゃないことがわかるはずよ。

・《サンデー・タイムズ紙》ノンフィクション作家部門第一位は？　ハーパー・レイン

・《ニューヨーク・タイムズ紙》ノンフィクション作家ハードカバー部門第一位は？　ハーパー・レイン

・《USAトゥデイ紙》は？　もうわかるわよね。

・書評は概ね悪くなかった。厳しい評価もちらほらあったけど、編集者によれば「ニューヨーク・ポストの持ち主は昔からショーを嫌ってるのよ。無視していいわ」とのことだった。なかにはこんな痛烈なコメントもあった。『ギブズは自分がこの本を書くと思っていたようだ。いまごろ悶々と思い詰めているだろう。ハーパー、八つ裂きにされないようご注意を。きっと斧でも研いでいるはずだ』ほかにもあれこれ。ただ、どの意見もある点では一致していた。ヒットしたということよ。

でも、批評家の評価やランキングだけで成功と言ってるわけじゃない。読者が――

そう、ちゃんと読者がいるのよ――実際に読んで、気に入ったと感想を寄せてくれるの。ものの見方が変わった、一歩踏み出して人生を変えようという勇気が湧いた、そう書いてくれるわ。とても励みになる。毎日メールを開くたびに、一日の力をもらえるの。

そこは以前とは違う点ね。ゴーストライターだったころは、編集者を満足させるために書いていた。そうして原稿料をもらう。評価もお金も散発的にしかやって来ない。でもいまは、デジタルに、クリックひとつで毎日新鮮な励ましが届くのよ。いまは彼らのために書いている。幸せを感じて書いてるし、誇りをもってるわ――自分の仕事にも、自分がした決断にも。

興味深い。さらにページをめくり、本当に知りたいことを探した。数カ月後の日記に、鍵になることばを見つけた。

〈二〇一八年二月七日〉
ある人に出会った。彼は賢くて（ものすごく賢いわ）、魅力的で、見聞もとても広くて、驚くほど知識が豊富。ひと言で言えば、もてる人よ。
でも、そういう関係ではない。私の父親と言ってもおかしくない年齢なのだし。彼はショーの親友で、タイタンの創設者のひとり。彼の物語も語られるべきだと思う。そうなればこの世界はもっとよくなるはずよ。彼は私にしか書けないと言っている。私以外は認めないし協力もしないという。私が書かなければ、誰も書けないということ。もし断わったら、彼の物語は世に語られる機会を失うわ。デヴィッド・ジャクソンが味わった試練も、その克服も、逆転劇も知られずに終わってしまう。だから執筆を引き受けたわ。

次のページを開き、その日付を目にして驚いた。私は全精力をジャクソンの伝記に傾け、日記はおろそかにしたようだ。そこではもう本が出版されていた。

〈二〇二〇年九月十六日〉

この業界でよく言われることだけれど、誰にでも一度はツキがまわってくるそうだ。(私は信じていないが) それが二度めになって初めて、本物だと認められはじめるという。

私のもとには信奉者が集まりつつある。

彼らによれば、ジャクソンの伝記のほうがショーのものよりいいそうだ。より豊かな表現で彼の人生が描かれていて、彼の生い立ちや、成人後に金融界を征服し、モノポリー・ゲームのように世界の運命を操った過程を追体験できるという。そして何より、なぜ彼が六十歳のときに改心し、オリヴァー・ノートン・ショーに協力することにしたのか、なぜタイタン財団と人類の向上のために自分の財産や人生を捧げることにしたのか、理解できるようになったと評価された。彼らは活き活きした筆致のなかに、タイタンになることが何を意味し、ジャクソンの人生がどう変わったかを見て取り、彼の犠牲とそこから得たものを知ったのだ。つまり、人々は彼を理解したということだろう。市井《しせい》の人々だけでなく、彼の親しい知人たちも含めて。デヴィッド・ジャクソンのような人物はあまり愛想を振りまくことがなく、仲間とつるんだり、焚き火のそばで酒を片手に語り合ったりすることもない。彼が言うには、いちばん近しい友人たちでさえ、この本を読んでようやく彼のことがわかったと電話をしてきたらしい。パーティーでも四十年来の知人たちがやって来て、この数十年の彼の軌跡や、この先目指すところをやっと把握できたと打ち明けたという。何よりの成果は、公私を問わずこれまで反目していた敵対者たちから連絡があったことだろう。彼らは、もう争いはやめ、彼やオリヴァーとともにタイタンになりたいと口にしたそうだ。

昨日、彼は電話でこうしたことを私に報告し、私の伝記のおかげだと言った。

私は違うと答えたし、本当に違うと思っている。何かが成し遂げられるとしたら、それは彼の人生、彼の物語、彼の財産があるからなのだ。私はただの語り手で、彼が人を惹きつける物語をもっていたということだ。私はたまたま、ちょうどいいときにその場に居合わせたにすぎない。

先週の火曜日に、ジャクソンやショーとマンハッタンで昼食をともにした。お祝いにご馳走してくれたのだが、やはり彼らは根っからの策略家だ。そこにはある女性も同席していた。タイタンの入会志願者のひとりだったが、彼女には注目に値する背景があった。ショーやジャクソンのような強い引力はなくても、彼女の物語が私の心に響いた。そして、その物語は私だけでなくあらゆる女性に共感を抱かせるはずだった。とりわけ、世に出るチャンスなど滅多になく、脱出できれば幸運だというような片田舎で育った女性に。私は彼女にも、彼女の物語にも好意をもった。だから、その場でそれを書くことを了承した。

もっとも、頭のなかでは二つのものを天秤にかけていたのだが。新たな課題と、アリス・カーターだ。

一方は生身の存在。もう一方は私の想像の産物で、せいぜい眠るまえのおとぎ話にしかならない。

一方は何世代にもわたって女性たちを勇気づけるに違いない。もう一方は、何週間かヒットして、いずれ年間興行収入トップテンの映画にでもなるかもしれないが、その後はすぐに次の売れ筋作品の宣伝に呑み込まれ、時の砂に埋もれてしまうだろう。

人々はアリス・カーターのことなど忘れてしまう。けれど、実在するサブリナ・シュレーダーは忘れられない。彼女の苦闘はすべて真実だ。だからこそ、それに打ち勝った事実が人に力を与えるのだ。彼女の物語は語られるべきだ。

迷う必要などないだろう。

びっくりだ。この名前が出てくるなんて。きっと向こうの本棚に伝記があったはずだが、アリス・カーターを探していたので目に留まらなかったのだろう。日記を読み終えたら確認しなければ。

二〇二〇年以降、日記の内容が変わっていた。自分との対話がなくなっている。自分の思いや感情を書き連ねることもない。もはやそれは無味乾燥な年鑑でしかなく、各年のデータ――主に売上げ部数だ――と自分が書いた伝記が記録されているだけだった。これでは日記帳が埋まらなくても不思議はない。

そして、五十年後。事実を羅列しただけの素っ気ない書き込みに、まったく唐突に、変化が生じた。

〈二〇七〇年十二月二十三日〉

ひとりきりだ。今年もまた。彼もそう。私には書くことしかなく、それが唯一の友なのだ。私たちは互いの思いを告白した。彼には計画がある。とても勇敢だ。うまくいけば何もかも変わる。私が祈りを捧げるのは、母が最期を迎えたとき以来だ。うまくいくことを心から祈っている。それしか道はない。失敗したら、彼には手が届かない。いや、私に手が届かないのだ。禁じられているから。

タイタン――私たちの最後の敵。皮肉なものだ。私が世に宣伝した、この問題の多い結社が、いまや私の永遠の幸福を妨げる唯一の障害なのだから。

これで終わりだった。もう一行も書き込みはない。冗談じゃない、まだほかに日記帳があるのではないか。フラット中を探しまわろうと決めたそのとき、寝室のドアが開いてニックが顔を覗かせた。「ちょっといいか――」彼は目を細め、日記を抱えてベッドに転がる私の姿も、私の顔に浮かんだ悲しみも見て取った。「大丈夫か？」

ええ、もちろん。何の心配もないわ。ただちょっと、自分が夢を捨てたあげくに独り身を通して、おまけに手が届かない男を慕って人生の最後の時間を無駄にした、ってことを知ってしまっただけ。

「休んでるだけよ」そう嘘をついたが、さりげない口調にしようと力みすぎてしまった。ニックはすぐに見破った。私のことをすでによく理解しているようだ。それとも、何かは知らないが、彼の仕事は人の心を読む機会が多いのだろうか。

部屋に入ってきた彼は、ドアが自然と閉まるに任せ、そのまま私の傍らに腰かけた。脈拍が一気に上昇した。胸の高鳴りが、まるで発火したての炎のようにみるみる大きくなっていく。まったく、十二歳の娘に戻ってしまったかのようだ。私はもっと精神修養を積んだほうがいいのかもしれない。

「どうかしたのか？」彼が訊いた。

私は日記帳を持ち上げてみせた。「自分の人生の選択を振り返っていたの」

「それで？」

「初めはいい感じだと思ったんだけど……あまりいい結末にはならなかったわ」

「彼女の話だろ」

「彼女の過去は、私の未来よ」

「そうとは限らないさ」彼は、いかにも自信たっぷりな口調で言った。なぜそんなに上手なのだろう。私と違ってどこにも力みがない。

私が日記帳を脇に置くと、ニックがリヴィングの方へ顎をしゃくった。

「突破口が開けたかもしれない。博物館があるんだ。手がかりを摑める可能性があるぞ。ユルとサブリナも、向こうで事情を説明すると約束した」

「博物館？」

「タイタン・ホールというらしい」

タイタン・ホールまでの道のりは果てしなく長く感じられた。実際には、私のフラットから四ブロックしか離れていないのだが。

サブリナとユルが先頭を行き、グレイソンはひとりで真ん中に、私とニックは最後尾についていた。

安全のために声は出さないようにしていたが、それぞれがみな自分の考えに没頭していることは伝わってきた。人っ子ひとりいない未来のロンドンの異様な眺めを前にして、誰もが物思いに沈んでいる。息をひそめるようにして、答えを突きつけられるその瞬間を待っているのだ。

ブロックをひとつ進むたびに、無人の通りを一本越えるごとに、助けが得られるかもしれないという希望は薄れていった。ここは私が住む街の見慣れた地域で、だから余計に空っぽだと感じるのかもしれないが、ショックを受けているのは私だけではないはずだった。がらんとした路地、荒らされた商店、崩れたオフィスビル、廃墟となったアパート。そのすべてが、ある事実を訴えかけていた。まだ誰も口にしていないが、ここにいる全員が恐れている事実。

ロンドンにはもう誰もいない――私たちを救ってくれる者など存在しないのだ。

角を曲がったところで、ついにタイタン・ホールが見えた。一ブロックが丸ごと敷地になっており、その大部分が緑に覆われていた。かつては見事な庭園だったのだろうが、いまは草木が伸び放題になっている。ひょっとしてここがロンドンの自然を復活させている中心地で、ここから広がった草やら蔦やら樹木やらが、徐々に人間の痕跡を覆い隠そうとしているのではないかと思うほどだった。

その庭園の真ん中に、石と木材で造ったシンプルな建物が建っていた。ぼんやりした月明かりの下、鬱蒼と茂る緑の向こうにかろうじて姿が見えている。その小ぶりなサイズも簡素なデザインも、派手な大規模建築がひしめき合うロンドンでは珍しく、かえって人目を惹いたはずだった。これはお金のかかる演出だ。このブロックのことは知っているが、昔はオフィスビルや大きな邸宅が並んでおり、そのひとつを買うだけでも莫大な金額になりそうだったのだ。

だが、いまはそのすべてが消え、代わりに小さな建物が一軒だけ建っている。

草木が茂る庭園に足を踏み入れ、倒木をまたぎ、密生した草を掻き分けて進んだ。ホールに着き、ニックが木製の両開きのドアを押し開けると、カウンターのある小さな受付があった。私たちは受付カウンターを通り過ぎ、十二枚のドアがある広い部屋に出た。どこかアミューズメント施設の待合室を思い起こさせる空間だった。おそらく来館者が並んで待つ場所なのだろう。

驚いたのは、光る緑の矢印が床に現われ、ひとつめのドアに進めと促してきたことだった。

「太陽光発電だな。ストーンヘンジといっしょだ」ニックが言った。

なるほど、ストーンヘンジといっしょなのだ。いずれぜひ詳しく聞かせてもらいたい。

矢印に導かれて向かった先には、黒い石の床材が敷かれた、予想よりはるかに広大な部屋が待っていた。見える範囲には何もない。が、そのとき不意に、薄暗い奥のほうから足音が聞こえてきた。初めは小さかったが、次第にはっきりとした響きになり、やがてヒールが石の床を叩く音になった。

ニックとグレイソンが銃を抜き、サブリナとユルと私の前に出て正体不明の相手を待ち受けた。私たちはすっかり被害妄想に取り憑かれた一団になっていたが、これは仕方のないことだろう。

暗がりから現われた人物は、銃など眼中にないようだった。彼女は流行に左右されないフォーマルな装いをしていた。シンプルな黒のドレスに一連のパールのネックレスという格好だ。私と同じ肩までの長さの髪は、シルバーグレイに光っている。引き締まった顔にはうっすらとシワが走っていた。たぶん六十代ぐらいだろう。

彼女は臆する様子もなく、私たち五人をまっすぐ見つめてこう言った。「こんにちは。ハーパー・レインです」

23　ニック

背後に立つ三十前後のハーパーは、倍ぐらいの年齢の——と言っても、かなり歳をとっているはずだということしかわからないが——自分を目にし、愕然としているようだった。一方、未来のハーパーはというと、二挺の拳銃を突きつけられても顔色ひとつ変えず、そのことがおれに強い違和感を抱かせるきっかけになった。

誰も声を出せずにいるうちに、彼女が先を続けた。「私はタイタン・ホールの館長で、タイタン財団の公式伝記作家でもあります。当館へようこそお越し下さいました。これから皆様に体験して頂くのは、タイタン財団の歴史を旅するツアーです。創設期から、初めの四つの〝タイタンの偉業〟が誕生するまでを振り返り、文明社会がいかにして劇的な変貌を遂げたかをご覧頂きたいと思います。ここでは簡単な紹介しかしませんが、このあとご自身で知りたいテーマを選び、より深くタイタンの歴史を探って頂く機会もあります。それではさっそく、私たちに多大な恩恵を授けた組織、タイタン財団の起源に遡ってみましょう」

おれは前に進み出て手を伸ばし、未来のハーパーを何度か払ってみた。これは立体映像だ。だが、そう判明してもハーパーには意味がないようで、彼女は相変わらずショックで固まっていた。きっとこの映像だけが原因ではないのだろう。彼女はフラットで見つけた日記の内容にもひどく動揺していた。自分の街の変わりようを目の当たりにし、自分の人生の結末まで知ってしまったというのに、今度は未来の自分の複製が眼前に立って話しているのだ——誰だって頭が追いつかないに決まっている。ただ、問題はほかにもあるような気がした。おそらく彼女は、いまの自分と未来の自分を比べてうろたえているのだろう。ハーパー・レインに出会ったときにおれが真っ先に気づいたのは、彼女の目に宿る、無邪気で活き活きとした輝きだった。とても魅力的な瞳——それが、未来のハーパー・レインからは失われている。このドレスをまとったツアー・ガイドの目に生気や情熱が欠けているのは、単に何度となく撮り直しをしたからというわけではないだろう。彼女は、根本的な部分で変わってしまったのだ。ハーパーが衝撃を受けるのも無理はない。気持ちを整理するために少し時間をあげたかったが、そんな贅沢が許される状況でもなかった。答えが必要なのだ。ここで何が起き、どこへ行けば助けが得られるのか、それを解き明かさなければおれたちの命運は遠からず尽きてしまう。

周囲の様子が変化し、がらんとした石の空間が木製の壁に囲まれた書斎になった。高い窓の外に、ニューヨークのセントラル・パークが見えている。ハーパーはこの部屋に見覚えがあるようだが、それはグレイソンも同じらしく、彼は目を見開いて前方へ足を踏み出した。

窓辺のテーブルに年配の男がひとりいて、三十代ぐらいの女性に話しかけていた。どうやらハーパーのようだが、粗悪なコピー品という感じで、実物ほど美しくないし例の輝く瞳も持ち合わせていなかった。

未来のハーパーが、窓辺に坐る二人の方へゆっくりと近づいていった。

「二〇一五年に、私はオリヴァー・ノートン・ショーという大富豪と運命的な出会いをしました。彼に伝記を書いてほしいと頼まれたのです。ショーは自分の物語を世に伝えたがっていましたが、彼の本当の目的はほかのところにありました。彼が目論んでいたのは世界中のエリートを召集することであり、聡明な者、権力のある者、裕福な者など、力を合わせれば歴史の流れを変えられるような人々に協力を呼びかけようとしていたのです。

ショーは最初の面談で、善を追い求める新しい集団、すなわちタイタンを作るという構想を聞かせてくれました。彼はこう信じていました。タイタンは地球規模の変化を生み出せるはずだし、それによっていずれは飢えも貧困もない平和な世界が訪れ、地球上のあらゆる人々が教育やチャンスを得られるようになるだろうと。ただし、そこにはひとつだけ問題がありました。どうすればこの壮大な目標を達成できるのか、彼には具体的な方法がわからなかったのです。しかし、それからすぐに状況は変わります。私がショーに会ったわずか数日後、彼はニコラス・ストーンと話し合う機会を得ました。のちにショーとともにタイタン財団を設立することになる人物です。ここで、タイタンのストーンに直接語ってもらいましょう」

未来のハーパーがテーブルから離れると、男女二人も視界から消えていった。書斎の反対側には背もたれの高い革張りの椅子があり、そこに……おれが坐っていた。六十代にはなっているだろう。髪はいまと同じで短いが、黒髪がほとんど白髪に変わっている。

なるほど、ハーパー、おれもいまわかった。これはあまりに馬鹿げた状況だ。現実味がないうえに、吐き気までくっついてくる。この男が何を口にし、何を暴露するかと思うと、生きた心地がしなかった。が……ひょっとすると、ここで生き抜く手がかりが摑めるかもしれない。

「タイタン財団の件でオリヴァー・ノートン・ショーに声をかけられたとき、私は個人的にも仕事の面でも岐路に立たされていました。私は道を見失い、自分の人生に……強い不満を感じていたのです。そして、それがなぜなのかわからずにいました。私は二十代の後半で財を築きました。非常に短期間のうちにです。当時の私は、自分の成功はただの僥倖《ぎようこう》で、たまたま巡り合わせがよかっただけだと思いつづけていました。だからこそ、自分の力を証明することに激しく飢えていました。自分には成功に見合うだけの能力がある。もともとそれを成し遂げる力があったのだ。単に運がよかっただけではないし、宇宙が気まぐれに私に手を差し伸べてくれただけでもない。そう訴えたかったのです。私はひたすら自分を追い込み、リスクを増やし、より大きな目標を立て、次々とそれを達成していきました。そして、歳を重ねるごとにますます不満を募らせていきました。まるで溺れると同時に渇きに苦しみながら、井戸の底に沈んでいくようなものです。私は惨めで、途方に暮れていました」

屈辱だ。登校初日に漏らしたってこれほどの恥は感じない。この間抜けがべらべらと本音を吐き出しているあいだ、おれはじっとここに立っていなければならないのだ。これまで誰にも――母親にも妹にも、親友にも――打ち明けたことがないというのに、こいつは取り澄ました笑みを作り、何なら誇らしげな顔つきまでしておれの秘密をふれまわっている。

ちらりとハーパーの様子をうかがった。彼女はまっすぐおれを見つめていた。だらだらと喋りつづけている未来のおれではなく、このおれを。意に反し、おれは軽く肩をすくめて哀れな薄ら笑いを浮かべていた。彼女が近づいてきた。一瞬、おれの手を取るのかと思ったが、彼女はただ隣に立ち、肩が触れそうになるほど身を寄せてきただけだった。

未来のおれの口調が切り替わり、思い詰めた感傷的な間抜けから、意欲的な理想家へと様変わりした。こちらのほうがましに違いない。

「タイタン財団は私が痛切に欲していたものを与えてくれました。それは、自分自身よりも価値のある大義です。私は救われた。私が死んだずっとあとになって世界の役に立つもの、それを築く機会を得たからです。私にとってタイタン財団とはそういう存在です。人類を永遠へと導く道しるべなのです。初めから、自分たちが特別なものを築いていることはわかっていました。とは言え、当時は私もオリヴァーも、自分たちは真に力のある人間を集めた小さな集団を作っているだけだと考えていました。世界規模の大きな目標を目指すことができ、各国政府や主要NPOの手には負えない課題にも取り組めるような重要人物を集めたグループです。しかし、我々はいい意味で自分たちの影響力を読み誤っていました」

書斎も、未来のおれもそこで消えていき、おれたちは石の床が広がる、端の見えないがらんとした部屋に戻っていた。

「ここから、彼らの言う歴史が始まりました」未来のハーパーが言った。「二〇一五年の末、ミスタ・ストーンとミスタ・ショーは個人資産を共同で出資し、いくつかの運命的な投資を行いました。ひとつめの投資先は、〝Qネット〟という新規事業です。当時はまったく知られていなかったこの事業が、のちにインターネットに革命を起こすことになります。二つめは〝ポッドウェイ〟。これは倒産した採掘企業の特許技術を買い取って始められた、大量輸送システムを開発する事業でした。そして三つめの事業が〝軌道開発計画《オービタル・ダイナミクス》〟です。これには壮大な夢がありました。地球の周回軌道上にリングを造り、そこに都市を築いて人類初の宇宙移住に乗り出そうというのです。タイタン財団設立後の数年間、ショーとストーンはこの三つの会社に全精力を注ぎ、内密に事を進めていきました。世間からは、タイタン財団は見かけ倒しで終わったと思われていました。しかし、閉ざされたドアの向こうでは、最初の三つの〝タイタンの偉業〟が着々と成果を出していたのです——そして有力な支持者を引き寄せていました。財力や権力のある人々が、その後タイタンとなり、ストーンやショーの夢の実現に協力するようになっていきます。

地球上のデータを即座に繋げるQネットが実用化されたとき、世界は驚嘆しました。タイタンは、通信網の構築に加わりたいと望む者には誰にでも、量子《クアンタム》ネットワークへのアクセスを認めました。超高速フリー・インターネットが世界のあらゆる場所に行き渡ったのは、それから数年後のことです。

ですが、まだタイタンは世界を完全にひとつに繋げたとは言えませんでした。彼らの次なる目標は、データではなく人間を動かすことでした。ポッドウェイはまずヨーロッパの各地を繋ぎ、次にアジアを、最終的にはすべての地域を結びつけました。そうして私たちは、安全で快適な、低コストの大量輸送システムを利用できるようになったのです。タイタンは私たちの世界を縮めていきました。しかし、彼らの次の偉業は、誰も予想しなかった形で私たちをさらに近づけることになりました」

真っ暗な空間に、向こうへ遠ざかっていく無数の小さな白い点が現われたかと思うと、床から地球が迫り上がってきた。まるで自分たちが地表のはるか上空を歩いているような錯覚を覚えた。見ると、遠くの方にリング状の宇宙ステーションが浮かんでいた。

「何年ものあいだ、世界の人々は夜空を見上げ、軌道開発計画《オービタル・ダイナミクス》が建造する最初のリングの光を眺めていました。〝タイタン・アルファ〟は、世界が長いあいだ忘れていたものの象徴でした。みなが共有する夢、人類の才と叡知を懸けて挑む大胆な目標です。私たちは初めて、謎めいた存在ではなく到達可能な目的地として、星々を見つめるようになりました。征服し、入植し得る新たな土地が生まれたことで、世界は国籍も人種も越えてひとつになり、新たな挑戦のために立ち上がったのです」

宇宙ステーションが消え、地上に戻ったおれたちは、今度は砂浜に立っていた。目の前には見たこともないほど巨大なダムが広がっていた。高さは三百メートル以上、幅は何キロもあるだろう。ダムの右手には緑の山脈が走っている。そちら側のダムの端に、灰白色の岩壁がそそり立っており、その影が長く伸びた先にあっと息を呑むような建物があった。ダムのなかほどに五本の塔がそびえている。見間違いかと思い、おれは目を凝らした。塔はまるで……指のような形をしていた。ガラスと鋼鉄でできた巨大な手が、わずかに指を曲げた格好で、コンクリートの大建造物の上に突き出しているのだ。コンクリートのダムの方に視線を下げると、半分ほど下りた位置から水が噴き出していた。と言っても、ダムの規模に比べるとかなり寂しい水量だが。泡立った水が、はるか下の幅四、五キロほどの滝壺に落ちていく。滝壺の左側からは蛇のような川が伸びており、岩だらけの緑と茶色の谷底をうねうねと流れていった。絶えず落ちる水音は眠気を誘い、一瞬、自分がどこにいるのかわからなくなった。それほどよくできた立体映像だということだ。

「タイタンが最後に出資した先は、どこかの一企業ではありません。〝ジブラルタル計画〟は、これまでタイタンが主導した事業のなかでもっとも野心的な取り組みであり、史上最大規模の建造計画でした。当初、彼らの計画は笑い話として片付けられました。何しろ、ジブラルタル海峡にダムを築き、川を一本だけ残して地中海を干拓することで、ヨーロッパ、アフリカ、そして中東を繫ぐ広大で肥沃な土地を生み出そうというのですから。技術的にも数限りない障害が立ちはだかっていましたが、タイタンのストーンが言うように、もっとも高いハードルは政治的な問題でした」

未来のおれと未来のハーパーが、砂浜に足跡を残しながら風景のなかを歩いてきた。そして、ここにいるおれたちを鏡で映したかのように、二人も肩を並べて立った。彼らの背後にダムがそびえ、彼女の髪が風になびいていた。

未来のおれが話しはじめると、おれはまた落ち着かない気分になった。

「創設初期のころは、ジブラルタル計画はほとんど実現不可能な目標に思えました。私もオリヴァーもこの偉業についてはあまり話し合いませんでした。はっきり言えば、我々自身、あまりにも大それた夢だと感じていたのです。それに当時は、この領域は我々の専門から少し外れていました。私はそれまで先端テクノロジーの分野、とくにインターネット事業に携わっていたので、ひとつめのタイタンの偉業であるQネットにはすぐに馴染めました。ポッドウェイは、たとえ実体のある現実世界が相手でも、我々は大規模なものを築けるのだと気づかせてくれたと言えます。しかし、本当に自信がつき、ジブラルタルについて真剣に考えるようになったのは、軌道移住事業が実際に動きだしたときです。そのころには、我々は真に壮大な何かを、三つの事業を上まわる規模の仕事を成し遂げてみたい、という欲求を感じるようになっていました。唯一残っているのはジブラルタルでした。かつて、これほど巨大な公共事業が計画されたことはありません。我々はパナマ運河や三峡ダムを参考にして、技術も、政治的根回しも学びました。そして、何年もかけて計画の実現を訴え、ときには圧力もかけました。その途中で、我々はあたかも計画がすでに実現したかのように話をしようと決めました。我々が誕生させる国家をアトランティスと名づけ、首都は地中海のちょうど真ん中、マルタ島から少し外れたあたりに置いて、オリュンポスと呼ぶことにしたのです。人々が昔から耳にしてきた神話と結びつけることで、よりリアルなイメージを抱かせることが狙いでした。〝人生は芸術を模倣する〟と言うように、人は表現されて初めてその意味が理解できるものですから。

我々はさっそく芸術家にダムの完成予想図を描かせ、首都の予想図も用意しました。それを毎回持参して説得を続けるうちに、徐々にピースがはまりはじめました。ツキもありました――かなりの部分で。これは運命なのだと感じるほどでした。地中海沿いの各国は、最初の話し合いではただ怒鳴って我々を追い払うだけでした。彼らは自分たちの生活手段が——漁業から観光まで、ありとあらゆるものが——失われると考えたのです。けれど何年かして、スペインやイタリアやギリシアの経済が悪化してくると、彼らは一転してこの計画の重要な支持者になりました。我々と同じものをアトランティスに見たからです。つまり、南の国境に豊かな隣国を得るチャンス、その建設事業によってほぼ無限の仕事を手に入れる機会を見出したのです。また、生活水準や出生率が落ち込んでいたドイツや北ヨーロッパにとっては、アトランティスは長いあいだ待ち望んでいたものでした——近隣にある、気候のいい新しい土地です。私の父は本職の外交官でした。私自身はずっと政治に関わらないようにしていましたが、ジブラルタル計画は、自分のビジネス経験と子どものころに吸収した外交的知識を結びつける絶好の機会になりました。

政治面で賛同を得られたところで、次は技術的な課題に取り組むことになりました。海面上昇の問題や、海流の変化とそれに伴う気候変動の問題をどうするか、実効性のある海水脱塩方法は開発できるか、といったことです。解決策をひとつ探るたびに、これまでよりはるかに大きい地球規模の難問にぶつかりましたが、どれも、遅かれ早かれ人類が解決しなければならなかった問題です。我々は、アトランティスの創造を通し、財団にどんな力があるかをはっきりと悟りました。しかしそれと同時に、人類が力を合わせれば何を成し遂げられるかも知ることになりました。我々には文字通り、地上を変える力がある。アトランティスはその確たる証拠なのです」

未来のおれが砂浜やダムとともに消え去ると、ふたたびがらんとした石の床の部屋が現われ、未来のハーパーがおれたちの前に立った。

「アトランティスが完成したとき、タイタンはもうひとつ驚くべきものを完成させていました。そのときまで隠されていた、最後の偉業です。誰も予期していなかった展開で、比肩すべきものがないほどの成果でした。それでは、緑の矢印に従って対話式個別ツアーを開始し、アトランティスの完成や最後のタイタンの偉業についてさらに詳しく学んでみましょう。なお、テーマはほかにも数多く用意しております」

床で緑の矢印が光り、前方にあるアーチ状の通路を抜けろと指示してきた。

未来のハーパーがゆっくり消えていき、空間もだんだんと狭くなっていって、やがておれたちは縦横五メートルほどの四角い部屋に着いていた。壁も天井も床も、磨りガラスのパネルで覆われている。唯一の例外は正面の壁で、そこのパネルは開け放たれており、その先に似たようなパネルで囲まれた部屋が見えていた。

グレイソンとハーパーを先頭に次の部屋に行ってみると、こちらもだいたい同じ広さの空間だった。どうやらここのパネルは大きなタッチ・スクリーンになっているようだ。画面にはテーマが並んでおり、写真付きで目立つようにしてある項目もあった。とは言え、作動しそうなパネルはほんの一部だった。大半は壊れていて、画面に白い蜘蛛の巣状のひびが走っていたり、黒いスプレーで落書きされたりしている――〝タイタンがみんなを殺した〟と。

おれたちは四方に散らばってパネルを見てまわった。

ハーパーが〝博物館スタッフ〟と書かれたリンクをタップし、さらに〝ハーパー・レイン〟を選んだ。

画面が変わり、ガラス天板のデスクに着いたハーパーの写真と、下に添えられた長い紹介文が現われた。おれの目が、見出しとそれに続く数字を捉えた。

ハーパー・レイン

一九八二年－二〇七一年

享年八十九歳ということか。

おれの左隣ではグレイソンがパネルを操作していて、画面に〝グレイソン・ショー事件〟という見出しが表示されていた。つい覗き見してしまった。解説文には、彼がどれほど破滅的な人生を送ったか、いかにして反タイタン派の代弁者になっていったかが詳しく書かれていた。何でも彼は、自分の父親もタイタンも、名声や世間の注目だけが大事なのだと批判していたという。皮肉なことだ。

解説文の最後にちょっとした付記があり、グレイソン・ショーはもう何年も公の場に姿を見せていないと書かれていた。肝硬変を患って末期治療を受けている、という噂があるそうだ。

ふと気づくと、ユルだけがパネルをいじっていなかった。部屋の真ん中に突っ立って、じっと何か考え込んでいる。

「おまえは知っていたんだな？」ユルに訊いた。

彼がゆっくりと視線を上げ、ためらいがちに頷いた。その目にあるものが、罪悪感なのか不安なのかはわからなかった。

24 ニック

グレイソンもハーパーもサブリナも、磨りガラスのパネルから視線を外し、部屋の中央に立つおれとユルを見つめた。

おれはユルに近づいた。「タイタン・ホールに着いたら事情を話すと言ってたよな。ここで何が起きたんだ、ユル？」

「部分的にしか知らない」

「どの部分だ？」

「Qネットさ」

「何を知ってるんだ？」おれは詰め寄った。

「おれが作ったんだよ」

興味深い。「タイタンが作ったんじゃないのか」

「おれが何年もまえから開発に取り組んできたものだ。たぶんタイタンは投資しただけだろう。誰でもアクセスできるようにしたくてカネを出したんだ」

「どういうものなんだ？」

「クァンタム・ネットワークという、新しいインターネットだよ。〝量子もつれ〟の状態にある粒子を利用して、世界中のデータを瞬時に動かすのさ。これが実現すればコンピュータ環境が激変する。いや、激変したと言うべきだな。

ずっと試行錯誤を続けてきたが、一週間まえに――おれたちの時代で言う一週間まえだが――ついにQネットのノードが作動しはじめたんだ。それまで何カ月も、破損データの問題がクリアできなかった。大量のデータを送ると、何度やっても送信先の端末に不正確なデータが届いてしまったんだ。破損しているデータにはパターンがあったから、おれはそれを取り除くアルゴリズムを書くことにした。そして、除去されたデータのほうを確認したとき、それが規則性をもつ集合体であることに気がついた」

「どういうことだ？」

「メッセージだったんだよ」

「どこから来たメッセージだ？」

「未来さ。この時代から届いたんだ」

束の間、ユルのことばだけがガラスの部屋に漂っていた。

「送信者は二一四七年から送っていると明言していた」彼はなおも言った。「初めはおれも、ついにストレスでおかしくなったんだと思った。一日休みをとって、病院であらゆる検査をしてもらったよ。でも、どこにも異常はない。そして次のメッセージを受け取ったあと、おれはもう疑うのをやめた。未来から届いたという証拠があったんだ」

「どんな証拠だ？」

「翌日に起きる出来事を予言していたのさ。たとえば、ポーランドの議員選挙の結果が正確に記されていた――全団体の、全候補者の得票数まで事細かにだ。その日に飛ぶ世界中の飛行機の到着時刻も、遅延やキャンセルを含めて、分単位で当てていた。その後二、三日のあいだ、おれは繰り返し証拠を求めたが、そのたびに彼らは正しい答えを返してきた」

「そんなことが可能なのか？――未来からメッセージを受け取るなんてことが」

「彼らは自分たちの時代に存在する、もつれた状態にある粒子を操作して、おれたちの時代でも判読可能なメッセージになるように組み立てたんだ」

なるほど、実にわかりやすい説明だ。

ユルはその場に並んだ表情を見て取り、毎年巡ってくる、とても高校生には理解できない難解な授業の回を迎えてしまった理科教師のように両手を広げた。

「こうしよう。さっき見た砂浜にいると想像してくれ。ただし、おれたちがいるのは二一四七年だ。おれたちは特殊な手袋をはめていると仮定する。その手袋で二一四七年の砂浜の砂粒に触れると、過去のあらゆる瞬間に存在するその砂浜に、おれたちがいる砂浜のコピーが出現するんだ。時空を越えることのできる糸があって、それがおれたちのいる浜の砂粒と、ほかの時代の浜にある同じ砂粒とを結びつけるからだ。その糸は長さが調節可能で、どの瞬間の砂浜に糸を繋げるか選ぶことができる。さあ、そこでおれたちは、二一四七年の浜の砂粒と、二〇一五年に存在する同じ浜の同じ砂粒とを繋ぐことにした。おれたちは浜にしゃがみ込み、砂にメッセージを書く。すると、その文字が二〇一五年の砂浜にも出現する。おれが目にしたのは、そういうメッセージなんだ――おれの時代の砂浜に届いたメッセージだよ。たとえるなら、あらゆる時代で共有されている砂浜がQネットで、おれのハードドライブにあるデータ、その最小単位であるビットが砂粒と言えるだろう。おれたちの時代にQネットはなかったから、おれが作った時点で初めて、彼らは過去にメッセージを送れるようになった――言い換えれば、その瞬間に初めて、ネットワークを構成する量子的粒子がもつれた状態になったわけだ。まあ、ここでたとえるなら、それらの粒子が砂粒だということになるな」

おれたち四人は無言でユルを見つめていた。どう反応すればいいのか、誰にもわからなかったのだ。量子の浜の砂粒？　もはや完全にお手上げだ。そこでおれは、いちばん訊いて意味のある質問をすることにした。「どういう用件でメッセージを送ってきた？」

「おれたちを助けたがっていたんだ。彼らによれば、もうすぐ地球規模の大惨事が起きて、人類はほとんど死に絶えてしまうという話だった。だから、かろうじて生き延びた彼らがそれを防ごうとしていると。当時は知り合いじゃなかったが、サブリナに連絡をとれとも言われた。彼女に色々と指示を伝えるように頼まれたんだ。おれには意味不明の内容だったがな」

「初めは私にもわからなかったわ」サブリナが言った。「でもそのうちに気づいたのよ。これは私の研究の——新しい治療法の開発の突破口になるって」

「何の治療法だ？」

「早老症よ」

これは意外な答えだった。ロンドンに着いたときから、おれは人類が地上から消滅する理由をあれこれ考え、ひとつの仮説に辿り着いていた。感染病だ。こんなに大規模に、こんなに短期間で人類を滅ぼすとしたら、感染病がいちばん納得のいく答えに思えたのだ。そして、それに関わっているのはユルよりもサブリナだと疑っていた。だが、こうなると話は違ってくる。

「きみは感染病の研究をしているとばかり思っていた」本音を隠すことができず、彼女に自分の疑念を打ち明けた。

「いいえ。したことはないわ」サブリナが、ことばを探すように間を置いた。「だけど、理にかなった推測ね。この状況を目にすればそう考えても無理はないもの」

「早老症か……」おれはそう呟き、仮説をどう立て直すか考えを巡らせた。

「早老症はとても珍しい遺伝子疾患なの。十代の人間が老化で死んでしまうのよ。メッセージは、私にいくつかの行動をとるように求めていた。それで何らかの生物学的現象を防ごうとしているんだと思ったわ。たとえば病の大流行とか、集団突然変異といったものをね。私がワクチンを配布すれば、それが広がって、二〇一五年の人類が救われるんだと信じていたの。だけど、あの飛行機の乗客たちを見る限り、私がワクチンを接種させられたのは一部の人間だけだったようね」

話を呑み込むのに少し時間がかかった。ほかの者たちも、床に視線を向けて懸命に頭を働かせていた。やがて、ユルが沈黙を破った。

「おれも指示を受け取った。ある装置の設計図だ。それを使えばもっと交信がしやすくなるという話で、おれは図に従ってその装置を作った。彼らはさらに、おれたち二人に」ユルがサブリナを示した。「ロンドンに向かえと言ってきた。そこに着けば、次のメッセージが届くという話だったんだ」

「だから飛行機が墜ちてもまだロンドンに来ようとしたのか?」

「ああ」ユルが頷いた。「それが最後の指示だったからな。従うしか手がなかったのさ」

「おまえが作った装置だが——そのせいで墜落したと思うか？　あるいは、何らかの形でおれたちがここにいる原因を作ったんだろうか？」

「おれも……ずっと疑ってはいる。あの飛行機はおれの荷物があるあたりで裂けたからな。それなのに装置自体は無傷だった」

「おまえが墜落後にずっといじっていたのは、その装置なのか？」おれは訊いた。

「いや、Qネットを繋ごうとしてたんだ。彼らと連絡をとるためにな」

「それで？」

「ここではQネットの状況が違うんだ。接続手順が変わったらしい。おれは九〇年代のダイヤルアップ接続を試しているようなものなのさ。繋げようとした瞬間に弾き出されてしまう。ハードウェアは無事だから、たぶん適切なソフトがないということなんだろう。おれが送るデータはフォーマットが間違っているんだよ。だが、正しいフォーマットを知る手がかりはどこにもない」

しばしそれについて考えてみた。「あるいは、フォーマットは正しいが、誰かがおまえを排除しようとしているのかもしれない。接続したら居場所が特定されて、おまえに危険が及ぶからだ」

「可能性はあるな」ユルが答えた。

「おまえはいつから、ここが未来だと気づいていたんだ？」話は多少ずれるが、おれには重大な問題だった。もしユルがもっと早く誰かに打ち明け、協力を求めていれば、時間の節約になったはずなのだ。それに、助かる命だってあったかもしれない。

「最初の晩だ」ユルが言った。「星がやたらと明るく見えただろ。初めは墜落で大規模停電が起きて、邪魔な光が消えたせいだと思った。最初に変だと感じたのは、国際宇宙ステーションが消えていることに気づいたときだよ。それがあるはずの軌道上に、巨大な光るリングが見えていた。それで、まったくべつの時代にいると悟ったんだ」

「なのに黙っていたのか？」

ユルが肩をすくめた。「そんな話を聞いて誰が信じる？　あんたなら信じたか？」

この先の展開は見えていた。あれこれ蒸し返し、水掛け論をしているような暇はない。おれたちは集中しなければならないのだ。ここから移動すべきかどうか考えた。もう長い時間ひとところにいるが……パネルを調べれば、まだ足りない情報が色々と手に入るかもしれなかった。おれは、ひび割れたパネルの落書きを指し示した。

「メッセージを送ってきたのはタイタンだと思うか？」

「わからない」ユルが答えた。「Qネットに関わっているのは確かだし、ここで起きた大惨事にも関係がありそうだがな。二〇一五年には、送信者は自分たちを〝人類の友〟としか名乗らなかったんだ。タイタンの敵という可能性もあるだろう。もしかしたら彼らは戦争状態にあるのかもしれない」

「私がわからないのは」サブリナが口を開いた。「墜落現場にあの……〝救助チーム〟が来るまで、なぜ四日もかかったかということよ」

「そうだな。そこはかなり気になる。ストーンヘンジから戻ったとき、二つの勢力が戦っているのを目にした。あのテントでは何が起きていたんだ？　人体実験か何かしてたのか？」

「そうかもしれないわね。ひとつだけ確かなのは、彼らが乗客の怪我を治したということよ」サブリナがハーパーを横目で見た。「しかも、見事な仕事ぶりでね」

戸口の向こうで足音がした。例の立体映像がまた始まったのだろうか？

質問を続けようと口を開いたが、そこでおれはことばを呑んだ。人影がある。戸口に、あのスーツを着た人影が。墜落現場にいた謎の存在。彼らはおれたちから三メートルほどの位置で足を止めた。誰もがじっと固まっていた。おれはちらりと背後に目をやった。誰かがパネルをいじり、新たな立体映像を出現させただけ。そういう結末を心から望んでいた。

いちばん手前の人影が腕を上げ、それをおれたちの方に向けた。

違う、これは立体映像などではない。

25 ニック

タイタン・ホールの奥深くにあるガラスのパネルに囲まれたその部屋で、時間の流れが止まっていた。動く者はひとりもいない。ユルとおれはスーツを着込んだ二つの人影に近い場所にいた。タイタンの歴史を探っていたハーパーとグレイソンとサブリナは、まだおれたちの背後のパネルのそばに立っている。

間近で見ると、スーツの表面には爬虫類の鱗《うろこ》を思わせる小さなタイルがびっしり重なって並んでいた。乳白色のガラスのようにかすかに光っているが、たぶん、おれたちの時代にはないポリマーか何かでできているのだろう。ヘルメットも、やはり乳白色の鱗で隙間なく覆われていた——目にも口にも鼻にも、一本も途切れ目がない。そののっぺりとした顔面は、この謎の存在をますます異星人風に見せていた。

いまできることはひとつしかない。おれはそっと拳銃に手を伸ばした。一発で仕留めなければ——。

「やめておけ」

スーツが発したのは、人間の声を模したコンピュータ音声だった。男とも女とも言えぬ抑揚のない声で、感情などはただの一片も混じっていない。その音に肌が粟立った。誰も反応できずにいるうちに、それが続けた。「ここへ来たのは、きみたちに危害を加えるためではない」

「じゃあ何しに来た？」おれは訊いた。

「助けるためだ」声が答えた。

「そのために、おれたちの飛行機をこの世界に運んだのか？」

「ああ」

そうか、そうだったのか。こいつらの仕業だったのか。この五日間、おれたちはこいつらの世紀末的な迷路に放り込まれ、そこでネズミのようにもがき、駆けずりまわり、引っ掻きまわって必死で生き延びようとしていたのだ。一気に怒りが噴き出した。「ふざけるな。おれたちをここへ連れてきたのは自分たちを助けるためだろ」

「我々双方を助けるためだ。ここでは話せない。いますぐいっしょに来てもらいたい」危険だ。そんな無謀な真似はできない。「先にスーツを脱いでくれ」

「それは無理だ」

「なぜ無理なんだ？」おれたちには不要なのに、なぜ彼らはスーツを着なければならないのか。どうにも気に入らなかった。

「我々を信じるんだ、ニック。話し合っている暇はない」

こいつはおれの名前を知っている。それにこの声……コンピュータで合成して隠しているが、聞き覚えがあった。だがなぜだ？　誰なんだ？

　上方で何かが唸るような低い音がし、それが次第に大きくなってきた。場所を探ろうと天井を見上げた。急速に口のなかが乾いていった。この音を知っている。飛行船だ。野営地を襲ったのと同じタイプの船だ。

　人影が、身動きひとつせずに消滅した。迷彩機能を作動させたのだろう。彼らの足が磨りガラスの床を踏む音だけが響いている。実体のない真っ暗な空洞から、平板なコンピュータの音声が呼びかけてきた。「ここにいろ」

　おれとグレイソンは銃を抜いた。その場にいる全員を見まわし、ひとつずつ表情を確かめてみたが、ここに留まりたがっている者はただのひとりもいなかった。

　おれたちは小部屋を飛び出し、タイタンの歴史が紹介された最初の部屋を駆け抜けて、受付エリアまで行った。木製の両開きのドアが少し開いており、その隙間から夜空を貫く閃光が見えた。二隻の船が競い合ってレーザー砲を炸裂させているように見える。一部の草木にすでに火がつき、黒い煙がもうもうと立ちのぼっていた。あれならおれたちの姿も覆い隠してくれそうだ。

　みんなの方を振り返ると、二冊のノートをきつく抱き締めたハーパーの姿が目に入った。一瞬、あの日の湖岸での光景が蘇った。おれたちは沈みゆく機体を前に目を合わせ、ともに危地に立ち、目の前の困難に立ち向かう覚悟を決めていた。恐れと興奮がない交ぜになった、高揚感さえ伴う奇妙な感情。五日まえの晩に初めて知ったその感覚が、ここでも押し寄せてきた。

ドアの隙間から外を覗き、鬱蒼とした庭で繰り広げられている、セントラル・パークのレーザーショーにも似た光と破壊の狂宴を見つめた。火の玉が空から降り注ぎ、それに手を伸ばす観客さながらに炎がめらめらと燃え上がっている。暗闇がこちらに流れてきたかと思うと、濃い黒煙の蔓がぐるりと建物に巻きついた。時間の流れが遅くなり、おれの感覚が研ぎ澄まされた。異様なまでに集中力が高まっていた。

コマ送りの風景のなかで、ユルが自分のバッグをしっかり抱えるのが見えた。サブリナは彫像のように立ちすくみ、外の破壊を見つめている。グレイソンは手元の銃と外の戦いを見比べて不安に顔を曇らせた。ハーパーがシャツの裾をめくって薄いノート二冊を腹に押しつけ、下端をジーンズに押し込んで固定した。彼女がこちらに小さく頷き、無言のうちにこう言った。〝準備はできたわ〟

みんなの方に向き直り、口早に指示を出した。「おれについてくるんだ。グレイソンは最後尾について、何か動きを感じたら即座に撃ってくれ。もしはぐれたらとにかく全速力で船から離れて、そのまま……」そこで口ごもった。気が進まないが、全員が知っていると確信できる場所はひとつしかなかった。「ハーパーのフラットに向かえ。そこで二十分だけ待って、誰も来ないようなら連中に見つかるまえにどこかへ移動しろ」

ドアを押し開けた。上空の二隻の船が浴びせる集中砲火は、スーツをまとった地上の人影の反撃によって勢いが落ち、一方的な攻撃が激しい撃ち合いへと変わっていた。緑が茂る静かな庭が、いまやすっかり密林の戦場と化している。いくつかの大きな炎が熱と光を放って燃え盛り、互いに領土を広げてひとつの大火になろうとしていた。そこから立ちのぼる黒煙が飛行船を覆い隠し、こちらにも流れてきた煙幕がタイタン・ホールを包み込んだ。と、煙のスクリーンの先で立て続けに爆音が響いた。数秒おきに爆風と煙が襲いかかってくる。

黒い煙の渦のなかに足を踏み出し、すぐに右方向へ進路を変えた。その瞬間、背後のホールに爆弾が命中し、石や木の破片がしぶきのように飛んできた。全員の無事を確かめようとうしろに目をやった。そこには、眉をしかめながらも決然と前を向く顔だけが並んでいた。

途中、生い茂った緑が障害物になった。いまやそれは、ことあるごとに動きを邪魔し、おれたちの歩みを阻もうとしていた。行く手に斜めに傾いた倒木があった。下をくぐり抜けようとしたが、そこはそこで低木が厚く茂っており、もつれた枝が天然の金網を作っていた。いったん退がり、木によじ上って向こうへ転がり落ち、あとに続く者たちが下りるのを手伝った。そしてまた前方へ跳び、次の緑の壁を越えた。太い枝や棘のある低木にこすれ、顔も手も傷だらけになっていた。上空の船はいまや四隻に増え、互いに一歩も退かずに至近距離で砲撃戦を繰り広げていた。

サブリナが絡み合った倒木や蔓をどうにか越え、ユルもそれに続いた。

と、背後の煙のなかで悲鳴が上がった。ハーパーだ。

おれは弾かれたように踵《きびす》を返し、蔓の絡まる木を越えて彼女のもとへ走った。

彼女は木の幹の上で足を踏ん張り、腹に手を当てていた。彼女の目がおれの目を捉えた、その瞬間だった。ふたたび銃弾を受けた彼女が回転した。その体が下生えのなかに落ち、緑の海に呑み込まれていった。彼女の六メートルほど後方にいたグレイソンが振り返り、木立に向かってやみくもに引き金を引いた。主戦場が上空に移ったいま、煙が徐々に晴れてきていた。

グレイソンの放った一発が命中したようだった。彼から三メートルと離れていない場所で、揺らめく人影がよろよろとあとずさって木にぶつかった。そして、光を明滅させながらずるりと腰を落とし、前のめりに倒れ込んだ。動かなくなったその体が、落ち葉の上に転がるガラスの塊のように鈍く光を反射した。

「ハーパー!」おれは叫んだ。

グレイソンがこちらを向いた。彼に声をかけようとしたが、突如立て続けに爆音が炸裂し、大気に溢れたその音がおれたちを押し潰した。耳を聾《ろう》さんばかりの轟音で、方向感覚がなくなりそうだった。ジャケットから銃を抜いたおれのまわりで、次々と木が曲がって砕け散った。見ると、一隻の船が黒煙を突き破って急降下していた。船首を下げ、まっすぐこちらに向かってくる。

ふらつく足で左に進み、倒れ、地面を押してまた立ち上がり、枝を跳び越えて、行く手にあるあらゆるものをよじ上っていった。木や下生えがおれの手や腕や顔面を切り裂いたが、それでも必死に草木を分け、一歩ずつ前に進みつづけた。と、不意に足元の地面が大きく震え、そして消滅した。気づくとおれは宙を飛び、三メートルほど前方の蔓の絡まる木に叩きつけられていた。船がブルドーザーのように緑の茂る公園を削り取り、土や草や木の欠片《かけら》を空に弾き飛ばしていた。

もう走っても意味はなかった。おれは、焦土と化した大地のうねりに翻弄される破片のひとつになっていた。揺れが治まりそうだと思ったそのとき、船が爆発した。おれはまたしても、今度はさらに遠くへ飛ばされていた。

着地したのは鋭い棘が並ぶ緑のベッドで、落ちた瞬間に気が遠くなった。耳が聞こえない。手足も痺れている。上体を起こしたものの、頭がぐらついた。立ち上がらなければ。墜落した飛行船が燃えていた。濃い煙が大気を埋め尽くさんばかりにそこから広がっている。ハーパー。彼女は船のすぐそばにいた。あのままでは焼けてしまう。やつらに捕まってしまう。

何度かまばたきをした。目を開けていられなかった。だめだ、閉じてはいけない。

集中しろ。

上空では相変わらず死と破壊の宴が続いていたが、もう音は聞こえなかった。煙の渦の隙間で閃光が走り、どこかシンクロするように船が動いて互いを照らし合っている。腹這いになって地面を押し、束の間、両足で立ち上がった。が、自分の体を制御できなかった。あたかもみぞおちが磁石に引き寄せられるかのように、おれの体がまた崩れた。目を閉じてみたが、目眩《めまい》はひどくなる一方だった。

かすかな感触があった。すぐには正体がわからなかったが、何秒かして気がついた。手だ。それがおれを摑み、公園のなかを引きずっていた。

26　ニック

暗闇で意識を取り戻すと、どこかでガチャガチャと瓶のぶつかる音がしていた。あちこち打ったせいで体中に痛みがある。それにこいつは何だ？　頭が割れそうに痛い。だが、最悪なのは左腕だった。おそらくタイタン・ホールで吹き飛ばされたときに、そこから着地してしまったのだろう。あのときは全身ぼろぼろで気づかなかったが、いまは肘にちょっと指先が触れただけでも激痛が走るのを感じた。

ジャケットのポケットに手を伸ばした。あってくれと念じていたが……拳銃が消えていた。もう一方のポケットには双眼鏡を入れてあり、それはそのまま残っていた。ということは、おれを捕獲した者が銃を抜き取ったのだろう。あまりいい予感はしない。戦える腕は一本だけで、使える情報は皆無だった。怪我と情報の欠落。三〇五便が墜ちてからというもの、おれの人生にはその二つが絶えずつきまとっている。

周囲の様子を見ようと目が暗闇に慣れるのを待ったが、いつまで経っても変化は訪れなかった。完全な暗闇なのだ。ここが屋内だということはわかっていた。床が硬いし風もない。冷えてはいるが、耐えられないほどの寒さでもない。

くぐもった足音がした。と、不意に大きなドアが開き、淡い光が差し込んだ。手をかざして目を細めたが、誰が来たのか見分けることはできなかった。その人物は素早くドアを閉め、何も言わずにしばらくじっと立っていた。

マッチが擦られ、その炎がおれを捕らえた者の顔を照らし出した。捕らえたというより、助けてくれたのだろう……たぶん。

グレイソン・ショーだった。

彼の顔面はあざだらけで、至るところに乾いた血がこびりついていた。長いブロンドの髪には土埃や木の屑が絡みついている。その顔に笑みはなかった。彼はもう一方の手にもった蠟燭にマッチの火を移し、それをおれの傍らの床に置いた。

そこは、どこかの店の在庫置き場だと思われた。棚にシャンプーや食器用洗剤が並んでいる。こうした品物は、人類が滅亡するというときには誰も欲しがらなかったのだろう。

「具合はどうだ？」グレイソンが訊いた。まさか、この男の口からそんな台詞が出るとは夢にも思わなかった。

おれはしばし逡巡した。これは芝居だろうか？　警戒を解かせるための策略なのか。おれたちは二人ともあのスーツ姿の人影に捕まり、連中に取り込まれた彼がおれを手なずけようとしているのではないか。あり得ない話ではない。もはや、過剰な勘ぐりと鋭い洞察のあいだには細い境界線しかなく、自分がいまどちらにいるのかも判断できなかった。

確信できることはたった二つしかない。ひとつは、こうして五体満足に生きているのはとても幸運だということ。本当に運がよかったと思う。もうひとつは、ハーパーを見つけなければならないということ。おれがストーンヘンジに出発した時点では百人以上の生存者がいたし、いまもその一部がどこかにいるはずだった。だが、おれが気にかかるのは彼女のことであり、彼女に……。あのときサブリナは何と言った？　そう、〝個人的な思い入れをもっている〟のだ。たしかにサブリナは的確な表現をする。極めて客観的で、冷たい表現を。もっとも、素直に言えば、おれは彼女に対してさほど悪い感情を抱いているわけではなかった。彼女とユルは隠し事をしていたが、二人の言い分もいまは理解できる。未来からのメッセージ？　むろん、五日まえなら絶対に信じなかっただろう。

グレイソンは、どこかそわそわしながら返事を待っていた。それでおれは悟った。いまの質問は、彼にとっても少々気まずいものだったのだ。これまでの関係を考えれば当然だろう。不機嫌な言い争いがちょっとした脅し合いに発展し、さらにはパンチまで飛び出したあと——というか、おれが彼の顔を二発も殴ったのだが——ついに本気の脅迫が口にされるようになったのだ。

「平気だ」おれは上体を起こした。「ちょっとボコボコにやられただけさ」

彼が水のボトルを床に置き、何か渡そうとするようにこちらに片手を突き出した。おれも手のひらを差し出したが、内心、彼が「騙されたな！」と叫んで顔を殴りつけてくるのではないかと疑っていた。まあ、それならそれで貸し借りがゼロになるだろう——ゼロに近づく、と言うべきかもしれないが。

しかし、意外にも彼はおれの手に小さな錠剤を二つ落とし、「鎮痛剤だ」と言った。

それを水で呑み込んだ。五分五分の確率で青酸カリだと思ったが、この全身を覆う痛みの前では賭けに出るしかなかった。「みんなは？」

「ハーパーは連中に捕まった——一隻めの船が降りてきたあとで、彼女が連れ去られるのを見たんだ。ユルとサブリナの行方はわからない」

ハーパーは生きている……が、捕まってしまったのだ。歓喜と吐き気が同時にやって来た。

「ここはどこなんだ？」

「薬局の在庫部屋だ。タイタン・ホールの向かいの小さな店だよ」

彼が、おれの顔に浮かんだショックを見て取った。「仕方なかったんだ。おまえを運んで遠くまで逃げるのは無理だった。だがあの煙と戦闘のなか、暗闇に紛れてこっそり抜け出したからな。連中には見られていないだろう。たぶん、おれたちは瓦礫《がれき》の下敷きにでもなったと思われてるはずだ」

「おれはどれぐらい気を失っていた？」

「四時間ってとこだ。おれもこんなに長く見つからずに済むとは思わなかったが、いまだに連中が来る気配はない。何度か船が上を飛んでいったがな。だから安心していいだろう」

いまからどうするべきだ？　やはり、答えはひとつしかない。

「聞いてくれ、ニック」グレイソンがいくぶん声を落として言った。「あの飛行機で……おれは苛ついてたんだ。親父が急に財産を手放すと言いだしたからだよ。おれの名前を遺言書から外して、何も遺さないと言うのさ。おれを外に放り出せば、親父曰く〝自力で生きていく術を学べるだろう〟とかでな」

その話はハーパーから聞いていたが、口を挟まないようにした。グレイソンは誰かに話したいのだと感じたからだ。

「想像してみてくれ。人生の前提がいきなり変わってしまったんだ。予想がすべてひっくり返って、まったく先の見えない状況に突き落とされてしまったのさ。ひどい裏切りだと感じたよ。急に足元をすくわれた気分だった。恐かった。生まれてからずっと頼りにしてきた人間に騙されたと思った。ただの気まぐれでゲームをしたがっているようにしか見えなかったからな。甘やかされた息子が現実社会でうまくやっていけるか、三十一歳でゼロからスタートして何ができるか、ちょっと見てみようという遊びさ。残酷だと思ったよ。そんなことならもっと早く、学生時代や卒業直後に言ってほしかったんだ。生き方を変えて、違う進路を選べる時期に。おれが色んな……習慣を身につけてしまうまえにな」

彼はこちらの反応を待っていたが、どう答えていいのかわからなかった。気まずい沈黙だけが積み重なっていった。困った末に、こう言った。「いまからでも生き方を変えられるさ」

「Tシャツにでもプリントされてそうなたわ言だな。おれにはまるで響かない」彼の口調が険しくなり、一瞬、機内で出会ったときのグレイソンが戻ってきた。彼はしばらく黙り込み、それからまた口を開いた。「すまない。ただ……歳をとればとるほど、何かを変えるのは難しくなると思うんだ。すっかりそれを信じて……あてにしていたあとでは、なおさら困難になる」

「たしかにそうだ」

「飛行機が墜ちた時点で、気持ちを切り替えるべきだったと思う。だがおれは、それでもまだ……取り乱していたんだ」

驚きだった。彼はこんなに短期間で本当に心を入れ替えたのだ。正直に言うと、彼が自分の身の上話や弁明──謝罪だろうか？──を始めたときは少し疑っていた。何だかんだ言っても最後にはおれをからかい、昔のグレイソン・ショーが得意技にしていた、あの悪意に満ちたせせら笑いを浮かべるのではないかと。しかし、いまの彼はそのどちらもしそうになく、ひたすら謙虚になって理解と許しを求めていた。

グレイソンを変えたのは、たぶんタイタン・ホールの外での戦闘ではなく、ホールのなかでの経験だろうと思った。あのパネルで〝グレイソン・ショー事件〟を知ったことがきっかけになったのだ。二〇一五年の決断がどういう結果をもたらし、自分がどんな人間になるか。それを知って彼は何かを悟ったに違いない。おれはふと思った。もし誰もが大事な決断をするまえに未来を覗けたら、世界はどんな場所になるのだろうと。もしかすると、物語はそのために存在するのかもしれない。自分と似た人生を送り、自分と似た悩みをもつ人々から教訓を受け取れるように。

「気にしなくていい。みんな大なり小なり、あまり自慢できない真似をしてしまったはずだ。それが人間ってものなのさ。大事なのはいま何をするかだよ」

グレイソンからゆっくりと力が抜けていった。彼が蠟燭で照らされた在庫部屋を見まわした。「それで、おれたちはいまから何をするんだ？」

「攻撃側にまわるのさ」

たいしたもので、グレイソンはおれの計画を聞いても黙って頷いてみせた。顔には疑いと不安の色がまざまざと浮かんでいたが、口にした質問もひとつきりだった。「どうやってそこまで行く？」

ポッドウェイが危険だという点では二人の意見は一致していた。おれにひとつ案があったが、問題は、発明から三百年以上経った世界でもその移動手段が使われているかどうかだった。この乗り物は燃料が不要で、電子機器も積んでおらず、操縦者や地形次第では時速五十キロ近いスピードが出る。おまけに都会でも田舎でも、オフロードでも使用可能だ。だから、たとえたまたま地球上からインフラが消えていたって何も問題はない。まさにいまの状況におあつらえむきの移動手段なのだが……果たして見つかるだろうか。

狭い薬局から抜け出してみると、あたりはまだ暗かった。煙がくすぶるタイタン・ホールの焼け跡から離れるべく、急いで通りを進んだ。

次の通りでも、その次の通りでも目当てのものは見つからなかったが、やがて願いが叶いそうな店を発見した。グレイソンとおれはガラスが割れた窓から店内に潜り込んだ。その乗り物は、多少の違いがあっても基本構造は変わっていなかった。それに、これは久しぶりだと操縦できない種類の乗り物でもなかった。

そう、自転車の乗り方というのは、一度身につけてしまえば一生忘れないものなのだ。

おれたちは朝日が顔を覗かせるまで自転車を漕ぎつづけた。止まったのは、遠くに飛行船の音を聞いてその針路から逃げ出したときと、食糧を集めたときだけだった。ロンドンの中心部を出てすぐのところで、おれたちはリンゴ園を見つけていた。そしていまは、荒れ果てた大きな倉庫内の事務室でそのリンゴを食べ、どうにか体を温めようとしている。日中はここで休み、日が暮れたら夜陰に紛れて攻撃を仕掛ける計画だった。おそらくそれしか勝機はない。

ドアと床の隙間から漏れてくる細い光を除けば、狭苦しい事務室のなかは真っ暗だった。おれとグレイソンは、古いオーク材のデスクを挟む形で、それぞれ対面する壁に寄りかかって坐っていた。暗がりのなか、あざのあるやつれた彼の顔が半分だけ見えており、疲れが滲む片方の目がじっと床を見つめていた。

「あの映像で、父親は外交官だと言ってたな」

「まあな」おれはリンゴをかじりながら答え、もっと食べ物があればと思った。

「同じ道を進もうとは考えなかったのか？」

「考えなかったな」

「仕事は何だ、投資家か？」

「ベンチャー・ビジネスに投資してる。できたばかりの会社や技術を支援するんだ。主にIT関連だな」

「おれにも事業のアイディアはあったよ。それこそ腐るほど。だがいつも、起業して何の意味があるんだと考えてしまった。カネが必要というわけじゃなかったしな。しかも、どんな会社を始めたって親父の帝国と比べられるに決まってる。もちろん至らないのはいつもおれのほうだろう。勝てるわけがない。それに、ちょっとパーティーにでも行けば、ゴシップ好きの連中がどんなふうに金持ちの有名人の失敗をネタにしているか知ることになる。もしそこで一度でも……ネタにされてみろ。とてもじゃないが、自分から進んでその餌食になろうなんて思えなくなる。何の心配もなく笑って飲んでいられる境遇で、いったい誰があえて失敗する危険を冒そうとする？」彼はリンゴをひと口かじった。「こんな話、おまえは馬鹿らしくて聞いてられないだろうな」

「いや。そんなことはないぞ。おれの周囲にはおまえと同じような友人がたくさんいたんだ、グレイソン。世界中の寄宿学校にな。外から聞けばふざけた話だと思うだろうが、みんな失敗することを、出来損ないと思われることを恐れていた。影が長ければ長いほど、そこから抜け出すには遠くまで歩かなきゃならないからな」

「だが、おまえはやり遂げただろ。自分の手で成功を摑んだじゃないか」

「たぶんな」

「なぜそんなことができた？」

「勝負の場を変えたんだ。父親とは違う道を行くと決めた。そうすれば比較されないだろ。大学を卒業したあと、おれはサンフランシスコ行きの飛行機に乗った。そして、運よく新規公開株で一発当てた。それ以後はずっと、綿密に計算したうえで賭けを続けている。相変わらず幸運に恵まれているよ」

「墜ちる飛行機に乗り合わせたのが幸運か？　それに、湖から乗客を助け出したり、野営地の秩序を守ったりしたことは運とは関係ないだろう。能力の問題さ。戦略を立てる力とか統率力とか、アクション・ヒーローを地で行く素質なんかがあるんだよ」

「そう思うか？　意外な事実を教えてやろうか」

グレイソンが続きを待った。

「おれ自身、ほんの六日まえまでは、そんな力が自分にあることを知らなかったんだ」

日が沈むとすぐに、おれたちはまた自転車に飛び乗った。今回はさらにスピードを上げた。今夜中に到着できなければ、不意打ちの度合いが大幅に減ってしまうからだ。

この土地に来たことがなければ、そこがどれほどロンドンの中心部から遠いかイメージできないだろう。しかし、いくら遠くてもそこまで行くしかなかった。三〇五便の乗客を本当に助けたがっている人々が――正真正銘の人間が――いる。そう思える場所はそこだけだったのだ。

野営地での二日めのこと、ボブとマイクがコックピットのドアを開けさせたあと、あのパイロットは重大なことを口にしていた。もっとも当時は気づかなかったが。彼はあのとき、一度乱気流で機体が揺れたあと、外部との繋りが完全に消えたと話していた。衛星通信やインターネットなど、すべての通信が絶たれたと。それでもパイロットたちは、経験を頼りに予定ルートに沿って飛びつづけたという。ところが、ヒースロー空港に近づいたところにふたたび無線が通じるようになり、ヒースローの管制官がこう言ったのだ。世界規模の通信障害が起きているが、そのままルートに沿って飛べば誘導して着陸させると。

おれはこういう仮説を立てていた。ユルが二〇一五年に作った装置が、飛行機を未来に運んだのではないか――乱気流も通信の断絶も、機体が時間をジャンプしたために発生したのではないか。おれたちをここへ連れてきたのが誰であれ、その者は予定どおり飛行機をヒースロー空港に着陸させるつもりだったに違いない。だが、何らかのトラブルが起きたのだ。あのスーツ姿の人影に邪魔されたのかもしれない。あるいは、ユルの装置に技術的な不具合があったか、彼らの側に何か問題が起きたか。

いずれにせよ、ヒースロー空港に誰かがいたことは間違いないのだ。六日まえには少なくとも人間の声があり、おれたちを呼び寄せようとしていた。もはやそこへ行く以外、おれにできることは何もなかった。実のところ、この地球上でまだ人間が残っていると信じられる場所はそこだけだった。

とは言え、グレイソンとともに〝ロンドン・ヒースロー〟の道路標識を通り過ぎたころには、おれの神経は緊張でこわばりはじめていた。この二十四時間のささやかな冒険旅行も、期待に胸を膨らませられる楽しい時間は終わってしまったということだ。もしおれの読みが間違っていたらどうなるのだろう？

双眼鏡を出して行く手に広がる空港を見渡し、誰かがおれたちを待っている気配はないか、文字通り、暗闇に差す希望の光はないかと探しまわった。展望は暗く、敷地の手前の方には何も見当たらなかった。が、広大な空港の反対側にレンズを向けたところで、暗闇をぼんやりと照らす明かりが目に入った。

あそこに誰かが、あるいは何かが存在しているのだ。

27　ニック

三十分後、おれはヒースロー空港——の残骸、と言うべきか——にさらに近づいて様子をうかがい、双眼鏡をグレイソンに渡していた。

空港の建物はいまや見る影もなく、崩れたコンクリートや金属やガラスが山と積み重なっていた。かつて、ヨーロッパでもっとも賑わう空港で乗客を導いていた色とりどりの案内板も、いまは砕けて瓦礫に埋もれ、灰色の山のところどころに赤や青や緑の破片を覗かせているだけだった。しかし、ひときわ目立っているのはそれとは風合いの違う緑だった。ここでも植物が着々と大地を取り返していたのだ。雑草や苔がでこぼこした廃墟の上を這うようにして広がっている。樹木はまだ根付いていないが、この先何年か経ち、風雨や雪が空港の残骸を土くれに変えてしまうころには、一斉に根を伸ばして生長しはじめるのだろう。

建物の向こうに、例の明かりの出どころを発見した――白色の長いテントが三つ、高く伸びた草の海原に幻影のように並んでいる。ここからではわかりにくいが、三つを合わせればアメフト競技場ぐらいの面積がありそうだった。屋根からは柔らかな光の輪が広がっていて、夜の闇に白いテントがぼんやりと浮かんでいるように見える。

長い滑走路の一本はきれいに草が刈られていた――おそらく、三〇五便をそこに着陸させようとしたのだろう。最初はいい兆《きざ》しだと思った。しかし、それからすぐに、明かりやテントを目にしたときから高まっていた楽観的な気分が吹き飛んだ。テントの傍らの、草を刈った滑走路の端に、三隻の飛行船がうずくまっていたのだ。銀色の表面には長大な黒い傷が何本も走っていた――この目で目撃した二度の戦闘で負ったのかもしれないし、それまでにも幾度となく戦いを重ねてきたのかもしれない。飛行船は長さが三十メートル、高さは六メートルほどありそうだった。こんな物がどうやって飛ぶのか、いまだに想像がつかなかった。だがそれ以上に重要なのは、船に乗っているのが友人なのか敵なのかということだった。この暗闇のなか、深い草と崩れた廃墟越しにいくら探ってみても、何ひとつ手がかりは得られそうにないが。

おれとグレイソンは長いことその場に立っていた。足元には、錆びて倒れた有刺鉄線付きのフェンスが転がっていた。おれたちは意を決し、慎重にそれをまたいでテントに接近しはじめた。

「どうするつもりだ?」グレイソンが声をひそめて訊いた。

この距離では連中に聞こえるとも思えなかったが、おれも声を落として口早に言った。

「隠れられる場所を見つけよう。様子がわかるまでそこで観察を続けるんだ」

十分後、おれたちは壊れた飛行機の陰に身を落ち着けた。横幅が広いあまり見かけないタイプの機種で、空港やロンドンそのものと同様、その機体もまた時の流れによって少しずつ土に還されようとしていた。グレイソンとおれは体温を逃がさぬように体を寄せ合い、交替でキャンプ地に駐まる傷だらけの船を見張った。

少し寝ておきたかったが、眠くなるとは思えなかった。神経が昂ぶっているうえに、寒さや全身の痛みまでが邪魔をするからだ。

機体の金属の壁にもたれて坐っていたおれは、降りだした雨に顔を上げた。細かな霧雨で、来る途中で遭った凍えるような土砂降りに比べればはるかにましだった。もちろん、降らないに越したことはないのだが。

一時間ほど待っても変化は見られなかった。どうやって忍び込めばいいのか、何ひとつ手がかりが得られない。あと二時間ほどで夜が明けてしまう。そろそろ決めなければならないだろう。引き返すか、行動に出るか。だが、どちらも気乗りはしなかった。

寒さや雨から身を守るため、おれたちは機体の張り出した部分を屋根にしてちょっとした避難場所を作っていた。その作業中にした決断なら、ひとつだけある。

もしこの試練を生きて乗り越えられたら、アリゾナの砂漠に引越して二度と日没後には外出しない、というものだ。

動きがあった。ガラスタイルのスーツを着た人影がひとつ、飛行船から出てきたのだ。足早に手前のテントに向かい、おれには見えていなかった垂れ布の隙間からなかへ入っていく。おれはじっと目を凝らし、人影がふたたび出てくるのを待った。交替するためにグレイソンが双眼鏡を取ろうとしたが、それを手で制した。ここで目を離すわけにはいかない。

それから三十分ほど、腕が引きつって目も疲れるまで観察を続けたが、もう動きは見られなかった。いよいよ運を天に任せるときが来たようだ。

おれたちは、光が灯る白いテントを目指して小走りで進みはじめた。ゴールは果てしなく遠く感じられた。霧雨に煙る視界のなか、上部が湾曲した三隻の船が、昇りはじめた太陽のように草の地平線から頭を覗かせている。

無鉄砲だということはわかっていた。破れかぶれの愚行かもしれない。しかし、どのみちできることは限られていた。ほかに助けが得られそうな場所を探すか、それとも、カーテンの向こうに――正確にはテントの垂れ布だが――何があるか、この目で確かめるか。雨に濡れ、寒さと空腹に震えているいま、三十メートルほど先にテントの入口がある。その状況でまわれ右をし、よそへ行って助けを探すなどという選択はできなかった。どこかに人が残っているという保証さえないのだ。だが、ここに誰かがいることはわかっている。それに乗客たちがいる可能性も高い。とくに、もしあの傷だらけの飛行船がタイタン・ホールから彼女を連れ去った船だとすれば、ハーパーがいる公算は大きい。グレイソンと二人、入口に駆け寄りながら銃を抜いた。これしか道はないと自分に言い聞かせていた。

どちらも戸口で二の足を踏むような真似はしなかった。グレイソンが垂れ布を摑み上げて脇に退がり、おれをなかへ通した。

そこは狭い小部屋で、白いビニールシートの壁のほかには何もなかった。と、天井や壁から湿った温かい空気が吹き出し、おれたちの体を包み込んだ。おそらくここは除染室か何かだろう。

正面のガラスのドアがカチリと鳴ったので、金属の把手《とって》を引いてみた。その先にも部屋があった。やはり白い壁に囲まれているが、こちらの壁は硬いプラスティックでできていた。右側にガラスタイルのスーツがかけてあり、左側にはゴム素材の白いスーツが並んでいる。その上の棚には、目の部分にだけ横長の隙間が開いたヘルメットが置かれていた。

おれもグレイソンも無言のままゴムのスーツを取り、濡れた衣服の上からそれを着込んだ。服を脱いでここに残していけば、すぐにおれたちの存在がばれてしまうからだ。

スーツは背中の内側に小さなタンクがついていて、ヘルメットを被ったとたんに気体が充満しはじめた。一瞬、何のガスかとパニックになった。が……呼吸に問題はないようだ。

これでもう、目元に開いた透明な隙間以外、こちらの正体をばらすものはなくなった。ここからはスピードが鍵になる。

グレイソンにもそれを伝えようと、目顔で語りかけた。

おれたちはスライド式のガラス・ドアを開け、スーツ部屋をあとにした。背後の片開き戸とは違い、こちらは完全に空気を遮断する造りになっていた。またひとつ小部屋があり、ふたたび全方向から霧を浴びせられたあと、前方の金属のドアがスライドして開いた。眼前に、両側に十枚ずつドアが並ぶ長い廊下が伸びていた。ドアとドアのあいだには、腰の高さから頭上約三・五メートルの天井まで続く広い窓があり、そこから室内の様子がうかがえた。部屋は……どれも研究室のようだった。左右合わせて二十の研究室が並んでいるのだ。長い金属テーブルや壁に取り付けた棚が見え、ここからでははっきりしないが、部屋の奥に台のようなものもあった。

小部屋に立つおれたちからは、手前の二、三室で動いている、おれたちと同じ密閉スーツを着た人影が見えていた。まだこちらに気づいて視線を上げた者はなく、誰もが何かの作業に没頭していた。

スーツ姿のグレイソンがぎこちない動作でこちらを向いた。ヘルメットの隙間から、彼の怯えた目が見えた。おれたちは射撃場に放たれた二羽の七面鳥のようなものだった。両側に十室ずつ射撃ブースがあって、そこにいる狙撃者がいつこちらに気づいて撃ってくるかわからないのだ。研究室は横幅が六メートルほどあった。つまり、廊下の突き当たりのガラス・ドアまで、およそ六十メートルの距離があるということだ。きっと六百キロにも感じられる道のりになるだろう。誰にも偽物だと悟られずに突破できるとは思えなかったが、引き返すこともできなかった――そんな真似をすればかえって目立ってしまう。

足を踏み出し、きびきびと、だが怪しまれるほど急ぎ足にならないように注意して進んだ。研究室に顔を向けるような危険は冒さなかった。ちらりとうしろを見ると、ほっとしたことにグレイソンもあとに続いていた。

ひとつめの研究室を過ぎた。そして二つめも。視界の隅に次々と室内の光景が飛び込んできた。解剖している。金属のテーブルに、切り開かれた人間の体が横たわっている。至るところに皿に載せられた臓器があった。

三つめの研究室も通過した。

四つめ。

五つめ。ドアまであと半分だ。

七つめの研究室でパターンが変わった。ここのテーブルにいるのは人間ではなかった。あれは猿だ。ついそちらに目をやってしまった。確信はないが、その死骸に向かっていたスーツ姿の人影がふと手を止め、視線を上げたように思った。そして、そのヘルメットの内側に人間の目を見たような気がした。おれはまた歩調を早めた。注意を惹いていないといいのだが。

八つめの研究室を通り過ぎた。室内は空っぽだった。

背後でガラスの開き戸がカチャリと開き、廊下に足音が出てきた。それがこちらに向かってくる音なのか、遠ざかる音なのかはわからなかった。

九列めの研究室まで来た。そこも空だった。

いまでは、前方にあるガラスのスライド・ドアの先が見通せた。天板がビニールの幌《ほろ》で覆われたテーブルが並んでいる。

最後の研究室を過ぎるやいなや、グレイソンが手を伸ばし、スライド・ドアの脇にある何も書かれていないボタンを押した。おれたちは一度も振り返らず、ドアが開いた瞬間に廊下から広い空間へと足を踏み入れた。

ドアが閉まって背後の足音が遮断されると、あたりがしんと静まり返った。

テーブルは金属製でキャスターがついており、長さ二・五メートル、幅九十センチほどの大きさだった。それが七台ずつ、三列になって規則正しく並んでいる。

手前の一台に近づき、アーチ形に盛り上がった透明な幌を覗き込んだ。人間が横たわっている。その顔に見覚えはなかった。次の列に移動した。そこに横たわる年配の女性は見かけた記憶があった。湖に沈んだほうの機体にいた女性だ。たしか彼女は、いちはやく飛行機から飛び降りて岸に泳ぎ着いたのだった。最後に見たときは、薄暗い月明かりが差す岸辺でガタガタと震え、機内に残っている夫を助けてくれと懇願していた。次の幌のなかには、十歳前後のアフリカ系の少年がいた。この子どももどこかで見たような気がする。

最後の列を見まわした。マイク。それにジリアンもいた。みんな目を閉じて静かに横たわっている。いったいどういうことなのだろう？　彼らは死んでしまったのか、それとも薬で眠らされているのか。

左の方に短い連絡通路があり、このテントと隣のテントを繋いでいた。通路付近にもやはり人間を乗せた幌付きのテーブルが連なっていた。きっと隣のテントにもテーブルが溢れているに違いない。

不意に右手の壁で機械音が唸りだし、静寂が破られた。見ると、壁沿いにベルト・コンベアが走っていた。研究室の裏手を通る暗いトンネルからベルトが出てきて、この部屋の隅にある、窓のない小部屋に流れ込むようになっている。ベルトががたんと動き、不規則に揺れながら前進しはじめた。グレイソンとおれはじっとその動きを見守った。トンネルから、ゆっくりとビニールの包みが流れてきた。死体だ。おそらく解剖作業が終わったものだろう。そのときになって、おれはこの施設の正体に気がついた。

ここは何かの実験を行っている、大きな工場だ。

実験——そのためにおれたちは、この世界へ連れてこられたのだ。もはや疑いの余地はなかった。何をするべきかもわかっていた。ここを出なければならない。しかし、ハーパーがいるかどうか確かめるまで立ち去るつもりはなかった。そして、もしいるなら必ず彼女も連れていくつもりだった。

背後でスライド・ドアが開く音がし、おれとグレイソンはその場に凍りついた。だが、まだばれたと決まったわけではない。スーツ姿の人影は次の人間を取りにきただけで、またすぐにテーブルを押して研究室に引き返すかもしれな……。

人影は一列めのテーブルを通過し、こちらに向かって歩きつづけていた。

「少し話せるか」

スーツのスピーカーから鳴り響いたのは、人間の声だった。

おれは何歩か横へ動いてテーブルを離れ、右手の壁に沿って隅の小部屋まで伸びている通路に移動した。白いスーツを着込んだグレイソンも、ぎくしゃくとした動きでおれを真似た。おれたちは決して振り向かなかった。たぶん少し早すぎる歩調で、ベルト・コンベアと平行して走るその広い通路を進み、ビニールにくるまれた死体を追い抜いた。

「おい！」声が叫んだ。

おれたちが小部屋に近づくと、金属のスライド・ドアが開いた。そこはがらんとした部屋で、目につくものと言えば、右手の壁の全面を占めている大きな機械だけだった。おそらくこれは焼却炉だ。きっとテントの反対の隅にはこれと同じものがもうひとつあり、そちら側に並ぶ研究室の需要に応えているのだろう。

グレイソンに目配せすると、すぐにこちらの意図が伝わった。罠を仕掛けるのだ。

彼はひとつ頷いたあと、スーツの前面にある、カンガルーの袋のようなだぶだぶのポケットから銃を取り出した。そしてドアの脇へとあとずさり、入口から見て死角になる、機械と壁が接したあたりに身を潜めた。

おれも銃を抜き、それを背中にまわしてもう一方の手でしっかりと押さえた。それから両足を踏ん張り、できるだけ堂々と、さも待ちかねたという様子で相手が来るのを待った。

ドアがスライドして開いた。現われたのは、人間の顔だった。中年の男だ。彼はこちらの姿を見てもまるで警戒していないようだった。

彼が小部屋に一歩足を踏み入れた。「ニコラス——」

グレイソンがすかさず男のヘルメットに銃のグリップを振り下ろし、彼を床に叩きつけた。が、気絶させるまでには至らず、今度は男がグレイソンを引きずり倒した。おれもすぐに銃を構え、転げまわる二人が離れるタイミングを待ったが、頭のなかには疑問が渦巻いていた。なぜおれの名を……。

スライド・ドアがまだ閉まりきらないうちに、人影がもうひとつ、両手を上げて飛び込んできた。その瞬間、おれは動けなくなった。相手の目から視線を逸らすことができなかった。

手袋をはめた彼の手が、ゆっくりとヘルメットに伸びていった。彼はそこで動きを止めた。おれを見つめながら、ドアが完全に閉まるのを待っていた。

床の上ではグレイソンと男が格闘をやめ、二人揃って驚愕の表情をこちらに向けていた。おれたちの前に立つ男が、ヘルメットを引き上げた。おれは……そのおれを見つめた。

彼は、何から何まで寸分の狂いもなく、おれと同じ姿をしていた。

28 ハーパー

目覚めてみると、そこにはまたもや痛みと孤独と暗闇が待っていた。この六日間でいったい何度こんな経験をしただろう……もう少しだけ休みたくて目を閉じた。眠りはすぐにやって来た。

次の目覚めはだいぶましだった。少なくとも今回は、どこが痛みの中心部なのか感じ取ることができる。左肩だ。

薄闇のなか、肩に指を這わせて痛みの出どころを探った。冷たい感触があり、そこに丸い金属を探り当てて手を止めた。小さな蔓《つる》状のものが肉に刺さっている。反射的にそれを引っ掻いて剝がそうとしたが、無駄だった。そのちっぽけな金属の虫は私の肌にがっちりと食らいついていた。

目が少し慣れたところで、自分が閉じ込められている場所を観察した。最初は棺《ひつぎ》に入れられてしまったのかと思った。顔から一メートルほどのところに天井があり、三方に黒い壁が迫っている。右の方にかろうじて暗い明かりが見えていた。私はどこかの棚に寝ているようだ。私の体よりほんの少しだけ広く、とても快適なマットが敷かれた棚に。

起き上がろうとしたとたん、腹部で痛みが爆発し、激痛が胸を駆け上がってきた。私はまたマットに倒れ込んだ。

恐る恐る、ふたたび刺激しないように気をつけながら痛む場所に指を伸ばした。日記帳があった――胃のあたりの患部に押しつけられている。いや、日記帳は外側だ。あざができた腹部やあばらにぴったりと貼りついているのは、アリス・カーターのノートだった。私は日記帳の硬い表紙をまさぐり、そこに食い込んでいる銀色の蜘蛛を見つけた。鋭い脚が裏表紙に届きそうなほど深々と刺さっている。分厚い書類をホッチキスで留めようとして、針が貫通せずに紙を巻き込めないことがあるが、ちょうどあんな感じだった。どうやらこの日記帳が、タイタン・ホールの庭で飛んできた一発めの銃弾を食い止めてくれたようだ。たぶん、それは私にとってとても幸運なことだったのだろう。

その小ぶりなノートを持ち上げて開いてみた。最後のほうの、穴の開いていないページには何も書かれていなかった。日記帳を脇に置き、アリス・カーターのノートを手に取った。彼女のほうは傷ひとつなく、それをよろこんでいる自分がいた。この先何があっても、私は日記より彼女を選ぶだろう。そもそも、自分の未来をこれ以上知りたいかどうかもわからない。何しろ〝未来の記憶〟を辿る一回めの旅はひどいものだったのだ。

寝床がかすかに震え、それからすぐに、今度はもう少し大きく揺れた。まるで……乱気流に巻き込まれているようだ。たちまち三〇五便の場景が蘇り、頭が真っ白になった。だが、しばらくするとその揺れも治まり、止まっていた呼吸も戻ってきた。

狭い寝床から足を出し、床に降り立った。下の方から差し込む光があたりをうっすらと照らしていた。二段ベッドが三つ、コの字型に並んでいた。どのベッドも上の段は空っぽだったが、下の段にはほかの二つにも人が横たわっていた。ちょうど、軍艦の寝室のような部屋だった（以前、イギリス海軍大将の自叙伝を代作したことがあり、航海の場面もたくさん出てきたので知っているのだ）。たぶん私は、タイタン・ホールで最後に目にした飛行船に乗せられたのだろう。諸々の状況を考えると、ますますそうに違いないと思えてきた。身を乗り出し、ほかのベッドを覗いてみた。右手にユルが横たわっていた。眠っているだけでちゃんと生きている。だが、墜落してからずっと大事に守っていたバッグは見当たらなかった。もうひとつのベッドにいたのはサブリナで、ほっとしたことに、彼女の首にもかすかに脈が感じ取れた。

正面のスライド・ドアが開き、一気に眩しい光が流れ込んできた。右手をかざし、目を細めたが、かろうじてスーツ姿の人影を見て取れただけだった。人影が何かのパネルに触れた。その瞬間、私はふたたび暗闇に呑み込まれていた。

目覚めてみると痛みはなく、あらゆるものが消えていた。狭いベッドも、肩に食い込んだ金属も、日記帳とノートもない――それに、私のぼろぼろの服も。大きなベッドの上で体を起こし、いくぶん恥ずかしさを感じながら、誰かが私に着せたぴったりとした白い服を眺めた。

そこは広々とした、塵ひとつないほど清潔な部屋だった。ベッドの正面の壁際にはデスクがひとつ置かれていた。右手には広い窓があり、向こうに海が見えている。ピカピカのバスルームに通じるガラスのドアは開いていて、その先にもう一枚、たぶん部屋の出口だと思われる重厚な木製のドアがあった。どこかの高級ホテルにでもいるみたいだ。

しばらく窓の外を見つめ、場所を特定する手がかりはないかと視線を巡らせた。だがいくら眺めても、そこには遠くの水平線まで続く、これといって特徴のない青い海が広がっているばかりで、あとはところどころに海面に立つ白波や空を舞う鳥が見えているだけだった。最初は巨大な船の上にいるのかと思ったが、それにしてはまったく揺れを感じなかった。

私が近づくと、出口のドアが小さな音を立てて開き、同じ見た目の木製のドアが並んでいる長い廊下が現われた。手前のドアに近寄ってみたが、開かなかった。慌てて自分の部屋のドアに戻り、こちらは開くことを確かめると、私はほっと胸をなで下ろした。きっと何らかの方法で私を識別しているのだろう。

どうするべきだろう？　ここでじっと待つか、行動を起こすか。じっと待つという選択肢には抵抗があった。もっとも、最近は行動を起こしてもあまりいい結果に繋がっていない気がするが。

廊下の突き当たりにある金属のドアまで行き、祈るような気持ちでその前に立った。ドアが開いた。そこには幅の広い廊下が、こちらの廊下と直角に交わる形で走っていた。いままでとは雰囲気が違い、どこかのオフィスビルに来たような印象だった。いや、病院か。それも違う――その中間のようなイメージだ。

これまでいた区画では、床は絨毯敷きで壁やドアには木が使われていたが、こちらはすべてタイルやガラスやコンクリートでできていて、無機質な清潔感があった。廊下に沿って並ぶドアもすべてガラス製だ。と、右手の廊下の先でいきなりドアが開き、私の心臓が跳ね上がった。

動くことができず、深く息を吸い込んだ。

白衣を着た人物が二人、何やら熱心に話しながら足早に出てきた。二人は右に折れ、私から遠ざかる方向へ廊下を進んでいったが、彼らの声は高い天井に反響してこちらまで届いていた。

「失敗した場合の予備プランはあるのか？」

「はっきりとは。とにかく攻撃に耐えきることだ」

「つまり、何もないってことだな」

二人が廊下の突き当たりのスライド・ドアを出ると、潮の匂いを含んだ暖かい風が吹き込んできた。

思いきっていちばん手前のガラスのドアに近づき、なかを覗いてみた。室内には誰もいなかった——大学で見かけるような研究室だ。天板が黒くて背の高い実験テーブルやシンクなどが部屋を埋めている。窓のない壁にはガラスの棚が並んでいた。

ドアのすぐ先にキャスターがついた銀色のテーブルが二台あり、それぞれにファスナーが閉まった死体袋が載っていた。

スウィング式のガラス・ドアを押して部屋に入り、素早く死体袋に近づいた。足元にエア・ポンプのような機械がある。ひとつめの袋のファスナーを下ろした。とたんになかから霧状の冷気が立ちのぼり、それが晴れたとき、私の目にユルの顔が飛び込んできた。息が止まりそうになり、うしろによろめいた。

何てこと。

私はファスナーを閉めた。二つめの袋に誰が入っているのか、もうわかっていたが、自分を止めることができなかった。そちらに飛びついてファスナーを下ろし……サブリナを見つけた。彼女もぴくりとも動かなかった。死んでいるのだ。

研究室の外で物音がした。突き当たりのドアが開いた音だ。

サブリナの袋のファスナーを閉めるのは諦め、部屋を突っ切っていちばん奥のテーブルの陰にうずくまった。

廊下に響く足音が近づいてきた。

頭にはまざまざとイメージが浮かんでいた。サブリナの死体袋からのろしのように霧が立ちのぼり、大声でこう叫んでいるのだ。〝彼女はここだ！〟と。だがそのとき、廊下から本物の声が聞こえた。

「入退室記録を見る限り、彼女はついさっき部屋を出たようだ」

「ドアに見張りを立てておくべきだったな」

そちらを覗く勇気はなかった。彼らが向こうの区画に入った音を聞き届けると、すぐに立ち上がって研究室を飛び出し、廊下の端まで走った。ドアの前では足を止めるしかなかったが、それが開くのを待つ時間は永遠の長さにも感じられた。

外には広大なコンクリートの道が伸びていた。道の側面は巨大な渓谷の底へとどこまでも落ち込んでいて、広い川がその谷底の真ん中を貫いていた。なぜこんなに見覚えがある気がするのだろう？

コンクリートの絶壁から目を離すことができなかった。高さは三百メートル以上あるだろうか……。

やはり、この場所を見たことがある。違う角度から、砂浜に立って目にしたのだ——タイタン・ホールで。そう、ここはジブラルタルのダムだ。ということは、私はいまダムの真ん中に築かれた施設にいるのだろう。私の部屋から見えたように、ダムの片側には海が広がっている。そしてこちら側は、タイタンがヨーロッパとアフリカのあいだに造り出した谷に面しているというわけだ。

背後でドアが開いた。

「ハーパー！　待って！」

その声を知っていた。でも……まさか。振り返ってみたが、どうしても自分の目が信じられなかった。

そんなはずはない。

29　ニック

束の間、その小部屋で聞こえるのはおれの左手にある焼却炉から漏れてくる低い唸りだけになった。そしてその単調な回転音は、ベルト・コンベアがビニールに包まれた死体を送り込んだところで大きさを増した。さほど騒がしい音ではないものの、それは雄弁にある事実を伝えていた。この連中はまるでモルモットのように三〇五便の乗客を切り刻んだあげく、何の敬意も払わずに遺体を焼却処分しているのだと。おれの頭が様々な可能性を検討し、計画を練りはじめた。どうすればおれとグレイソンは、ヒースロー空港に建つこのだだっ広い施設から脱出できるだろう。

おれのクローンは両手を上げてその場に立っていた。床の上では、研究室からおれたちを追ってきた男とグレイソンが掴み合っていた手を離し、二人のニック・ストーンを交互に見比べていた。

「もうよせ、ニック」おれのドッペルゲンガーが言った。

「おまえは誰なんだ？」

「私はおまえだ」

「どういうことだ？」

「それは追い追い――」

「いますぐ説明しろ」彼に見せつけようと、心もち銃を上げた。

彼が何やら感慨深げに微笑んだ。「すまない。三十六のときの自分がどんな人間だったか忘れかけていたよ。何しろ百三十年以上もまえのことだからな」

では、この男は百七十歳ぐらいだというのか？　おれより一日だって老けていないように見えるが。

「いますぐすべてが知りたい。そうだろ、ニック？」おれのクローンが言った。

「何らかの答えは教えてもらう権利があると思うが」

「もちろんだ」彼が金属のドアの向こうにあるビニールの幌の方を示した。「だがここはバイオハザード区域なんだ。ここでは話せない」

「バイオハザード？」

「疫病さ。おまえには想像もつかないたぐいの病だ。我々は七十六年ものあいだ、この絶滅レベルの脅威と闘ってきた。ほんの六日まえまでは失敗続きだったがな」

「おれたちをこの世界に連れてきた理由はそれか？ 疫病と闘うためなのか？」

「それは理由の半分でしかない。我々の世界の疫病を治すために協力してほしいが、おまえたちの世界でそれが発生するのを防ぐという目的もある。我々はどちらの世界も救えるんだ、ニック。だが、それにはおまえの協力が必要だ。いまだに我々を邪魔する強力な敵がいて、おまけに時間も尽きかけているからな。おまえがここに来たと知ってどれほどうれしかったか。実に賢明な判断だったぞ」

彼が腰を屈めてヘルメットを拾い上げた。「いま来た道をそのまま引き返したいというなら、べつに止めはしない。だがもし我々に協力したいなら、私はいちばん手前の船にいる。その銃は必要ないぞ――誰もおまえに危害は加えないからな。ただ、それで安心できるならもちろん手放さなくても構わないが」彼は次にグレイソンに顔を向けた。「きみにとても会いたがっている人物がいる。きみの父親だ」

話し合うべきことはあまりなかった。もしここの……人間たちに、おれやグレイソンを殺す気があるなら、おれたちはとっくに死んでいるはずだ。答えが欲しかったし、手当てや食糧も必要だった。この場所を足がかりにするしかないだろう。

船に入り、スーツを脱いで乾いた衣服に着替えたあと、おれは狭い会議室の小さな木のテーブルで未来の自分と向き合った。その部屋には外に開けた窓はなかったが、船内が見える広い窓があった。向こうは休憩所のようなスペースになっており、そこでオリヴァー・ノートン・ショーとグレイソンが紺色のクラブ・チェアに腰かけ、身を乗り出して話し、微笑み、二人で泣いていた。年老いたほうのショーはタイタン・ホールの映像と同じぐらいの年格好で、六十代半ばぐらいに見えた。

「オリヴァーは七十六年ものあいだ、一度も息子と会っていなかったんだ。彼がいまどんなに感激しているか。我々はもう長いこと幸福とは無縁だった。これまでずっと……ひたすら待ちつづけていたんだよ」

「おれたちが来るのをか？」

「希望が訪れる日をだ」

「詳しく話してくれ。最初から聞きたい――が、そのまえに、あんたを何と呼べばいい？」

「ニコラスと呼んでくれ」未来の自分が言った。「ニックと呼ばれなくなってからずいぶん経つ。で、最初からだったな。考えをまとめるから少しだけ待ってくれ。ここでは誰も過去の話はしないんだ」彼は辛《つら》そうな面持ちで小さく笑った。「みんな必死で生き抜いてきたからな。あまり愉快な話題ではないのさ」

「想像はつく。ロンドンを見た」

「ロンドンはましなほうだ。大半はもっと悲惨でな。だが……初めから話そう。タイタン財団からだ。ある意味では、おまえはこの地球上でただひとり、財団の起源を真に理解できる人間だろう。当時の私が何を感じていたか、おまえにはわかるはずだ。私は道を見失った。混乱していた。望んでいたはずの人生が、もはや何の魅力もなくなってしまった。実際、私は何も感じなくなっていたし、それがいちばん恐かったよ。カネが入り、参加するパーティーの格が上がり、コンタクト・リストの名前が増えていった。しかし、生きることへの興味は日ごとに薄れていったんだ。まるで他人の人生を外から眺めているような気分さ。一日が過ぎるたびに虚しさが募っていく。薬物治療も役に立たなかった。こうなるともう、私に残された希望はひとつしかなかった。変化だよ。劇的な変化が必要だった。そして、オリヴァーと手を組んでタイタン財団を創るというのは、まさに私が望んでいた変化だったんだ。壮大でスリリングな目標を手に入れるチャンスさ。私はどんなことにも進んで挑戦した。それで生きている実感を取り戻せるか、試してみたいというだけの理由でな」

彼の話は、タイタン・ホールで聞いた独白よりもさらに不快なものだった。おれのなかにあるもっとも暗い思考を、ひた隠しにしてきた秘密を、いまの自分の生き方とその結末に対する恐怖を暴いていたからだ。これほど個人的な心情を他人が語ることは不可能だ。この男はおれを知っている。この男はおれなのだ。彼はしばし口を閉じてこちらが話を呑み込むのを待っていたが、おれが小さく頷くと先を続けた。

「タイタン・ホールはどこまで見たんだ？」

「二つめの部屋までだ。ジブラルタル・ダムの話は聞いた」

「そうか。では、Qネットやポッドウェイや、軌道開発計画《オービタル・ダイナミクス》のことは知ってるな。事態が……複雑になったのは、ジブラルタル・ダムの竣工式があった日だ。マスコミも歴史研究者も、我々が重大な間違いを犯したとして、それを〝タイタンの過ち〟と呼んだよ。

竣工式が行われたのは二〇五四年、タイタン財団の三十九回めの創設記念日だった。世界中が驚嘆した。政治と技術力で摑み取った勝利が、新たな国家を誕生させようとしていたんだ――アトランティスをな。我々は新時代の到来を信じていた。何しろこの新しい国は、イスラエルからジブラルタル海峡まで、アテネからアレクサンドリアまで、ローマからかつての古代都市カルタゴまで広がる大国家で、ヨーロッパ、中東、アフリカを結ぶ交差点となるんだ。世界をひとつに繫ぐ国と言ってもいい。それは我々が成し遂げた最高の仕事だった。人類の文明がもつ実力を証明する、小宇宙を築いたんだよ。我々はその国を究極の模範にしたかった。平和で豊かな社会とはどんなものかを示し、その生き方を東西南北、あらゆる地域に広めたいと思っていた。

世界はよろこびに湧いた。アトランティスの建国は多くの仕事を生み出し、ヨーロッパは長年の不況から抜け出すことができた。たとえるならアトランティスは、旧世界の真ん中に誕生した新大陸アメリカのようなものだった。そしてこの新世界には、地球のあらゆる場所から、自分や家族の暮らしをよりよいものにしたいと願う勤勉で意志の強い移住者たちが集まるようになった。

その五年まえには、最初の軌道上のリング〝タイタン・アルファ〟が完成していた。そちらにも毎月のように移住者たちが到着し、人類史上初めて建造されたスペース・コロニーの人口を着々と増やしていた。ポッドウェイもすでに世界中に広まり、我々を物理的に繋いでいた。そのころにはQネットもあらゆる地域に行き渡っていた。どこにいても無料で高速インターネットが使えるという理想が現実のものになったんだ。これら四つの事業──世間は〝タイタンの偉業〟と呼んだが──は、最初の面談で私がオリヴァーに語った際にはただのアイディアでしかなかった。

アトランティスが誕生した二〇五四年の時点で、タイタンのメンバーは百人だった。その小さな集団が三十九年のあいだに世界を劇的に変貌させたというわけだ。ただ、タイタンが成し遂げた偉業はもうひとつあった。ほかの何よりも衝撃を与えるはずの、秘密のプロジェクトだ。

この最後の偉業は、面談する以前からオリヴァーが取り組んでいたものだ。サブリナからは、研究の話は聞いてるか?」

「早老症に関する研究だとしか」

「そのとおりだ。サブリナには弟がひとりいたんだが、彼女が十代のころに早老症で亡くなってしまってな。彼女は治療法の発見に人生を捧げることにしたんだよ。私が二〇一五年にオリヴァーと会ったときには、彼はすでに何年も彼女の研究に資金を提供していた。もっとも、彼は早老症にそれほど興味があったわけではない。彼がサブリナと交わした取り決めは単純だった。治療法を発見するまで資金を出すから、もし成功したら、次は彼が本当に関心をもっているプロジェクトに協力しろと言ったのさ」

だんだん話が見えてきたが、それでも信じる気にはなれなかった。

「成功続きの人生を送ってきた人間というのは、ほかの者とは違う考え方をするんだ。成功する前提で生きている。成功するために計画を立てる。オリヴァー・ノートン・ショーがまさにそうだった」

つい、会議室の窓の外にいるショーに目が向いた。二〇一五年には六十代だったはずだから、いまは二百歳ぐらいだろう。

疑いはさらに大きくなった。

「二度めに会ったとき、ショーはシンプルな問いを発した。もしすべて成功したらどうするか？　Qネット、ポッドウェイ、軌道コロニー、それにアトランティスも実現したら、その先はどうすればいいのか？　どうやって世界を刷新しつづけるのか？　こう答えるしかないだろう。財団内で適切な信念を共有し、適切な人々を取り込んでいくことだと。しかし、そこにはリスクがある。信念は変わるものだし、どの世代にも優秀な人材がいるとは限らない。わずか一世代でも途切れてしまえば、我々が築き上げたものすべてが崩壊してしまう可能性もある。

だがもし、この世でもっとも才能ある人々が死なないとしたら？　もし百人のタイタンが永遠に生きられるとしたら？　たとえばアリストテレスやニュートンや、アインシュタイン、シェイクスピア、ジェファーソン、ワシントンがまだ生きていたら、この世界はどうなっていたか。彼らの革新的な発想や指導力がいまも残っていたら、人類にどんな貢献をなし得たか。ショーが思い描いていたのはそういう世界だ。終わりのない新たなルネサンスを夢見ていたんだよ。

サブリナが早老症の治療法を見つけたのは二〇二一年のことだ。そして二〇四四年に、彼女は抗老化療法を完成させた。ショーはそのとき九十代前半になっていて、自分から療法の被験者になりたいと願い出た。実験は成功した。それから数年のうちに、我々はタイタンのメンバー全員に療法を施した。竣工式の少しまえには手術も受け、外見をタイタンになった当時の状態まで戻した。そうしたのは秘密を明かしたときの衝撃度を高めるためであって、自分たちの見栄のためではない。まあ、そういう気持ちがゼロだったとは言えないが。

ジブラルタル・ダムとアトランティスの誕生を祝う竣工式で、我々は揃ってステージに上がり、五つめとなる最後の偉業を披露した――タイタンになること、それこそが偉業だと示したんだ。いまいちど人間存在の根幹を見直す。そのためのビジョンを提示したかったんだよ。我々の主張は明快だった。世界をよりよい場所にするために懸命に努力してほしい。そして、もし高みに到達できれば、もし充分な成果を出せたら、もし、百人のタイタンのひとりにでも席を譲ろうという気持ちを起こさせられたら、今度はあなたがタイタンになる。その地位を手に入れた日から時間は凍りつき、あなたは不死身の存在になる。

我々は、世界でもっとも優れた輝かしいエリート集団としてタイタンを描いてみせた。〝大志を抱いて努力すれば、永遠に生きられる〟――我々はその日、世界にそう約束したんだ。もう二度と、人類最高の仕事が未完で終わるようなことはない。もう二度と、肝心なときに命の期限が切れ、優れた頭脳が奪われてしまうようなことはない、とな。

二〇五四年以降、長いあいだ、世界中の子どもたちは将来の夢を訊かれても宇宙飛行士や大統領とは答えなかった。みんな〝タイタンになりたい〟と言ったんだ」

もし目の前にこうして証拠がなければ、おれはたぶん信じなかっただろう。驚愕の事実だった。彼らは本当に手に入れたのだ――不死身の体を。彼らは〝死〟さえも超越してしまったのだ。「よくわからないんだが。たしか、過ちを犯したと言ってなかったか?」

「その発明が、不死の療法そのものが過ちだったわけではない。我々の過ちは、人間の性質を考慮に入れなかったことだ」

「人間の性質?」

「当時はわからなかったが、我々はすでに戦争への道を歩みはじめていた。我々が、世界を滅ぼす戦いへのカウントダウンを始めてしまったんだ。

二〇五四年からしばらくのあいだ、新たにタイタンになる者はほんの数人しか出ず、ほとんどの場合は科学者や研究者が入れ替わるだけだった。もともとタイタンにいるメンバーは、その大半がサブリナやユルのように、各専門分野で革新的な仕事をしてきた者たちだった。彼らは後継者として自分に似た若者を選んだ。その分野でさらなる進歩を目指せる者、新たな力でその領域を引っ張っていける者だ」

「もともとのメンバーは入れ替わりに抵抗はなかったのか? 不死身の体を手放したってことか?」

「初めは無理だった。だが歳月が過ぎ、この世を去っていく友人や家族を見送るうちに、彼らは変わっていった。自分の世界に引きこもるようになり、ひたすら仕事に没頭した。しかし、そこでも彼らは気づかされた。自分の気力や情熱は自然な流れに沿って衰えているのだと。永遠に湧くと思っていたアイディアはいつしか涸れ、初めて知る新たな孤独感だけが彼らを待ち受けていた。多くのメンバーが、不死身とはただの道具だと考えるようになった――未完の人生を長引かせるための手段だ。そして、進歩するためには変化が――若い血が――欠かせないのだと悟った。それからは、彼らはあとを継いでくれる優秀で才能豊かな人材を探すようになったんだ。

誰かをタイタンにするためには、メンバー内で決をとり、過半数を超える賛成票を得る必要があった。推薦した者を除く九十九人中、五十人以上が賛成しなければならないんだ。と言っても、約二十年のあいだ、この投票は形式的なものになっていた。個別の根回しや交渉であらかじめ結論が出ていたからだ。

ところが二〇七一年になって、我々はある危機に直面する。そして、その中心にいたのはオリヴァーだった。当時、息子のグレイソン・ショーは八十八歳で、健康面に深刻な問題を抱えていた。すでに二度の肝臓移植を受けていたが、医師からは余命わずかだと宣告されていた。オリヴァーにとってグレイソンは、唯一、心から悔やんでいる過去だった。彼は日増しに息子のことを口にするようになった。これまでにしてきたことではなく、やり残したことを嘆くようになったんだ。グレイソンにもう一度生きるチャンスを与える、それが彼の悲願になった。彼は息子をタイタンにしたいと推薦したが、裏で交渉を始めてすぐに、可決される見込みは限りなく低いと気づかされた。オリヴァーは親しいメンバーに連絡し、これまでの功績への見返りとして最後に願いを聞いてほしいと頼み込んだ。彼も私も、おだてたり脅したり、賄賂を贈ったりした。だが、それでもタイタンのメンバーは態度を変えなかった。彼らは、グレイソン・ショーをタイタンにすれば取り返しのつかない失敗を犯すことになる、永遠に井戸を汚染することになると考えていたんだ。タイタンはエリート集団として世間に受け入れられてきた。タイタンが不死身であることを世間が認めるのは、その価値がある者だけをメンバーにしているからだ。彼らはそう信じていた。たぶんその意見は正しいだろう。しかし、オリヴァーは粘った。いつものように。粘り強さこそが我々の成功の秘訣だったし、彼も私も戦わずして諦めるつもりはなかった。何はどうあれ我々は世界を作り替えた人間だ。それに比べれば、五十人の首を縦に振らせるぐらい、造作もないことだと思えたんだよ」彼はそこで頭を振り、遠くに目をやった。

「我々は本当にひどい思い違いをしていた」

「というと？」

「ここでもまた、人間の性質を見落としていたんだ。人は自分の命を守るために必死で戦うが、自分たちの生き方を守り、それを未来の世代に伝えるためにも戦うんだよ。我々の仲間から見て、これはタイタンの席ひとつがどうのこうのという話ではなかった。危険にさらされているのはタイタンとしての生き方であり、理想の未来だった。グレイソンを選ぶことは、彼らの信念そのものを脅かす問題だったんだよ」

「あんたにとっては違ったのか？」

「もちろん私も大いに悩んだよ——だが、一方ではチャンスだとも思っていた。だから私も進んで力を貸した。そう、ある人物に出会ったんだ。死期が迫ったある人に。私もオリヴァーと同じで、現実を恐れていた。彼女のいない人生など考えられなかった。命を救いたくて彼女をタイタンに推薦したが、やはり私も失敗した。しかし、オリヴァーも私もどうしても愛する者を救いたかったんだ。そこで我々は、ある運命的な決断をした。不死の療法薬を盗むことにしたんだよ。これは世界でもっとも厳重に護られたテクノロジーだったが、我々ならその警備を突破することができた——というより、そんなことができるのはたぶんこの世で我々だけだっただろう。果たして薬は盗み出された。だが、我々はまたもや見落としていたんだ」

「人間の性質を、だな」

「そのとおりだ。窃盗のプロを雇うことのマイナス面は——」

「彼らが横取りしたわけか」

「まさしく。史上もっとも価値のある盗品だったからな。我々が雇った泥棒は約束の場所に現われなかった。そして一週間後、世界中の政府が自分の国も不死の療法を開発したと発表したんだ。その先にはカオスが待っていた。各国政府はもう長いあいだ、タイタン財団は国の存続に関わる最大の脅威だと考えていた。アトランティスが誕生したとき、彼らはその国がいつか史上初の世界市民国家となり、ほかの各国政府を一介の地方政府に変えてしまうかもしれないと感じた。おそらくその予感は当たっていただろう。彼らから見れば、Qネットやポッドウェイを含むタイタンの偉業は、とりわけ不死の療法は、自分たちの統治力を蝕《むしば》む存在だったんだ。しかしここにきて、彼らはついに自分たちでも国民に不死の療法を提供できるようになった。資格者の基準も各国がそれぞれ好きに決められるようになった。彼らはこれで愛国と忠誠の気運が高まるはずだと期待した。だが、実際に起きたのは社会秩序の崩壊だった。ある人々は不死の療法を広く利用できるようにしろと訴えたし、反対に、永遠に禁止するべきだと主張する人々もいた。そして誰もが、大混乱の責任はタイタンにあると非難した。この騒ぎのなか、私の最愛の人を含め、何百万人もの人々が命を落としたよ。グレイソン・ショーも、混乱が起きてから三週間後に肝不全の合併症で亡くなった。タイタンのメンバーは会議を開いて解決の道を探った。我々は世界の人々に向け、解決法を見つけると宣言した。信じて待ってほしいと頼み、救いはもうすぐ訪れると約束した。我々もある面では責任を感じていたんだ。だが、次に起きることは予想できなかった。疫病の大流行だよ」

「疫病の流行？　なぜそんなことに？」

「突然変異が起きたせいだ。サブリナが開発した不死の療法がどこかで変わってしまったんだよ。この療法は、レトロウイルスを利用して老化をつかさどる遺伝子を操作するというものだ。そのレトロウイルスが変異してしまったのさ。自然に変異したのかもしれないし、偶然か意図的かはわからないが、誰かが変異させたのかもしれない。何しろ療法薬が盗まれてから何週間も、民間の研究所や政府機関がウイルスをいじりまわしていたはずだからな。このレトロウイルスの変異体は極めて致死率が高かった。老化をつかさどる遺伝子のスイッチを切るのではなく、むしろ暴走させ、連鎖反応的に急激に老化を進めてしまうんだ。疫病の犠牲者は、成人後に重度の早老症を発症したような状態だった。発症から死に至るまでの期間も短い。数時間とか数日間で命を落としてしまう。二、三週間というケースもあったが、かなりまれだ。

死者が報告されはじめたのは、我々が大々的に解決を約束した翌日だった。初めはさほどの人数ではなく、大手の報道機関はニュースにもしなかった。ヨーロッパで二人、アメリカで四人、日本で六人というぐらいだ。だがすぐに、世界中で死者数が爆発的に増加した。人がばたばたと死んでいったんだ。誰も彼もが急激に年老いて。

サブリナは大きなショックを受けた。我々全員がだ。彼女は昼も夜もなく働き、限界まで自分を追い込んだ。最初の患者が出てから十日後には、世界の人口の半分が命を落としていた」

「なぜそんなに急速に拡大したんだ?」

「そこが問題だった。もう手遅れになってからわかったことだが、実のところ、このウイルスはどんな動物にでも寄生することができたんだ。宿主にとくに害をなすこともなく。

そもそも、地球上にいる動物はすべて無数のウイルスに寄生されている。ウイルスは自己を複製して遺伝子を広めるために存在するので、本来は宿主に害を加えない。気づかれずに寄生して複製を続けられるほうがいいからだ。このウイルスもまさにそうだった。至るところに潜んでいたのさ。鳥、魚、陸上の動物。それらすべてに寄生していたが、ただし、危害を加えることはなかった……人間を除いて。人間という宿主だけが、このウイルスに殺されてしまうんだ。もっとも、人間もすぐには攻撃されない。このウイルスは何日かじっと潜伏したあと、突如、何の前触れもなく人間に襲いかかって、あっという間に命を奪っていくんだよ。あの日感じた恐怖はいまでも忘れられない。全人類がすでに感染していると知った日。もはや、ウイルスを封じ込めることも感染拡大を止めることもできないと悟ったあの日」

外のテントで目にした遺体を思い出した。彼らの顔を。なぜ見覚えのない顔が交じっていたのか、これでわかった。彼らのことも墜落現場で見ていたが、おれが知っているのはもっと若い姿だったのだ。ストーンヘンジに行って戻ってくるまでのあいだに、彼らは何十歳も歳をとってしまったのだろう。

「おれが乗ってきた飛行機の乗客たち。彼らも感染しているんだな」

「そうだ。このウイルスは空気感染する。地上に墜ちた瞬間から、全員ウイルスにさらされていたんだ」

「ウイルスはまだ消えないのか？　流行から七十六年も経つんだろう？」

「根絶することは不可能なんだ。どこにでもいるからな。消し去るなら地上の動物すべてに対処しなければならない。そんなことは無理だろう」

おれは明かされた事実を改めて吟味し、そこに含まれる意味を理解しようとした。そして、ある疑問を抱いた。おれはどうなるのだろう？　おれもテントの遺体と同じ運命を辿るのだろうか？　だが、問いを発する間もなくおれのドッペルゲンガーが先を続けた。

「しかし、我々はウイルス以上にある問題に悩まされるようになっていた。人々はみな、タイタンの言う解決法とは疫病の大流行だったのだと考えたんだ。人類を皆殺しにすることだったのだと。各国政府は残った軍隊を出動させて我々を攻撃した。我々が降伏して治療薬を差し出すことを期待したからだ。タイタンのメンバーはこの病気にかからなかった。おそらく、変異以前のウイルスですでに療法を施されていたためだろう。それが変異体の侵入を防いだんだ。タイタン戦争と呼ばれたその戦いで、我々は六十二人のメンバーを失った。我々は隠れて生きることになった。と言っても、それほど長い期間ではない。最初に感染が確認されてから四十日めには、地球上の全人類が――生き残った三十八人のタイタンを除いて――ひとり残らず死に絶えてしまったからだ」

ロンドンやタイタン・ホールで見かけた落書き――いまはすべての意味が理解できた。地球上の全人類が死に絶えた？　あまりに衝撃的な事実に圧倒されていた。その狭い会議室で、おれはただ呆然と椅子に坐っていた。

喉からかすれた声が出た。「おれたちに何をしろと？」

「助けてほしいんだ。この七十六年間、私もほかのメンバーも、おまえたちの飛行機をこの世界へ連れてくるために全力を尽くしてきた。人類が生き残れるかどうかは、おまえや残った三〇五便の乗客に懸かっているんだよ」

30 ニック

なるほど、たいした話じゃない。人類の存亡がおれたちに懸かっているというだけだ。この六日間、おれは百人ほどの人間の命を守るだけで精いっぱいだったし、どうやらそれさえ失敗したようなのだが。とりあえず、最初に訊くべきことを訊いてみた。「どういう意味だ？」

「さっきも言ったように、急激な老化を引き起こすレトロウイルスは地上の至るところに存在する。根絶することは不可能だ。だが、解決法はある。ワクチンだよ」

「ワクチンがあるのか？」

「サブリナは、多少の欠点はあっても素晴らしい頭脳の持ち主なんだ。彼女は疫病発生から一年と経たないうちに、有効と思われるワクチンを生み出した。と言っても、何もかもコンピュータ上で出した結論だがな」

妙な話だった。タイタンはウイルスに感染しないし、ほかの人間はみんな死んでしまったのだ。その状況でワクチンを作って何の意味があるのだろう？ もう少しで謎が解けそうな気がしたが、おれの疑問を見抜いたようにニコラスが先に口を開いた。

「ワクチンは、人類が生き残るための唯一の希望だ。我々は地球上からウイルスを消すことはできない――が、まだウイルスにさらされていない人間にワクチンを投与することはできる」

「待ってくれ――タイタン以外、地球上の全人類が死に絶えたと言わなかったか？」

「そうだ、たしかに地球上の人類は死に絶えた」

不意に冷風が吹き抜けたように、彼らの計画の核心部が見えた。「軌道のコロニーか」

「そのとおり。この七十六年間、タイタン・アルファに暮らす五千人の人間が、故郷に帰って地球を立て直す日が来るのを待ちつづけていたんだ。いまあちらにいるのはコロニー生まれの第二世代だ。彼らは生まれたときから、星々を見上げるよりも足元を見下ろしてきた。まだ降り立ったことのない大地、いつか先祖と同じようにあそこで生きるのだと教わった、新たなフロンティアを見つめてきたんだよ」

「驚いたな」

「地球に人間の姿を取り戻すには、その五千人のコロニー住人が最後の頼みの綱なんだ」

おれは頭を振り、話を整理しようとした。「だが、まだわからないな。おれたちがなぜ連れてこられたのか。彼らがいて、ワクチンもあるんだろ」

「確実に効くとは言いきれないワクチンがあっただけだ。コロニー住人の立場で考えてみてくれ。彼らのもとには三隻の着陸艇がある――地球に人を送るための船だ。だが、どうやってそれに乗せる者を選べばいい？　我々はワクチンの効果を信じていたが、百パーセントの保証はなかったんだ。彼らに訊かれたよ。先に着陸艇を二隻送ったとして、もしワクチンが効かなかった場合は予備の計画があるのかと。もし着陸艇が一隻しか残らないような事態になったら、その先はどうすればいいのかとな」

「その段階では危険は冒せなかったわけか」

「そうだ。我々はどうにかしてもっと被験者を集めなければならなかった」

「なるほど」〝被験者〟。そのことばが引っかかり、続きを聞くのが恐くなった。

「そこからは新たな問題に取り組むことになった。もし最悪の事態になった場合、まだ〝タイタン・ウイルス〟にさらされていない人間の被験者をどうやって手に入れるかという問題だ。サブリナがタイタン戦争を生き残ったことはもうわかっているだろうが、ユルもやはり生き延びた。彼ら二人の頭脳が我々の計画の行方を握っていた。我々の時代でも、おまえたちの時代でもだ。ユルがその解決法を考えついたとき、全員があり得ないと思った。我々から見れば、そんなものはただの知的な空想でしかなく、取り組んだところでせいぜいコロニー住人へのアピールにしかならないように思えた。現実的かどうかを問わず、とにかく我々はあらゆることを試したと示すための行動だ」

「Qネットのことか」

「彼から聞いてるのか？」

「未来からだと書かれたメッセージが届いた、ってことぐらいだが」

「こちらのユルが三年かかってQネットに手を加え、過去と通信できる改造版を作り出したんだ。完成したときはみんな衝撃を受けたよ。そして、そのQネットでコンタクトできると思われるもっとも古い時代が二〇一五年だった。おまえたちの飛行機が飛ぶ少しまえ、Qネットの試作版が初めて作動した時期だ。開発する過程で、我々のほうのユルはこう結論づけていた。過去の粒子の量子状態を変えれば、事実上、この世界のコピーをひとつ作り出すことになると。彼の理論によれば、コンタクトをとった瞬間から二本のタイムラインが存在しはじめるというんだ。一本は、二〇一五年以降の未来がまだ定まっていない、おまえたちのタイムライン。もう一本は二一四七年までの出来事がすでに起こった、我々がいまいるタイムラインだ。我々はそこで倫理的なジレンマに陥ったが、これについてはもう少しあとで話そう。ユルは計画の第二段階として、より大きな規模での量子実験を始めた。彼は、充分なエネルギーさえあれば二つの世界を繋ぐリンクを広げることができると考えていた。何かを通せるぐらいの大きさにまでな」

「つまり、777型機を通せるぐらいの大きさってわけか」

「そのとおりだ。実のところ、ジブラルタル・ダムが産出する電力ではその大きさが限界だった。と言ってもそれで充分だったがな。ユルは一、二年もあれば、この量子の橋の両端《エンドポイント》を作り出す装置を設計できると信じていた。しかし、その作業はQネットを作り替えるよりもはるかに複雑で、結局は完成まで六十七年もかかってしまった。そうして準備が整うと、ユルは二〇一五年の自分にその装置の設計図を送った。それに、過去の自分を介しておまえたちの世界のサブリナにも指示を出した」

ようやくわかった。これで最後のピースがはまった。なぜ老化で死ぬ乗客と、死なない乗客がいたのか。「ワクチンだな」

「正解だ。三〇五便に誰が乗るかはわかっていた。我々は二〇一五年のサブリナに、研究室の外でいくつか実験的な作業をさせた。そうすることで、搭乗の数日まえから乗客たちにワクチンが投与されるようにしたんだ。サブリナには早老症の研究に関わる実験だと言ったし、彼女もそう思っていただろうがな。乗客は二つのグループに分けられていた。ワクチンを投与された被験者と、比較材料にするために投与されなかった者だ」

訊くならいましかないと思った。果たしておれは、急激に老いて数日で死に至るという疫病で命を落とすことになるのだろうか。「おれは……どっちの――」

「安心しろ。おまえは被験者のグループだ。飛行機に乗るまえにワクチンを投与されている」おれのクローンがあっさりと言った。まるで、ちょっと質《たち》の悪い風邪か何かの話でもするように。

「いったいどうやって——」

「投与したかって？　本当に聞きたいのか？」

「いや、やめておく」たぶん、そんなことを聞いても背筋が寒くなるだけだろう。

「被験者グループにワクチンを投与させたら、あとはサブリナとユルと、ユルの装置を飛行機に乗せるだけだった。さて、次は飛行中に発生した異常事態について説明するべきだな」

「異常どころか、墜落したんだぞ」

「墜とすつもりはなかったし、とても残念だと思っている。しかしあれは、もっと大きな問題が引き起こしたひとつの結果にすぎないんだ。さっき言ったように、タイタンは倫理的なジレンマに陥っていた。おまえたちのタイムラインを新たに作り出したことで、我々は、我々と同じ過ちを繰り返すことが運命づけられた世界を作ってしまったからだ。我々三十八人を除く地球上の全員が死んでしまう世界を。

私とオリヴァーは、我々の世界が滅んだことに責任を感じつづけていた。おまえたちの世界でもまた、我々がよかれと思ってする行為が人々を苦しめることになるのかと思うと、とても耐えられなかった。我々が導き出した解決策はとてもシンプルだった。まずはおまえたちの飛行機をヒースローに着陸させ、乗客の状態を確かめる。もしワクチンが効いていれば、乗客の約半数にあたる百二十名ほどの被験者が生きているはずだ。それでワクチンの有効性を判断できる。実際、昨日生存者を調べてワクチンが効くことを確認した。オリヴァーと私にとっては、次にするべきことは明らかだった——何もしないんだ」

「何もしない？」

「シンプルな計画さ。おまえたちの飛行機も生存者も、この二一四七年に留めておくんだよ。おまえたちの世界の二〇一五年では、三〇五便は単に大西洋上で消えて二度と見つからないというだけだ。そして、その消滅がおよそ六十年後に九十億人以上の人間の命を救うことになる」

そんなことは考えてもみなかった。「飛行機に乗っていた者が消えるからだな。サブリナとユルと、おれが」

「グレイソンもだ。またとないチャンスだったよ。タイタン財団や、財団が犯す大きな過ちに関わるキー・パーソンが乗り合わせた便なんだ。それをおまえたちのタイムラインから取り除けば、あの大惨事を確実に防げるだろう。数十億人を守るために二百三十四人をおまえたちの世界から消す。それは我々から見てごく自然な選択だった。しかし、そこにはひとつだけ問題があった。ユルとサブリナだ」

「よくわからないな」

「二人は三〇五便の乗客をここに留めることを認めなかったんだ。彼らはこう反論した。おまえたちのタイムラインから二百三十四人を消し去れば、思わぬ結果に繋がる可能性もある。翌年か十年後かに、もっとひどい惨事が起きることだってあり得るのだと。あの二人はとにかく理屈優先でな、ほかの世界を変えることは危険なゲームだとしか考えなかったんだよ。二つの世界に架かる量子の橋を開いたままにすれば、いつかおまえの世界の誰かがそれを見つけ、こちら側から何かを持ち出そうとするかもしれない。そうなればやはり感染の危険が生じるとも言っていた。彼らはあくまで不干渉の立場をとった。もしほかの世界に干渉することが本当に人類のためになるなら、我々だってこれまでに何度となく介入を受けているはずだ、という論法でだ」

「興味深い意見だな。それで、歩み寄ることはできたのか？」

「ユルやサブリナのことはある程度知っているのか？」

「多少はな」

「それなら彼らが妥協するタイプでないこともわかるだろう。オリヴァーと私にはもう打つ手がなかった。計画の鍵を握る科学の領域では、ユルとサブリナが主導権を握っていたからだ。我々にできるのは坐って待つことだけだった。ユルは、量子の橋をリセットできるように設計してしまった。我々のタイムラインから三〇五便の足跡をすべて消し、それをおまえたちのタイムラインに戻せるようにしたんだ。二〇一五年では、我々の実験など初めから存在しなかったことになり、飛行機も予定どおりのコースを飛んでヒースローに着陸する。ユルの計画では、ワクチンの効果がこの二一四七年で確認され次第、橋もすぐにリセットされることになっていた。

しかし、オリヴァーも私もそれを許すわけにはいかなかった。だから我々は、三〇五便が橋を越えてこちらの時代に入った直後に攻撃を開始したんだ。こちらの世界の量子装置を奪うために、このヒースロー空港で強硬手段に出たんだよ。タイタンは分裂していた。どちらの世界も救えると信じる二十人ほどが我々を支持した。ユルとサブリナのほうも十八人のグループを作っていた。あのときユルは、我々が装置を奪おうとしていると気づいて橋をリセットしようとしたんだ」

「その騒ぎのせいで揺れが起きて、飛行機が墜ちたのか」

「ああ。そのあとは、おまえたちの飛行機がどこにあるのかも、生存者がいるのかもわからなくなってしまった。空中分解したのか、大西洋に沈んだのか、それとも陸地に墜ちたのかと色々な可能性を考えたよ。だが、そのときの我々はもっと深刻な問題に直面していた。まずは自分たちの命を守るために戦わねばならなかったのさ」

「そういうことなのか。あの飛行船や戦闘は。タイタンの内戦なんだな」

「そうだ。このヒースローでの戦いで、残っていたタイタンの約半数が命を落とした。ユルやサブリナを含めてだ。その後、彼らのグループの生き残りは必死になっておまえたちの飛行機を捜しはじめた。もうそれしか手がなかったからだ」

「どういうことだ？」

「もちろん、どちらのグループも乗客を見つけて回収しようと頑張った——ワクチンの効果を見極め、コロニー住人を連れ戻すために。しかし、向こうのグループはとりわけ二人の乗客を捜していた。ユルとサブリナだよ」

「なぜだ？」おれは訊いた。

「ユルは実に優秀だ。ただ、おまえも気づいただろうが、他人を信用しないところがある」

「そうだな」

「彼は自分にしか操作できないように量子の橋を設計したんだ。そうすることで自分の身を守ろうとしたのさ。非常に残念なことに、装置はあちらのグループがもって逃げた。ジブラルタル・ダムの真ん中にある〝タイタン・シティ〟へ運んでしまったんだ。彼らの狙いは、おまえたちの世界のユルを捕らえて装置を操作させ、量子の橋をリセットすることだ。サブリナにも、無駄だとしか思えない研究をさせようとしている」

「ユルとサブリナはおれたちといっしょにいたんだ。あのタイタン・ホールでの戦闘で行方不明になってしまったが」

「知っている。向こうが二人を連れていった。ある女性といっしょにな」

その瞬間、炎に包まれた草深い庭の光景が蘇った。撃たれて倒れた、ハーパーの姿が。

「ハーパー・レインだ」

「ああ。伝記作家のな。つまりそういうことなんだ、ニック。いまごろユルはタイタン・シティで量子の橋と格闘しているだろう。未来の自分のノートを読み解いて、七十年ぶんの研究を二、三日で呑み込もうとしているはずだ。もし彼が成功して橋がリセットされたら、おまえを含む三〇五便の乗客全員がこの世界から消える。墜落のこともすべて忘れ、何ごともなかったようにおまえたちのタイムラインに戻ってしまう。そうなれば、おまえは間もなくオリヴァー・ノートン・ショーとタイタン財団を設立し、五十六年後には人類の滅亡を目の当たりにすることになるだろう。向こうのグループが望んでいるのはそういうことだ。この時代のユルとサブリナが望んでいたのはそういう結末なんだ。そしておそらく、若いころの彼ら自身も二人の仕事を完成させようとするだろう」

ニコラスが立ち上がり、おれに考える時間を与えるようにそばを離れていった。彼が何を求めているのか、いまではおれにもわかっていた。

「おまえに決断してもらわねばならない、ニック。もし装置を奪って橋のリセットを食い止めれば、おまえはこの二一四七年に閉じ込められる。おまえもほかの乗客たちも二度と自分の世界には帰れない。しかし、おまえが残してきた人々、二〇一五年にいるすべての人間に生きるチャンスを与えられるだろう」彼がおれの目を見つめた。「さあ、どうする、ニック？　協力するか？」

「ノーと答えたら？」

ニコラスが頭を振った。「ここを立ち去ればいいだけだ。止めはしない」

どうするべきなんだ。おれの決断が、おれの世界の運命も、彼の世界の運命も決めてしまう。ニコラスにはおれが必要だ。彼だけでタイタン・シティを制することはできないだろう。それにおれが動けばこちらにつく乗客も少しはいるはずだ。すべては、おれがどう答えるかに懸かっている。

たくさんの顔が頭に浮かんだ。もう会えないかもしれない、二〇一五年の人々の姿が。六十一歳になるおれの母親が、陽光の降り注ぐ裁縫部屋でにっこりとこちらを見上げている。妹が抱いているのはひとりめの子どもで、ナオミという女の子だ。大学時代のルームメイト三人の姿も蘇った。毎年パーク・シティに行き、スキー場に借りたロッジで飲んだり笑ったりした仲間。その全員と二度と会うことができなくなる。彼らはおれの葬式に参列し、また自分の生活に戻っていくだろう。だがそれで、彼らの子どもたちは無事に育つチャンスを手にできる。その子どもの子どもたちも。やがて、べつの顔が浮かんできた。この一週間で知り合った三〇五便の乗客たちだ。しかし、おれが本当に見つめているのはそのなかのひとりだった。頭に焼きついて離れない、たったひとつの顔。

もし成功したら――もし、ユルがおれたちを二〇一五年に戻すのを阻止できたら――おれは二一四七年でどんな人生を送るのだろうと思った。おれひとり、この荒廃した世界で。あるいは誰かがそばにいるかもしれないが。いずれにせよ、おれは人生を一からやり直すことになるだろう。ある意味では、それこそがおれの望みだったのかもしれない。六日まえに三〇五便が離陸するそのときまで、おれは何か新しいことに挑戦したいと思っていた。たぶんこれは運命で、恵みとさえ言えるのだろう。たぶん、この異様な舞台設定を通し、おれはまさに自分が求めていた場所に辿り着いたのだ。たとえそこが二一四七年だとしても。

ニコラスは広い窓のそばで待っていて、おれに向けた視線をオリヴァーやグレイソンの方へ移していた。きっとあの二人も窓の向こうで同じような会話を交わしているのだろう。おれの答えで運命が決まるというのに、ニコラスはどこまでも落ち着いているように見えた。

「おれがどう答えるか、察しがついているんだろう?」

「ああ」彼が言った。「自分が何を言うかぐらいわかる。だからこそおまえが現われてうれしかったんだ。こちらのグループにはもう十二人しか残っていない、ニック。おまえがいてくれれば本当に助かる。我々が攻め込もうとしているのは、地上最高のテクノロジーによって護られた構造物だ。タイタンは、ジブラルタル・ダムもその中心にあるシティも、永遠に崩れないほど強固に築き上げた。しかし、そこを攻め落とさなければ二つの世界を救うことはできないんだ」

31　ハーパー

ありえない。彼女は死んだはずだ。研究室で遺体を目にしてから、まだ二分と経っていない——そう、ついさっきまで死体袋に収まって凍っていたではないか。それなのに、サブリナはいまこうして目の前に立ち、たしかに生きて呼吸をしていた。

そろそろと近づいてくる彼女の姿に、思わずあとずさりした。ジブラルタル・ダムの天辺にある発着台の端の方へ。ちらりと振り返って三百メートルの絶壁に目を落とし、かつて地中海だった岩だらけの谷底を見下ろした。束の間、私の耳に届くのははるか下方の滝壺へと落ちていく水の音だけになった。頭上には五本の塔が——まるで指のように——そびえており、左手にはアフリカのかつてのモロッコが、右手にはかつてのスペインとジブラルタルが横たわっていた。建物の足元の発着台には、砲撃を受けて焼け焦げた飛行船が二隻うずくまっている。一瞬、走って逃げることも考えたが、どちらの端も何キロメートルも先だった。逃げ場はないようだ。

建物からさらに数人が出てきたが、私の目は知り合いの二人だけに向いていた。少なくとも外見は見覚えがある人、と言うべきかもしれないが。サブリナと、それにユルだ。目を細めてじっくり二人の顔を観察したが、研究室で見た遺体と違っているところはひとつもなかった。どういうことだろう？

「私よ、ハーパー」そう言うと、サブリナがまた一歩近づいてきた。

私もじりじりと後退した。「遺体を見たわ」

「あれは私ではないの。墜落のあとあなたが機内で出会ったのは、この私なのよ」

私は首を振った。冷たい風が顔を吹き抜けて私の髪を乱した。断崖まで、あと二メートルもなかった。

サブリナが何歩か前に出た。「あなたは湖の救出作業で脚を怪我したわね。ニックやほかの人といっしょにみんなを助けたときに。あなたの脚は感染症にかかっていた。かなり重症だった。ニックはあなたに抗生剤を与えろと要求して、断わったらひどく怒ったわ。でも、あなたは協力してくれた。なるべく多くの命を救うために薬はとっておきたいと言ったら、納得してくれたわ。ね、私なのよ、ハーパー」

もはや私にはわからなかった。自分の目で遺体を見たことは事実なのか。いや、もっと単純に、この数日間に経験した異常な出来事すべてが現実なのかどうか。それでも、どうしても彼女を信じることができなかった。病的な猜疑心が私を支配しはじめていた。彼らはサブリナを尋問してから殺し、クローンを作ったのかもしれない。試してみる必要がある。「墜落のあと、私はあなたとユルに疑いを抱いたわ。それはなぜ?」

サブリナは迷うことなく答えた。「私たちがコックピットで話しているのを聞いたからよ。墜落の原因や、私たちにも責任があるかどうかを話し合っていたの。でも、タイタン・ホールに行くまで詳しいことは説明しなかったわ。そのすぐあとに戦闘があって――」サブリナがまわりにいる人々を指し示した。「ここにいるタイタンのメンバーが私たちを救出してくれたのよ」

救出してくれた?

「そこから戻ってきて、ハーパー。すべて説明するわ」

頭が爆発しそうだった。この一時間、サブリナは私に歴史の個人授業をし、質疑応答の時間も用意して、この世界で何が起きているかを教えてくれた。

山のようにたくさんの事実が明かされた。しまいには、二つの世界が存在するという話まで飛び出した――私たちが二〇一五年に残してきた世界と、六日まえに墜ちたこの世界だ。どうやら私は、時空を股にかけた陰謀と、その勝者が二つの世界の運命を決定するという戦いに巻き込まれてしまったらしい。

もう二度と飛行機には乗りたくない。

それに、ワクチンを試すモルモットとして利用されるのも、あまり愉快な経験とは言えない。

「そこで困ったことが起きたの」サブリナは、研究室の高いテーブルの前に置かれたスツールに腰かけていた。

「困ったこと？」私は訊いた。

「あの墜落よ」

私なら、飛行機が真っ二つに裂けてイギリスの森に激突した事実を〝困ったこと〟という表現で片付けたりはしない。が、口を挟むのはやめておいた。

サブリナは、空っぽの研究室で彼女と向かい合い、まるで居残りさせられた不出来な生徒のようにちょこんとスツールに坐っている私に歴史の授業を続けた。

「ただし、あの墜落は技術的なミスで起きたわけではないの」彼女が言った。「ユルの装置は――過去の世界で作られたものも、この未来で作られたものも――正常に機能した。飛行機が墜ちたのは、タイタンの一部のメンバーのせいなのよ」

これはかなりの驚きだった。

「私たちの飛行機がこの世界に入ってすぐに、ヒースロー空港でタイタンの内戦が勃発したの。それからはずっと争いが続いている。墜落現場やタイタン・ホールで起きた戦闘もその一貫よ」

「何のために戦っているの?」

「誰のために、と言うべきね。簡単に言えば、彼らは私たち三〇五便の乗客を巡って争っているのよ。とくに二人の人物を巡って。ユルがQネットを過去に繋げられると証明したあと、タイタン内では、こちらに来た三〇五便の乗客をどうするかという問題が話し合われるようになったわ。オリヴァーとニコラスは――」

「ニックのこと?」

「二一四七年では、そのタイタン・メンバーはニコラスと呼ばれているそうよ」

「そう」

「オリヴァーとニコラスは、三〇五便の乗客をこの世界に残したがった。私たちの世界からニックやユルや私を取り除けば、タイタン財団が目標を達成してしまうのを防げると考えたからよ。とりわけ不死の療法の開発を阻止できれば、その先にある疫病の発生も食い止められるだろうというわけ。

一方、二一四七年のユルとサブリナが率いるグループは、乗客を検査してワクチンの効果を確認したら、二つの世界を繋ぐ橋をもとに戻したいと考えていた。そもそも彼らは、ほかの世界から二百人以上の人間を連れ出したあげく、その半数をウイルス感染で死なせてしまう権利などタイタンにはないと思っていたの。ただ、ユルやサブリナが不干渉主義でも、タイタンのメンバーが倫理的な観点から、もうひとつの世界で起きる疫病を阻止するべきだと感じていたのも事実だった。もうひとつの世界を救える可能性がない限り、どんな計画も受け入れられそうになかったわ。それでもユルは、研究をさらに進め、量子の橋にリセット機能を組み込んだ」

「リセット機能？」

「リセット機能を作動させれば、量子の橋が閉じて、三〇五便やその乗客全員が二〇一五年に戻るのよ。この世界で知ったこともすべて頭から消える。

だけど、そんなことは関係なかったわ。向こうの本音はまるでべつのところにあったのよ。ワクチンも、乗客も、分裂したタイムラインも、彼らにとっては本当はどうでもいいことだった。何もかもが真の狙いを隠すための言い訳だったのよ。彼らはただ、三〇五便の乗客をずっとこの世界に留めておきたかっただけなの」

「え？　どうして？」

「愛のせいよ。オリヴァーとニコラスが三〇五便を選んだのは、彼らが深く愛する二人の人間が乗っていたから。しかもその当時、二人は人生の重要な岐路に立っていた」

「グレイソンね」

「そうよ。オリヴァーは自分の最後の望みを叶えようとしたの。何としてもグレイソンに人生をやり直すチャンスを与えたかったのよ。三〇五便は完璧だった——グレイソンが運命の分岐点にいるときに、いままさに人生を投げ出そうとしているときに離陸したんだもの」

「それで、ニコラスのほうは?」

「それとは違う種類の愛ね。彼が最愛の人にふたたび会うためには、三〇五便に頼るしかなかった。その女性は疫病発生後の混乱のなかで死んでしまったの。彼は七十六年間ずっと、彼女をここに連れてきて二人で人生をやり直すことを夢見ていた。彼らは自分たちの時代ではいっしょになれなかったのよ。彼は不死身のタイタンで、彼女は違ったから。ニコラスが三〇五便をこの世界に運ぼうとした理由。それは、あなたなのよ」

32 ハーパー

サブリナの声が空っぽの研究室に反響し、彼女のことばがしばし宙を漂って私の返事を待っていた。だが、私の頭は真っ白だった。話がよく呑み込めない。ニコラスが、最近知り合ったニック・ストーンの未来版が、三〇五便を墜落させて私をここへ連れてきたというのだろうか。

「私?」

サブリナが無表情に頷いた。

「タイタン財団の創設後、あなたとニコラスは仕事を通じてとても親しくなった。あなたたちは親友になり、やがてそれ以上の関係になったの。彼は二〇七一年に、あなたの命を救うために不死の療法薬を盗んだわ」

私の日記にあった一文……禁じられた愛。あれは彼のことだったのだ。ニック。いや、ニコラスか。頭がごちゃごちゃになっていた。話を整理しなければ何が何だかわからない。彼は私のために、未来の私のために療法薬を盗み、私をタイタンにしようとした。永遠にいっしょにいるために。突飛で壮大な話だが……とてもロマンチックでもある。こういう展開には慣れていなかった。

「ニコラスの計画はシンプルだった。あなたに療法を施したあと、あなたたち二人は手術で外見を変え、タイタンが出資する新しい軌道コロニーへ旅立つ予定だったのよ。オリヴァーとグレイソンもいっしょにね」

呆然と坐っていることしかできなかった。もはや私の思考は完全に止まっていた。

サブリナは固まってしまった私になど気づきもしない様子で、相変わらず淡々と口を動かしていた。「二〇七一年に療法薬を盗んだあと、あなたとグレイソンが死んでしまうと、ニコラスもオリヴァーも失意のどん底に突き落とされたわ。その日から彼らは、二人を取り戻して再出発することだけを目標に生きるようになった。そしてタイタンを操り、未来でも過去でもユルや私を巧みに誘導した。彼らがそんなふうに共謀してみんなを騙したのは、ひたすらあなたとグレイソンをここに連れてきたかったからよ。あなたといるためならニコラスはどんな真似だってする。あなたのために殺したし、また殺そうとしているわ」

私の知っているニックが人を殺すところなど、ちょっと想像できなかった。しかし、忘れてはいけない。これは百三十年以上の歳月で隔てられた、もうひとりの彼の話なのだ。見た目がどうあれ、その人物はずいぶん変わってしまったのだろう。

サブリナは私の表情をうかがうように少しのあいだ黙っていた。「私たちの飛行機が時代をまたいでこちら側に入ったあと、ニコラスとオリヴァーはヒースロー空港で攻撃を開始したわ。第一の標的はユルとサブリナだった。その二人が、量子の橋をリセットして乗客を二〇一五年に戻す鍵を握っていたからよ。戦闘の最中にユルは橋をリセットしようとしたけど、失敗してしまった——何度かリンクを不安定にしただけだった」

「それで飛行機が墜ちたのね」

「ええ。ニコラスは、橋がリセットされるまえにユルとサブリナを殺してしまったのよ」

「隣の研究室にあったのは、その二人の遺体だってこと？」

「そのとおりよ。タイタンのメンバーの約半数がヒースローで命を落としたの。オリヴァーとニコラスに忠実なメンバーは十人が生き残った。このシティにいるのはぜんぶで十二人よ。墜落以降、どちらのグループもユルやあなたや私を捜していたわ。でも、私たちを見つけたのは……未来の私のグループだった」

「なぜ捜していたの?」

「ユルや私に、未来の自分たちの仕事をやり遂げさせたいからよ。橋をリセットして、三〇五便もその乗客も二〇一五年に戻すために」

「できそう?」

「まだ何とも言えないけど、努力はしているわ。計画はもうひとつあるのよ。もともとあったもので、私たちがいた過去の世界を救うためのプロジェクトなんだけど」

いつも冷静なサブリナの顔がそこでふと曇り、私はにわかに不安になった。

「だけど、もう時間がないかもしれないわ。二、三時間まえにこちらの無人偵察機が捉えた画像によると、ニック——私たちが知ってるニックよ——とグレイソンがヒースロー空港のタイタンのキャンプ地に入ったみたいなの。きっと私たち三人を捜していたんでしょうね。だけど、理由はどうあれ、あの二人はいまオリヴァーやニコラスのもとにいるわ。彼らは間違いなく二人に嘘を教えて、最終攻撃に協力させようとしているはずよ」

不穏な響きだった。「最終攻撃?」

「彼らはもうすぐこのタイタン・シティに来るわ。これまで話したように、彼らの目標は量子装置を破壊して橋をリセットできなくすることよ。ただ、ひとつだけ理由があって、彼らはまだ装置もろともシティを吹き飛ばすような行動には出ていないの」

私は眉を上げた。

「あなたよ、ハーパー。ニコラスの真の狙いはあなただもの。彼は絶対にあなたの命を危険にさらすようなことはしない。つまり、あなたがここにいる限り、ニコラスやオリヴァーはシティを直接攻撃できないの。だから必ずここへやって来て、あなたを連れ出そうとするはずよ」

「もしかして、私を……囮《おとり》にしたいと考えてるの？」

「切り札にしたいということよ」

のん気に呼び方などにこだわっているが、ここで話題にされているのは私の命だった。

「ここの全員がまだ殺されずに済んでいるのは、あなたがいるからなの。こうしてすべて話したのも、あなたが私たち全員の運命を決めることになると思うからよ。そのときが来たら、つまり、ニコラス、オリヴァー、ニック、グレイソン、それに向こうのタイタン・メンバーがシティに攻め入ってきたら、あなたに決断してもらわなくちゃならないわ」

何てことだろう、それだけはもう勘弁してほしかった。私は両手に顔を埋めた。強いお酒が欲しかった。

「ハーパー、私の話を聞いてる？」

「断わることはできる？」

「いいえ、できないわ。あとほんの数時間であなたは決断することになる。三〇五便の乗客を私たちの時代に戻すか、それともこの二一四七年に留めるかをね」

そんな。

33 ハーパー

一時間に及ぶ話し合いはサブリナにとっても骨の折れることだったようだ。私たちは何度も同じ話に戻り、議論し、色々な筋書きや仮説をあらゆる角度から眺めまわしてみた。が、結局のところ、そこにはごく単純な現実があるだけだった。

もしニコラスが私を手に入れたら、この場所は破壊される。ゲーム・オーバーだ。そうなれば三〇五便の乗客が家に帰れる可能性はなくなってしまう。ワクチンを投与されなかった百二十一人の人々、墜落やその後の感染で命を落とした人々は、ずっと死んだままだ。残った私たちもこの世界に閉じ込められる。三〇五便は大西洋上で姿を消したことになり、世間は飛行機が墜落して乗員乗客のすべてが行方不明になったと考えるだろう。

私たちはもう家族に会うこともできない。彼らは私たちを弔《とむら》い、嘆き、(願いを込めて言えば)前に進んでいく。しかし、同時に彼らは疫病に苦しむこともなくなるはずだ。この時代では地球上の全人類がその病に倒れ、唯一生き残ったタイタンも三〇五便の運命を巡って仲間内で戦っているのだが。

また、それとは反対の可能性もある。もしユルやサブリナが成功すれば、私たち全員が三〇五便の機内に戻ることになるのだ。何かが起きたことにさえ気づかずに。こうして……知り合いになったニック・ストーン（〝知り合い〟とは違うことばを使いたいが、やめておこう。ますますジレンマに苦しむだけだろう）とも、出会っていないことになる。感情に左右されてはいけない。理性的な決断をしなければならない。でも、口で言うのは簡単だが……この世界のニコラスと未来の私がどうなったかを思うと……だめだ、それについて考えるのはもうやめよう。

「結論は出たの、ハーパー？」サブリナが答えを急かした。

みんな、ニコラスとその仲間が来たときに私がどうするのか知りたくてたまらないのだ。もし気に入らない答えを口にしたらどうなるのだろう。檻《おり》にでも放り込まれるのだろうか。

「わからないわ」

「そんなことではだめよ」

両手で顔を覆ってまぶたを揉みながら、呟くように訴えた。「わからないのよ、サブリナ。頭が追いつかないの。少し……時間が欲しいだけ。いいでしょう？」

「もう時間がないのよ」

私は黙って彼女を見つめた。

「いいわ。少し休めば正しい答えも見えてくるでしょう」

彼女が戸棚に近づき、そこから見慣れたノートを二冊取ってきた。「これはあなたのものよね」

日記にはまだ麻酔弾がめり込んでおり、アリス・カーターのノートも前回見たときと比べてとくに変わった点はなかった。

「ありがとう」ぼそりとそう言うと、どこへ行くべきかわからぬまま研究室を見まわした。「ちょっと出ても……」

「どこでも好きなところへ行って構わないわ、ハーパー。ここは監獄じゃないのよ」

サブリナがタイタン・シティの構造をざっと教えてくれた。シティにある指のような形をした五本の塔は、それぞれがタイタンの五つの偉業に捧げられたものだそうで、全体として眺めると一本の手が巨大なダムから空に向かって突き出しているように見えた。手の甲の側は海に面していて、手のひらはタイタンが創出した新たな土地の方に向かって手招きをしている。

ちょっと奇抜すぎるデザインではないだろうか。

私たちがいまいる塔（指？）には研究室が入っていた。真ん中にそびえるこの塔は両隣よりわずかに高く造られており、科学や研究活動が担う中心的役割を象徴しているという話だった。大西洋に向かってひとつ右側にある塔は、ホテルだという。指輪をはめる薬指に訪問者を受け入れることで、タイタンと人類の和合を表現しているらしい。ジブラルタルにいちばん近い、細くて短い塔はタイタン・メンバーの住居になっていた。また、研究塔の左隣の人差し指にはオフィスが入っていて、アフリカの方を指している親指は支援スタッフの居室や倉庫に充てられているとのことだった。

スライド・ドアを抜けて研究塔をあとにし、しばらく滝を見下ろすコンクリートの道を歩いた。先ほどは近すぎてわからなかったが、道の先には五本の指が影を落としていた。そこまで行って長いこと影のなかにたたずみ、指のあいだから漏れてくる日の光を見つめた。そこからだと左には遠くの水平線まで大西洋が望め、右側にもダムによって造り出されたごつごつとした深い渓谷を眺めることができた。タイタン・シティの手の付け根では、黒く焼け焦げた飛行船が最後の戦いを待つように静かにうずくまっている。風に吹かれて髪が巻き上がり、毛の房が目や口にぶつかってきた。

ふと気づくと、いちばん端の指より少し左の空に、赤く焼けた火かき棒のような筋が走っていた。何かが雲を突き抜けて落ちてくるようだ。以前はあんなものはなかったはずだが。何だろう？　隕石か、それとも彗星だろうか？

塔に戻り、先ほどまでサブリナと話をしていた研究室に行ってみたが、そこに彼女の姿はなかった。きっと、この研究塔のどこかでユルといっしょにいるのだろう。

二階へ上がると人の声がした——サブリナだ。どうやら彼女が一方的に何か喋りつづけているらしい。まあ、いつものことではあるが。ドアに近づいたが、そこで何かが私に待ったをかけた。口調が……いつもと違う。サブリナの声ではあるが、例のロボットのような話し方ではないのだ。

「さて、あなたにこの話をするのは……そう、もしものときのためよ」

サブリナがそこで間を置いた。

「療法の研究ノートについて説明はするけど、そのまえに、個人的に言っておきたいことがあるの。もしこの話を覚えたまま戻れたら、そのときあなたの……役に立つと思うからよ」

サブリナと言っても、これは未来のサブリナで、彼女が彼女自身に話しかけているのだ。

「まず、自分には社会性が足りないからといって、それを人と交わらないことの言い訳にしないでほしいの。私も長いあいだ、自分は社会性に問題があるから人と親密な関係を築けないんだと考えていたわ。もともと無理なのだから試しても意味がない、と感じていたの。でもそれは間違いだった。誰にだって限界はある。ほかと比べて言語表現が苦手な人もいれば、短期記憶や数学や、空間認識が苦手だという人もいるでしょう。あなたの場合、周囲の気持ちを想像することや、意思疎通をとることがかなり不得意よね。でも、その能力がゼロというわけじゃないし、その力は使わなければ衰えていく一方よ。考え方を変えなくちゃだめ。もし数学が苦手なら、もっとできるようになるために数学を勉強するわよね。それと同じで、あなたももっと上達するよう、社会と交わって他人と親しくなる努力をしなくちゃいけない。すんなりとはいかないでしょう。時間の無駄だと感じるかもしれない。でも、そうじゃないわ。たとえ限界はあっても、あなたにもちゃんと力が備わっている。それは事実よ。何しろ私は、百六十七年もかけてそれを検証したんだもの。もしもとの世界に戻ったら、強い決意をもって努力してほしい。失敗したときはそこから何を学べるか考えて。私は日記をつけて定期的に自分の発見を見直して、日々の経験と照らし合わせてみたわ。たとえ社会性が不足していようと、対処法はほかの問題と同じなのよ。上達するためには練習が必要だということ。挑戦して、失敗から学んで、また挑戦して、そうしてうまくなっていくの。

それから、もうひとつ話しておきたいことがある。あなたの研究室にいるスティーヴンのことよ。彼はあなたに夢中だけど、勇気がなくてデートに誘えずにいるわ。三年後には、彼は研究室のほかの技術者と結婚するでしょう。でも、二人は決して幸せになれず、五年で彼女のほうが彼を捨てることになる。それ以後の彼はすっかり人が変わったようになってしまうのよ。だから、仕事のあとで彼をコーヒーに誘ってみて。そしてひとつだけルールを決めるの。仕事の話はしない、とね。それでどうなるか見てみるといいわ。

さあ、それじゃあ研究ノートについて話しましょう。私は何年ものあいだ、めぼしい成果を出せずにいたの。でも、ある事実を思い出したことが突破口になった。人の脳の神経細胞は生まれてから死ぬまで変わらないということよ。神経細胞はほかの細胞と違って老化しない。分裂もしなければ激減することもなく、新しい細胞と入れ替わることも滅多にない。人は生まれたときからおよそ一千億個の神経細胞をもっていて、そのままの状態で死んでいくわ。ただし生きているあいだ、神経細胞に保管される荷電粒子は変化する。その電気的な変化が記憶よ。Qネットを構成する要素と同じで、あなたの脳の神経細胞にある粒子も二つの世界に同じものが存在しているの。こちらとあちらで違っているのは電子の配置で……」

私は少しずつ研究室のガラスのドアに近寄り、ぎりぎり室内を覗ける位置で足を止めた。サブリナが丸まった背中をこちらに見せ、黒い髪を揺らすこともなくじっと実験テーブルに向かっていた。だが、もうひとりのサブリナはまっすぐこちらを見つめていた。そのまなざしは、私が知っているサブリナの落ち着き払った醒めた目とは違っていた。彼女は相変わらず話しつづけていた。録画映像が奥の大スクリーンに流れているのだ。未来のサブリナは万が一に備えてこの映像を残し、研究ノートの要点を伝えようとしたのだろう。こういう人たちが考えることには本当に隙がない。

私は本能的にドアから遠ざかった。専門的な話はまるで理解できなかったが、確信していることがひとつあった。未来のサブリナが過去の自分に何を語っていようと、それはワクチンに関することではないということだ——開発はもう済んでいたのだから。

ということは、何かべつの研究があるのだろう。サブリナが私に教えなかった研究が。あれこれ考え込みながらどこかの角を曲がった。次の廊下も見た目はそっくりだった。大理石の壁にガラスのドアが並んでいる。音がよく響くその空間に、また誰かの声がしていた。こちらはユルだ。ここでもまた、内容が聞き取れる距離までそっとドアに近づいた。これも録画のようだが、もし音声が中国語でもとくに問題はないように思えた。どのみちほとんど理解できないからだ。数学理論やら変数やら、何の用語か推測することさえ困難な話ばかり聞こえてくる。

と、録画が最初に戻ってまた再生されはじめた。ユルはきっとBGMのように音声を聞きながら作業しているのだろう。

「サブリナにこの映像を撮るように言われた。いざというときのためだ。もし……最悪のことが起きても、おれの研究を理解できるようにという話さ。たしかにその危険はあると思う。だが、はっきり言おう。おまえがおれの研究をちゃんと理解するのはまず無理——」

背後で誰かの叫び声がして——たぶんサブリナだろう——撮影が止まり、一秒ほどして再開された。

「ええと、テイク・ツーだ。おまえに何か個人的なアドバイスをしろと言われてる。人生を改善できるような何かだ。まあ、おまえが記憶をもったまま二〇一五年に戻れると仮定しての話なんだが、それだってきっと無理だと——」

またもや叫び声が聞こえ、ふたたびカメラが止まった。音声が戻ってきたのは二、三秒後のことだった。

「とにかく、目の前の課題について話すとしよう。最初に断わっておくが、おまえがいまもっている量子物理学の知識は不完全だ。悲惨なぐらいにな。おまえの時代であと何年かすると、欧州原子核研究機構《CERN》がある実験結果を出し、量子世界に対する認識をがらりと変えてしまう。時空はおまえが思っているような姿はしていない。もっとずっと奇妙なものだ。おまえのいまの認識は単純すぎて思考が制限されてしまうだろう。だが、このCERNの発見が突破口になって、その後の百三十年間に様々なことがわかりはじめるんだ。つまりおれは、たった二時間の映像のなかに、およそ一世紀ぶんの量子物理学的大発見の数々を収めるという、実現不可能な課題に直面しているわけさ。たとえ教える相手が若いころの自分でも、やはり無理だとしか思えない。おれの研究のベースにある概念を把握するだけでも何年もかかるはずだ。まして、仕事を完成させられるほどの理解度に達するとなると、これは数日や数週間でどうにかなる話じゃない。それでも一応、説明はしてみるがな。忠告はしたぞ。

それから、おまえが的外れな考えを起こすまえに言っておく。過去へのタイムトラベルは不可能だからな。新たな時空認識のもとでも、物質が行ける先は未来だけだ。おまえの飛行機のように。とは言え、二つの時代に存在するリンクした粒子の状態を変えることはできる。問題はエネルギーだよ。粒子が大きくなるほどエネルギーもたくさん必要になるんだ。ダムが産出する電力では、質量が極めて小さい微小な粒子の状態を変えることしかできない。おれたちの目的にいちばんかなうのは電子だろう。おれはそれを使ってQネットでおまえにメッセージを送ったんだ。だが、ここからが厄介で……」

そこからは、私が最後の部分を耳にした講義が始まった。英語だというのに、やはり数学や物理学の専門用語は外国語を聞いているみたいにちんぷんかんぷんだった。

二、三分耳を傾けたあと、私はひとつの結論に達した。私たちはいいように弄《もてあそ》ばれている。だってそうだろう。なぜ未来のユルは、もっと単純に、スウィッチひとつで橋がリセットされるようにしてくれなかったのか。たぶん自分の身を守るためにわざと難しくしたのだ。それとも本当に複雑なものなのか。たしかにそんなふうには聞こえるが。あるいは、目の前の課題というのは量子の橋とは関係がないのかもしれない。まったくべつの研究という可能性もある——サブリナの研究に関わるような。すぐそこに答えがある気がした。ひとつだけピースが欠けているという感じだ。きっと私が教えられていない何かがあるのだろう。

ドア越しに研究室を覗いてみると、中央のテーブルにユルの姿があった。テーブルの上で両腕を交差させ、そこに頭を乗せている。作業をしているわけではないようだ。それとも……。

ドアを押し開けると、彼が顔を上げてどんよりした赤い目をこちらに向けた。

「どうしたの？」私は静かに訊いた。

「おれには理解不能だ。彼の言うとおりだよ」

ユルが頭を振った。

「それに偏頭痛がする。痛くて死にそうだ」

「サブリナがどうにかしてくれないの？」私は訊いた。

「おれたちはいま……口をきいてないんだ」

「頼まなくちゃだめよ、ユル」

彼が腕の上に頭を戻した。「真っ先に死ぬのはおれだな。どっちにしろみんなそうなる運命だろうが」

研究室を出て少しそのフロアをさまよったあと、サブリナがいる研究室に辿り着いた。いったん外で立ち止まり、例の、研究室の技術者がどうのこうのという極めて個人的な話題が終わるのを待ってから、ドアを開けた。

振り返った彼女が私を目にして驚いた顔をした。手が素早くテーブルに伸び、スクリーンの映像が消えた。

「ハーパー……」

「ユルのところへ行ってあげて」

34 ハーパー

ユルとサブリナを引き合わせた私は、もう少しだけ研究塔を見てまわり、それからタイタン・メンバーの住居に足を向けた。とにかく豪勢な造りだった。どうやら人類の守護者たちはあまり慎ましい生き方はしていなかったようだ。そのあとはホテルの塔の、自分が目覚めた部屋に引き揚げた。そこが自分に割り当てられた居場所だと思ったからだ。ことによると、一生そうなるのかもしれない。

決断についてあれこれ悩みつづけ、しまいには叫びだしそうになった。もしここに残れば、ほかの乗客たちの運命が決まってしまう。だが私たちの世界を救うことはできるだろう。一方、もし向こうに戻れば乗客全員が生きられる。そして、みんなが飛行機を降りていく。ニックと私は見知らぬ他人としてすれ違うだろう。ひょっとして彼は荷物を下ろすのを手伝ってくれるかもしれないが、あくまで私はJFKからヒースローまで同じ便に乗った大勢の客のひとりでしかない。そのあとは……歴史が繰り返すのだろう。たぶん。それとも繰り返さないのか。未来はもう決まっているのだろうか？　結局のところ、そこが問題なのだ。

気づいたことがひとつあった。なぜあの機内では、あんなにきっぱり抗生剤はいらないと決められたのか。それは自分の命のことだけを考えればよかったからだ。ほかの人を助けるためだと思えば、自分を犠牲にすることができた。いまもそういう気持ちはある。湖にいるときだって即座に決断できた――〝ええ。泳ぎは得意よ〟。思えばこれまでもずっとそうだった。ほかの誰かが関わっていて、自分の行為がその人の役に立つときは、簡単に決められるのだ。いまになって悟った。でも、これが生き方や恋愛といった自分だけの問題になると、とたんに判断できなくなる。もっとも、いまの自分が何を望んでいるかはわかっているのだが。この荒廃した世界に残りたいと思っている。記憶も、自分自身について学んだこともすべて頭に保ったまま、ニックとここに残りたい。しかし、それをすれば墜落や疫病で命を落とした乗客全員を犠牲にすることになる。彼らは死んだままになってしまう。この不確かな状況のなかで、それだけははっきりしているのだ。

悩みのループに陥っていた。少しのあいだでもそこから抜け出す必要があった。

窓辺に行き、そこに置かれた木製のテーブルに坐った。窓の外にはどこまでも大西洋が広がっていた。あの赤く燃える筋は空から消えており、いまは白い煙が一本残っているだけだった。だが、その横にまた一本、深紅の細い筋が走りはじめていた。何だろう？　研究室では映像に気をとられてサブリナに訊き忘れてしまった。戻ろうかとも思ったが、ただ、それ以上の引力で私を引き寄せているものがあった。アリス・カーターのノートだ。ノートをめくると、一枚の紙が滑り落ちた。私の字で書かれたメモ書きで、自分のために記したものだと思われた。

始めるのに遅すぎるということはなく、やめるのに遅すぎるということもない。私もそうしよう。あまりに長く他人の夢のために働いてきてしまった。自分が愛するもの——このノートにあるものと、口に出すことは許されないもの——をあとまわしにして。長い歳月の末に私は気がついた。かつてアルフレッド・テニスンが『愛して失うほうが、愛さずに終わるよりいい』と言ったが、まさにそういうことだろう。いまならわかる。私も、挑戦して失敗するほうが、挑戦せずに終わるよりよかったのだ。

その紙をそっとテーブルに置くと、ノートを開いて古くなった走り書きの文字に目を通した。ある女の子の物語の構想だ。彼女は十八歳の誕生日に一通の手紙を受け取る……未来の自分から。その手紙で、アリスは若いころの自分に告げる。〝永遠の秘密〟を解く鍵を握っているのは彼女だけだと。〝永遠の秘密〟とは三つの古代の遺物で、それを手にした者は時間を操ることができるのだ。やがてアリスは、魔術のようなテクノロジーをもつ闇の結社に追われ、奇妙な世界に落ちてしまう。そしてそこで、歴史の流れや愛する人々の運命を左右する決断を迫られることになる。

なるほど。

大学生のころの私は、アリス・カーターをタイムトラベル・ファンタジーのシリーズ作品にしたいと思っていたのだ。現実逃避ができる、『ハリー・ポッター』と『バック・トゥ・ザ・フューチャー』を混ぜたような物語。だがいまは、その舞台設定がやけに胸に刺さった。

ページをめくるとインクが薄くなった文字が終わり、まだ新しい、違うペンで書かれた濃い筆跡が現われた。私は読みたい衝動をどうにか抑え込んだ。何というか、それは答えを盗み見るカンニング行為のように思えたのだ。

裏面の点字のような膨らみだけを感じながら、急いでページを繰っていった。そして、何も書かれていないページを開き、大学時代に考案した頭を活性化する儀式をやってみた。まずはぱっと思い浮かんだことを一行書き、また一行加えて、十行かページの半分ぐらいになるまでそれを繰り返すのだ。言ってみればこれは頭の体操で、ことばが滑らかに出るようにするためのウォーミングアップだった。だから文章の質は気にしなくていい。大事なのは書きはじめることで、そこがいちばん大変なのだ。こうした試し書きはたいてい使いものにならないが、ときどき金の粒が交じっていることもある。それは気楽に選鉱鍋《せんこうなべ》を揺すっているときに限って見つかるたぐいのもので、つまり、文章を練ったりことばを選んだりせずに書いているからこそ出会える一文だったりするのだ。驚いたことに、今日は大当たりばかりだった。次々とアイディアが溢れてくる。第一巻のあらすじは即座にまとまり、第二巻の輪郭もすぐに見えた。『アリス・カーターと明日のドラゴン』だ。第三巻――『アリス・カーターと運命の船隊』――の設定もすんなり浮かび、その後もどんどん案が湧いてきた。『アリス・カーターと終わらない冬』『アリス・カーターと去年の遺跡』『アリス・カーターと不滅の墓』『アリス・カーターと時の川』全七巻のシリーズにまたがるストーリーまで思いついた。さすがに手が痛くなった。

まるですべてのアイディアがもとからあり、表層のすぐ下に隠れていたかのようだった。準備万端で、私がいちばん上の層を突き破るのを待っていたような感じだ。

やがて、それらのあらすじや題材や、早く書きたくてたまらない場面のなかからテーマが見えてきた。決断と時間だ。時間、私たちの運命、未来――それは定まったものではない。変えることもできる。アリスは何度でも新しい未来を選ぶと決断する。未来を手にするために戦うことを、人間に賭けてみることを選び、人間には過ちから学んでよりよい決断をする力があると信じようとする。今日の決断が、明日の現実になる。いい本が書けそうだ。

私にとって、素晴らしい本というのは物語にしかできない形で私たちに生き方を示してくれるものだった。そこでは、私たちは登場人物に自分を重ね、彼らのなかに自分の苦しみや欠点を見出すことができる。しかも強制や批判によって気づかされるのではない。私たちは登場人物から学び、そこで得た教訓やひらめきを現実世界に持ち帰るのだ。私は、いい本は読者を成長させると信じている。そして、これらの物語にもきっとその力があると思う。だからこそ大切なのだ。

自分が何を望んでいるか、それもわかっていた。できることならここに残り、すべてを覚えたまま、ニックと生きていきたい。だが、したいことと、しなければならないことは必ずしも一致しない。三〇五便の乗客には彼ら自身の未来を生きる権利があると思う。私もアリス・カーターのように、未来は定まっているという考えは受け入れない。私たちの世界は必ずこの世界と同じ過ちを繰り返す、という考えも捨てる。

だから、決めた。

サブリナやユルやここのタイタン・メンバーに私を利用させよう。ニコラスを捕らえて時間を稼ぐために、罠に仕掛けられるチーズの役をしよう。みんなを家に帰すために必要だというなら、どんなことでもするのだ。

いまいちど窓外の海に目をやった。空を走る白い煙は三本に増えており、三本めはたったいま燃え尽きたようにわずかに赤い光を残していた。あと二、三時間もすれば日が暮れる。

静かにノートを閉じて脇に押しやった。きっとこれを目にする機会は二度とないだろう。

自分のアイディアを思い出すことも。ホテルの部屋をあとにした。私の足音が研究塔の大理石の床に高く響きはじめたのは、それからすぐのことだった。

サブリナの研究室がある廊下まで来たとき、不意に頭上でアラームが鳴り渡った。強烈な音が点滅する赤いライトに合わせて脈打っている。アナウンスはなく、何が起きたのかを知る手がかりもなかった。その場が急にディスコのようになったというだけだ。DJは不在で、彼が残した最後のビートだけが繰り返されている。

彼女の研究室のガラス・ドアに駆け寄った。誰もいない。

踵《きびす》を返してユルの研究室まで走ったが、そこにも人の姿はなかった。

階段を駆け上がり、研究塔のひとつ上の階にも行ってみた。やはりどこも無人だ。襲いかかるアラームが頭を突き刺してくるようだった。集中しなければ。

階段に戻り、海に面した、床から天井まで続く高い窓に目をやった。と、塔の足元から二隻の飛行船が浮上して飛び去っていくのが見えた。戦闘に向かったのだろうか？

次の階の四つめのドアを覗いたところで、こちらに背を向けて立っているサブリナを発見した。室内には、その空間にぎりぎり収まるぐらいの巨大な機械がそびえていた。機械にはひとつだけ、ちょうど人間の体が通るぐらいの円い穴が開いている。その穴から金属のテーブルが突き出しており、上に誰かが横たわっていた。

勢いよくドアを開けた。左手の壁のスクリーンに脳の半球が二つ映し出されていた。色とりどりの光が半球の上で目まぐるしく変化している。脳をスキャンしているのだ。

「ハーパー」振り返ったサブリナが言った。

「何をしてるの？」

「事前の対策よ」

「対策って、何のための？」

「成功したときのためよ」

彼女はあくまで曖昧《あいまい》な返事しかする気がないようだ。事実を整理しようと必死で頭を働かせた。たしか、未来の彼女は脳の神経細胞について話していた。それは生涯変化しないということ。記憶は単にそこに保管された荷電粒子だということ。ユルの映像。ダムが作る電力では、過去に存在するリンクした電子の状態を変えるのが精いっぱいだと言っていた。

いまになって気づいたことがあった。どうしてもっと早く思い至らなかったのだろう。こちらのグループはなぜサブリナを必要としたのか。ワクチンはすでに手にしているのに。量子の橋をリセットして飛行機を戻せるのはユルだろう。では、サブリナの役割とは何なのか。

その答えがこれだ。私には隠していた研究。

「記憶を過去に送ろうとしているのね？」

サブリナが眉を上げた。感心したのだろうか?

「そうよ」

「なぜ私に言わなかったの?」

「あなたのためよ」彼女があっさりと言った。

テーブルがすっかり機械から出ると、ユルが体を起こして頭を振った。

「私のため?」私は研究室を見まわした。「最初からこうする計画だったのね? 三〇五便を私たちの時代に戻して、あなたたち二人は記憶を保とうとしているんだわ。ここで起きたことをすべて覚えておいて、タイタンの大惨事を防ごうというのよ」

「そのとおりよ」

何てことだろう。「なぜ私にも話してくれなかったの?」

「危険すぎるからよ、ハーパー」サブリナがちらりとユルに目をやった。彼は、まるで二日酔いにでもなったようにげっそりとした顔をしていた。「うまくいくという保証はないの。二〇一五年に目覚めたときには脳が損傷を負っているかもしれない。あるいは目覚めることさえないのかも。こんな話をすれば、あなたの決断に影響が出ることは目に見えていたわ。そうなればほかの乗客に死刑宣告をすることになったかもしれないでしょう」

ようやくすべてが見えた。二人は二〇一五年に記憶をもったまま目覚めるか、あるいは植物状態になる。そして、そのどちらであっても不死の療法の開発は阻止される。彼らはそう考えているのだ。たしかにそれで私たちの世界は救われるだろう。こうなると、サブリナが隠し事をしていたことも何か英雄的な行為に思えてきた。彼女は、私を含めて二〇一五年にいる人々の命を救いたかったのだ。そして彼女もユルも、そのために自分の命を危険にさらそうとしている。心を打たれた。

私の前には謎めいた機械が不気味にそびえていた。これを使えば、私はここで起きたことをすべて覚えていられる。自分がここで何を得たかも、自分自身について何を学んだかも、そして、誰と出会ったかも。私はほかの人の命を危険にさらしたりしない。自分の命以外。そこが境界線で、あくまで自分だけが関わっている問題となると、とたんに決断不能になってしまう。もし誰かの身が危ういなら、私はすべてを危険にさらす。だが、自分ひとりが危ういとなるとあっという間に判断力が麻痺する。しかし、いまの私の頭はどこまでもクリアだった。私は、自分で選んだ道がどんな人生をもたらしたかを知った。向こうに戻ればその道をまた選んでしまうかもしれなかった。自分の人生を変えたいと思った。違う選択をしたい。そのためなら危険を冒しても構わない。自分の夢を追いたいのだ。不確かな道かもしれないが、そう、確実さを選んだってあんなことになったではないか。挑戦して失敗するほうが、挑戦せずに終わるよりいいのだ。

「私もこの機械に入れて」

「だめよ、ハーパー。危険すぎるわ」

「構わないわ。覚えていたいのよ」

「命を懸けるほどの価値はないでしょう」

「私にはあるの。取引をしましょう、サブリナ。あなたとユルは、飛行機が墜ちてからずっと私やニックに隠し事をしてきた。だけど私たちはみんな大人よ。自分のことは自分で決められる歳だわ。そろそろ私たちを信用してちょうだい。あなたはニコラスの動きを封じて捕まえられるよう、私に協力してほしいのよね？　だったら私もこの計画に参加させて。もし二〇一五年に目を覚ませなくても、それならそれで構わないわ。それから、ニックがここに来たら彼にも同じ選択肢を――チャンスを――与えると約束してほしいの」

サブリナが頭を振った。「きっとどっちのニックか正確に判断できないわ」

「私にはわかるから大丈夫よ。さて、ひとつ訊いてもいいかしら。さっきから鳴っているこのアラームは何？」

「彼らが来たのよ」

35　ニック

べつにおかしな話ではない。おれはこの二一四七年でありふれた火曜日の午後を過ごしているというだけだ。相棒のマイクが目覚めるのを待ちながら。ただ、どうやら凍った人間を解凍するには数時間はかかると思ったほうがいいようだ。

おかしくなりそうだった。本当に、押し潰されてしまいそうだった。自分がしてきたこと、しようとしていることの重みがいっぺんにのしかかってきている。まともじゃない。何もかもが。

おれは何時間かまえに未来の自分と話した狭い会議室に坐り、こめかみを揉んで集中力を取り戻そうとしていた。シャワーを浴びて髭《ひげ》もきれいに剃っていた。そして、三〇五便が墜ちてからの一週間で初めて、完全にひとりきりになっていた。意に反し、頭にはその一週間で起きた様々な出来事が浮かんでいた。だが、いちばん考えているのは自分が下した数々の決断のことだった。あちこちの場面で仲間の乗客たちの生死を分けた、おれの選択。船の外にある巨大なテントには、いまも乗客たちが金属のテーブルに乗せられて並んでいる——そこに生きている者と死んでいる者がいるのは、このおれのせいだ。あの湖の墜落現場で、おれはもっと頭を働かせるべきだった。もっといい計画を考えるべきだった。たとえば、先に荷物棚の荷物を外へ放り出していたらどうだったか。機体が沈む速度を遅らせられただろうか？　きっとそうだ。その貴重な数秒か数分で救える命があっただろう。何人ぐらい？　二人か、三人か、六人ほどか。水が入らないよう、下の貨物室にバリケードを築くべきだったのかもしれない。それでさらに何分か稼げたはずだ。水が穴の縁を越えて流れ込んだ瞬間、何もかもが一気に沈みはじめたのだから。それぐらい予測できただろうに――。

ドアが軽やかな音を立てて開き、ニコラスが大股で入ってきた。おれの傷がきれいになり、一週間ぶんの汚れも落ちたいま、おれたち二人は鏡で映したようにそっくりになっていた。と言ってもあくまで見た目の話であり、頭のなかはわからないが。おれの苦悩するさまが、彼の活気溢れる姿を一段と際立たせている。

彼が木のテーブルに白い錠剤をひとつ置き、水のボトルを差し出した。ためらう気持ちを隠すことができず、おれは錠剤から彼に視線を移した。この男はおれ自身だ、それは疑っていないが――知り合ってからまだ数時間しか経っていない。そもそも、根本からして信じられない話なのだ。この一週間に起きたことすべてが。

「興奮剤だ」彼が言った。「頭がすっきりする。おまえはいま、墜落してからのことを延々と思い返しているだろう。自分が下した決断のことを。何かが少し違っていれば、たとえわずかでも死体が乗ったテーブルを減らせたんじゃないか。そんなふうに悩んでいるはずだ」

錠剤を手に取り、いまいちどじっくりと眺めてからそれを水で呑み込んだ。何やらカウンセリングでも始まりそうな雰囲気だったが、そんなものはこれっぽっちも求めていなかった。おれは話題を変えようとした。「コーヒーはもう時代遅れなんだろうな？」

「いや、我々も大好きさ。豆が高くて買えないだけだ」

出来の悪いジョークだったが、とりあえず笑っておいた。

「心配するな」ニコラスが言った。「くよくよ振り返って〝もしも〟に取り憑かれることにかけては、私の右に出る者はいない。こことあまり大差のない狭い部屋にこもって、朝から晩まで大西洋を眺めていたよ。六十年以上ものあいだ、来る日も来る日も後悔して、間違いを正す方策ばかり考えていた。私が殺してしまった人々の顔が頭に浮かぶんだ。とりわけある人の顔が。しかしいまは、生き残った者の罪悪感に苦しんでいる暇などないぞ、ニック。おまえは最善を尽くした。おまえに罪はない。少なくともおまえはそこに救いがあるだろう。私は違う。どうにかやり過ごしてきたが、オリヴァーと私は自分たちが愛する者をすべて殺してしまったんだ。それ以外の人間もひとり残らずな」

彼はこちらの反応を待っていたが、おれはまた水を喉に流し込んだだけだった。そんな話に対して何を答えればいいのか。それほどの罪悪感を背負った場合、人の精神にはいったいどんな影響が出るものなのだろう。彼はそのせいでどんなふうに変わったのか。もしかしたら、おれには想像もつかないような変化があったのかもしれない。

「これは父親譲りだよな。過去を何度も振り返ってしまう性格は。たとえば、協定の交渉とか外交問題の対処とか、そういう仕事をしている最中には、彼はレーザー光線みたいにそれに集中していただろ。ほかのことは一切目に入らなくなるぐらいに。ところが、いざそれが終わると急に落ち着きがなくなった。書斎をうろうろしたり、関係者に片っ端から電話をかけたりして。彼も過ぎ去った時間のありとあらゆる瞬間を思い返していたのさ」

たしかにそうだ。言われるまで考えてもみなかった。

「あんたはどうやって乗り越えたんだ？」

「乗り越えてなどいない。やり過ごしてきただけだ。自分と取り決めをしたんだよ。とにかく間違いを正すことのみに集中して、それができたら、ひとつだけ褒美を受け取って残りの人生を過ごそうと。起きてしまったことを考えるのは禁止にした。罪悪感に浸ることに時間を費やせば、そのぶん間違いを正す時間が、罪を償う時間が減ってしまうと自分に言い聞かせてな。そうと決めてからは、ひたすら人類を地球に連れ戻して再出発することを目標に準備を進めた。私が生きてこられたのはそのおかげだ。脇目も振らずにひとつのゴールを目指してきたからさ。我々はそのゴールに近づいている、ニック。あと数時間後に量子装置を破壊すれば、もはや成功したも同然だ」彼がドアの方へ歩いていった。「準備はいいか？　もうすぐマイクたちが目覚めるぞ」

おれたちはあらかじめ話し合い、乗客たちが目覚めるときはおれが立ち会ったほうがいいと判断していた。彼らが捕まったのは、ニコラスやオリヴァーが墜落現場にいた向こうのグループを追い払ったあとのことだったので、いまのこの状況に反発を覚えるかもしれないと考えたのだ。それにニコラスは、野営地での働きを思えばおれには影響力があるし、最初におれの姿を目にすれば彼らも安心するはずだと踏んでいるようだった。

最初に話をしたあと、おれたちは三つのテントからなる施設のなかを巡り、ひとつひとつのテーブルに覆い被さるようにしてビニールシートの奥のぼやけた顔を覗いてまわった。そうやってタイタン・シティの襲撃に参加させる者を選んでいたのだ。まるで市場かどこかにやって来て、今夜のバーベキューに使うステーキ肉でも探しているかのようだった。

〝彼なんかどうだ、ニック？〟〝いいな、リストに加えてくれ〟〝彼も頑丈そうだが、どう思う？〟まったく、ぞっとする光景だ。

当初おれは、八人の乗客を選び出していた。ワクチンを投与されたグループで、墜落現場にいる際にプレッシャーのもとでもしっかり役割を果たしていた者たちだ。だが、ニコラスはもっと必要だと訴え、結局十一人で手を打つことになった。マイクのほかは、湖岸で泳ぎが得意だと名乗り出た者のなかからひとり、水中に並んで生存者を岸までパスした者のなかから六人、野営地が占拠されるまえにおれが探索に行かせた者のなかから三人を選んだ。そこにジリアンを含めることはできなかった。彼女は散々大変な目に遭ってきたし、選ばれればさらに過酷な経験をすることになるからだ（予定表によれば、次は銃や潜水の訓練を受けることになっている）。

第一陣が目覚めはじめた。おれはニコラスとともに、初めにテントで目にした、二十室ある研究室のひとつに立って彼らを見守っていた。マイクが金属のテーブルの上で起き上がり、眠そうな目をこすって頭を振った。彼はいまだにセルティックスの緑色のTシャツを着ていた。

「ニック……」声がひび割れていて、話をするのも辛《つら》そうだった。

「まずは落ち着いてくれ、マイク。これから色々と話すことがある」

むろん、銃の訓練のことも伝えなければなるまい。

まるでSF世界のサマー・キャンプのようだった。おれと十一人の乗客は第三テントに用意された仮設の訓練室に坐っており、そばにいるニコラスと十一人のタイタン・メンバーが、おれたちにスーツの使い方を教えて彼らのテクノロジーに慣れさせようとしていた。ガラスのタイルにびっしりと覆われた、着用した者を透明にするそのスーツは、内部のほうがさらに奇怪だった。ヘルメットのディスプレイにはホログラムが表示され、生体データから赤外線画像やほかのメンバーのカメラ映像に至るまで、あらゆるものが見られるようになっていた。操作はすべてスーツの前腕部にあるパネルで行うのだという。タイタンのメンバーは目を使って操作することもできるらしいが、彼らの話では、そこまで訓練するには時間が足りないとのことだった。

スーツの使い方講座が終わると、今度は襲撃計画の説明が始まった。

一同の前にニコラスが立ち、背後の大スクリーンが彼のことばに合わせて画像や略図を表示していった。どうやって操作しているのか不思議だった。神経回路か何かがリンクしているのか、あるいはほかのタイタン・メンバーが手伝っているのか。と言っても、不思議なことならほかにも山ほどあるのだが。

計画自体は実にシンプルだった。だが、シンプルな計画だからといって遂行も簡単だとは限らない。

おれたちはスーツを着用し、大西洋の、ダムから四、五キロメートル離れた海上に飛び降りることになっていた。スーツは完全に密閉されるように設計されていた。もともとの目的は、タイタン・メンバーがジブラルタルの砦から出た際に、また新たに変異したウィルスに感染するのを防ぐことにあったそうだ。酸素も十二分にもつと聞かされた。

海に降りたら、おれたちはバックパック式の水中推進装置を使ってダムまで行き、発電所の巨大な取水口を通ってタイタン・シティに入る予定だった。この段階で危険度は上がるが、もともと今回の計画ではいくらでも不測の事態が起こり得る。なので、あくまでそこで生き延びられたらの話だが、おれたちはそのあと何組かに分かれ、どうにかしてダムを上がって五本の指の形をした塔に侵入することになっていた。そして、量子装置を探すのだ。

ニコラスはかなりの自信をもって、装置は真ん中の、研究室が入っているいちばん高い塔にあるはずだと予想していた。

そこでスクリーンの画面が切り替わり、サブリナとユルの写真が映し出された。

「ここにいる大半がこの二人を見たことがあると思う。サブリナ・シュレーダーとユル・タンだ。彼らは我々と敵対するタイタン勢力に惑《まど》わされ、向こうのために動いている。二人は装置の周辺にいる可能性が高く、こちらに気づけば即座に起動させるかもしれない。それは何としても阻止せねばならない。よって、もしシュレーダーやタンを見つけたら、その場で射殺してもらいたい。まずは装置を無力化して、そのあとは人命を守ることを優先する」

大写しになったサブリナとユルがこちらを見つめるなか、彼のことばがしばし宙を漂っていた。部屋の反対側にいるグレイソンと目が合った。心配と哀れみが交ざったような表情を浮かべている。おれも同じ気持ちだった。ユルとサブリナは嘘をつき、おれたちから事実を隠していたが、それでも二人がこのあとの戦いで命を落とさないことを願った。グレイソンもそう思っているだろう。彼の隣には、彼の指導担当者である父親が坐っていた。父親からスーツで動く訓練を受けているときの彼は、これまで見たなかでいちばん幸せそうな顔をしていた。もっとも、公平を期すために言えば、彼はおれといっしょにいた六日間のあいだずっと、飲んでいるか、二日酔いになっているか、イライラしているか、あるいは深刻そうにしているかのどれかだったのだが。きっと、今回のことはおれたちみんなにとって新たな出発のチャンスになるだろう。

ニコラスの説明はそろそろ終わりに近づいていて、予備の計画の内容が詳しく語られていた。そちらはさらにシンプルだった。発電所に爆弾を仕掛けるだけなのだ。もし量子の橋がリセットされる寸前だと判断したら、ニコラスがその爆弾を破裂させ、ダムやタイタン・シティも破壊して装置を粉々にするという戦略だ——理想的には、おれたちが脱出したあとで。

彼が最後に質問を募ってそれに答え終わると、おれは前に出て、乗客とタイタンが半々の二十四名の襲撃チームに向き合った。

「おれたちが捜すべき人間がもうひとりいる。ハーパー・レインだ。彼女を知っている者も多いだろう。彼女は乗客のひとりだ。年齢は三十歳前後で細身の体型。イギリス人で、髪はブロンドだ。タイタン・ホールの戦いでユルやサブリナといっしょに連れていかれた。おそらく彼女もタイタン・シティにいると見られる。彼女は罪のない第三者であり、人質だ。おれたちは彼女を救出するために全力を尽くすべきだと思う。それに、彼女は我々に役立つ情報をもっている可能性がある。装置を見つけて停止させる手がかりを得られるかもしれない。もし彼女を見つけたら、ニコラスだけでなくおれにも報告してほしい」

そして、場がお開きになり、十一人の乗客とグレイソンは引き続きスーツ姿で動く特訓を受けるためにタイタンの指導担当者たちのもとへ戻っていった。おれたちは日没と同時に出発することになっており、それまであと一時間半ほど時間があった。

墜落現場では緊張を感じる暇もなかった。何もかもがあっという間に起きたからだ。だが、今回は状況が違った。計画の内容をすべて聞いたいま、おれはいっそのこといますぐ片をつけたいような気分になっていた。

ニコラスがゆっくりこちらに近づいてきた。「もうスーツには慣れたのか？」

「ああ、たぶんな」

「例の女性だが……」

「ハーパーか」

「そう、ハーパーだ。どうやらおまえは、彼女を取り戻すことにかなり熱心なようだな」

「ずっといっしょにいたからな。湖で協力してもらった。彼女は本当に勇敢なんだ。乗客を助けるために力の限りを尽くしてくれた」

彼がにやりと笑った。「じゃあ、彼女が献身的な人物だから熱心になるわけか」

おれは黙って肩をすくめた。

「誰と話しているか考えてみろ」

「わかったよ、降参だ」おれはぼそりと言った。

「出発までまだ時間がある。彼女のことをすべて話してくれ。墜落してからこれまでどんなことがあったのか、ひとつ残らずな。話していれば気が紛れるだろう」

ニコラスと話していると、自分でも驚くほど考えが整理できた。それに……墜落に関して感じている思いも。この一時間、おれたちは例の狭い会議室に坐ってこれまでの出来事を振り返っていた。彼はおれにそっくりで、しかもおれを賢くしたバージョンだった。彼の洞察力のおかげで、この短い時間のあいだにものの見方がずいぶんと変わった。おれは、彼がそばで導いてくれるならこの二一四七年での暮らしはどんなものになるだろう、と思った。彼のような人物にはこれまで会ったことがない。親身になってくれ、人生の奥行きや、おれが帰るべき場所を教えてくれる存在。刺激的な体験だった。

話をしようとまた口を開いたが、声を発するチャンスはなかった。突如、船の天井のスピーカーが甲高いサイレンを響かせ、壁のスクリーンが息を吹き返して映像を映し出したのだ——タイタン・シティの五本の指の塔が、沈みかけた太陽のオレンジとピンクの残照を浴びて輝いている。足元から二隻の飛行船が飛び立った。海に向かうその船を追って、カメラのアングルも変わった。

「監視用の無人偵察機を飛ばしたんだ」ニコラスがスクリーンを見つめたまま言った。

一隻めの船がカメラのそばを通り過ぎ、直後に画面いっぱいに閃光が広がった。偵察機が撃墜されたのだ。

真っ暗になった画面にふたたび映像が現われたが、今度はだいぶ遠くから撮っているようだった。

二隻の飛行船は一直線に並んで飛んでいき、やがて海上でぴたりと止まってホバリングを始めた。カメラがズームした。海面にいくつか船が浮かんでいる。円い形の、見たこともないタイプのボートだ。

「コロニーの住人だ」ニコラスが言った。「すでに軌道コロニーを引き払ったんだ」

「もう住人全員にワクチンを投与したのか？」

「投与は数日まえに済んでいる。ワクチンそのものは何年もまえから準備できていて、あとは効果が確認されるのを待つだけだったんだ。有効性は向こうの勢力が墜落現場で確かめた。我々に追い払われるまえにな」

「住人たちはあそこで何をしてるんだ？」

「和解を願っているんだ」ニコラスが頭を振った。「とにかくパパとママの喧嘩は見たくないのさ。おそらく彼らはタイタン・シティに住むつもりで来たんだろう。我々を止めるために、人間の盾になろうというんだよ」

思いもよらない展開だった。もしそうなったら、当然ながらシティを破壊することはできなくなる。そんな真似をすればこの世界の人類は完全に滅んでしまうのだ。

「どうするつもりだ？」おれは訊いた。

「いますぐ出発する。彼らより先にシティに着かなければならない」彼が飛行船を指差した。「我々にとっては絶好のチャンスだ。この飛行船をタイタン・シティの外で足止めできれば、我々の侵入を阻止するものはなくなるからな」

36　ニック

おれとニコラスは、グレイソンやオリヴァーとともにタイタンの飛行船の貨物室に立っていた。背後ではタイタン・メンバーと三〇五便の生存者が二列になって並び、その全員がガラスタイルのスーツに身を包んでヘルメットを右腕に抱えていた。隣にはもう一隻船が飛んでいたが、そちらに積まれているのは武器だけで、ほかの貨物や人間は乗っていなかった。どちらの船もニコラスが腕のパネルを使って操縦しているのだ。離陸する直前、おれは彼が自動操縦プログラムの最終設定を行うのを見つめていた。相変わらずよくわからないことだらけだが、要するに、どちらの船もこれから死闘を繰り広げ、もし味方の側に生存者が残っていればそれを拾って帰ることになるのだろう——むろん、計画が成功すると仮定しての話だが。

貨物室のワイド・スクリーンに、月の光を浴びてきらめくタイタン・シティが現われた。一方の側には穏やかに波打つ大西洋があり、もう一方の側にはごつごつとした真っ暗な谷が待ち受けている。それはまるで、崖っぷちに立っているおれたちの運命を象徴するかのような眺めだった。まあ、立っているというよりは飛んでいるのだが。

船はダムを目指して突き進んでおり、スクリーンでは到着までの秒数がカウントダウンされていた。

手の付け根から一隻の船が飛び立った。おれたちの二隻は、その飛行船と、数キロ先でホバリングを続けている船のあいだを飛ぶ格好になり、後者の船の下では三隻の着陸艇が波に揺られていた。着陸艇の一隻はすでに無人のようだ。

ニコラスが前に進み出て一同に語りかけた。「コロニー住人の三分の一はすでに着陸艇を降りてシティに移動したと思われる。だが、計画は一切変更しない。海上にはまだ三千三百名ほどの住人が残っている。人類が再繁殖するために必要な遺伝子は充分にあるということだ。もしシティに入った住人も武装しているようなら、彼らも敵の戦闘員とみなす。計画を邪魔する相手には然《しか》るべき対応をしろ。ダム底部の導水管にも予定どおり爆発物を設置する」

その台詞におれは慄然とした。ニコラスがこちらの視線に気づき、はっとしたような顔をした。彼はすぐさま話を付け加えたが、その口調はだいぶ柔らかくなっていた。

「諸君、我々が何のために戦うのかいまいちど思い出してくれ。計画が失敗すれば量子の橋はリセットされ、我々タイタンが作り出した世界の運命が、きみたち乗客が暮らしていた世界の行く末が決まってしまう。数十億人の未来のためならば、我々は少数を犠牲にする覚悟をもたねばならないのだ」

おれは自分のことを思い返してみた。おれが湖でとった行動と、彼がしようとしている行為は同じではないのか。おれだって一部の人間を犠牲にしてほかの人々を救ったのだ。だが、何かが変だという思いは依然として消えなかった。はっきりどこがどうとは言えないが。

爆音とともに船が揺れ、ニコラスがよろめいた。

スクリーンに船外の状況が映し出された。こちらの二隻が、タイタン・シティから単独で飛んできた船に激しい攻撃を加えている。二隻で挟み込むようにして集中砲火を浴びせているのだ。相手の船はぐらぐらと左右に揺れていたが、それでも必死に反撃して包囲を突破しようと試みていた。

ニコラスとオリヴァーは時間をかけて敵を痛めつけていた。そうすることで着陸艇の上空にいる船をおびき寄せようというのだろう。しかし、そちらの船はじっとその場に留まっていた。そこが唯一の安全圏だからだ。コロニー住人たちが下にいる限り、こちらとしては船を攻撃して彼らに破片を浴びせるような危険は冒せない——何しろ彼らは、新たな人間社会を築くための最後の希望なのだ。

スクリーン上でついに敵の船が力尽きた。火だるまになった船体がしばし宙を漂い、やがて旋回するように下降しながら大西洋へと墜ちていった。

　また爆音がして船が揺さぶられた――シティからの攻撃だ。計画の説明時にニコラスが語った話では、この戦争が始まってからダムやタイタン・シティは要塞化されたということだった。そして、その高度な対空防御システムを破って着陸することは不可能なため、海から攻め込む以外に手はないと聞かされていた。どうやらそのとおりのようだ。おれたちが空に留まっていられる時間はそう長くないだろう。

「降下用意！」そう叫ぶと、ニコラスは壁にずらりと並んだバックパックのもとへ向かった。

　おれも自分のパックを背負い、ヘルメットを被ってライフルを摑んだ。ヘルメット内のホログラムが像を結び、眼前にニコラスの顔が現われた。これにはいつまで経っても慣れそうにない。自分自身と話をしているようなこの感覚。

「パックの推進装置はすでにプログラムしてある。落ち着いて、ただライフルをしっかり握っていればいい。また向こうで会おう」

　足元の床が沈みはじめ、開いた隙間から月明かりに照らされた海面が見えた。また爆発。必死で壁に手をやって貨物用のネットを摑んだ。ヘルメットに周囲の状況が映った。もう一隻の船がシティとこの飛行船のあいだに立ちはだかり、おれたちを援護すべく一身に砲火を受け止めている。炎に包まれたその船は、まるで夜空に浮かぶ松明《たいまつ》のようだった。が、もう少しで床が充分に開くというところで、援護の船が崩れて落下した。すぐさまこちらの船が砲撃され、その衝撃で約半数の人間が金属の床に叩きつけられた。

ニコラスが猛然と前に進んで狭い隙間に飛び込んだ。おれもすかさずあとを追った。

一瞬、すべてが消滅したような静けさが訪れた。

落下しているのだ。

上には炎があり、下にはガラスのような海とそれに反射する月の光があった。胸にかすかな震動を感じたが、その原因が自分の鼓動なのか上空の戦闘なのかはわからなかった。

海面が目の前に迫ってきたころ、不意に落下速度が遅くなった。何だろう？

たぶん、この推進装置のローターは水中だけでなく空中でも作動するのだ。おかげでゆっくりと着水することができ、スーツが吸収する衝撃もごくわずかで済んだ。ローターは水中に潜ると同時に逆回転を始め、おれの体をさらに深く沈めて前進させた。おれは最後に聞いた指示に忠実に従った。ライフルをしっかり握っておくのだ。

真っ暗だった。ただ深い海があるだけだった。数秒が数時間にも引き延ばされているように感じる。これからどうなるのか。あの塔でどんな戦いが待ち受けているのか。

おれは人々に何をすべきか指示することができるし、ここぞという場面で決断することもできる。そういう自分を新たに発見した。問題は、相手の命を奪えるかどうかだった。

しかし、考えてもわかるわけがない。どんなに訓練を積んだって、これは予行演習できるたぐいのものではないのだ――それにもちろん、おれは充分に訓練を受けているわけでもない。

進路が調整されるのを感じた。ヘルメット内のガラスが明滅し、暗視フィルターが暗い海底を灰緑色の画像に変えて映し出した。

おれたちは隊列を組んでいた。水中を飛ぶ一本の矢のように。先端にいるのはニコラスで、二ダースのスーツ姿のメンバーが彼に続いてまっすぐダムの底へと突進している。

前方に巨大な門扉がそびえていた。扉には魚が（それに人間も）入り込めないよう、間隔の狭い格子がはまっていた。発電所の取水口だ。ニコラスのアクセス・コードはまだ有効らしく、門扉はすぐに開き、おれたちは下り勾配の導水管に潜り込んだ。先が見えない、真っ暗な海底のスロープだ。一分ほど経ったころ、緑色に光る画面にタービンが現われた。アメフト競技場の半分ぐらいはありそうな、巨大な船のスクリューを思わせる代物だった。その回転羽根を目にしたとたん、おれの背筋に冷たいものが走った。

だが、タービンは動いていなかった。おれはほっとため息をつき、気を引き締めてトンネルのさらに奥へと進んだ。

ここは運が試される局面だった。ニコラスの計画では、タービンは彼が遠隔操作で止める予定で、それができない場合は爆弾で動きを封じることになっていた。だが先に送り込んだ探査機の報告どおり、たしかにスウィッチは切れている。これなら無事に通過できそうだ。

ヘルメットにニコラスの顔が現われた……が、その声は何かに吸い込まれているようだった。

いや、違う。吸い込まれているのはおれ自身だ。

この力――タービンが息を吹き返したのだ。ライトの光がトンネルに溢れている。引き込まれる周囲の水がおれを道連れにし、トンネルのさらに奥へ、海水を掻きまわす巨大な羽根の方へとおれを引きずっていた。

罠だったのだ。

37　ハーパー

三階の研究室で、脳のスキャン画像を表示していた画面が分割された。私が見つめるなか、黒焦げになった二隻の船がシティを飛び立ち、大西洋上空を猛スピードで進んでいった。そしてすぐに三隻の着陸艇のもとに辿り着き、その場でホバリングを開始した。

「コロニーの住人ね」私はスクリーンに視線を向けたままささやいた。「なぜここに？」

「私たちを護るためよ。彼らをシティに運んでくることができれば、ニコラスやオリヴァーはもう、シティや量子装置を吹き飛ばすことができなくなるわ」

サブリナは〝私たちも吹き飛ばされない〟とは言わなかったが、それは誰もが考えていることだった。

ユルとサブリナと私が見守るなか、スクリーン上で息を呑むようなドラマが展開された。飛行船の一隻がひとつめの着陸艇からコロニー住人を引き上げ、塔の足元まで運んできた。そしてすぐに次の着陸艇のもとへ引き返したが、目的地に着くまえに、新たに二隻の船が現われた。彼らはUターンしていたこちらの船に砲火を浴びせ、ついには撃ち落としてしまったが、今度は彼らがシティから反撃を受けた。と、彼らの船の一隻からきらきらと光る点がこぼれ落ちた。すぐにはその正体がわからず、やや遅れて気がついた。スーツを着たタイタンたちだ。希望を込めて言えば、あそこにニックも交じっているはずだった。もっとも、サブリナが言ったように決して断言することはできないのだが。彼はすでに死んでいるかもしれないし、ヒースローに残っているかもしれないし……偽物とすり替わっているかもしれないのだから。

ユルが白いテーブルから降りた。いくらか回復したとみえ、目に力が戻っていた。

サブリナが自分の左袖をまくって腕を消毒し、金属の台から注射器を取って何かを打った。そして、無言のままテーブルに横たわった。テーブルが機械のなかに滑り込んでいった。

サブリナの全身が巨大なマシンにすっぽりと呑まれたところで、ユルが操作パネルを指で叩いた。分割された画面からユルの脳の静止画が消え、新たに一対の脳半球が映し出された。表面が瞬く間に色の波に覆われた。

「配置の分析に一時間ほどかかる」ユルが言った。

足元の床がガタガタと揺れ、もう一方の分割画面が赤く点滅した。

頭上でまたもやアラームが鳴り響いた。

果たして一時間も残されているだろうか。

同じことを考えたのか、ユルが私の腕を摑んでガラス・ドアの方へ引いていった。私はその手を振りほどいた。

「どこへ行くつもり？」

「隠れるんだ、ハーパー」

サブリナが収まっている機械に目をやった。

「彼女を置いていくわけには——」

「隠れなくちゃだめだ。やつの狙いはきみなんだぞ」

「私のスキャニングだってまだだわ」

「それは次の機会にしよう。連中が発電所に入り込んだ。とにかく急がないと」

これこそが彼らが立てていた計画だった——ネズミをひたすら猫から逃がすのだ。私を手に入れたが最後、ニコラスは迷うことなくこの場所を吹き飛ばすだろう。ここの人々を生かしておく気などさらさらない。私が捕まってしまったら、彼はダムも量子装置もこのシティも破壊し、私以外の人間を殺してしまうのだ。

アラームがけたたましく鳴り響くなか、ユルは私を連れて住居塔に向かった——五本指で言うと小指にあたる、いちばん右寄りの塔だ。私も先ほど散策したが、二、三室覗いただけで引き返していた。

「好みはあるか？」ユルが訊いた。

「どこがいちばん安全？」

「でたらめに選ぶのがいちばんだろうな。やつはきっと、おれやサブリナや、自分の部屋から捜すはずだ」

私は頷いた。

絨毯とウッドパネルに囲まれた豪華な廊下を進みながら、ユルが銀色の小さな筒を床に置いていった。

「それは？」私は訊いた。

「機雷みたいなもんだ」

「何に使うの？」

「ニコラスはここに極小の偵察機を送り込んで、赤外線スキャンをするはずだ。その偵察機を破壊するのさ。多少の時間稼ぎにはなるだろう」

時間を稼ぐための策はそれだけではなかった。彼は途中にあるすべての部屋に足を踏み入れ、シャワーを出して湯の設定温度を最大にした。バスルームに湯気が溢れ、それが寝室から廊下にまで流れ出た。いいアイディアだ。蒸気や熱でタイタンの感知器を欺《あざむ》けるかどうかは知らないが、スーツに水滴がつけば彼らの姿は見えるようになる。墜落現場にタイタンが現われたときのことを思い出した。彼らは飛行機に向かって暗闇のなかを走ってきたが、雨に打たれたためにガラスの彫像のような姿が見えていたのだ。

塔のなかほどまで上ったころ、ユルがあるバスルームで足を止めた。「このへんでいいだろう」

「わかったわ」

「最後にひとつだけいいか、ハーパー。量子装置がある場所を知っているのは、いまのところサブリナとおれだけだ」彼がそこで間を置いた。「しかし、おれたち二人も、ここのタイタンも、今夜を生き延びられるかどうかわからない。だがきみは大丈夫だ。ニコラスが必ず生かしておく。だからきみに装置の場所と起動方法を教えておきたい。もし最悪の事態になったらきみに何とかしてもらいたいんだ」

そう言うと、彼は装置のありかと量子の橋のリセット法を説明した。私は神妙に耳を傾け、極秘任務でも任されたように──ある意味ではそれが真実だろう──頷いた。ようやく私も、ユルとサブリナの秘密のサークルに入れてもらえたというわけだ。

彼がドアに向かった。

「待って！　あなたは──」

「仕事を終わらせて、それからシティを護るためにできることがないか確かめにいく」

それが合図だったかのように、隣の塔で立て続けに爆発が起き、床を通じてここまで震動が伝わってきた。

「どういう結末になればいちばんいいと思う、ユル？」

彼が宙に目をやった。「いい結末？　そうだな、今夜の戦いで脅威を封じ込めて、それからしっかり時間をかけて記憶伝送の問題に取り組めるといいな。数年か、十年か、もっとかかるかもしれないが。そうして確実に記憶を保ったまま二〇一五年に帰るんだ」

「そうなる確率は──今夜、勝てる見込みはどれぐらいあるの？」

「かなり高いよ」

彼は嘘をついていたが、私もそれを指摘したりはしなかった。床に大理石が貼られた明るいバスルームは、いまやすっかり湯気に呑まれ、顔を隠すその煙幕のおかげで私たちは容易に嘘をつき合うことができた。

「全体で見ればこっちのほうが人数は多いんだ」もう体も消えてしまった声が霧のなかで言った。「と言っても、コロニーの住人はたぶん武器を取らないだろうからな。武装した人員だけを考えれば、ニコラスとオリヴァーのチームのほうが倍の戦力をもっている。だがそれも、連中が発電所の罠から生きて脱出できればの話だ」

「どういう指示を受けてるの？　ニックのことよ。彼を見つけたらどうしろと言われてる？」

「ニコラスかニックか、それを見分ける手段はないんだ、ハーパー。シティに侵入してきたタイタンは、見つけたらすぐに撃つことになっている」

つまりそれが、〝脅威を封じ込める〟ということなのだ。

「それほど悲観する必要はないぞ。これがうまくいけば、また二〇一五年でニックに会えるんだからな」

でも、彼は見知らぬ他人になっている。私たちは一度も会ったことがないかのように、ここで起きたことすべてが存在しなかったかのように振る舞うのだ。

「ここでじっとしていてくれ。また戻る」声が次第に遠くなり、ユルが部屋を出ていった。

床に坐って冷たい大理石の上に脚を投げ出した。脚の裏の冷たさに比べると、暖かい湯気が一段と心地よく感じられた。ふくらはぎをさすった。感染症になった深い傷が走っていた場所を。目を閉じて壁に頭をもたせかけ、どうにか気持ちを落ち着かせようとした。

それからしばらく経ったころ、また爆音が響いて床が震えた。

38 ニック

一瞬、タービンの上方から差し込む光で目がくらんだ。巨大なサーチライトのような光が濁った暗闇を突き抜けてくる。タービンが徐々に回転速度を上げ、その光線がストロボのような明滅するライトに変わると、ダンスフロアと化した水中に襲撃チーム二十四人の輪郭が浮かび上がった。おれたちは水に飛び散って浮かんだ黒いインクの染みのようで、為す術もないままひたすら流れに翻弄されていた。

両腕を振って導水管を引き返そうとしたが、無駄な努力だった。周囲の壁は滑らかなコンクリートで、梯子《はしご》もなければ摑めるような鉄格子もない。あるのは明滅するタービンへと続く単調なトンネルだけだった。引き込まれるスピードが速くなった。心臓が高鳴り、顔面にどっと汗が吹き出した。諦めて手足を振りまわすのをやめ、腕のパネルに手を伸ばしてどうにか水中推進装置を動かそうとした。おれをここまで運んだ自動操縦プログラムはすでに解除されていた。どうすれば手動で操作できるのかもわからなかった――タイタンの短期集中講座ではそこまで教わらなかったのだ。

視線を上げると、ひとつめのインクの染みが明滅するライトの向こうに消えた。タービンは止まらず、回転が遅くなることさえなかった。光の点滅は速くなる一方だ。あれは誰だったのだろう？　マイクか、ニコラスか、オリヴァーか、グレイソンか。またひとり消えた。そしてまたひとり、チームのメンバーが光のなかに吸い込まれ、巨大な羽根が哀れみもためらいも見せずに彼らを切り刻んでいった。

流れに抵抗せず、とにかく腕のパネルに集中しようとした。と、背中の推進装置がブルンとひとつ唸って生き返り、タービンの渦とは逆方向におれを引きはじめた。だが、流されるスピードが落ちただけでまだ止まってはいない。推進力を最大にした。エネルギー残量の警告ランプが点滅したが、そんなものに構っている余裕はなかった。ちらりと目を上げると、またひとつ人影が光の向こうに消えていくところだった。

速度は落ちたが、充分ではなかった。まだ下りつづけている。ほんの少し死が先延ばしになったというだけだ。

まわりを見ると水中を漂う人影がいくつかあり、流される速度もおれと同じぐらいだった。おれたちは最後に死ぬ組だということだろう。

人影がひとつ、ゆっくりとタービンの方へ下りていった。先ほど巻き込まれた者たちより動きが遅いところを見ると、推進装置は働いているようだ。人影の両手から何かが二つ離れていった。ライフルではないようだが——。

その爆発でおれの体が後方に吹き飛び、ヘルメットのディスプレイがぷつりと切れた。壁に叩きつけられ、転がされ、肺から空気が押し出された。必死で口を開けても息が入ってこない。音声もいまは途絶えたようで、周囲をかすめていく破片だけが感じ取れた。腕を摑まれ、誰かに体をまわされた。ヘルメットのディスプレイは通信不能になっていたが、透明なガラスを通し、おれはおれ自身をそこに見つけた──ニコラスだ。きっと彼のスーツも通信できないのだろう。口の動きだけで〝ここにいろ〟と伝えると、彼はおれの腕を放してすっかり暗くなった水の奥へと去っていった。

一秒後、彼の手首に小さなライトが点くのが見えた。その光が左右に揺れて暗闇を照らし、そこで初めておれの目にもその場の惨状が飛び込んできた。漂うタービンの破片の傍らに、身動きひとつしない、黒い金属片と絡み合ったスーツ姿の者たちが浮かんでいる。ひとり、またひとりとチームのメンバーがこちらに泳いできた。おれたちは腕を組んで一列になり、滑らかなコンクリートの壁に背中を押しつけた。

ニコラスが戻ってきてライフルを差し出した（おれのライフルは推進装置と格闘したときに落としてしまったのだ）。彼はメンバーの列に沿って移動し、ライフルを配ってひとりひとりの腕のパネルに触れていった。どうやらスーツが故障していない者を探しているようだ。なぜだろう。いったい何を目論んでいるのか。タービンが止まったのだから、その上の発電所まではもう泳いでいけるはずだった──推進装置が必要な距離ではないだろう。

おれは首を伸ばして列を眺めた。残っているのは十六人だった。八人のメンバーが——三分の一もの戦力が——ここで失われてしまったのだ。にも拘わらず、おれたちはまだ敵のもとに辿り着いてさえいなかった。低かった勝率がゼロになったとしか思えない。おれはできるだけ何も考えないようにした。横並びになっていて助かったと思った。お互いの顔が見えないからだ。

ニコラスがおれの前に戻ってきて身振りで何かを伝えようとしたが、まるで理解できなかった。たぶん、後方で待てと言っているのだと思うが。彼がおれのライフルを指差し、それから自分のライフルを胸に引き寄せてきつく握った。これはわかる。〝ライフルをしっかり握っていろ〟ということだ。胃が締めつけられ、口のなかが乾くのを感じた。ぐっと唾を呑んでみたが何の役にも立たなかった。

ニコラスは次にチーム全体と向かい合った。手首のライトを指差し、それをいったん消してまた点けると、手で首を切る仕草をした。〝ライトは消しておけ〟だ。

ニコラスが二人のメンバーに合図した。そして彼らとともにその場を離れ、おれたちを暗闇に残してあっという間に下方へ去っていった。

それから一分ほど経ったころ、かすかな光のなかで誰かが列を離れるのが見えた。手首のライトがその顔を照らしていた。オリヴァーだ。彼は自分についてこいと全員に合図を送り、ふたたびライトを消した。おれたちはぴったりと寄り集まり、ライフルを握り締め、水を蹴って、まるで暗闇を泳ぐ魚群のように前進しはじめた。

タービンの残骸に辿り着いたところで、そこを通過するために一列になり、ちぎれて絡み合った金属の網をすり抜けた。反対側に出ると、上方でおれたちを待っているニコラスと二人のメンバーの姿がかろうじて見て取れた。最後のひとりがタービンを抜けた。と、それを契機にニコラスのそばにいる二人のタイタンが推進装置を起動した。限界まで速度を上げているのは明らかだった。勢いよく上昇を始めたかと思うと、あっという間に水面を突き破ったからだ。

水上の空間で銃声が飛び交ったが、おれの耳にはくぐもった小さな音しか届かなかった。と、今度は雷鳴のような轟きが聞こえた——爆発音が二回。衝撃が水を通してじわじわと伝わってきた。あの二人のダイバーが水上に爆弾を仕掛けたのだろう。彼らは侵入経路を確保していたのだ。

オリヴァーの合図でおれたちはふたたび動きだし、一斉に上を目指しはじめた。ライフルはすぐに使えるようにしてあった。もうすぐ水面に出るというとき、上方の部屋から水中めがけて機銃掃射の音が響いた。二人のダイバーがまた推進装置を起動して素早く音がした方向へ向かった。ふたたび二度の爆音が響いたが、前回の爆発よりは規模が小さいようだった。あたりに静けさが戻ってきた。

水面に出ると、誰かがおれの腕を摑んで引っ張り上げた。マイクだ。彼はおれが床を這って脇にどいたところで、次のメンバーを水から引き上げた。そのドーム型の部屋には出入り口が二つあった。おれはライフルを構え、いつでも発砲できる体勢で周囲に目を走らせた。金属の床のあちこちに人間が倒れていた。少なく見ても一ダースはいるだろう。二、三人ではあるが、どうにか起き上がろうともがいている者もいる。そのときだった。暗がりで引き金が引かれ、おれの隣にいるタイタン・メンバーが胸を撃ち抜かれた。おれは狙いを定めて迷わず引き金を引いた。一発めは壁に跳ね返ったが、二発めがその男を床に崩れさせた。じっと見ていたが、彼がふたたび動きだすことはなかった。おれも動かなかった。男を見つめるうちにヘルメットのなかに呼気が充満し、その霧が彼の姿を覆い隠していった。あたかも、たったいま起きたことを消し去ろうとするかのように。

乱暴にヘルメットを外すと、こちらのタイタンのひとりが出入り口に駆け寄っていくところだった。彼がボールのようなものを放り込み、それが壁に跳ねて金属と金属がぶつかる音がした。暗い廊下へと続くその出入り口が、爆発と同時に火を噴いた。一秒後にはもう一方の出入り口でも爆発が起き、おれの背後で誰かが〝確保!〟と叫んだ。それから彼らは部屋中を駆けまわり、倒れた敵の戦闘員を念入りに調べ、武器を水中に蹴り落としていった。

ライフルを手にしたタイタン・メンバーが二カ所の出入り口を見張るなか、ニコラスがおれたちに語りかけた。「上に出るルートは二つある。発電所を通るか、保守点検用のトンネルを抜けるかだ。トンネルのほうが危険な要素は多い。空間が狭いほど敵は護りやすくなるからだ。罠が仕掛けてある可能性もある。その点、発電所は開けた場所で戦うことができる。難所となる地点も少ないし、もし妨害に遭っても迂回するチャンスがあるだろう。オリヴァー、きみがチームを率いてくれ。私はタイタンを二人だけ連れていく」彼は、先ほど爆弾を仕掛けておれたちを上陸させた二人のダイバーを示した。「我々は点検用トンネルを試してみるつもりだ」

オリヴァーが頭を振った。「ニコラス――」

「トンネルは見落とされている可能性もある」

「自殺行為だぞ」オリヴァーが言った。

「チャンスに賭けるしかないだろう。もとより危険は覚悟している」ニコラスは、相手を突き放すというのではなく、ただ決然とした口調でそう言った。おれは彼のなかに、湖にいたときの自分の姿を見つけ、自分の声を聞いた。

一同が解散すると、オリヴァーはおれたちに発電所の大まかな構造を説明し、どの方角から攻め込むかや、不測の事態にどう対処するかといった問題を検討した。

ニコラスは故障していないスーツのひとつから水中推進装置を外し、ダメージを負った自分のものと交換していた。それからこちらにやって来て、おれを隅の方に連れていった。

「おまえは私より量子装置に辿り着ける可能性が高いだろう」

彼はいったん口を閉じ、出入り口でじっとしている戦闘員にちらりと目をやった。「いいか、そのときが来たら決してためらうな」

「もちろんだ」

39　ハーパー

外の廊下で自動ドアが開き、その軽やかな音が私を現実に引き戻した。タイタンの住居塔の一室にある、しゃれたバスルームに。と言っても、分厚く立ち込めた湯気のせいではほとんど視界は利かない。脚の裏には冷たい大理石が貼りつき、体は温かな水滴の膜ですっぽりと覆われていた。眠っていたわけではなかった。けれど、起きていたわけでもない。強いて言えばその中間をぼんやりと漂い、時間が経ってすべてがいい方向に解決してくれることを漠然と願っていたのだ。

シャワーの音に混じり、かすかにだが、寝室を歩くブーツの音が聞こえた。そっと絨毯を踏んで近づいてくる。

その場に坐ったままじっと息を潜めた。どうか……。

足音がぴたりと止まった。湯気の雲に遮られ、相手の姿は見えなかった。たぶん相手からも私の姿は見えていないはずだ。

また足音が動きはじめた。向こうへ遠ざかっていく。

私の口からため息が漏れた。

と、今度は何かが滑るような音がした。

目の前の湯気が流れはじめ、戸口から出ていって、バルコニーの向こうへ去っていった。足音の持ち主が窓のガラス戸を開けたのだ。いまやその長方形の出口は私を護る雲を急速に吸い取り、私の覆いをみるみる剝がしていた。人影が湯気のなかを歩いてきた。一歩進むたびにその姿があらわになっていく。

きらきらした半透明のスーツが現われるものと思っていたが、どうやらそのスーツは外側の覆いが取れてしまったようだった。ガラスタイルの半分が消えて下の黒いゴム地が見えており、半ダースほどある裂け目からは傷や火傷を負った肌が露出している。

だが、私の目を釘付けにしたのはその人物の顔だった。ニックの顔。

それともニコラスだろうか？

これは私の知っている、三〇五便が墜ちたあとで大勢の人々の命を救ったニックなのか。それとも、大勢の人間を死に追いやったニコラスなのか。もしニコラスなら、彼はさらに多くの命を奪うためにここへやって来たのだ——しかも、その理由は単に私といっしょにいたいからだという。

「ハーパー」彼がささやくように言った。

いますぐ尋問を始め、どちらのニック・ストーンなのか突き止めたいと思ったが、気づくと私は大理石の床から立ち上がり、彼に駆け寄って全身にできた傷やあざを見まわしていた。ひどい状態だった。スーツの黒い地があらわになった部分にそっと触れただけで、彼は苦痛に顔をしかめた。

「大丈夫だ」彼が痛みを堪えて微笑んだ。「ハーパー、信じられない話だろうが、おれは二人いるんだ。このタイムラインのおれもまだ生きているんだよ」

私には苦手なことがある。ずっと決断するのが苦手だった。でも、嘘をつくのも不得意だ。ポーカーさえできないぐらいに。

湯気が立ち込める寝室で、私はとりあえず戸惑った顔をしてみせた。少なくともその表情なら、この一週間でたっぷり練習する機会があった。信じたかどうかはわからないが、彼は話を続けた。

「ニコラスが、つまり……もうひとりのおれだが、事の真相を教えてくれた。ユルが装置を作ったんだ。二つの世界を繋ぐ量子の橋だ。彼とサブリナはそれを使っておれたちを二〇一五年に戻そうとしている。もしそうなれば、ここでの出来事はすべてなかったことになる。ただし……おれたちの世界はここと同じ結末を迎えてしまう。だから、その装置を壊してリセットできなくする必要があるんだ。もっともおれたちは二度と家に帰れなくなるが」

私は黙って頷き、必死で頭を働かせた。どうすれば――。

「どこにあるか知ってるか？」

戸が開いたバルコニーから風が吹き込み、冷たい空気のせいでますます湯気が薄くなっていった。今夜の月は明るく輝いていたが、私の目は、大西洋の上でちらちらと瞬いている飛行船のライトを見つめていた。あの船は、あそこでホバリングを続け、残りの住人たちを運んで帰れるときを待っているのだ。

「ハーパー」

血がこびりついた彼の顔を、端から端までつぶさに観察した。髪型は同じだ。目鼻立ちも――。

「ハーパー、頼む。のんびりしている暇はないんだ」

「ええ。装置のありかはユルに聞いたわ」

「助かった」彼が私を連れてドアに向かいはじめた。だが、私はすぐに足を止めた。

「墜落のあと、あなたはガラスの建築物を見つけたわよね。なかには何があった？」緊張を押し隠してそう訊いた。

彼が困惑した様子で振り返った。「何だって？」

私は穏やかな声で言った。「答えてほしいの」

「ストーンヘンジだ」

「そこへ行くまえにあなたとサブリナは口論になった。その原因は？」

「きみに抗生剤を与えようとしなかったからだ。きみは瀕死の状態だったのに。いったいこれは何なんだ？」

「装置を壊すわけにはいかないわ」

「なに？　なぜそんな馬鹿なことを？」

「装置を壊せば、墜落や疫病で死んだ乗客たちは死んだままになってしまう。大人になることも、残りの人生を生きることもできなくなってしまうのよ」

「おれたちの世界を救うためにはやむを得ないんだ、ハーパー」

「そうとは言いきれない。ユルとサブリナがほかの解決策を考え出したの。ユルの量子装置を使って、私たちの記憶を過去に送ろうとしてるのよ。三〇五便が私たちの時代に戻っても、私たち四人はここの出来事をすべて覚えていられるわ」

「じゃあ、彼らはなぜニコラスにもそのことを教えなかったんだ？」

「教えたわ。ニコラスとオリヴァーは彼らを騙していたのよ。三〇五便をこの世界へ連れてきたのは、本当はワクチンを試すためではなかった。二人にとってはね。ワクチンは口実で、いちばんの目的はべつのところにあったの」

「べつのところ？」

「グレイソンと私を連れてくることよ。ニコラスは私を手に入れたいの」

ニックが顔を背けた。傷ついたのか？　それとも混乱しているのだろうか？

彼が、何かを決意したように声を固くして言った。「彼はきみだけじゃなく、装置も狙っているんだよな？」

「ええ。どうするつもり？」

「片をつける」

湯気は住居塔の隅々まで行き渡っているようだったが、私とニックはそのなかを突っ切り、可能な限り足を速めて塔を下りた。一階に着いたところで、階段の踊り場に、血だまりのなかで折り重なっている死体の山を発見した。いちばん下にあるその顔に気がついた。ユルだ。

ニックが彼をまたいで階段室のドアを一気に開けた。

私はその場にしゃがんでユルの脈を確かめた。肌の冷たさを感じ取っても、そこから指を離すことができなかった。

「ハーパー、行くぞ！」

視線は上げたが、それでも動けなかった。

「彼のことは……残念だ。だが、おれにできることは何もなかった。ここへ来たときには、もう死んでいたんだ」彼は少しのあいだ私を見つめ、それから静かに言った。「ときには、後方の座席を諦めねばならないこともある――救える命を救うためにな」

湖に沈んだ機体の話だ。私は唾を呑んだ。

「ハーパー、もう行かないと」

ふらつきながら立ち上がると、彼が私の手を引いて暗い廊下に入り、前方でおぞましい不協和音を響かせている銃声や爆音に近づいていった。

タイタン・シティの指である五本の塔は、付け根にある凝ったデザインの遊歩道でひとつに繋がっていた。その位置にふさわしく、〝パーム〟《手のひら》と名づけられたエリアだった――まさに手のひらの形をしているのだが、それだけではなく、内側と外側にパームツリー《ヤシの木》も並んでいる。

以前、私が目にしたときは、パームは本来の姿を保っていた。それがいまは、無残に破壊されてすっかり血に染まっている。汚れひとつなかった白い大理石の床は、ズタズタに切り裂かれたヤシの葉や木の皮で覆い尽くされていた。壁には点々と焦げ跡も見える。ダムの歩道に面したガラスの壁は、その半分が割れており、谷から吹く風が流れ込むままになっていた。ダムの滝の音がしばしば銃声や悲鳴に遮られ、ときおりそこに手榴弾の爆発音も交じってくる。胸が悪くなるような音だった。

ニックと私は暗い廊下に身を潜めたまま、その殺戮劇が中断するのを待った。私たちがいるのは小指の付け根で、装置は薬指にあった。つまり住居塔に隣接するホテルの塔にあるので、移動する距離はそれほど長くはないのだ。やがてチャンスが訪れた。が、ホテルの塔の入口にはまだ四人ほど人がいて、私たちの進路を塞いでいた――シンプルな灰色の服を着たコロニー住人が二人と、サブリナやユルを支持するタイタンが二人だ。タイタンたちはライフルを手に戦闘の行方を見守っていたが、どちらも苦しそうに顔を歪めていた。いますぐ下で戦っている仲間に加勢したいという気持ちを必死で抑え込んでいる、といった様子だ。その仲間のタイタンたちはというと、パームを上ってくるニコラスの襲撃チームに押されて後退を続けていた。

私たちはじりじりと廊下の端に近づいた。暗がりの先には、七階ぶんのガラスの壁に差し込む月の光があった。

実のところパームは、最上部に遊歩道がある七階建ての建物で、各階には無人になって久しいレストランや専門店や雑貨店などが入っていた。谷や滝を見下ろす吹き抜けの広場には、大理石とガラスと鉄でできた豪華な階段が二本あり、二本はちょうどＤＮＡの二重らせんのように絡み合って渦を巻いている。

そのらせん階段を、スーツをまとったタイタンたちが少しずつ上ってきていた。各階のレストランや店に潜む相手と銃撃戦を繰り広げながら、確実に前進を続けている。まるでショッピング・モールを舞台にした大がかりなサバイバル・ゲームでも見ているようだったが、こちらの銃が放つレーザーは本物の血を流させた。ときおり、狙撃されたタイタンが階段から飛び出し、いちばん下のフロアの巨大な噴水に真っ逆さまに落ちていく。

「おれのうしろを離れるな」ニックが言った。

どういう計画なのか訊きたかったが、私にもわかることがひとつあった。ニック・ストーンはとっさの機転が利くということだ。誰かについていくとしたら彼を選ぶ。それに、目指す入口はすぐそこで——。

彼が遊歩道に出てライフルを構え、ホテルの入口を見張るタイタンに狙いを定めて引き金を引いた。右側にいるタイタンがまっすぐ頭を撃ち抜かれてその場に崩れた。

コロニー住人の二人が、自らの体を盾にして残ったタイタンを護りにかかった。ぴったりと肩を並べて彼女の前に立ったのだ。だが、ニックはためらう素振りも見せなかった。彼のライフルが二度、閃光を放った。二人が倒れた。そしてもう二発。残ったタイタンもその場に崩れ落ちた。彼女はまだライフルを構えてもいなかった。

衝撃と恐怖が私を呑み込んだ。彼に腕を掴まれたことも、ホテルの入口に引かれていったこともおぼろげにしか認識できなかった。

薄暗い廊下に入ると、一歩ごとに月の光が弱くなり、非常灯のぼんやりとした明かりが目立つようになった。私たちは一階にいて、近くには私が目覚めた部屋があった。あのとき着せられていた白い服はいまも身につけている。あの部屋で私は、アリス・カーターの構想を書き上げたのだ。ある女の子の決断が、世界の運命を決めるという物語。

彼はまだ私の手を引いていたが、いまでは強引に引きずっているような感じだった。

「ハーパー、集中しろ」

気づくと目の前に彼の顔があった。

「どの部屋にある？」

私は目を閉じ、唾を呑んだ。

「コロニー住人と言ってもたった二人だ、ハーパー。彼らは五千人もいる――地球上でふたたび人口を増やすには充分な数だ。さあ、場所を教えてくれ」

とっさにその数字を口にしていた。祈るような気持ちだった。「二三〇五室」

彼が声を漏らして笑った。「やってくれるな」

私たちは階段を駆け上がった。脚が焼けるように痛んだが、それを無視して私はひたすら上りつづけた。守らねばならないものがあるからだ。階段はまっすぐに伸びていたが、実際には塔はカーブしているはずだった。指は谷に向かってわずかに曲がっているのだ。最上階が何階なのかはわからなかった。だが、二十階まではどの部屋も大西洋に面していることは知っている――私が目覚めた部屋と同じように。それより上に行けば、きっと窓はかつて地中海だった谷に向いているはずだ。

二十三階の踊り場に着くと、彼がいったん足を止め、息を弾ませながらにやりと笑った。

「五号室だな？」

私は肩で息をしながら頷いた。「ええ」

廊下に出るドアを開けると、彼は素早くライフルを突き出し、それから首を伸ばして周囲の様子をうかがった。

「異常なし」ひと言そう告げると、彼は猛然と廊下を走っていった。私はゆっくりとそのあとを追い、彼がふたたび確認作業をして部屋に飛び込むのを見つめていた。呼吸を落ち着かせる必要があった。これから私は、ありったけの力を振り絞らねばならないのだ。

私が戸口に着いたころには、彼はすでに室内を調べ終え、部屋の真ん中に立っていた。ベッドとデスクのちょうど中間あたりだ。

「どこにあるんだ？」

「バルコニーよ」喉につかえそうになりながらも、どうにかそのことばを押し出した。

彼は背後のガラス戸を振り返り、岩だらけの暗い谷に目をやった。それからまたこちらを向き、目を細めてじっと私を見つめた。「バルコニー？」

「飛行船で回収できるようにしてるのよ。退避する必要が出てきたときのために」

彼は、まるで何かの物音に耳を澄ますようにわずかに首を傾げた。

そして、ガラス戸の方へ足を踏み出した。私も彼の歩調に合わせてあとを追った。距離は充分だった。足を踏ん張り、膝を軽く曲げた。チャンスは一度しかない。

もし私が正しければ、三〇五便の乗客はまた生きられる。もし間違っていたら……私たちはみんなおしまいだ。判断材料はひとつしかなかった。私が知っているニック・ストーンは、あんなに冷酷に四人の人間を殺したりはしない。あんなにあっさりと、あんなに何の迷いもなく。

彼がガラス戸を開けた。私は床を蹴って全力で部屋を突っ切った。

振り返った彼の目が、自分に突進してくる私の姿を捉えた。その瞬間、彼の顔に怯えの色が広がった。

私がぶつかる直前に彼が両腕を広げ、自分を跳ね飛ばす私の体をきつく抱き締めたまま、バルコニーの手すりを越えた。

時間が止まった。

落ちるにつれ、ごつごつと尖った谷底が近づいてくるにつれ、空気が冷たくなっていった。ホテルの塔は真ん中にそびえる研究塔のすぐ右隣にあり、研究塔の真下に位置する滝はそれなりに横幅があった。だが、このままいけば滝には落ちないはずだった。私たちは硬い岩が転がる谷底に激突できるだろう。

彼が体を離して私を見つめた。ショックは去ったようで、もう彼の顔に怯えの色は残っていなかった。悲しげな微笑みがその口元に広がった。そして、彼がまた私を抱き締めた。

と、私の背中で彼の手がもぞもぞと動くのを感じた。私をきつく抱いたまま、自分の腕を指で叩いているようだ。

私たちの体が空中を移動した。彼の背中のパックが低く唸り、とたんに落下速度が遅くなった。

冷たい水しぶきが全身に打ちつけてきた——滝に落ちたのだ。すさまじい轟音としぶきのなか、彼が滑りかけた手に力を込めていっそう強く私を抱き寄せた。パックが激流にむせるような音を発した。が、次の瞬間にはその咳が重々しい唸り声に変わり、装置の底から勢いよく水が噴き出した——白く泡立った水が渦を巻いている。これで落下を止めることはできないだろうが、スピードを遅らせることはできそうだった。そして、それで充分なのだろう。背中に腕をまわして彼の動きを止めようとしたが、彼はただ手に力を込め直しただけだった。

彼の陰鬱な微笑みが、勝ち誇った笑顔に変わった。

40 ニック

彼らはそこをパーム《手のひら》と呼ぶが、おれは地獄と呼んでいた。

七階建てのモールは中央が吹き抜けの広場になっていて、一階にはみかげ石で造られた円形の噴水があった。噴水の真ん中ではオリヴァーとニコラスの彫像がにこやかに笑い、タイタン・シティがオープンした日の姿そのままに、繋いだ手を頭上に高く突き上げていた。自分たちが不死身であることを明かした日の、二人の姿だ。しかし、その像もいまは上から降ってくる人間に何度も激突され、いくつにも砕けて転がっている。ある者はひとつ上の階からそこに落ちたし、ある者は二つ上から、三つ上から、四つ上から、五つ上から――つまり、おれたちが制圧したすべての階から――落下したのだ。実際、おれたちはほんの少し進むたびにその代償として命を差し出さねばならず、血は至るところで流され、噴水に溜まってその水を赤く染めた。

マイク、オリヴァー、それにグレイソンとおれは、どうにか六階に辿り着き、荒れ果てた店舗のひとつに身を隠していた。店内の陳列棚にはガラスの雑貨――ジブラルタル・ダムや最初の百人のタイタンをかたどった置物などだ――が並んでいた。ガラスでできた大小様々な自分の顔に見つめられるというのは、何とも奇妙なものだった。おれは三階で撃たれ、負傷した腕を体にくくりつけていたが、自分でわかる範囲ではそれ以外に深刻な問題はなさそうだった。

この一時間というもの、おれたちは命懸けで〝かくれんぼ〟をしていた。らせん状に渦巻く大きな階段を素早く上り、次の階に到達すると、すぐに店の物陰に身を潜めて敵が追ってくるのを待つ。そして、追ってこない場合は発砲を続けておびき寄せ、相手が上階まで退却したようならふたたび階段を上りはじめるのだ。

言ってみればおれたちは囮役《おとり》で、とにかく時間を稼ぐことが肝心だった。

すべてが一変したのは、あの発電所で激しい妨害に遭ったときだった。二人がブービー・トラップにやられ、二人が銃撃されて、そこで十二人中四人もの戦力が失われたのだ。どうにか突破はしたものの、その時点でおれたちが塔に辿り着けないことは明らかになってしまった。

一方、ニコラスのほうにはツキがあった。彼は無事にトンネルを抜けることができたし、間もなく装置も見つけ出せるはずだった。

ただ、ニコラスとオリヴァーは、装置を見つけられなかった場合に備えてべつの対策も用意していた。発電所の重要箇所に爆発物を仕掛けたのだ。もし装置に手が届かなければ、おれたちはその爆発物を破裂させてダムを吹き飛ばし、量子の橋もいっしょに粉々にする予定だった。高い代償を払うことになるが、それで橋のリセットを阻止し、三〇五便が二〇一五年に戻るのを防ぐことができるなら、おれたちの世界がここと同じ過ちを繰り返すのを食い止めることができるなら、支払う価値はあるように思えた。おれたちはそのために戦っているのだから。

ニコラスがもうすぐ装置を発見すれば、おれたちもここから出ていける。そうなることを願った。と言っても、もう発電所を通るルートから帰ることはできなかった。まともなスーツや酸素がなければ無理だからだ。だが、もし最上階まで行って大西洋に面した遊歩道に出ることができれば、そこから海に飛び込んで安全な場所まで泳いでいけるはずだった。海面まではそれなりに距離があるだろうが、おれたちは何とかなると信じていた。それに、どのみちそれしか手はなかった。ニコラスが目的を果たしたら、おれたちはそこに向かって一気に突っ走る。それまではもう少し抵抗を続け、ニコラスから合図が来るまで相手の注意を惹きつけていなければならない。

ニコラスの居場所は、オリヴァーがもっている携帯端末の予備回線で把握することができた。オリヴァーは数分おきに端末を確認し、おれたちにも逐一状況を報告していた。それによると、ニコラスは三十分ほどまえに住居塔の捜索を終え、いまはホテルの塔の上階へと歩を進めているようだった。願望を交じえて言えば、きっと装置に近づいているのだろう。

カウンターの背後に坐ってそれにもたれかかり、脚の上にライフルを置いた。

グレイソンもおれの隣に腰を下ろした。「調子はどうだ？」

「最高さ。おまえは？」

「あまりよくはない」そう言うと、彼は腹を押さえていた手を前に落とし、そこにある深い傷口を見せた。手を外したのはほんの数秒だというのに、その一瞬で彼の手のひらに血が溢れかえった。

くそっ。

何かが空を切る音がした。金属が大理石にぶつかり、ボールのように跳ねている。

「スタン擲弾《てきだん》だ！」マイクが叫んだ。

不運なことに、おれたちはこの数時間で、スタン擲弾やその他いくつかの優れた武器にかなり詳しくなっていた。オリヴァーとグレイソンとおれはすぐさま頭を下げて耳を塞いだ。目もしっかりと閉じていたが、その威力は圧倒的で、直後に襲いかかってきた衝撃波がおれの聴覚も視覚も叩き潰していった。

朦朧《もうろう》とする意識のなか、マイクが腕を上げてガラス天板のカウンターにライフルを載せるのがわかった。彼は頭を下げたまま引き金を引いて、でたらめに銃を撃ちはじめた。爆発に続いて攻めてくる敵を追い払おうとしているのだ。

かすかにだが、軽やかな音がしていた。井戸の底で誰かが小さなピアノを弾いているような音。ガラスが砕ける音だ。陳列棚や高い窓のガラスが粉々に砕けて大理石の床に降り注ぎ、その破片があたり一面、おれたちの周囲から通路や階段にまで広がっている。聴覚が徐々に戻り、おれたちの方へ次々と放たれる銃声がかろうじて聞き取れた。マイクも反撃を続けている。腕の痛みを無視し、床を押して立ち上がると、おれも彼とライフルを並べてやみくもに銃を撃った。そして、相手の銃撃が鎮まり、撃ち返してくる者がひとりもいなくなるまで引き金を引きつづけた。ライフルは際限なく電気が供給されているようだった（この銃には弾丸のような発射体がなく、弾倉も見当たらないのだ）。

おれたちはまた床に坐り込み、カウンターに背中をもたせかけた。戻ってきた暗闇と静寂のなか、誰もが自由への逃走に備えて体力を温存しようとしていた。うまくいけば、おれたちはもうすぐ遊歩道まで猛ダッシュすることになるのだ。

小さく脈打つようなアラームがオリヴァーの楕円形のタブレットから聞こえてきた。彼がそれを取り出して持ち上げた。見ると、ニコラスの現在位置を示す点がホテルの塔の外に出て、地中海側を降下して谷底へと近づいていた。なぜだ？ 脱出するなら反対側に落ちなければおかしいのに。

背中のパックが起動し、彼を滝の方に導いていった。だが、もう手遅れだ。速度が出すぎている。どう考えても彼がこの落下から生還できる見込みはなかった。オリヴァーの顔に恐怖の色が滲んだ。

「彼は合図を送ってきたのか？」おれは訊いた。「装置は手に入れたのか？」

「いや、合図は届いていない」そう言うと、オリヴァーは太い指でタブレットを叩いた。

画面が切り替わり、ダムを上空から捉えた映像が現われた。なるほど、偵察機のカメラか。いいアイディアだ。

そこにニコラスの姿はなかった。

オリヴァーがタブレットを操作して映像を巻き戻した。ひと粒の点——人間だ——がダムの底の暗い滝壺から飛び出したかと思うと、ホテルをずっと上まで上昇し、建物のなかに戻っていった。オリヴァーはそこで一時停止し、映像を拡大してから再生を始めた。設定を調整して暗すぎる画面の明度も上げた。まだ画質は悪いが、それでどうにかホテルの高層階にいるニコラスの姿が見えるようになった。ガラス戸から差し込む月明かりのおかげで、彼が室内を捜しまわる様子も見て取れた。ひょっとすると彼は量子装置を発見し、それを壊すには飛び降りるしかないと判断したのかもしれない。

また一発、遅まきの銃声が響いて店のフロアが撃たれ、カウンターの裏にガラスが飛び散った。

マイクがふたたびカウンターにライフルを載せ、三回ほど引き金を引いた。

静寂が戻ってきた。

おれたちは身を乗り出し、改めてカメラの映像に視線を注いだ。

時間がのろのろと過ぎていった。

やがてニコラスが動きを止めた。どうやら誰かと話しているようだ。彼はガラス戸を引き開け、何もないバルコニーを見まわした。戸惑っているようにも見える。

彼が外を通過する偵察機に背を向け、室内にある何かに注意を向けた。と、彼の両腕が大きく広げられ、直後に暗がりからべつの人影が飛び出してきた。

ブロンドの髪。そして、もう二度と見られないかもしれないと思っていたあの顔。

映像がコマ送りのように進んでいった。

ハーパーが彼に体当たりし、数十センチうしろの手すりまで一気に前進して、それを越えた。オリヴァーがすぐに映像の角度を変えて拡大し、落下する二人の姿を追った。彼らはまっすぐ重力に引かれるまま落ちていったが、不意に滝の方へ進路を変え、白い激流の隙間に見え隠れしながら降下しはじめた。ニコラスはハーパーをしっかり抱いていた。同時に、彼女の背後でスーツの前腕にあるパネルをいじっている。降下速度が徐々に遅くなり、おれの胸にもほんのわずかな希望が芽生えてきた。もしかしたら……。が、そこでハーパーが身をよじり、彼の腕に手を伸ばした。彼女はニコラスと揉み合っていた。彼を止めようとしているのだ。なぜだ？　理由を突き止めようと、おれの頭が高速で回転しはじめた。

その動機が何であれ、彼女はとにかくやり遂げた。遅くなった降下が、ふたたび制御不能な墜落へと変わったのだ。

二人は猛烈なスピードで水面に激突し、黒々とした深い淵に呑まれていった。

口のなかが乾きはじめていた。心臓がどくどくと波打っている。

オリヴァーの手からタブレットが滑り落ちた。彼の顔に悲しみの影がよぎり、やがてその表情が険しく歪められていった。彼は乱暴な手つきでまたタブレットの画面を叩き、遠隔起爆装置にアクセスした――おれたちがダムの足元の発電所に並べた、爆発物の起爆装置だ。そして、メインの爆発物のタイマーを五分に設定し、周辺に配置した爆薬も六十秒後に爆発するようセットした。

画面に大きく数字が表示され、カウントが始まった。

何てことだ。

「いったいどういうつもりだ？」彼に叫んだ。

「もう終わったんだ、ニック」そう言うと、彼は細長いタブレットをスーツの袖口に滑り込ませ、手袋をはめはじめた。おれは腕を伸ばしてその手袋を摑んだ。

とたんに彼に突き飛ばされ、床に尻もちをついた。腕から全身に激痛が広がった。

オリヴァーはグレイソンを立たせてドアの方へ引いていき、声を低くして口早に言った。

「爆薬が爆発したら次の階まで走るぞ。大西洋側の窓を撃って、そこから飛び降りるんだ。決して振り返るな」

グレイソンが、カウンターの足元に転がっているおれを振り返った。

おれは痛みに耐えながら必死でパズルのピースを組み合わせようとしていた。

いまのオリヴァーは数千人のコロニー住人のことなど――あるいは、タイタン・シティにいるどんな人間のことも――気にかけていなかった。彼が見ているのはグレイソンただひとりだ。彼にとっては、それがすべての理由だったのだろう。ニコラスに忠誠を尽くしたのもそのためだ。ハーパーはそのニコラスを殺した。なぜだ？　〝もう終わったんだ、ニック〟知っていることや、ニコラスから聞いた話を思い返してみた。彼は罪悪感に苦しんでいた。〝オリヴァーと私は自分たちが愛する者をすべて殺してしまったんだ。それ以外の人間もひとり残らずな〟おれは何かを見落としている——決定的な何かを。考えろ。オリヴァーが不死の療法薬を盗んだのは、放蕩《ほうとう》息子のグレイソンにもう一度チャンスを与えたかったからだ。その、三十一歳の肉体をもつ少年はいま、顔に戸惑いを浮かべてこちらを振り返っている。過去の世界では自分を愛してくれなかった父親に、しっかりと肩を抱かれて。

だが、ニコラスが薬を盗む手助けをしたのはなぜなのか。彼はこう言っていた。〝ある人物に出会ったんだ。死期が迫ったある人に。私もオリヴァーと同じで、現実を恐れていた。彼女のいない人生など考えられなかった。命を救いたくて彼女をタイタンに推薦したが、やはり私も失敗した。しかし、オリヴァーも私もどうしても愛する者を救いたかった……〟

ニコラスと過ごした時間を最初から辿り直した。彼はおれのことをよく知っていて、おれを指導した。そして、おれを働かせた。この襲撃計画に乗客たちの協力が必要だったことはわかる。だが、彼はそもそも何が狙いでここまで来たのだろう？　本当に量子の橋を壊すためなのか？　目的を果たすためなら——乗客たちをこの世界に留めておくためなら

――彼らはほかのすべてを犠牲にするつもりのようだ。では、なぜわざわざ危険を冒してここに攻め入る必要があったのか。最初からこの場所を爆撃すれば済む話ではないか。

彼はどんな人間になっていたのだろう。

この世界は自分が創り出したものだと思えるほどの力をもち、傲慢さも身についていたはずだ。ところが、その思い上がりのせいで世界を破滅に追いやってしまう。自分が愛する世界も、最愛の人も失ってしまうという悲しみ……。

集中しろ。

問うべき問題はこれだ。なぜ三〇五便だったのか？

ニコラスのことばがふたたび蘇った。〝またとないチャンスだったよ。タイタン財団や、財団が犯す大きな過ちに関わるキー・パーソンが乗り合わせた便なんだ。それをおまえたちのタイムラインから取り除けば、あの大惨事を確実に防げるだろう〟しかし、ユルとサブリナは彼らに指示されてあの便に乗ったという話だった――つまり、もともと二人は三〇五便に乗る予定ではなかったのだ。こちらのタイムラインでは彼らはあの便に乗っていないだろう。乗っていたのは、ハーパーとグレイソンとおれだけで……。

オリヴァーの目的はグレイソンだった。ずっと悔やんできたことをやり直すチャンスが欲しかったのだ。では、ニコラスの目的は……。

ハーパーか。

そうに違いない。彼女こそ、彼が心から愛した相手なのだ。そして、何らかの方法で彼の正体を見破ったハーパーが、彼を止めようとした。そう考えれば、あのときニコラスがおれに水を向け、彼女と知り合ってから起きた出来事をすべて語らせようとした理由も見えてくる。

ハーパーはおれが知らない何かを知っていたのだろう。彼女は自分を犠牲にしてニコラスを止め、装置から引き離そうとした。そして、ニコラスがどんな手段を使ってでも手に入れようとしているものを奪った。つまり、彼女の命だ。もしそれが本当に彼女の意志だとしたら、やはり何かがおかしい。どう考えても変だ。

「待て！」おれは上体を起こして叫んだ。

グレイソンが振り向いたが、オリヴァーは息子を拘束するようにその肩を抱き寄せ、何かささやきかけた。

「彼がここへ来たのは彼女を手に入れるためだな？」

オリヴァーがこちらに顔を向け、面白がるような笑みを浮かべた。

「グレイソン、タブレットを奪え！　タイマーを解除するんだ！」

その瞬間、ズシンという重たい響きが床を震わせた。ガラスの置物が一斉に音を立てて揺れ、次々と棚から落ちて砕け散った。騒々しい音とともに降り注ぐ鋭い破片が、天井から落ちる瓦礫や埃と交ざり合い、カウンターの裏にいるおれの体をみるみる覆っていった。

マイクがおれを抱き起こし、カウンターをまわり込むのがわかった。おれたちは床に積もった鋭いガラス片を踏み越え、おぼつかない足取りでドアに向かっていた。見ると、その先の階段のそばで、オリヴァーが文字通りグレイソンを引きずっていた。

「助けてくれ、グレイソン！」おれは叫んだ。

振り向いたオリヴァーが放った一発は、おれの肩を撃ち抜き、おれを吹き飛ばして店のなかへと逆戻りさせた。体がガラスのベッドを滑り、破片が背中を切り刻んだ。無数の苦痛が皮膚を突き刺し、えぐり、引き裂いている。

マイクがあいだに立って応戦したが、オリヴァーはたった一発でマイクの頭も撃ち抜いてしまった。その体がおれの脚の上に落ちたときには、彼はすでに息絶えていた。

グレイソンは父親の腕を掴んでライフルをもぎ取ろうとしていた。と、そこでおれたちの目が合った。おれは彼の目のなかに、痛みと悲しみと、葛藤を見て取った。そのわずかなためらいが隙を生んだのだろう。次の瞬間には、彼は父親に両手を掴まれて動きを封じられていた。オリヴァーが身を乗り出して息子の説得にかかった。が、グレイソンはなおも抵抗し、右手の束縛を振りほどくと、力まかせに父の袖口からタブレットを引き抜いた。勢い、タブレットが大理石の床に飛び出し、おれと彼の中間あたりまで滑ってきた。グレイソンがすぐさまタブレットに駆け寄ろうとした。だが、父親はそれを止めるべく彼を掴んで引き戻した。

その力が強すぎたのだ。

恐怖に目を見開くおれの前で、二人の体がガラスの柵を突き破った。そして、その一秒後、噴水のみかげ石が砕け、タイタンの彫像がさらに細かく割れて水に飛び散るおぞましい音がした。

タブレットの画面はひび割れていたが、まだ光は発しており、カウントダウンの数字を映していた。

体を起こそうとした。どんな動きをしても、そのたびにガラスがいっそう深く肌にめり込んできた。腹這いになって進みはじめると、鋭い破片がぼろぼろのスーツを突き破り、おれの膝や肘を少しずつ削り取った。

足音がした。大理石を踏むブーツの音。タイタンやコロニーの住人たちがらせん状に渦巻く大階段を下りてくるのだ。

タブレットに手が届いた。

「動くな!」

カウントダウンの表示を最小化した。

「動くと撃つぞ」

指先を動かし、遠隔起爆装置のプログラムを画面に呼び出した。パス・コードはなく、認証に必要なのは指紋だけで、有効な指紋をもっているのはこの世でただ二人だけだった。

オリヴァー・ノートン・ショーと、ニコラス・ストーンだ。

ライフルが一メートルほど先の床を撃った。おれは顔をしかめてきつく目を閉じ、タブレットの画面に親指を押しつけた。

41　ニック

カウントダウンが停止すると、おれはタブレットを放って寝返りを打ち、体の側面を下にした。ガラスの破片が刺さっていない場所はそこだけだったからだ。血が滲んでいる傷口は、全身に一千カ所はあるだろう。そのうち腹がくす玉人形《ピニャータ》のようにぱっくりと裂け、白い大理石の床に内臓がこぼれ落ちるのではないかと思った。

たぶん、彼らもそれを待っているに違いない——いちばん簡単に片がつくことを。

顔を上げて自分に向けられたライフルの銃口を見まわし、それをもつタイタンたちの、憎しみに満ちた表情を眺めた。彼らはおれを取り囲み、互いにちらちらと目配せをしていた。無言のうちにこう話し合っているのだ。全員で一斉に撃てば、誰の銃が命を奪ったか知らずに済むだろう。それとも、もっと規定に沿った形で処刑するべきか？　もう少し待つという手もあるぞ——どのみち長くはもたないんだ。いずれにしろ、おれにとって結果は同じだった。何を言ったところでそれは変わらないだろう。何しろおれは、タイタンの内戦を象徴する顔をもっているのだ。おれを見下ろすとき、彼らはそこにニコラス・ストーンを見ている。この世界を破壊し、タイタン同士を戦わせた男。何度も人類を騙し、ヒースローでは仲間を虐殺し、しまいにはこの襲撃を企てて実行した大悪党を。

自分の死を待ちながら、おれはニコラスの人生に思いを馳せずにはいられなかった。素晴らしい成功の数々がいかに彼を傲慢な人間に変えてしまったか。だが、彼は己の過ちによって罪の意識に苦しむことにもなり、それが彼の倫理観を蝕んでいった。彼はひたすら自らの内側へと向かい、やがては身勝手で冷酷な境地に至り、自分がふたたび幸福を味わうことだけを求めるようになったのだ。

嫌悪感を覚えながらも、彼を責める気にはなれなかった。おれ自身、三〇五便が飛び立つまではある種の絶望に取り憑かれ、二度と充足感も幸福も味わえないのではないかという恐怖にさいなまれていたからだ。彼とおれは同じだったのだ。いや、いまも同じなのだろう。彼にできることはおれにもできる。思うに、おれたちは誰でも、状況さえ変われば悪をなすことができてしまうのだ。

動きがあった。周囲のタイタンたちが輪を崩して整列し、何かを待ち受けている。

彼らの背後には死と破壊のＢＧＭが流れていた。血で赤く染まった水が割れた噴水のなかでゴボゴボと音を鳴らしている。そこに立っていたニコラスとオリヴァーの彫像は、上から降ってくる幾人ものタイタンを受け止め、弾き返し、落ちる人間もまた少しずつ彫像を崩していったのだった。おれのうしろでも物音がしていた。ガラスの欠片《かけら》が、のどかな風に揺れる風鈴のような音を奏でて店の床に落ちている。その小さな響きに耳を澄ましながら、落ちているのはおれの顔の欠片なのか、それともほかのタイタンのものだろうかと思った。そして、そうした欠片が大量のガラスの破片に紛れ込み、もはや見分けもつかなくなって床に転がっているさまを思い浮かべた。

足音がした。らせん状の大階段にそれが高々と響き、タイタンたちの列が分かれていった。

サブリナだった。

「こんにちは、ニック」

彼女の声を聞いてこれほどうれしいと感じたことはなかった——あるいは、自分の名前を呼ばれて。ただのニック。おれはもう二度とニコラスという名前は使わないだろう。

彼女がおれの上に屈み込んだ。手に注射器をもっている。

「待ってくれ」

「この怪我は早急に手当てしなければいけないわ」サブリナが例のロボットのような口調で言ったが、いまのおれには、そんな口調もこの上なくほっとする甘美な響きに感じられた。「いますぐに――」

「なぜおれだとわかったんだ？」

「ハーパーが見破ったのよ」

「彼女はどうやって？」

サブリナが眉を上げた。「それは永遠の謎でしょうね」

「彼女は……」

サブリナが悲しみの感情をあらわにして頷いた。彼女のそんな姿を見るのは初めてだった。彼女がまた注射器を近づけてきたが、おれは手を上げてそれを制した。とたんに痛みが走り、思わずうめき声が漏れた。「何か計画があるのか？　もしかして、おれたちが二〇一五年に戻っても向こうの世界に警告を与えることができるのか？」

「ええ。記憶を送るのよ」

「記憶？」

「脳を精確にスキャンして、神経細胞にある電子の配置をすべて地図にするの。ユルはQネットを使ってそのデータを過去に送る研究をしていたわ。未完のままで終わってしまったけど」

つまり、ユルも死んでしまったということか。

手に注射器を構えたまま、サブリナが続けた。「でも、きっとコロニーの住人たちが彼の仕事を完成させてくれるはずよ。ユルは死ぬまえに脳をスキャンしていたの。だから彼の記憶を送信することはできる」

「ハーパーの記憶も読み取ってあるのか?」

「いいえ。残念だわ、ニック」

「スキャンしてくれ」

「もう無理よ――」

「彼女が落ちるところを見た。死体に損傷はあるのか?」

「わからないわ。水中に沈んだままだもの」

「引き上げてくれ。飛行船がまだ一隻残っているだろう。いますぐ彼女を水から出して、脳をスキャンするんだ」

「ニック、それでうまくいくとは――」

「やってくれ、サブリナ。おれたちに借りがあるだろう。頼む」

　この研究室でハーパーの亡骸《なきがら》と対面してから、いったいどれぐらいの時間が経ったのか。立ち去ることなどできそうになかった。おれたちのあいだには、言えずに終わってしまったことばがたくさんある。あまりに早く誰かを失ってしまった場合、人はそれをどうやって乗り越えるのだろう。しかも、それがまだこの先も生きると思っていた相手だったら。

彼女の姿を目にすれば……いくらか救われると思っていた。だが、それは間違いだった。たぶんおれは明日もここへ戻ってくるだろう。もしかすると、そんな真似をすればするほど事態は悪くなるのかもしれないが。

彼女のブロンドの髪を指で梳《と》かし、冷たくなった額にキスをした——初めての、たった一度のキスだった。おれは研究室をあとにした。

サブリナはもう一時間ものあいだ、ハーパーのものも含め、おれたちの記憶が二〇一五年に届かない可能性について説明していた。それにハーパーの場合、脳をスキャンしたのは死後三十分も経ってからで、そのことがいっそう問題を複雑にしているようだった。いちばん肝心なのは、どちらのタイムラインにも同じ神経細胞が存在していることなのだそうだ。ハーパーの記憶を送ることについて、サブリナは否定的な見解を示していた。ちなみにサブリナ自身はタイタン・シティが襲撃されている最中に脳をスキャンしていて、ユルはその直前に済ませたという話だった。

おれも、あと一時間ほどでスキャンしてもらう予定になっていた。サブリナによれば、そのあとにこの世界で起きることは何も覚えていられないそうだ。つまり過去に送られるのは——むろん、成功すればの話だが——機械に入るまでの記憶だということだ。

彼女は、記憶を送ることで生じ得る危険として、軽度の脳障害から脳卒中や統合失調症に至るまで、ありとあらゆる身体的ダメージを並べ立てた。まるで、製薬会社のコマーシャルで流れる〝使用上の注意〟でも聞いているようだった。違う点があるとすれば、サブリナのほうがゆっくり話すということと、こちらはもう六十分も続いているということだろう（質問は話がすべて終わってからするように言われている）。

彼女が延々と口を動かしているあいだ、おれは目の前の問題を整理することにした。まずは自分が何を望んでいるか考えた。おれは、ここで知り合ったハーパーを取り戻したいと思っている。だがそれは身勝手な選択で、まさにニコラスが選んだ道だった。次に、ハーパーならどうするか、ここに坐っているのが彼女だったらどちらを選ぶか想像してみた。大事なのはそこなのだ。おれ自身の願望など無視して、彼女の望みだけに目を向けねばならない。いや、自分に嘘をついてどうする。そんなことは無理に決まっているじゃないか。ここはひとつ、事実に注目することだ。おれは何を知っている？　この二一四七年で、彼女は人を助けるために何度も自分の命を危険にさらした。最後には、ニコラスを止められるのは自分だけだと悟り、そのために自らの命を犠牲にした。それから、彼女がフラットで見つけた日記のこと。あれを読んでから彼女は様子が変わった。もうひとりの自分がこの世界で選択した道が気に入らなかったのだ。過去に戻っても、彼女は違う生き方を望むだろう。それはわかっている。しかし、もしサブリナが並べる恐ろしい注意事項がひとつでも現実になれば、生きるチャンスさえ手に入らないかもしれないのだ。結局、突き詰めればこういうことになるだろう。二〇一五年の彼女にそれまでどおりの生き方をさせ、命を確実に守るか。それとも、彼女の記憶もおれたちの記憶といっしょに送り、命は運に任せるか。

「何か質問は？」サブリナがようやくそう訊いた。

「コロニーの住人だが、彼らにはユルの研究を完成させる自信があるのか？」

「自信はないでしょうね。ユルの頭は彼の時代のはるか先を行っていたんだもの。でも、私たちにも時間だけはたっぷりあるわ」

「どういう意味だ？」

「いつになったら住人たちがQネットで記憶を送れるようになるのか、それはわからない。明日かもしれないし、千年後かもしれないわ。だけどどちらになっても、私たちにとっては違いがないの。もしちゃんと二〇一五年に記憶を送れたとしても、私たちはスキャン後のことを何も覚えていないんだもの。このタイムラインでいくら時間が経過しても、過去に戻れば一切関係がなくなるのよ」

おれは目をこすった。やはり、このたぐいの話はなかなか理解できない。

サブリナが口調を和らげた。「ひとつ提案があるのよ、ニック」

「何だ？」

「ハーパーの運命を決めるのは――つまり、記憶を送るかどうか決断するのは――スキャンのあとにしたらどうかしら」

おれは頷いた。「自分の選択を覚えていずに済むからだな。それなら罪悪感をもつこともない」

「そのとおりよ」

彼女の判断は正しい。罪悪感はときに危険なものになる。ニコラスが身をもってそれを証明した。

それに、決めるまでの時間はたっぷりあるはずだった。数年か、数十年か。この時代の科学がそれだけの年月を必要とするならだが。

「そうだな、そうしよう」

「じゃあ、そろそろ始めましょうか？」

「ああ」


サブリナとおれは、巨大な機械が静かに控えている研究室に向かった。

部屋に入ると、彼女はスキャニングの具体的な仕組みや施術後の倦怠感などについて説明しはじめた。だが、おれはほとんど聞いていなかった。いまだに決断のことで頭がいっぱいだったのだ。

説明が終わったところで、おれはさっそくひんやりした白いテーブルに上り、機械が動きだすのを待った。低い唸りが次第に大きくなっていった。

意外なことに、サブリナがテーブルに横たわるおれを見下ろし、しっかりと手を握った。

「二〇一五年で会いましょう、ニック」

III　見知らぬ人々

42　ハーパー

終わってしまった。この地球で過ごした三十二年のあいだでいちばん素敵だった、七時間八分の旅が。

もうおしまい。

スピーカーから流れるジリアンの声が、この素晴らしい空の旅の締めくくりをしている(涙)。歯切れがよく、適度に親しみやすさもある、いかにもプロらしい口調で。彼女はロンドン・ヒースロー空港に到着したすべての乗客に(とりわけマイレージ会員に)歓迎のことばを述べ、快適な旅であったことを願うと言った(快適どころではない)。そして、どこへ旅することになっても(この椅子ならどこへだって行くが)またすぐにお会いできることを願っていると告げた。

私にはひとつ理解できないことがある。飛行機を降りるときに決まって起きる、この競争だ。まるで、機体の後方で突如人食いバクテリアか何かが発生したみたいに、誰もが血相を変えて出口へとダッシュするのだ。まさかみんながみんな、離陸時間の迫った便に乗り継ぐわけではないと思うのだが。

通路に溢れた人々は、荷物棚から勢いよくキャリーバッグを引き出し、大急ぎでそこにタブレットやら電子書籍リーダーやら、食べずにとっておいたスナックやらを押し込んでいた。ファスナーをきちんと閉める時間も惜しいという様子で。

声もあちこちで飛び交っている。失礼——すみません——あなたの荷物ですか？　ちょっとどかしてもらっても？

私が降りるのはいちばん最後になるだろう。家に帰るのが恐いからだ。帰ったら、いよいよ〝決断〟をしなくてはならない。

ああ、ほんの少し考えただけで気分が悪くなってきた。

「大丈夫か？」

2Aの乗客だった。短く刈った黒髪、彫りの深い顔立ち、アメリカのアクセント。好みのタイプだ。

「ええ」何とか答えたものの、その声は通路で繰り広げられているツイスター・ゲームの騒音にほとんど掻き消されてしまった。

「手伝おうか?」

手伝ってもらってどうにかなる問題ではない。

彼が目を細めた。「よければ荷物を下ろすが」

「ああ、ええと――」

「おい、色男。どこにでもしゃしゃり出ればいいってもんじゃないぞ」グレイソン・ショーだ。酔っているらしい。それも、ぐでんぐでんに。

2Aはまるで動じなかった。「その台詞はそっくりおまえに返すよ」

グレイソンはありったけの悪態を呟きながらまわれ右をし、ビジネス・クラスの出口から降りていった。

2Aが荷物棚を開けて私のバッグを探り当てた。彼がもつと、私の荷物の重さなどないも同然のように見える。

彼がその古ぼけた黒いバッグを通路に下ろすあいだ、私は恥ずかしさに身を小さくしていた。手を離されたとたん、バッグが斜めに傾いた――四つあるキャスターのひとつが取れているからだ。そのバッグは大学一年生のクリスマスにもらったもので、旅行など滅多に行かないせいもあり、これまでわざわざお金を出して買い替えることはしていなかったのだった。それは、私の詐称疑惑を裏づける〝証拠物件第一号〟という風情でぐらぐら揺れており、私がこの三〇五便のファースト・クラスにふさわしい人間ではないことをはっきりと証明していた。法廷弁護士は間違いなく、白くけば立ったシール跡にも注目するよう陪審員を促すだろう。剝がすときに失敗してしまい、糊《のり》はいまやバッグの布地と分子レベルで融合してしまったように見えた。シールは十年近くまえにスペインに行った際、酔った友人に貼られたのだが、たしか〝アイ・ラブ・ワカモレ〟だか〝革命バンザイ〟だかの文字が書かれていたと思う――どちらだったかは思い出せないが。

「ありがとう」私は声をうわずらせて言った。

ヒースロー・エクスプレスでパディントン駅に行き、そこから地下鉄に乗り継いでからも、私はずっと携帯電話を見つめていた。待っているものが恐くて、電源は切ったままだった。

家に着いたところで、観念して電源ボタンを押した。

留守番電話が二件。私の出版エージェントと、母親からだった。

エージェントの声が耳に飛び込んできた。〝やあ、ハープ。飛行機はどうだった？　家に着いたら電話をくれ。向こうから早く決めさせろとせっつかれてるんだ。もしきみが断わるなら次の候補に話をもっていくそうだ。向こうはできればきみにと思ってるし、ぼくもそう願ってるがな。またとないチャンスだぞ、ハープ。考えてみてくれ、いいな？〟

母親のほうは、ひとりしかいない我が子が大西洋やイングランドの山奥に墜落していないかどうか、確かめたいだけだった。もう遅い時間だったが、まだ眠らずに心配して連絡を待っていることはわかっていた。だから電話をした。

会話は完全に一方通行だった。もっぱら母親が話していたのだ。私はクリーム色のカバーをかけてある座面のくぼんだソファーに坐り、あちこちの親戚の近況を黙って聞きつづけた。母親の話が最後にどこへ向かうかはわかっていたので、こちらも心の準備はしておいた。いとこのイーサンは名門のハロウ校を目指しているとのことだった。そして、叔父や叔母にそんな学費を払えるはずがないという話から、今度は叔父たちの話題になり、クライヴが馬を買ったと聞かされた。母が言うには、それは中年の危機というやつで、それでも浮気をするよりはましなのだそうだ。それから、話題はデートのことになって――。

電話を切ったあと、私はしばらく部屋を歩きまわり、決断についてじっくりと考えてみた。マットレスの下からアリス・カーターのノートを出し、コーヒー・テーブルに置くと、同情を込めたまなざしでじっとそれを見つめた。ちょうど、これから傷つけることになる我が子を見るように。〝夏休みをとるのは来年まで待ってちょうだい。ママは働かなくちゃならないの〟つまりそれが、私が出そうとしている結論なのだろう。でも、そのあとは晴れてアリスの執筆に打ち込める。彼女がもらえるはずの時間を与えてやることができるはずだ。

これが良識と責任感のある、大人の判断というものかもしれない。

いや、自分をごまかすのはやめよう。私はまだ、車輪が三つしかないおんぼろのバッグみたいにふらふら揺れているのだから。やはり、いくらか払ってでもバッグは買い替えたほうがいいのかもしれない。

いますべきことはひとつだった。決断を助けてくれるものはたったひとつしかない。またコートを羽織り、思案しながら階段を下りた。ウォッカにするか、それともワインにするか。

いまの私は、もっぱら現実的で分別のある、大人の判断をしようとしている。だからウォッカを選ぶことにした。コストパフォーマンスがいいからだ。一ペニーあたりの〝悟りを得られる率〟や〝決意を固めさせる力〟が、ワインよりも高い。それにカロリーも控えめだ。カロリーが低いのはありがたかった。母がたったいま思い出させてくれたように、私もビール腹の独り者になるのは避けたいところなのだ。やはり、いとこのドリーのようになりたいとは思わない。

43

ニック

「きみのお父さんのことはよく知っているよ、ニック」

こういう台詞で始まる面談は苦手だった。何と答えていいかわからないからだ。ある者はそこからやけに湿っぽい雰囲気になっていくし（父は二年まえに他界している）、ある者は、こちらは幼すぎて覚えていない出来事を思い出させようとする（公平を期して言えば、たいていはおれもそういう話を楽しんで聞くのだが）。あるいは、いま目の前にいるアラステア・ヒューズのように、その台詞を言ったきり黙り込み、こちらの返事を待ちつづける者もいる。

束の間、彼の背後に視線を向け、重苦しい霧が立ち込めるロンドンのビル街を眺めた。空はいまのおれの気分に似て、すっきりとしない曇り空だった。ロンドンへ移り住むのも悪くないかもしれない。それで変化は生まれるだろう。たぶんいい投資先だって見つかるはずだ。ただ、今後は外国人が所有する住居に税金が課せられそうだという話も聞いている。まあ、いままで課税されていなかったことのほうが驚きではあるが。

「あなたも外交関係の仕事をしていたんですか？」おれはようやく口を開いた。

そうだという答えが返ってきた。彼は自分の経歴を簡単に述べ、父との思い出をひとつ語った。初めて耳にする、一九八五年のニカラグアを舞台にした出来事だった。なかなかいい話で、彼の語り口も巧みだった。おれはアラステア・ヒューズに好感を抱いた。そして、この話のポイントはそこなのだと悟った。現役時代の彼はかなり優秀な外交官だったに違いない。

大笑いがくすくす笑いに変わり、沈黙のなかで思い出に浸るようになったころ、彼が本題を口にしはじめた。

その話が終わると、おれはシンプルにこう訊いた。「ジブラルタル海峡を縦断するダムを造りたいんですか？」

アラステアが心もち身を乗り出した。「造りたいのではなく、造るのだよ」

そこにいる三人の男たちを眺めながら、内心、そんな話がおれとどう関係するのだろうと思った。あらかじめ彼らには、自分が投資するのは主に開発段階のインターネット関連事業だと説明してあったのだ。それに、おれが最初に出資する額は比較的少ない。うまくいきそうだと思えば追加投資の求めに応じ、勝ちそうなところに倍賭けするというのがいつものやり方だ。しかも、事業が頓挫するか流動資産になるかわからない段階で（新規に株が上場されたり、他企業に買収されたりしないうちに）ひとつの企業に二千万ドル以上のカネを出すことなど滅多になかった。しかし、彼らがいま口にしているのは、何十億ドルもの資金を要する建設事業の話だった。おまけに、たとえカネが工面できたとしても、政治面での問題をクリアできるとはとても思えなかった。

「これは何十年もの期間を要する計画だ、ニック。史上最大規模の建設プロジェクトであり、地球の姿を変える多国間協力事業になるだろう。古《いにしえ》の世界の偉業――ギザの大ピラミッドやエフェソスのアルテミス神殿、オリンピアのゼウス像など――は、その大半が記念碑的なもので、儀式のための建造物だった。だが、このダムには実用性がある。人類のために新たな運命を削り出し、世界が連携する未来をもたらし、大きな夢を描かせてくれるだろう。人間はこれほどの難題だって克服することができる、そう世界に示せるのだよ。むろん、数ドル、数ポンド、数ユーロで建造できるものではないし、時間もかかる。数々の合意も取り付けねばならない」

彼が完成予想図を何枚かこちらに滑らせてきた。ダムの真ん中から噴き出す水が青い滝壺に流れ落ち、その周辺に広がるごつごつとした褐色の谷が、遠くの方で緑に変わっていた。ダムの天辺には何棟か、背の低い簡素な建物が並んでいる。

「これぐらい大規模な建造物を造るとなると、かなり強固な基盤も必要になってくる。と言っても、コンクリートや鉄で築く基礎の話ではないし、資金のことでもない。人間だよ。成功する事業というのはどれも、初めに人材を集める時点で成功しているものだ。新興企業でもそうじゃないかね？　同じ技術を開発している企業が二つあるとしたら、勝つのは優れた人材が集まっているほうだろう」

おれは頷いた。

「きみが投資先に新興企業を選ぶのは、何か重大な、社会に大きな影響を与えるような仕事に初期の段階から関わってみたいからじゃないか？」

「そうだと思います」

「これ以上大きな仕事はないぞ、ニック。それにスタートから関わることができる」

「わかります。しかし、問題は私がこの件にどう関われるのかということです。誤解しないで下さい。とても興味深い話だし、理念も素晴らしい。実現したときの影響の大きさもわかる。ですが……」

「きみには強みがあるんだ、ニック。きみの幼馴染みや、世界各国にいる同窓生――彼らはこの先数十年のうちに、上院議員や首相や、企業の最高責任者に就任し、ダムの建造に許可を出す立場になるだろう。そう、彼らは未来を操作するためのレバーなのだよ」

「そうかもしれませんが――その、たしかに私は、運動場で仲間はずれにされるようなことは滅多にありませんでした。でもだからと言って、幼いころの友人たちが、自国の海岸を干上がらせていいと頷くほど私のことを好きだとは思えません」

「だが、きみの話に耳を傾けることはするだろう、ニック。そこが肝心なんだ。きみは父親のように外交官になる道は選ばなかった。違うことがしたかったんだろう。比較されない場所で。だから自分の道を進んだ」

どうやら彼は予習をしてきたようだ。「そんなところです」

「しかし、きみはいま変化を求めている。劇的な変化をな。だからこそロンドンまで飛んできたんだろう。新興ＩＴ企業の話ではないと知っていたのに。我々はただ、きみによく検討してもらいたいだけなんだ。他意はない。歴史の流れを変え得る国際的な事業、その橋渡し役にならないかと提案しているんだよ。きみの父親はそうした役割を楽しんでいた。そのときだけ本当のよろこびを感じていた。きみのなかにも、きっと同じ血が流れていると思うがな」

最後の何分かは、具体的な事柄や、プロジェクトが生む副産物などについて話を聞かされた。たとえばまだアイディア段階の技術として、極地の氷を再凍結するための遮光スクリーンというものが紹介された。海流や塩分濃度に関する問題、黒海の行く末などについても話があった。それらはすべて、これは年老いた元外交官たちの非現実的な夢などではない、とおれに納得させるために持ち出された話だった。彼らはどうにかしておれを口説き落とし、もしおれが今後三十年間、ヨーロッパ中を飛びまわって繰り返しダムの建造許可を求めることになっても、その苦労は必ず報われるとわからせようとしていたのだ。

たしかにこの面談が始まったころは、おれはかなり懐疑的だった。だが、完成予想図を目にしたときから、胸のなかにひとつの感情が、久しく忘れていた感覚が蘇りはじめたのも事実だった——興奮していたのだ。本当にかすかな心の動きで、いまにも消えそうに揺れているマッチの火ぐらいの興奮だったが、いまのおれにとっては、それは寒い十一月の夜に燃え盛る焚き火の炎のように感じられた。

おれは、このダムは建つと確信した。

最後に完成予想図をもらうと、おれは彼らに近いうちに必ず返事をすると約束した。

「このレール・セルというのは何なんだ？」

その白髪頭の男は咳払いをし、メガネの奥からこちらを見上げた。分厚い曲面ガラスが彼の目を異常に大きく見せていて、どこか漫画のキャラクターのようになっている。「レール・セルというのは、高速かつ安全な移動手段で、世界を繋ぐ交通網です。鉄道より速く、飛行機よりも安全。それがレール・セルです。素早く安全に、そして安く人々を目的地に運びます」

同じことばを繰り返しているだけのような気がしたが、彼がかなり緊張していることも見て取れた。何やら気の毒になるぐらいだ。

おれは研究者が好きだった。彼らのことは大好きなのだ。本当に。

誰でもそうだが、彼らは自分の専門外の話になるとたんに落ち着きをなくす。そして、彼らの大半はものを売り込むことが苦手だ。目の前にいる彼も例外ではなかった。

その研究者の隣にはおれの大学時代の知人が坐っていた。と言っても、卒業してからほんの数回しか会ったことはないが。この面談は彼に頼まれて応じたもので、どんな用件かは事前に知らされていなかった。ちょうどこの街にいたし飛行機の出発時刻までまだ余裕があったので、とりあえず会ってみたというだけだった。

おれの知人はマーケティングの仕事をしていた。ならば、売り込みは彼がすればいいと思うのだが、彼はそうする代わりに明らかに研究者に手ほどきをしていた。そこが問題なのだ。マーケティング・チームはいつも、投資家が直接話を聞きたがるはずだからと、研究者たちにセールストークを伝授してしまう。

この研究者が事前に何を教え込まれたか、手に取るようにわかった。〝とにかく利点を売り込むんだ。細かい説明など必要ない。利点だけを強調しろ〟

きっとこんなたとえ話も出ただろう。〝ミント・タブレットを売りたいなら、売り込むべきは菓子そのものでも、さわやかな息でもない。売りにすべきはセックス・アピールなんだ。ミントを食べたことで手に入る性的な魅力、それを強調するんだよ。シャンプーだってそうだ。つやつやと輝くセクシーな髪になれば、廊下の先に住んでるキュートな男の子がそれに目に留めて、思わず振り返って立ち止まり、やがてはデートに誘ってくれる。そこを伝えなくちゃならないのさ。大事なのはシャンプーじゃない。見せるべきは、ようやく振り向いてくれた男の子と築く家庭であり、大きな家とかわいい子どもたちなんだ。そしてとどめに、このシャンプーにはたくさんのビタミンやミネラルが含まれていて、医学的にもドライヘアやダメージヘアを修復する効果が認められている、と伝える。科学的根拠があればいっそう説得力が増すだろう。そう、きみも必要があると思えば科学でとどめを刺せ。しかし、初めは利点で釣って、自分が売っているものを彼らも欲しがっていることに気づかせなくちゃならないのさ〟

しかし、投資を生業《なりわい》とするおれたちのような人間は、利点など言われなくとも自分で判断できる。おれたちが知りたいのは、実効性があるかどうかであり、果たしてそれは本物なのか、ということなのだ。たしかに巧みなマーケティング術があれば、質の低い製品でも短期的にそれを売ることはできるだろう。だが、長期にわたる評価に耐えられるのは、本当に優れた製品だけなのだ。

「それで、レール・セルはどうやって世界を繋ぐんだ?」

しばし口ごもったり咳払いをしたりする時間があり、その後、おれが秘密保持契約書にサインをしたところで(旧友への信用もここまでだというわけだ)、ようやくはっきりとした話を聞くことができた。何でも彼らは、ブラジルの採掘企業から格安で特許技術を買い取ったということだった。非常に画期的な技術を。かなり入り組んだビジネスモデルも立てていた。地下にトンネルを掘る過程で出た鉱物は、鉄鉱石から銅や銀や金に至るまですべて売り、その収益を国や地方自治体に分けることで交通サービス提供の独占権を得る予定なのだそうだ。また、輸送網の操業は地元の管理者に任せ、乗車券の売上げの大半は地元経済に還元するという話だった。なかなか賢い戦略だと思った。まだいくつか課題はありそうだが、文字通りの意味でも、比喩的な意味でも、世界規模の金脈になりそうな予感がした。

だが、この件もやはりおれの得意領域ではない。おれはいつも、二年以内に十億ドル単位の利益を生むかどうかという案件を相手にしていて、まずは一部のニッチな支持者を獲得し、そこから徐々に一般化していくような事業を探しているのだ。つまり、この件とは別種のものだということになる。

彼らはイギリスから手をつけたいと考えていた。人口密度や住宅事情を考えると、とくにロンドンあたりには、こうした事業を歓迎する土壌があると見ているからだった。

とても面白い話だった――そして彼らにもそう告げた。しかし、自分が得意な領域ではないということも忘れずに伝えた。正確には「おれがいつも投資しているタイプの事業じゃない」と言ったのだが。ただ、それでも興味は惹かれていたので、自分にできることがあれば協力する、ということばも付け加えた。

「いまの段階できみに頼みたいのはな、ニック、紹介なんだ」一瞬の間があり、それから大学時代の知人が急いでこう続けた。「それにもちろん、何かアドバイスがあれば教えてほしいと思っている」

おれは頭のなかで名刺ホルダーをめくりはじめた。「誰か興味をもちそうな知り合いがいないか、考えておこう」

「むろん紹介料は払わせてもらうよ。金額によらず、きみのおかげで出資金が入ったら」

「気にしないでくれ。無料で紹介するさ」

「本当か？　そんなありがたい話は聞いたことがない！」おれの旧友はテーブルをぽんと叩き、研究者の方にちらりと視線を向けた。まるで〝ほらな、こういう男だって言っただろ。おれに任せておけば大丈夫なんだ〟とでも言わんばかりの顔つきだった。

たぶんこういうことなのだろう。レール・セルのこれまでの道のりは。この研究者はブラジルの企業で働いていたが、その会社が資本不足に陥ってしまった。そしていよいよ倒産するとなったとき、どうしても研究を続けたかった彼は、あちこちに電話をして特許の買い取りに協力してくれる者を探したのだ。彼自身、きっとそのために自宅を抵当に入れ、老後の蓄えも――もしかすると家族の貯蓄まで――注ぎ込んでしまったに違いない。一方、おれの知人はというと、ほとんどリスクを背負っていないように見えた。おそらく彼は、すべてをなげうって大勝負に出た者が本当に成功できるのかどうか、ちょっと見てみたいというだけなのだろう。よくいるタイプだ。

「ひとついいか」

どちらの男もぴたりと止まり、眉を上げて続きを待った。

「レール・セルという名称は変えたほうがいい」

沈黙。

「〝レール〟という単語は、旧式で遅いイメージがある。鉄道を連想させるんだ」

「鉄道の代わりになる乗り物だからな」大学時代の知人が言った。

なるほど、この名前は彼が考えたというわけか。メガネの奥の科学者の目が、鉢のなかで泳ぎまわる大きな魚のようにゆっくりと揺れた。

「たしかに鉄道の代わりになるんだろう。だが、より高速で新しいテクノロジーじゃないのか？　それに、おれなら〝セル〟ということばも避ける。閉じ込められる印象があるからだ。セルという単語には、〝細胞〟や〝小部屋〟のほかに、〝独房〟という意味もあるだろう。狭くて、脱出できない感じがするんだよ。乗り物につける名称としては最悪だと思うがな」

「じゃあ、きみならどんな名前を？」彼の声が尖りはじめていた。

「さあな。まあ、おれなら二ダースは案を出して、色んな集団にアンケート調査をすると思うが。いまはソーシャル・メディアがあるから費用もほとんどかからないし。もしこの事業がきみたちの予想どおりの規模に成長するなら、全世界の人間と関わる事業になるわけだ。名称は大事にするべきだろう。そうだな、たとえばポッド何とかというのはどうだ？　トンネルを走る車両はポッド《さや》に似ていないか？　豆のさやは安心できるイメージがある。しっかり護られているし快適そうだ。それに、新しいテクノロジーという感じがするだろう――まだ誰も豆のさやに乗ってどこかへ行ったことはないからな」

「ポッド・ジェットはどうだ？　ジェット・ポッドとか？　ジェット機は速いだろ」そう言って彼は研究者に頷いたが、反応は返ってこなかった。

「ジェット機は墜ちる」おれは言った。

「いまどきそんな。もう滅多に墜ちないだろう」

「人は、滅多に起きない事故に自分が遭遇することを恐れるものだ。その点、地下鉄《サブウェイ》は墜ちないな」

「じゃあ、ポッド・チューブにするか?」

「動画みたいだな」

「チューブ・ポッドはどうだ?」

おれは首を振った。「そういう名前の豆類がありそうだ」

「ポッドウェイは?」

「それは悪くない。そうだな、今後はその名称を使うといい」

体調を崩すと最悪な場所は、きっと飛行機のなかだろう。まあ、最悪は言いすぎかもしれないが、嫌な場所であることは間違いない。しかもおれの具合はかなり悪く、ファースト・クラスのトイレから出たと思うとまた入り、胃の内容物を吐き、壁に寄りかかり、痛みや吐き気が治まるか、ふたたび吐くのをじっと待たねばならないような状態だった。そのどちらに転ぶのかも、まるで見当がつかない。

血の気のないげっそりとした顔で、倒れ込むように座席に戻った。

「何か悪いもんでも食べたのか？」通路を挟んだ隣の席の男が訊いた。

「ああ、たぶん」おれはぼそりと答えた。

だが、これは食あたりなどではなかった。こんな偏頭痛に襲われたのは生まれて初めてだ。こんなにひどい吐き気を感じたのも。おれの体内で何か異変が起きていた。何か深刻な異変が。ヒースローからサンフランシスコに向かうフライト。いまは大西洋の真上だ。到着まであと八時間はある。

それまでおれの体はもつだろうか。

44 ハーパー

ゆうべ飲んだウォッカ——四分の一瓶
下した重大な決断——ゼロ
見たドラマ——『シャーロック』を二話
電話の音で目を覚ますと、エージェントの番号が私の顔を覗き込んでいた。
ゆうべは遅すぎて彼に電話を返さなかった——結局のところ、私とエージェントはそこまで親しくないということだろう。とは言え、今朝になってもこちらから電話をしなかったのだから、彼を避けていると思われても仕方がない。言い訳を用意するために、あれこれ思いつくことを頭のなかで並べてみた。

〝ちょっと気分が悪くって、ロン。ほら、何時間も飛行機の椅子に縛りつけられていたものだから……〟

〝母が病気で……〟

〝ああ、ロン。実は、飛行機とブリッジの隙間に携帯電話を落としてしまったの。駐機場のアスファルトに激突して粉々に割れちゃったのよ。そのあと荷物運搬車に轢《ひ》かれて、さらに給油車までやって来てね。おまけに何と、その車が私の携帯を避けようとしてほかの車と衝突しちゃって、大爆発が起きたのよ。吹き飛ばされた飛行機が私の携帯の上に降ってきたわ。だから、携帯電話はまだそこに落ちているの〟

たぶん最後の言い訳は少々やり過ぎだろう。話は大げさに言えば言うほど嘘っぽく聞こえるものなのだ。

もっとも、どれを口にしたところでそれほど大差はないように思えた。これはまさにデジタル時代の悲劇と言えるだろう――もう逃げ道はどこにもないのだ。たとえ本当に携帯電話をなくしたり病気で寝込んだり、あるいは母のもとに駆けつけたりしていても、自宅や母の家にはEメールを出せる環境があり、ひと言〝引き受ける〟とメッセージを送ることは可能なのだから。彼に連絡をしないのは失礼だし、これでは結局、彼が仲介してくれた仕事もないがしろにしてしまっている。彼には返事を聞く権利がある。それに、出版業者やミスタ・ショーにも。

携帯の画面を指で叩き、メールを送った。このチャンスを用意してくれた私のエージェントにお礼を言い、でも……まだ決断できない、と書いておいた。

返事は即座に届いた。

〝連絡ありがとう、ハープ。納得がいくまで考えてほしいと思う。ただ、向こうはなるべく早く事を進めたいようなんだ。一時間以内に編集者と電話することになっている。かなり急いでる様子だった。また経過を知らせるよ〟

ウォッカでは答えを見つけられなかった。そろそろ次の手を考えなくては。

走った距離――五キロメートル

いや、訂正しよう。正直に申告するなら……。

走った距離――二・五キロメートル

人生やそれを左右する決断について考えながら歩いた距離――二・五キロメートル

下した決断――ゼロ

家に戻ると、留守番電話が二件入っていた。どちらもロンからだ。一件めを選んで耳を傾けた。

〝いま編集者と話したよ、ハープ。ショーはきみを気に入ってるらしい。もちろん当然だと思うが。編集者は、きみに承諾してもらって、その返事を今日の午前中にニューヨークの彼に知らせたいと言っていた。それにだ、何と向こうから前金を倍にするという申し出があった。ぼくのほうからは何も言ってないのにだ。とにかくもう少し先方と連絡をとり合ってみるよ。何かわけがあるのか探っておこう。なるべく早くきみの答えを聞かせてくれ、ハープ。素晴らしいチャンスだと思うぞ〟

それから十五分と経たないうちに、次の留守電が入れられていた。

〝何となく事情がわかったぞ、ハープ。噂では、ショーの息子のグレイソンが暴露本を売り込もうとしているらしい。ニューヨークの出版社はどこも手を出さないだろうが、彼はこっちでエージェントを見つけたようで、二人であちこちに声をかけている。激しい入札争いが起きるだろうな。聞いた話では、かなりの特ダネがあるとか。ひょっとすると刑事告発レベルのネタかもしれない。いずれにしろ、裕福な著名人の実態を暴くとなれば内容はひどいものになるはずだ。オリヴァー・ノートン・ショーには、彼の側からものを語ってくれる人間が必要になる。くだらない暴露本が売り出されたときに、彼の側から真実を語ってくれる人間が必要なんだ。誰が書こうが、二人の本は互いを食い物にして肥えていくだろう。こいつはすごいチャンスだぞ、ハープ。これを聞いたら電話してくれ〟

ああ、もう。どうやら今日中に決断するしかなさそうだ。ただ、どういう方法で決めればいいかは答えが出た。

書店まで行って帰ってきた私は、八ポンド五十ペンス貧しくなっていた。けれど、誇らしくもリヴィングの床にはたくさんのノートや筆記具や厚紙などが広がっていた。ソファーは隅にどかし、テーブルや椅子は壁際に寄せてあった。そこはいまや大きなスタジオに変わり、アリス・カーターに捧げられた神殿になっていた。

今日一日は彼女のために時間を使うつもりだった。彼女の物語に心を傾けるのだ。そして、もしいまがそのときだと思ったら、書くべきタイミングだと感じたら、アリスだけをしっかりと見つめるつもりだった。しかし、もしいまはまだ――ここ何年もそうだったように――生活のために働く時期だと思ったら、彼女はあとまわしにして理性的な判断をする。

分別のある大人なら、きっと後者を選ぶのだろう――もちろん、ウォッカを飲んだあとで。だが、ウォッカはもう試したので、今度はこの作業をしてみることに決めたのだった。

私の気分は早くも回復しはじめていた。

45 ニック

体調は飛行機がサンフランシスコに着陸した時点でよくなっていた。少なくとも、肉体的にはこれといった問題はなさそうだ。だが、この感覚。いつからかおれのなかには、何かを忘れているような不安が棲みついていた。とても大事なことを無視しているような感じがする。絶えずつきまとって心をかき乱す、罪悪感にも似た感覚が存在するのだ。とは言え、それも一種の感情であることに違いはなかった。新しい変化だと言えるだろう。

こんなときに力になってくれそうな者を知っていたので、その人物に電話をした。幸いにも予約はすぐにとれた。

「この一週間はどうだった？」

「相変わらずです」

「詳しく話してくれ」そう言うとドクタ・ゴメスは脚を組み、いかにも精神分析医らしい顔つきでこちらを見つめた。もしかして、分析医というのはみんな生まれつきこういう顔をしているか、あるいは学校でみっちりと表情を叩き込まれるものなのだろうか。

「まるで自分の人生を傍《はた》から眺めているような気分なんです」

「具体的に言うと？」

「以前は興奮していたような場面でも何も感じません。怒ることさえ滅多になくなりました。何もかも、どうでもいいと思ってしまうんです。心が空っぽというか。ただ……昨日あたりから、何かを忘れているような焦燥感があります。何か切迫した問題があるはずだと感じるんです」

「自分が危うい状態だと感じることはあるかね？」

「何ですか？」

「危うい状態だよ。自分自身や他人に危険が及ぶ可能性はあると思うか？」

「いいえ。ちゃんと話を聞いていましたか？　私には、自分を傷つけたいという感情さえないんです。鬱状態でも、躁状態でもありませんよ。とにかく何も感じないんですから。脳の回線が切れてしまったみたいに。いいですか、私が自分や他人に危害を加えるという心配はありません。私はただ恐くてたまらないだけなんです。ぼんやりと、まるで水槽でも見つめるみたいに自分の人生を眺めているうちに、そのいちばんいい時期が終わってしまうのではないかと」

初期段階のベンチャー・ビジネスは、色々な点でテレビの連続ドラマに似ている。舞台装置はいつも似たり寄ったりで、同じ登場人物が何度も顔を出す。彼らはドラマチックな逆転をして成功を収め、しばらく鳴りを潜めたあと、曰く〝次は必ずこれが来る〟

というものを手にして戻ってくるのだ。

秘密は守られるが、噂は光の速さで広がる。

そして新興企業に熱気が溢れるようになり、彼らが熱くなればなるほど、投資家たちも興奮――と同時に不安も、感じるようになる。ここ何日か、おれのもとにはある若者と会うべきだというメールが何通も届いていた。何でも業界ではいまいちばん熱い若者で、巷《ちまた》はその話題でもちきりなのだそうだ。まあ実際には、こっそりささやき合っている、と言うほうが正解だろうが（彼らが本格的に話を広めるのは、決まってカネを投入したあとなのだ）。とは言うものの、おれが連絡をとった相手はみな、彼に対してひとつだけ大きな問題を感じていた。

おれはユル・タンという名のその若者と、自分のオフィスの会議室で向かい合った。テーブルには彼のノートパソコンやファイルの束が置かれていた。彼は、緊張することも自信過剰になることもなく、余計なことをべらべら喋ったりもしなかった。彼はひたすら、自分の研究だけを見つめていた。そしてその研究は、近年で最高と言えそうなほどに興味深いものだった。

「ぼくはそれをQネットと呼んでいます」ユルがおれの前にプリントを一枚置いた。「量《クアン》子《タム》・ネットワークのことです。モデムは既存のコンピュータに組み込んで使用することができます。ケーブルなども必要ありません。〝量子もつれ〟という現象を利用して、大量のデータを瞬時に移動させるシステムなんです」

彼はさらに詳しい説明を始めた。少し細かすぎると思うところもあったが、そのまま黙って聞きつづけた。とにかく素晴らしい研究だったのだ。コストのかからない超高速インターネットで、新たにインフラを整備する必要もない。世の中の常識を一変させるような技術だ。その将来性は計り知れなかった。

「特許は二週間まえに申請しました」

おれは頷いた。「賢明だな。それは出資者を募るまえに済ませたほうがいい。ところでユル、きみはこの事業が五年後にどうなっていると思う？　きみは何を目指したい？」

その答えが問題だった。同業者たちはここで壁に突き当たったのであり、彼らがおれとユルを引き合わせようとしたのも、おそらくそのへんに理由があると思われた。

ユル・タンは、この技術で利益をあげることにまるで興味がなかったのだ。というより、そもそも金儲けに関心がないのだろう。彼は特許技術を無料で製造業者に公開したいと考えていた。そして、自分はただソフトの改良を続けて性能を上げ、新しいネットワークがハッキングされたり悪用されたりしないように管理できればいいと思っているようだった。早い話が、彼は本物だということだろう——正真正銘の善意の人であり、ただ一途に世界をよくしたいと願っている人物なのだ。

しかし彼は、投資家にとっては危険な存在だった。投資家というのは、もし事業が初期の段階で損失を出したとしても、さほど気にするものではない。もっと言えば、初めに商売の明確なプランがなくても構わないぐらいだ——ただ、当事者には少なくとも、最終的に利益を出すことを目指してもらう必要がある。

ユルがこの先それを目指せるのかどうか、定かではなかった。だが、おれ自身は、彼のためにあらゆる協力をしようという気持ちになっていた。彼が生んだ技術は世の中にとって必要なものだし、ユル・タンのような人物や、それを助ける人間ももっと増えたほうがいい。そして、できれば自分もそのひとりになりたいと思ったのだ。ひょっとするとおれは、そういう未来に投資しようとしているのかもしれない。いずれにせよ、おれはここでも心に火がつくのを感じていた。マッチの火は一瞬燃え上がってまたすぐに小さくなったが、それでもまだそこにあって……。

オフィスの戸口で、ユルがふと足を止めた。「ひとついいですか？　ずっと気になっていて……もしかして、ぼくとどこかで会っていませんか？」

「それはないと思うが」ユル・タンのような人物なら、一度会えば必ず覚えているはずだ。二人でいくつか可能性を考えてみた。どちらも出席していた会議、おれの講演、共通の知人。ユルはべつに、社会的なコネクションを築いたり、おれと親密になったりすることを狙っているわけではないようだった。彼はまるで複素方程式のXでも求めるように、ずっと下を向いて答えだけを追求していたのだ。

しかし、失われた変数は最後まで見つからなかった。

彼が帰ると、おれはひとりオフィスに坐って考えを巡らせた。たしかにタンには、何か親しみのようなものを感じる。

アシスタントのジュリアが静かに入ってきて、おれのデスクに一枚の紙切れを置いた。

「航空券よ。eチケットは嫌いでしょう？」

「どこへ行くチケットだ？」

「ニューヨークよ」

「なに？」

「ショーとの面談よ。忘れたの？」

おれはこめかみを揉んだ。すっかり忘れていた。いったいなぜ、ロンドンから戻った翌日などに出張の予定を入れてしまったのだろう？　だが、そこでふと気がついた。本当の問題は日付などではない。

おれは生まれて初めて、飛行機に乗ることを恐れていた。

「キャンセルしましょうか？」ジュリアが眉を上げて訊いた。

「いや、行くよ」

キャンセルするのは失礼だ。しかし……果たしておれは、無事に生きて向こうに着くことができるのだろうか。

46　ハーパー

・予想していた結果
アリス・カーターの進展はゼロかほんの少し。

決断を下し、忌まわしいショーの伝記を書くことにする。

エージェントにそれを知らせる。

安心して心ゆくまで眠る。
・実際の結果
アリス・カーターの物語が溢れ出てきた。

決断は下せていない。むしろ悩みは深くなった。

エージェントはイライラしているだろう。

ゆうべは一睡もしていない。

それは次から次へと湧いてきた。アイディアも、登場人物も、ストーリー展開や全体のプロットも。私は手が痛くなるまで書きつづけた。何かに取り憑かれでもしたように、ことばがスラスラと出てきたのだ。以前に書き上げた本か、そうでなくとも、すでに構想ができている物語を書いているような感覚だった。

そしていま、私は途方に暮れている。

自分のフラットの床に坐り込み、文字が書き込まれた厚紙やメモを見つめていた。

『アリス・カーターと永遠の秘密』

『アリス・カーターと明日のドラゴン』

『アリス・カーターと運命の船隊』

『アリス・カーターと終わらない冬』

『アリス・カーターと去年の遺跡』

『アリス・カーターと不滅の墓』

『アリス・カーターと時の川』

どうしたらいいのだろう？

キッチンのカウンターの上で電話の着信音が鳴った。

そちらに歩いていき、少し離れた位置から電話機を見つめた。まるで、つまんでゴミ捨て場に放りたいのに近寄ることができない、毒蛇の死骸でも見るように。

着信音がやみ、メッセージが録音されたことを知らせるベルが鳴ったところで、電話機を手に取った。それから再生ボタンを押し、目を閉じた。

〝ハーパー、もしきみが断わるなら先方は次の候補者に話をまわすつもりなんだ。できればきみに引き受けてもらいたいようだし、ぼくもそれを願っている。連絡をくれ〟

電話機をカウンターに戻すと、ふらふらとリヴィングへ引き返し、走り書きの文字に囲まれた巣のなかにへたり込んだ。

そこで横になっていると、アリス・カーターとは関係のない物語が頭に浮かんできた。これはシリーズものではなく、単発作品になるだろう。スリラー小説だ。それともSFだろうか？

ひょっとしたら私の脳が土壇場になって必死に戦っているのかもしれない、と思った。私のなかにいる子どもを殺すまいと、潜在意識が最後の抵抗を試みているのかもしれない。もしかして、いまを逃したら二度とフィクション作家になる夢を追うことはできなくなるのだろうか？　腹這いになっていくつかメモをとり、厚紙に絵を描いた。ぽっかりと口を開けた暗い穴、真っ二つになった飛行機。乱暴に引きちぎられた機体が三日月の下で湖に沈みかけている。

普段、私が読むような――あるいは書くような――タイプの小説ではなかったが、悪くないと思った。これまでとは違う種類の物語だ。読み手をはらはらさせるシンプルなスリラーで、大衆受けを狙った作品という感じもするが、本当に描きたいのは登場人物たちであり、彼らの人生が変わっていくさまだった。いくつもの決断や、それがどれほど未来に影響を与えるかを書いてみたい。またもやアイディアが湧き出してきて、それに夢中になるあまり、自分がそのうち寝てしまったことにも気づかなかった。いつしかリヴィングの床に大の字になっていた私は、それでもまだ片手にペンを握り締めていたのだ。

47　ニック

ニューヨーク行きのフライトでは、偏頭痛も吐き気も予想したほどひどくはなく、先のフライトに比べれば苦痛は四分の一程度だった。吐いたのもたったの二回だ。と言っても、すべては飛行時間が短かったおかげなのだろうが。おれは生まれて初めて、自分が深刻な病気にかかっているのではないかと不安になっていた。ゆうべはろくに眠れなかった。そのことがぐるぐると頭のなかを巡り、嫌な考えばかりが浮かんできたからだ。

知り合いの投資家がやたらと値の張るポーチド・エッグを胃袋に収めているあいだも、おれは相変わらず自分の症状について考え込んでいた。

彼はひと通りの社交辞令を口にし、それから用件を話しはじめた。どうやら有望な企業があるようで、彼のことばをそのまま借りれば、新たな時代の覇者になるはずだということだった。

「軌道上のコロニー？」

「単なる移住の地としての話じゃないぞ。小惑星の採掘とか、観光スポットの開発なんかも絡んでくる——これは、人類史上もっとも高価な不動産の話なんだ」彼が身を乗り出してきた。「おまけに、こいつは好きなだけ造ることができる」

彼はさらに半ダースほどのビジネスモデルを紹介し、そうして資本家がよろこびそうなご馳走をたっぷりと並べたところで、おれがどの餌に食いつくかをじっと見守った。

偏頭痛が戻ってきた。鈍く脈打つ痛みが次第に大きくなり、だんだん激しくなる交響曲さながらに頭痛の和音を響かせはじめていた。

おれは目をつぶり、呟くように言った。「おれの得意分野じゃないな」

「だが聞いたところでは、きみは手を広げたがっているそうじゃないか」彼がまた身を乗り出してきた。「こいつはかなり目新しい分野だぞ」

おれは手を上げてウェイターを呼び、コーヒーを注文した。少しは痛みが和らぐかもしれない。

「魅力的な話だとは思う」頭痛を悟られないよう、注意しながら言った。「しかし、おれは手を広げたいわけじゃなく……投資する事業の質を変えたいんだ。まだはっきりしないが、何かもっと、社会に貢献できるようなことをしたいのさ」

「おいおい、きみもなのか、ニック。まったく、世の中おかしくなる一方だな」

朝食をともにしたその同業者によれば、何でもこのまま世界的に富が拡散し、不相応な財産所有を認める傾向が広まれば、西洋社会はいずれ崩壊してしまうという話だった。「社会に貢献したいだって、ニック？　考えてみろ。この地球上の生命はこれまでに五回も大量絶滅を経験している。人間の社会だっていつかは必ず滅びるだろう。問題は、それがいつになるかってことなんだ」彼はまたひと切れ、卵を口に放り込んだ。「我々はこの危難を乗り越えねばならない。人類が生き残れるかどうかというときに、大義なんてものは気にしちゃいられないんだよ」

タクシーでオリヴァー・ノートン・ショーの自宅へ向かっていると、電話が鳴った。ユル・タンからだった。こちらは午前九時四十三分だから、サンフランシスコは朝の六時四十三分ということになる。

おれが生きている世界では、こんな朝早くに電話が来ることなど滅多になかった。開発者は遅くに寝て遅くに起きるし、投資家は投資家で、朝は新聞を読んだりEメールを送ったり、あるいは歪んだ世界観をもつ知人と朝食をとったりしているからだ。

通話ボタンを押した。「ニック・ストーンだ」

「ミスタ・ストーン……」彼には面談の最中から、ニックと呼ぶように再三言っていた。だが、どうやらいまは呼び方など気にしていられない状況だとみえる。彼の声は緊張と動揺でこわばり、面談で見せた落ち着きぶりなどすっかりどこかへ消えてしまっていたのだ。

「あの、てっきり、留守電になると思って」

「じゃあ、電話を切るからもう一度かけてくれてもいいぞ」

彼はくすりとも笑わなかった。ただ気まずい沈黙だけが続き、おれはつまらない冗談を口にしたことを強く後悔した。

「ずっとあなたのことを考えていたんです。どこで会ったのかと。そのことが頭から離れなくて」彼が咳をした。「気になって眠ることもできません」

また沈黙がやって来た。本来なら、これをしおに体《てい》よく話を切り上げ、すぐさまあちこちに電話をするべきだろう。そして、接近禁止命令を取れるか相談したり、自宅の警報器がちゃんと作動するか確かめたりしたほうがいい。

しかし、おれはそうする代わりにタクシーの後部座席で姿勢を変え、運転手から顔が見えないようにした。「ああ……実はおれも気になっていたんだ。何か思い当たることは——」

「ありません」

話の続きを待ったが、彼はそれきり黙り込み、ただ咳の音だけを響かせた。おそらく彼自身もどうしていいかわからず、衝動的にこの電話をかけてきたのだろう。

しばらく待った末、おれのほうから口を開いた。「おれはずっと頭痛がしていて——」

「おれも頭が爆発しそうです。どこか悪いんじゃないかと思うぐらい」

「きみはいつからだ、ユル?」

「あなたに会った直後からです」

オリヴァー・ノートン・ショーの書斎で彼が現われるのを待つあいだ、事実関係を整理してみた。おれはロンドンからサンフランシスコに向かう機内で具合が悪くなった。着陸した時点で回復はしたが。一方、ユル・タンは、どうやらおれと同じように神経系疾患の症状が出ていて、それが始まったのはおれと会った直後からだという。そこから推測すると、これは伝染性の病気ではないかという気がした。おれがロンドンか機内で病原体に感染したのかもしれない。この面談が終わったら何本か電話をしたほうがよさそうだ。また飛行機に乗って帰ることを考えると、恐怖さえ湧いてきた。とは言え、いまこの場でできることなど何もなかった。とにかくこの面談を無事に終えることだ。おれは周囲に目をやり、頭に巣くっている、自分は病魔に冒されているという不安からできるだけ注意を逸らそうとした。

ショーの書斎は、古典的な〝世界の支配者風〟インテリアでまとめられていた。マホガニーの壁板にペルシア絨毯。本棚の二段ぶんは、おそらく一度も開いたことがないと思われる古めかしい学術書で埋まっている。背の高い窓からはセントラル・パークが見えていたが、こんな眺望は、相続するか、あるいは物件が市場に出たその日に全額一括払いで競り落としでもしない限り、決して手に入れられるものではなかった。

そんな贅沢な書斎の持ち主であるにも拘わらず、やがて入ってきたその六十代の人物は、好々爺《こうこうや》と言ってもよさそうなほど気さくで穏やかな雰囲気をしていた。これは意外なことだった。おれが耳にしていたのは、それとは正反対の人物像だったからだ――精力的で、ときに冷酷で、いったん目標を定めたら決して立ち止まらない妥協知らずの大実業家。

彼が手を差し出してきたが、おれは風邪をひいていると言って握手を断わった。そのほうが〝出どころ不明の謎の病気〟と告白するよりも不快感は少ないだろうと思ったのだ。

おれたちは、これまでに顔を合わせた場面をひとつずつ思い出してみた。数年まえにリゾート地のサンバレーで一度、ここニューヨークで開かれた新規株式公開パーティーで一度、それにたぶん、父の友人の葬儀でも会っているはずだった。その話が終わると、彼はこう切り出した。

「よく来てくれた、ニック。今回きみを呼んだのは、何かいい新規事業があれば私もぜひ投資したいと考えているからなんだ。リスクは高くても、インパクトが大きい事業に投資したいと思っている」

「それは素晴らしい。ですが、残念ながら、うちが現在扱っているファンドは募集が終わってしまいました。おそらく二年以内にはまた立ち上げると思いますが」オリヴァー・ノートン・ショーのような人々と良好な関係を保つことは、おれの仕事には欠かせない要素だった。ファンドに参加する投資家は、その大半が裕福な個人だからだ。そして彼らはいちばん手のかからない存在でもある。しかし、おれがいま発した台詞にはとくに根拠があるわけではなく、そのときになって、自分でも次のファンドの立ち上げをいつにするか決めていないことに気がついた。ならば、ここで立ち上げることになってもいいわけだし――とくにこの投資先でなければならないという制約もない。

「私が求めているのは、そういうたぐいの投資ではない」

そう言うと、ショーは自分が求めているという投資について詳しく語りはじめた。何でも彼は、地上の人間すべてに影響を与えられるような世界規模の取り組みを探していて、利益が出るかどうかは重視していないとのことだった。「かといって、私は慈善活動に関心があるわけでもないんだ、ニック」

「では、どういったことに関心が？」

「私は世界を動かす操縦レバーを見つけたいんだよ。人類を未来へ連れていってくれるような、まだ創生期にある発明を探しているのさ。飛行機のようなものではなく、車輪のようなものを求めていると言えばわかるかな。いや、火と言ったほうがいいか。私が手助けすることで、世界にパラダイム・シフトを起こせるようなものを探している。私はドルやセントで成果を計られたくはないし、マスコミの好意的な評価やパーティーでの賞賛が欲しいわけでもない。友人たちはみな自分の財産を差し出している。立派なことだと思う。

開発途上国でのプロジェクト、スラム地区での取り組み、図書館、無料インターネット、病の根絶。どれも重要なことだからな。だが、私がしたいこととは違う。私は何かを築く人間だ。永遠に残るものを、人類を遠い未来へと導く道しるべを築きたいと考えている。長きにわたって我々の暮らしをよくしてくれるようなものだ。だからこそ、きみに来てもらったんだよ。私には、どんなものを築きたいかという理想はある。しかしピースが不足している。ちゃんとした人材が必要だし、歴史を変え得る発明や事業とのパイプが必要だ。この世には隙間があるんだよ、ニック。市場の領域にも、国の領域にも入っていない隙間がな。そして、たくさんの発明や組織がその暗い隙間に落ちてくすぶっている。人類に貢献できる能力を無限に秘めているというのに、それらが日の目を見ることは決してない。まず国にとっては、これらは扱いにくい代物なんだ。国家の枠に収まりきらないために危険だと判断されてしまう。一方、市場はというと、そこに目を向けることさえしない。投資をしても彼らが求める種類の利益が返ってこないからだ。あるものはまったくカネを生まないだろうし、あるものは、実現までに何十年、何百年という歳月を要してしまう。世代さえ越えてしまうわけだ。しかし、カネはいまや昔ほど忍耐強くはない。だから私がその隙間を埋めたいんだ。そのために、ある組織を創設したいと考えている。隙間の隅々まで、何世代にもわたって手を伸ばすような財団を創り、これらの発明を地表に引き上げたいんだよ」

「とても興味をそそられる話です」

「それで、そうした事業に心当たりはないか？」

すべては偶然なのか、運命なのか、それはわからない。だがおれは、自分はこの場にいるべくしているのだと確信しはじめていた。何か充分な理由があって、いまここにいるのだと。

「ええ、二、三あります」

おれはユル・タンのQネットのことや、採掘技術を買い取った研究者のこと、彼のアイディアであるレール・セル（あるいはポッドウェイ）のことを話して聞かせた——その二つのテクノロジーが、それぞれ仮想空間と現実空間でいかに世界を結びつけるかを。

おれたちはじっくり時間をかけて話し合った。もし誤った出資者の手に渡れば、この二つの会社はだめになり、真の力を発揮できずに終わるだろうということ。どちらの事業も世界中の人々に多大な利益をもたらすだろうということ。彼がほかにもいい事業はないかと訊くので、ついジブラルタル計画の件まで打ち明けてしまった。たちまちショーの顔に生気がみなぎり、にわかに若返ったようにさえ見えた。彼は次々とアイディアを出し、自分の人脈やグループ企業がどんな形で計画の実現をあと押しできるか語った。今朝聞いたばかりの、軌道コロニーのことも話題になった。ショーはこの事業がもっている真価を見抜いた。それは不動産ビジネスやら小惑星の採掘やらといった、おれが見せられた投資家向けのご馳走とはまるで違っていた。その事業がもたらすものとは、人類へのインスピレーションであり、ふたたび夢を抱くチャンスだった。国や人種を越えた壮大な目標を、人類がひとつになるという偉大なゴールをそれは作り出してくれるのだ。彼の話を聞いて、本当は自分もこの事業にそうした価値を感じ取っていたことに気づいた。だからこそあのとき、人ではなく儲けばかりを重視する売り文句を聞かされてうんざりしたのだろう。売ろうとしているもの自体に問題はなかった——知人が言ったように、とても目新しい事業で、おれの従来の投資先とは質が違う。まさに社会に大きく貢献できるプロジェクトだ。結局のところ、おれは売り込み方が気に入らなかったのだ。おれとショーの世界観はよく似ていた。ショーはまるでおれの意見を代弁するようなことばを語った。彼が何か言うたびにおれは少しずつ情熱を取り戻し、アイディアを刺激され、おれのことばが今度はショーを刺激した。そして、おれたちのあいだで交わされる〝もしかしたら〟とか〝できるかもしれない〟といった言いまわしが、次第に〝やらねばならない〟に変わり、ついには〝やろう〟になった。

おれたちが何を築こうとしているのか、明確にはならずとも、輪郭は早くも見えはじめていた。おそらく新たにベンチャー投資ファンドのようなものを立ち上げることになるだろう。ショーの資産とおれの資産を合わせ（と言っても相当な差はあるが）、互いのノウハウも持ち寄るのだ——新興企業はおれが、大規模組織は彼が担当する。「我々は両脇を支えるブックエンドというところだな」とショーは言った。

時計の針は正午に近づいていたが、おれはいまや面談を終わらせたくない気持ちになっていた。今後の見通しもまだ立っていないし、どちらが実際に動きだすかや、誰が責任者になるかということさえ決まっていない。

「こっちにはいつまでいる予定だ、ニック？」

「まだ何とも」おれはそう言い、〝すぐに飛行機に乗る気がしないんです――実は、空を飛んだとたんにスウィッチが入る謎の病気にかかっているらしくて〟という答えのほうは呑み込んだ。

「よかった――まだ話し合うことはたくさんあるからな」

まさにそのとおりだ。おれは頷いた。

「我々の計画を実現するにはたくさんの助けが必要だ、ニック。先見の明をもつ協力者や科学者たち。それにカネも。莫大な費用がかかるだろう。数十億ドル、いや、数兆ドルになるかもしれない。だが、きみは資金の調達法もよく心得ているはずだ。私は今日、きみからこれ以上ないというほど素晴らしい贈り物を受け取った――それに、正直に言えば、きみは予想していたよりもはるかに大きな成果をあげることができた。むろん、以前からきみは見どころのある人物だと感じていたし、きみには相手の共感を引き出す力があることも知っていたがな。だからこそ、相談するならきみしかいないと思ったんだ。いまでもそう思っている。さて、ここまで来れば、あとはもう売り込み方をどうするか考えるだけだろう」

「そうですね」

「私の意見を言うなら、カネでは買えない唯一のものを売りにするべきだと思っている」

一瞬、おれの頭に〝愛〟という単語が浮かんだ。

「ステータスだよ」ショーが言った。「ここで考えるべきは、そのステータスの価値をどうやって高めるかだろう。要素は二つある——外在的な価値と、内在的な価値。外在的な価値というのは、他人がどれだけそのステータスを評価するか、つまり、周囲からどれだけ尊敬を得られるかで決まる。一方、内在的な価値は、こうした外的な要素や影響をすべて除外したうえで、そのステータスをもつことが本人にとってどれほど有益かで決まってくる。私はずっと、この……投資事業を手がける組織に、〝タイタン財団〟という名前をつけようと思っていた。そして財団のメンバーはタイタンと呼ぼうと。この財団は世界でもっとも入会困難なクラブになるだろう。しかし、我々がメンバーにしたいような人間は、日頃から高いステータスにも特権的なクラブにも慣れている。もっと違う魅力が必要だ。実は、今日の三時にある人物が来ることになっていてな。彼女はそうした人々を入会させる切り札になるものを研究している。抗《あらが》いがたい魅力があるものだ。サブリナ・シュレーダーという女性なんだが、よければきみもぜひ彼女に会ってくれないか」

48　ニック

午後になってふたたびオリヴァーの自宅を訪ねたが、今回、彼のアシスタントに案内されたのは、例の〝世界の支配者風〟の書斎ではなかった。そこはもっとずっと狭い部屋で、室内には使い込まれた簡素なデスクと椅子が二脚と、ソファーぐらいしか置かれていなかった。本棚にも立派な全集のたぐいは見当たらず、写真のアルバムや、一般向けに書かれた歴史や科学関連の書籍が並んでいた——つまり、大衆が読むような本だ。

ここはショーがプライベートで使っている書斎だと思われた。その素朴で飾り気のない雰囲気は、今朝がた彼に会ったときに受けた印象とぴったり一致していた。世間には決して見せない彼の一面と。彼はソファーに坐っていて、目の前のコーヒー・テーブルにはキーボードとタッチパッドが置かれていた。「やあ」そう言うと、彼がソファーから立ち上がろうとした。

「こんにちは」おれは手を上げ、そのまま坐っているように合図した。不思議な感覚だった。オリヴァー・ノートン・ショーとまともに話したのは今朝が初めてだというのに、なぜか百年以上もまえから彼を知っているような気がするのだ。

彼が正面の壁にあるディスプレイに視線を戻した。ちょっとやそっとの値段では買えない、超高解像度の液晶パネルだ。

驚いたことに、彼はフェイスブックを開いていた。どこかの女性のプロフィールを見ている。年齢は二十代後半から三十代前半ぐらいで、髪はブロンド。輝く瞳と茶目っ気を含んだ微笑みが印象的で、まるで、友だちのいたずらに吹き出す寸前にこの写真を撮ったという雰囲気だった。

彼は熱心に画面を見まわしており、最新の投稿にも目を通していた。

「あなたがフェイスブックをするなんて、ちょっと意外でした」おれはそこで口を閉じ、肩をすくめてみせた。「悪い意味じゃありませんよ」

「気にしないさ。普段はしていない。アシスタントに言われて見ているだけだ。どうやら最近は、インターネットで誰かをつけまわしても許される風潮があるようだな」

ソファーに近づき、彼の隣に腰を下ろした。「害のない範囲なら、ですよ。あなたには妙な動機はないようなので、安心しましたがね」

彼がキーボードを打ちながら小さく笑った。

「彼女は伝記作家なんだ。まだ若いがとても優秀でな。つい最近会ったんだよ。私の伝記を書いてほしいんだが、まだ答えをもらえていない。そこでアシスタントが、投稿を調べて様子を探ってみてはどうかと言いだしたってわけさ。それにしても、いまの若い世代は……自分の恥でも何でも、ぜんぶさらけ出すのがよほど楽しいようだな」彼がいたずらっぽい流し目を向けてきた。「悪い意味じゃないぞ」

「気にしませんよ」おれはにんまり笑い、彼女のプロフィールに目をやった。ハーパー・レイン。〝ハーパー・レイン〟知らない名前のはずだが……この顔には見覚えがある。束の間、おれの頭が記憶をひっくり返し、彼女と会った場所を探しまわった。そうだ、飛行機だ。彼女の魅力的な目がこちらを見上げている。それに、機体が揺れている。いや。それは記憶違いだろう。おれのうしろに長髪のブロンドの男がいる。飲んだくれが。おれはそっちを振り返る。それから……荷物棚の彼女のバッグを下ろし、通路に置く。いまにも倒れそうで、すぐにはハンドルを放せない。

オリヴァーが手を止めてまじまじとおれの顔を眺めていた。「知り合いか？」

「たぶん……ロンドンに行ったときに、同じ飛行機に乗っていた気がします」

「たしかに彼女はロンドンに住んでいる。おそらく私と会った帰りだろう。彼女は重要な役割を担う存在だぞ、ニック。しばらくのあいだ、もしかしたら何十年も、我々はとくに見せられるものもないまま協力者を集めねばならなくなる。売りにできるのは将来の約束だけで、言ってみれば、肉を焼く音しか聞かせられない。向かい合って話だけしていても、成果は限られたものになるだろう。だが、そんなときに伝記があれば、私のビジョンやこれまでの道のりを目に見える形で伝えることができる。私は、私の思いを説明し、人に刺激を与えられるような伝記を作りたい。人々を呼び集められるような伝記を書いてもらいたいんだ——外部の人間の手で。それには彼女が適任だ。何とか引き受けてくれるといいんだが」

「見込みはありそうですか?」

「どうかな」

彼がページをスクロールし、ハーパー・レインの最新の投稿を見せた。

ハーパー　もう二日もまともに寝てない。おかしくなりそう。決断のせい。決断に押し潰されそう:(　誰かいい方法を知らない?

コメント欄に目をやると、男からはただの冷やかしが、女からは、睡眠薬からカモミール茶まで、現実的なアドバイスがいくつも寄せられていた。なかには、もしアンビエンを呑むなら夢遊病になる危険もあるので、食べ物はぜんぶ隠したほうがいいという助言まであった。

つまり、彼女はまだ決めていないのだ。しかし、本当のところ、おれが気になっているのはそこではなかった。

彼女の顔から目を逸らせなかった。彼女から何かを感じるのだ。もしかしたら——。

「三時に約束されている方が見えました」

オリヴァーのアシスタントが引き退がり、すぐにひとりの女性を連れて戻ってきた。歳はおれと同年代か少し上で、三十代後半から四十代前半だと思われた。姿勢がよく、意志の強そうな目がしっかり前を見すえていて、黒い髪は肩のあたりで切り揃えてある。彼女が機械のような硬い動きで部屋に入ってきた。

「ニック・ストーン、こちらはドクタ・サブリナ・シュレーダーだ」

彼女が手を差し出してきたので、ほとんど反射的におれも手を伸ばしてしまった。と、彼女の肌に触れた瞬間、書斎が消えた。おれはもう床に立ってさえいなかった。冷たい金属に背中を押しつけて横たわり、眩しいライトに目を細めていた。うっすらと、こちらを覗き込む彼女の顔が見える。やはりおれの手を握っているが、握り方が違った。きつく握り締めてくるその手を感じていると、おれを乗せているテーブルが滑るように動きだした。

彼女の手がそっと離れていき、ライトが徐々に暗くなった。そして、おれはふたたびオリヴァーの書斎に立っていた。彼女はまだおれの手を握っていた。一瞬たりともこの場所から動いていないという様子で。

声を出そうと口を開いたが、何を言えばいいのかわからなかった。いまのはいったい何なんだ？

ふと、おれはサブリナも同じものを見たのではないかと思った。彼女がまばたきをしておれの顔を眺め、それから、ハーパー・レインのプロフィールがあるディスプレイに視線を向けて少し戸惑ったような顔をした。

「きみたちは……知り合いなのか？」オリヴァーがおれたちを見比べながら言った。

一瞬の沈黙があった。

もし彼女が頷いたら——。

「いいえ」サブリナが素っ気なく答え、おれの手を放した。

彼女は部屋に入ってきたときの姿を取り戻し、感情のない仮面のような顔でまっすぐに前を見すえた。そして、ソファーの正面の椅子に坐っておれやオリヴァーと向かい合い、何の前置きもなしに話を始めた。

目を閉じてこめかみを揉んだ。本当に、おれはどうしてしまったのだろう。

「大丈夫か、ニック？」

非常にいい質問だ。

「ええ、すみません——このところ移動続きだったもので。ドクタ・シュレーダーでしたね？」

「そうです。ミスタ・ショーから研究について話すように言われて参りました。私が取り組んでいるのは、早老症に関する……」

にわかには信じられなかった。サブリナが帰ったあと、おれとオリヴァーは彼のプライベートな書斎で今日の話を振り返っていた。彼はお茶を、おれは水を飲み、ときどき立ち上がってうろうろ歩きまわったりもした。

彼の計画がどれほど壮大で、その真髄がどこにあるのか、ようやく摑めたという思いだった。不死身の体が鍵であり、それがあるからこそ、おれたちが築いたものは永遠に滅びることがないのだ。もう迷いはなかった。ただの一片も。いまは確信できる。これこそがおれの求めていた変化であり、おれがするべきことなのだと。欠けていたものがようやく見つかったと思った。興奮と活力。心にやる気がみなぎり、明日への好奇心が戻っていた。したいことが山ほどある。

その集団を思い描いてみた。世界でもっとも優れた才をもつ百人が、手に松明《たいまつ》を掲げ、よりよい未来を目指して時の川を越えていく。おれの能力など、彼らに比べれば取るに足りないものだが、自分がそこにいる意味もちゃんと理解していた。彼らを助け、行進を導くのだ。

タイタン財団は、単にいくつかの事業――Qネットやポッドウェイ、軌道開発、あるいはジブラルタル・ダム――を手がける組織ではない。それらと同じぐらいの規模のプロジェクトを、絶え間なく、何世代にもわたって支えていくことになるだろう。終わりのない人類のルネサンスを。

我々が問題にしているのは、飢饉に見舞われたどこかの村に一年間だけ食糧を届けるとか、戦争で破壊された地域にきれいな水を供給するとか、発展途上国の疫病を治療するといったことではなかった。我々が目指すのは、それがいつどんな形で現われるとしても、人類が抱えるすべての問題を解決することなのだ。人類を導き、世界を見守る集団。時をまたいで働く協同体。おれは、自分が人類の歴史の転換点に立っているように感じた。

オリヴァーの電話が鳴った。彼が詫びを口にし、緊急の用件だからと断わりを入れた。おれも気にしないようにと告げて立ち上がり、部屋を出ようとしたが、ここにいるようにと合図された。

オリヴァーは電話に出てじっと耳を傾け、数秒おきに頭を振った。何の話か知らないが、その内容に彼は深いショックを受けているようだった。何か聞くたびに落胆するらしく、やがて彼はデスクの茶色い革椅子に崩れるように坐り込んでしまった。そしてようやく口を開くと、今度は矢継ぎ早に質問しはじめた。わからないことだらけという様子だった。何しろ、イギリスの裁判手続きとか、口外禁止令とか、出版まえに文書誹《ひ》毀《き》を企てた罪で訴えることは可能か、というような話をしているのだ。

電話を切ったあと、彼は長いことデスク脇の本棚の方を見つめていた。

「ニック、我々はきっと、この財団のために多くの犠牲を払うことになるだろう」

おれは黙って頷いた。まだ話したいことがありそうだと感じたのだ。

「息子は私の決断に腹を立てているんだ。筋の通らないわがままを言って、癇癪《かんしゃく》を起こしている。早い話が、おもちゃを取り上げられた子どもが駄々をこねているんだよ。これは私の責任だ。あの子の母親は二十年ほどまえにガンで死んでしまってな。あまりにも若すぎる死で、私の心は壊れてしまった。会社を除けば、彼女は私がこの世で唯一愛する存在だったんだ。私に残されたのはもはや仕事だけだった。もし彼女が亡くなっていなければ、私の会社はこれほど成長していなかっただろう。

まったく、私は哀れな父親だった。グレイソンを溺愛し、ひたすら甘やかしたんだ。どんなときもノーとは言わなかった。しかし、子どもが望むものをすべて与えるというのは、子育ての方法としては最悪だ。子どもはある程度、飢えたり苦労したりしながら成長するべきで、ときには何かを得るために闘うことも必要だろう。そうやって人格が作られていくからだ。人は苦闘するときにこそ自分の真の姿を知ることができる。闘う過程で、自分が本当に欲しいものが見えてくるんだよ。そしてグレイソンはというと、これまで当然のように与えられていたものを欲しがっている。私のカネだ」

「あなたはどうしたいんですか？」

「息子は、いますぐいくらか出せば大人しく引き退がると言ってきた。もし断わるならどんな手を使ってでも自分の相続ぶんはもらっていくし、そうなればもっと高くつくはずだとも言っている。父親の本性はお見通しだとでも思っているんだろう。損得勘定で考えて、より安いほうにカネを出すはずだと踏んでいるのさ。息子を黙らせるために、自分の名声を汚さないために、口止め料を払うはずだと。たしかに、その名声は財団を築くために欠かせない要素ではあるんだがな」

もしオリヴァーと同じ状況に立たされたら、おれだってずいぶん悩むだろうと思った。

彼は壁際に行き、そこにかけられた一枚の写真を見つめた。長く伸ばした豊かなブロンドの髪をもつ、二十代ぐらいの若者の写真で、口元にはいくらかうぬぼれを感じさせる笑みが浮かんでいた。どこかで見た顔だった。年齢はもう少し上だが、これと同じ薄笑いを見たことがある。そう、飛行機のなかだ。その外でも。彼がわめいている。おれの拳が彼の顔にめり込んだ。

いや、違う。そんなはずはない。おれたちは機内でちょっとした口喧嘩をしただけだ。そして、彼がぶつぶつと悪態をついて去っていったのだ。

まるで、記憶が二つあるかのようだった。

おれは手を上げてこめかみに触れた。頭痛が戻っていた。目眩《めまい》がするほどの痛みだ。目をつぶり、治まってくれと念じた。

オリヴァーの声がかろうじて聞こえていた。

「長年ビジネスの世界にいて学んだことがある。たとえ暴君に望みのものを与えても、問題は解決しないということだ。むしろ事態は悪くなってしまうだろう。私の息子も、いつかは大人にならねばならない。今回のことはいいきっかけになるはずだ」

何も答えられなかったが、口にしたいことばはあった。たしかにその写真の子どもは幼稚な振る舞いをしている。だが本当は、彼は父親の関心を惹きたいだけなのだ。それしか望んでいない。おれにだって、自分の父親に対して何かしらの感情はある。それまでどうにか折り合いをつけてやって来たし、幸いにもおれは自分の道を見つけ出すことができたが。本当に、言いたいことはたくさんあった。しかし、おれの頭のなかでは眩しい光が明滅していた。それに呑み込まれ、意識が朦朧としはじめたとき、不意にすべてが真っ暗になった。

よろめきながら手探りで椅子を探した。ショーがそばに来たのを感じた。何か叫んでいるようだ――たぶんアシスタントを呼んでいるのだろう。おれは手を振った。大丈夫だ、少し坐っていれば……。

49　ニック

気絶していたのはほんの二、三分だ、とショーは言った。おれは平謝りに謝った――この……発作が、今日の話し合いを台無しにしてしまったかもしれないと思うと、また吐き気がこみ上げてきそうだった。だが、彼はおれの体が心配なだけだと言ってくれた。彼の目や、おれの肩に触れる手つきから伝わってくる気遣い――それは本物だった。その後も彼はあれこれと親身に世話をしてくれた。おれのために車を呼び、おれが乗り込むのを見届け、ちゃんと休むようにと言った。

「真面目に聞けよ――少し寝たほうがいい。健康でいることが何より大切だぞ、ニック」

彼がにやりと笑った。「もう少し待てば、嫌というほど時間が手に入るんだ」

ホテルへ戻るあいだにだいぶ弱まったとはいえ、痛みはいまだに頭のうしろの方でくすぶっていた。次に襲いかかるタイミングをじっとうかがっているかのようで、まるでおれをなぶって楽しんでいるようにさえ感じた。そして、その恐怖は頭痛と同じくらいおれを苦しめた。これまでは幸運だったのだ。生まれてこのかたずっと健康だったというのは。友人のなかには慢性疾患をもつ者が何人かいたが、おれもいまは彼らの気持ちがわかりはじめていた。先行きが不確かで、常に漠然とした不安がつきまとっている。夜、ベッドに入るときも、明日は劇的に病状が悪くなっているかもしれないと思う。ここぞという大事な場面を迎え、自分が最善を尽くさねばならないようなときでも、大丈夫だと言いきれる自信がない。おまけに自分ではその状況をどうすることもできないのだ。何も考えずにやってみる——それにはかなりの勇気が必要だろう。いまならよくわかる。おれ自身、恐いからだ。もしこれが単なる一過性の症状ではなかったら。もしいつまでも続くようだったら。もしこれが足かせになり、オリヴァーと始めようとしている素晴らしい事業に参加できなくなってしまったら。そう思うと恐かった。新しい変化ではあるのだが。昨日まではこれほど強く何かを望む気持ちはなかったし、恐いという気持ちもなかったのだから。感情。よくも悪くも、その力はやはり絶大だ。

助けが必要だった。また飛行機に乗る危険を冒してでもサンフランシスコに戻りたい、そう思うほど追い詰められていた。知り合いも多い自分のホームグラウンドに帰り、そこで医者に診てもらえば、不安もかなり和らぐはずだ。むろん、いい専門医を見つけなければならないが。

ほとんど無意識にホテルの部屋のテレビをつけ、六時のニュースにチャンネルを合わせた——それが仕事終わりの習慣なのだ。それからノートパソコンを出し、さっそく帰りの便を調べにかかった。

旅行サイトを開くと、最近乗った便が別ウィンドウに表示され、そのひとつがおれの目に留まった。

〝三〇五便　ニューヨーク（JFK）↓ロンドン（ヒースロー）〟

出し抜けに後頭部から額まで痛みが広がり、それが急速に膨れあがった。眼球に圧力を感じた。まるで内側から消防ホースの水をぶつけられているかのようだ。だが、やがてその力が弱まると、痛みも徐々にしぼんでいった。

おれは目をきつく閉じたまま立ち上がり、ふらつく足で洗面台に向かった。そして、手探りでグラスを見つけて蛇口からたっぷり水を注ぎ、それを一気に飲み干した。何かないか。鎮痛剤か何か。おれは持ち合わせていないが、フロントに訊けばあるかもしれない。

受話器に手を伸ばしかけたところで、そのニュースが耳に入ってきた。

〝……この航空機と通信が途絶えたのは、東部時間の午後四時十四分だということです。専門家によると、いまのところハイジャックの可能性は低いとされています。すでに捜索救助隊が派遣された模様ですが……〟

そのひと言ひと言がハンマーのように頭を殴りつけてきた。リモコンを取ろうと、よろめきながらテーブルに向かった。痛みのせいで目がよく見えない。

しかし、行方不明機のニュースはリモコンに辿り着くまえに終了し、とたんに痛みも弱くなった。

視界が戻ってきた。おれはふと、テーブルに散らばっている紙に目をやった。

ジブラルタル・ダムの絵だ。だが、これは正確ではない。一枚を手に取った。建物が——短すぎる。これでは節《ふし》までしかない。節？　そう、指の関節だ。指がそこで切断されているように見えるのだ。いったいなぜ建物を指に見立てる必要があるのか、まるでわからなかった。けれど、これはたしかに指だった。覚えている。想像ではなく——記憶している、、、のだ。おれは残りの絵や書類にも目を走らせ、ここ三日ほどのあいだにあった面談をすべて振り返った。これはあくまでダムの完成予想図だ。だが間違っている。ここにあるべきは、ダムから突き出た巨大な手で……シンボルなのだ。

また頭に圧力を感じ、目を固く閉じた。涙がひと粒こぼれ落ちた。

ここだ。ここが出発点だ。そう思った。

すべてはジブラルタル・ダムの面談のあとで始まったのだ。いや、本当にそうだろうか？　ポッドウェイの話し合いのあとではないのか？　それともあの飛行機か？

書類の束にちらりと目をやった。いちばん上に〝レール・セル〟の文字が見えた。これも間違っている。レール・セルという名称が使われることはない。なぜこれほど確信があるのかはわからないが。車両のサイズだってこれでは大きすぎる。もっと小ぶりなものになるはずだ。

またもや痛みの波が高まり、風船がぱんぱんに膨らむようにあらゆる方向に圧力がかかった。

テーブルに頭を乗せた。

初めて頭痛の発作が起きたのはロンドンからサンフランシスコに戻る機内だった。ということは、病気にかかったのはそのまえだろう。

いつだ？

思い当たることは？

戻ってからは何があった？

ユル・タン。Qネット。彼との面談。あのときずっと、おれは心がざわめくのを感じていた。彼の声が頭のなかで響いた。

〝これは量子もつれを利用した技術です。二つの粒子が出会って繋がりができると、一方の粒子の状態はもう一方の粒子の状態によって決定されるようになる。そういう量子力学的な現象を利用して、時空を越えたデータ移送を行うんです〟

彼の研究が鍵なのだ。

何の鍵だ？

Qネット。

いや、違う。Qネットの話ではない。

何が起きているんだ？　おれはまぶたを揉んだ。

またユルの声が蘇った。〝ここ何日か障害が出ていたんです。ネットワーク上に妨害電波のようなものが入ってきて。少し心配していたんですが、つい最近それもなくなりました〟

つい最近なくなった。

しかし、おれと会ったあとから始まったものもある。ユルも体調が悪くなったのだ。おれとまったく同じように。彼は、おれたちが以前にも会っているのではないかと感じていた。どうしても思い出せなかったが。

次に発作が起きたのは、このニューヨークへ来る機内だ。ただし、一度めほどひどくはなかった。少なくとも同じではない。

朝食。軌道コロニー。あの宣伝文句も間違っていた。

ショーも間違いだと判断した。売り込むべきものが違うのだ。しかし、事業のアイディア自体は正しい。

ショーと話しているあいだは、何もかもが正しいと感じられた。

サブリナ。

彼女の手に触れるや否や、おれはあの場を離れ、冷たく硬いテーブルに仰向けになっていた。ライトがあり、彼女の姿もあった。

彼女も気づいていたはずだ。目がそれを物語っていた。

手に触れるという行為が引き金になったのだろう。

あのフェイスブックの女性。伝記作家。彼女を目にしたときに何かを感じた。サブリナもやはり、彼女の写真を見ていた。きっと彼女を知っていたのだ。

おれはノートパソコンに視線を向けた。開いたままのウィンドウに三〇五便の文字があり、それを目にした瞬間、またも頭に衝撃を感じてのけぞることになった。これが発火点のようだ。三〇五便が。なぜだろう？　ロンドンから戻る便でひどい苦痛を味わったせいなのか？

目を閉じて手探りでウィンドウズ・キーを見つけ、それを押し込んだままＭキーを押した。すべてのウィンドウが最小化された。続いて新たにブラウザを立ち上げると、今度はフェイスブックを開いてハーパー・レインのプロフィールを探した。

彼女の顔が画面に現われた。とたんに背筋がぞくりとし、その感覚がだんだん強くなって体中に痺れを感じるまでになった。

彼女に出会ったときのことを思い出してみた。飛行機。通路。薄暗く、機体の半分は消えている。

いや、そうじゃない。

飛行機はごく普通の姿でヒースロー空港の駐機場に駐まっていた。

ヒースローの駐機場。一面に生い茂った草。

おれは頭を振った。そんなはずはない。

あちこちに大破した機体や横倒しになった機体が転がっている。

それも違う。

おれたちの飛行機は、何の異常もなく乗降ブリッジの傍らに駐まっていたのだ。彼女はその飛行機の、ファースト・クラスの座席に坐り、降りる順番を待っていた。おれは立ち上がって荷物を下ろすのを手伝った。彼女がきれいな目を見開いて、じっとこちらを見上げていた。

おれはまばたきをした。彼女がシートに脚を挟んで動けなくなっていた。

まわりには水がある。

彼女は逃げることができずに怯えている。

違う。あり得ない。乗降ブリッジの隣に水没した機体があるというのか？

集中しろ。

パソコンの画面に目を戻した。

彼女が新たに投稿していた。

ハーパー　決断できない私からの近況報告。やっと二、三時間眠れたと思ったら、乗ってる飛行機が墜落して水に沈む夢を見た。私も水中に引き込まれて逃げられなかった…(

彼女も同じ光景を見たのだ。なぜそんなことが？

額に汗が噴き出した。記憶が次第に遠ざかり、二つの現実がまた切り離されていくのを感じた。初めははっきり見えていた凧《たこ》が風に運ばれて上昇し、みるみる小さくなってついには視界から消えるような感覚だった。もはや本当に存在していたのかどうかもわからない。

テレビを消そうとリモコンに手を伸ばしたが、新たに届いたリポートがおれの動きを封じた。〝専門家は、もし海上で墜落したのであれば発見は困難になり、生存者がいる可能性も低くなると——〟

新たに襲ってきた痺れが、頭で膨れあがる痛みと戦いはじめた。

おれは目をつぶった。

飛行機は水面に落下した。だが、彼らは生きていた。大部分の乗客は。

おれは彼らを助けようとした。

飛行機が水面にぶつかったなら、なぜ機体が粉々になっていないのか？　時速千キロでコンクリートに激突するような衝撃があるはずなのに。

答えはおれの頭のなかにある——理由はわからないが。

おれの疑問に答えるかのように、不意に事実が見えた。

乱気流に呑まれたあと飛行機は速度を落としていたのだ。それに、パイロットたちは着陸用の車輪を出してさらなる減速を試みた。機体は二つに折れ、尾翼側は回転して樹木とこすれ合ったために、そこでも速度が失われた。そして、折れた機体は尾翼から湖に突っ込んだ。何かが支えになったおかげで――たぶん水中に木があったのだろう――すぐに沈むことはなかった。おれの頭に、湖面から突き出た飛行機の姿がまざまざと浮かんだ。

目眩《めまい》を感じた。吐きそうだった。テーブルのへりを摑んでどうにか腰を上げ、足を引きずるようにして洗面台に行った。それから蛇口のハンドルを跳ね上げ、しばしそこから噴き出てくる水を見つめた。円い輪に横棒が一本入った形の排水口に、勢いよく水が流れ込んでいく。まるで、沈みかけた機体に流れ込むかのように。半分にちぎれた機体。一瞬、排水口が消え、そこに機体の断面と思われるギザギザした暗い穴が現われた。そして、それもすぐに見えなくなった。

顔にたっぷり水をかけた。肌を刺すような冷たさだったが……効果はあった。覚えのある感覚だ。痺れるほどの冷水が、泳いでいるおれの顔にかかったのだ。ハンドルをコールド側へめいっぱいまわし、両手で水を受け止めた。指がチクチクと痛み、燃えるような熱に包まれたあと、痺れがやって来た。そうして痛めつければつけるほど、感覚はますます鈍くなっていった。熱と痺れが手を這い上がり、次第に頭がはっきりしてきた。勢いよく顔を洗い、震えながら大きく息を吸い込んだ。

おれは森のなかを走っていた。前方の暗い木立の向こうに、一ダースほどの光の粒が跳ねているのが見える。おれの吐く息が白い煙に変わり、その光のビーズの方へ漂っていった。

そしてふたたび、おれはホテルの洗面台に立っていた。蛇口から水が流れ落ち、うしろにあるテレビの音は聞こえない。

おれはみんなに語りかけていた。暗い湖の岸辺で。〝おれたち以外に彼らを救える者はいないじゃないか。彼らの命がおれたちの手に委ねられている……〟

振り返ってノートパソコンの画面を見つめた。彼女の瞳を。流れ落ちる水の音が聞こえていた。滝のような音が。

その瞬間、頭のなかで何かが爆発した。その衝撃が電流のような痛みとあいまって、おれにハンマーの一撃を食らわせた。強烈な痛みに手足の感覚が失せ、一瞬、四肢《しし》が麻痺したのではないかと思った。だが、鏡のなかではおれの手はちゃんと動いていた。

もう一度両手に水を溜めて顔まで運び、目元にそれを押しつけた。そして、また手を離したとき、おれはぬかるんだ岸辺に立っていた。目の前には湖面から突き出たちぎれた機体がある。呼吸をするたびに白い煙が夜空に立ちのぼった。音はなく、ほかに感じ取れるものも一切ない。おれの吐息以外、世界中が凍りついてしまったかのようだった。

ゆっくりと、かなりの気力を振り絞り、首を右にひねった。そこではひとりの女性が、感情のない顔で静かに立っていた。「きみはどうだ？」おれは訊いた。

「ええ……大丈夫。泳ぎは得意よ」

湖の方に視線を戻したが、機体はすでに消えていた。おれはホテルの部屋に戻っていた。

ニュースはもう終わったようだ。発光するパソコンの画面がこちらを見つめていた。あの顔が。フェイスブックの女性。あれはたしかに彼女だった。

50　ニック

気が変になりそうだった。

手がじっとりと汗ばんでいる。天井のスピーカーから声が響いた。〝ロンドン、ヒースロー行き三一四便をご利用の皆様に、ご搭乗の最終案内を致します。当便をご利用の皆様は……〟

皆様と言っても、この待合スペースにいる人間はもうおれだけだった。椅子に腰を据えたまま、カウンターで働いているその女性に目を向けた。彼女はマイクとくるくるしたコードを手にもち、ボタンを押し込んで口を動かしながら、まっすぐおれを見つめていた。まだ埋まっていない予約席はひとつだけだと知っているのだろう。まだ搭乗していない、保安検査が済んでコンコースのどこかにいる乗客はあとひとりだと。そして、それはおれだと見抜いているのだ。

自分でもどうかしていると思う。いますぐこの場を去って家に帰り、頭を診てもらうべきだろう。

だが、おれはそうする代わりに椅子から立ち上がり、彼女のもとまで行って搭乗券を手渡した。彼女の目が、ぐっしょり湿ったおれの髪や、冷や汗が滲んだ青白い顔を見て取った。「どこかお体の具合でも？」

「いや、平気だ。ただちょっと……最近、ヨーロッパ行きのフライトでひどい目に遭ったもんでね」

ハーパー・レインの連絡先はわからなかった。調べてはみたのだが、固定電話の番号は見つからなかったし、携帯電話の番号は探しようがなかった。メールアドレスも知らない。フェイスブックで友だち申請することも考えたが……気味が悪いに決まっていた。そもそも何と書けばいいのだ？〝おれのことを覚えてるかい？いっしょになった飛行機できみの荷物を下ろしてあげたんだけど。ところで、もしかしてきみも記憶にないかな？その飛行機がイギリスの山奥に墜ちたってこと。実はおれは覚えてるんだよ。そのあと色々と大変なことが起きて……〟

わかっているのは——おれが唯一知っているのは——彼女が住んでいる場所だった。行ったことがあるからだ。二一四七年に。

そしていま、おれはまさにその場所を歩いていた。二〇一五年に。差し当たっておれが考えるべきことは、警察に捕まった場合にどう言い訳するかだろう。

彼女が住む建物に着くと、アーガイル柄のセーターにハンチング帽を被った年配の男性がなかへ入るところで、彼は近づいてくるおれのためにドアを押さえて待っていてくれた。

小さくジャンプしてそちらへ急ぎ、彼に礼を言った。

階段を上ってひとつめの踊り場を通り過ぎた。

二つめ。

三つめ。

四つめまで来たところで、彼女の部屋のドアが見えた。

おれはどうかしている。

ノックをした。ドアを打つたびに、指からみぞおちまで、電気ショックのような痺れが走った。いますぐまわれ右をして逃げ出したいという衝動を、おれは必死で抑え込んだ。

ドアの向こうから、靴下を履いた足で木の床を踏む音が聞こえてきた。おれは額の汗を拭った。

覗き穴から漏れる小さな光が暗くなった。

と、ドアの反対側でドスンという物音がし、覗き穴がまた明るくなった。きっと電話に飛びついて警察を呼ぼうとしているのだ。

カチャリと音が鳴った。

そろそろとドアが開き、その狭い隙間に彼女が姿を覗かせた。

おれはささやくような声で挨拶した。「ハイ」

ぽかんと口を開けた彼女の顔がたちまち真っ白になった。もともと大きな目がさらにまん丸に、どこまでも大きく開かれていき、もともと魅力的な目がさらに魅力的になった。

「ハイ」彼女が、どうにか聞き取れるぐらいの小さな声で答えた。

彼女がだらりと両手を下ろすと、重い木のドアがきしみをあげて開き、部屋のなかが見通せるようになった。ひどく散らかっていた。隅の方にはくしゃくしゃに丸めた紙がいくつも溜まっていて、床には一面、まるで落ち葉でも敷き詰めたように画用紙が散らばっていた。あちらこちらにフェルトペンも転がっている。保育園で見かけるような光景だ。もしかして彼女の子どもだろうか？　それとも姪《めい》や甥《おい》だろうか。

大きな厚紙が七枚ほど、ソファーと二脚の椅子の上に並んでいた。イーゼルに立てかけて展示してあるアート作品、といった雰囲気だが、実際のところは、学会かどこかで使う資料と呼んだほうが近そうだった。いちばん上にタイトルがあり、その下に簡単な絵や年表のようなものが続いている。ドラゴン、船隊、ピラミッド。びっしりと書き連ねた文章や走り書きした文字。矢印。何かを取り消した二重線。そして、ひとつの名前。

アリス・カーター。

これらはすべて、アリス・カーターに関係するものなのだ。

いったい誰だろう？　乗客のひとりだろうか？　あり得ないことではない。おれが名前を知っているのはほんの数人だ。

ドアが開ききると、厚紙には八枚めがあることがわかった。最後の展示作品だ。いちばん上に、大きな黒いブロック体の文字で『三〇五便』と書いてあった。その下には〝単発の小説？　SF？　スリラー？　タイムトラベルもの？〟とある。

つまり、彼女はすべてが頭のなかの出来事だと考えているのだ。自分が創り出した物語だと。

その文字に続いてスケッチが描かれていた——円い穴が開いた機体の先端部が静かな湖面から突き出ており、夜空には三日月が浮かんでいる。

絵の下のスペースに、名前が並んでいた。

〝ニック・ストーン、サブリナ・シュレーダー、ユル・タン〟

〝想像の産物ではない？〟

胸に希望が広がり、部屋に足を踏み入れる勇気が湧いた。彼女はその場に立ち尽くしていた。微動だにせず、目だけでこちらの動きを追っている。

チャンスに賭けるしかない。「きみはどこまで思い出した？」

彼女が唾を呑んでまばたきをした。だが、彼女が発したその声には、ためらいも不安も混じっていなかった。「何もかもよ」

おれは大きく息を吐いた。初めて頭のうずきが鎮まり、一秒一秒が残った痛みを洗い流していった。

彼女が近づいてきてじっくりとおれの顔を眺めた。とりわけ額のあたりを。そこは、タイタンが野営地に侵入してきたときに怪我を負った場所で、彼女は寂れた石造りの田舎屋でその傷を手当てしてくれたのだった。彼女がこちらに手を伸ばし、額の生え際に触れた。ポッドウェイの車内の場景が蘇った。あのときおれたちは、二一四七年の世界でただ一度だけ、二人きりで過ごすことができたのだ。彼女の手首を掴み、手のひらにそっと親指を滑り込ませた。あのときと同じように。

「これからどうする?」おれは訊いた。

「ロンドンへ向かう車内でしかけていたことを、おしまいまでしたいわ」

51 ハーパー

私たちは、私が日記帳とノートを見つけたベッドに横たわっていた。あれを読んだのは数日まえのことだ――見方によっては、いまから百三十二年後とも言えるが。どちらにしろ、まさにこの場所で私は自分の人生がどんな結末を迎えたかを知ったのだった。あのときはぞっとしたし、いまは先のことを恐れている。でも、それ以上にわくわくしている。

日記帳を読み終えたとき、ニックが部屋に入ってきてこのベッドの端に腰を下ろした。彼は私の隣に坐り、日記に書かれている未来は私のものではないし、日記どおりになるとは限らないと言った。違う選択ができるはずだと。

当時は、そんなことばは虚しい慰めでしかないと思った。私の痛みを和らげて落ち着かせようとしているだけだと感じたのだ。

しかし、それは現実になった。私はこうしてここにいる。自分の時代に戻って。何が起きたかをすべて理解して。

危うく繰り返しそうになっていた悲劇的な未来は、決してやって来ないだろう。

そして、このベッドにはいま、ニック・ストーンがいる。あらゆることを記憶に留めたまま。服はすべて脱ぎ捨てて。

何もかもが完璧だ。

寝室の広い窓から差し込む朝日が、もはや気づかぬふりができないほど眩しくなったころ、ニックが体を起こしてボクサーショーツを穿いた。それからパンツも。

私はちょっとしたパニックを起こした。

シャワーまわりはきれいだっただろうか？

少なくとも理想的な状態ではないはずだ。それに朝食。うちの冷蔵庫に残っているものなど、飢え死にしそうな旅人だって口にしないだろう。

彼がシャツを身につけてこちらを振り返った。「朝飯を買ってくるよ。何がいい?」

いっしょに行きたかったが、自分がひどい顔をしていることもわかっていた。ゆうべはほとんど寝ていないからだ――もちろん、不満があるわけではないが。それに、彼が出かけているあいだ、その貴重な時間を使って懸案の家のなかの問題を片付けることもできる。マフィンとコーヒーを頼み、近所にある信頼できる店を教えると、彼が部屋を出ていった。

私はベッドで寝返りを打ち、両手に顔を埋めた。どうしてこんなに恐いのだろう?

もう記憶に怯えているわけではないし、決断のことで悩まされているわけでもない。結局、こういうことなのだろう。ニック・ストーンは大好きだが、彼の頭のなかはまるでわからない。それどころか、彼のことなど何ひとつ知らないのだ。

いや、それは違う。見当違いもいいところだ。私は彼をよく知っている。彼がどんな人間か、心の隅々まで見えるような感覚さえある。出会ってすぐに感じたはずだ。墜落の直前に彼がジリアンをかばいに来たときから。出口に殺到する乗客を押しとどめ、踏み潰されそうになっている女性を助けたときから。湖の岸辺で及び腰の生存者たちに語りかけ、機体まで泳ぐべきだと説き伏せた、あの凍えるような衝撃のひとときから。彼が、自分の命も顧みずに私を救ってくれたときから。

私の愛する人は、そういう人なのだ。

でも、彼が私をどう思っているかはわからない。だからこんなに胸がざわつくのだろう。彼はいったいどう感じているのか。眠らない一夜を私と過ごしたことを。知り合ってまだ間もない相手とそんなことをするなんて、私には初めての経験だった。私にとっての一大事は、彼にはどれほどの意味をもつのだろう。同じ気持ちならいいのだけれど。

でも、もし違ったら？　いつもこんなことをしているとしたら？　ゆうべのことなんて、彼にとってはこれっぽっちも意味がないとしたら？

ドアが開いた音で私は飛び起きた。しまった。何も片付けていない。部屋は相変わらずぐちゃぐちゃで、私は怠け者のふしだら女みたいにいまだに裸でベッドにいる。

彼が茶色い紙袋を持ち上げてみせたので、キッチンの方を指し示した。それからタンクトップとパジャマのパンツを身につけ、何食わぬ顔で寝室を出た。取り乱した頭の中身を、せめて十パーセントぐらいしか悟られないように気をつけながら。

「朝食はもう売ってなかったよ。どうやら十一時半までみたいだな」

彼がサンドウィッチをいくつかテーブルに並べた。正確に言うと四つ——私の好みがわからなかったのだろう。二人で席に着き、それをかじりながら、本当に向き合うべき問題とは遠くかけ離れた事柄をあれこれ話しはじめた。

やがて、もう少し深刻な話題も口にするようになった。たとえば記憶のこと。ニックは、記憶をいっぺんに脳に詰め込んだことが問題を引き起こしたのではないかと見ていた。人間の精神は矛盾する記憶をそれほど簡単に受け入れることができないのかもしれない。あるいは、脳の神経回路が新たな記憶を統合するのに時間を必要としたのかもしれないと。彼は私たち四人が――ユル、サブリナ、それに彼と私が――互いに刺激し合うことで、記憶のピースが集まったと考えていた。そして、彼にとっての最後のピースは私だったと言った。それを耳にして思わず微笑むと、彼はふと口を閉じ、それから私と同じように微笑んだ。

サブリナとユルが完全に記憶を取り戻したかどうかはわからないが、彼らとも連絡をとれるということだった。

「だが、先に電話をしたい相手がいるんだ」彼が携帯電話の画面に触れた。「ニューヨークはいま何時だろう？　朝の七時か。そろそろいいな」

そう言って窓の方へ歩いていくと、彼は『三〇五便』の厚紙が載った椅子のそばに立ち、誰かの番号を押した。そして、応答を待ちながら窓の外に目をやり、昼食を求めて通りに溢れ出した人の流れを見つめた。

「オリヴァー、ニック・ストーンです。起こしてしまいましたか？」

短い間があった。

「いえ、もう大丈夫です」彼がこちらに視線を向けた。「というより、とても調子がいいですよ。ところで、グレイソンのことなんですが。どうでしょう、彼もタイタン財団のメンバーに加えてみませんか？　彼にチャンスを与えるということです。変わるきっかけを。もしショー家の資産運用に一から関われるとなれば……彼はきっとその機会に飛びつくはずです」

ニックがまた向こうの声に耳を澄ました。しばし一点を見つめていたが、やがてその目が忙《せわ》しなく左右に動きはじめた。私の好きな仕草だった——いかにも頭のなかで歯車がまわっているという感じがするからだ。

「わかります。彼が誤解しないように気をつける必要はあるでしょう。ですが思うんです。もし適切な形で提案ができれば、彼に機会と発言権さえ与えれば、彼の意外な側面が見えるかもしれないと。彼に正しい道を進むチャンスを与えてみませんか。あなたは、彼が自分の人生を無駄にせず、何かを摑み取ることを願っているはずです。だったらやってみるべきでしょう。まずは彼を信じることから始めて、彼を巻き込み、彼自身に決断させるんですよ」

ふたたび間があり、ニックの声が穏やかになった。

「いえ、そんなことではありませんよ。奇妙に思うかもしれませんが、おれはただこう感じただけなんです。もし彼にもう一度チャンスを与えなければ、あなたが一生後悔するのではないかと」

彼が電話を終えたあと、私たちはまたキッチンの小さな四角いテーブルで向かい合い、コーヒーの残りを口にした。テーブルは白いペンキがあちこち剝げてしまっていて、古びた雰囲気がかえってしゃれて見えるかというと、デザインがあかぬけないせいでそうもならなかった。

彼のコーヒーがなくなり、会話も途絶えると、彼が立ち上がってコートを取りにいった。コートはゆうべ慌ただしく脱ぎ捨てた衣類の下敷きになっていた。

「きみの今日の予定は知らないけど、おれはいくつか片付けなきゃならない用事があるんだ。まあ、二、三時間もあれば終わると思うが」

「わかったわ。ええと、私はずっとここにいると思う。とくに予定はないから」私はどうにか気持ちを落ち着かせようとした。「ニック」思いきって切り出した。私の口調が変わったし、ファーストネームで呼ぶのも久しぶりだったからだろう。彼が少し驚いたようにこちらを向いた。ああ、これではダメなガールフレンドの典型だ。朝を迎えたところで、ことばを強要するなんて。悲惨な結末が待っているだけなのに。でも、自分が間違っていないこともわかっていた。これはただの火遊びなんかじゃないのだ。私たちは互いをさらけ出した。ベッドのなかのことだけを言ってるんじゃない。彼をこのまま――たとえ二、三時間でも――行かせることなどできなかった。確かめないうちは。私はできるだけさりげない口調で続けた。「私たち物書きは、あまり外出しないのよ」緊張を悟られないよう、肩をすくめてみせた。「それに、デートも滅多にしないわ。そう、私も……最近はしてないわよ」

彼が私の顔を眺めまわした。真剣なまなざしで。「おれもだ、ハーパー。聞いてくれ。大学を出てからは、おれの人生はほとんど仕事一色だった。ほかのことに費やす時間などなかったんだ。誰かのために費やす時間もな」彼がちらりと、寝室で乱れたままになっているシーツに目をやった。「おれにとってもこれは特別な出来事だ。どれほど特別か、今夜きみに証明するよ」

52

ハーパー

パニック・レベル――一〇〇万（十段階評価で）

その台詞を口にしたあと――〝おれにとってもこれは特別な出来事だ。どれほど特別か、今夜きみに証明する〟――ニックは私の額にキスし、声も出せずにいる私を残してドアを出ていった。私はただあんぐりと口を開けるばかりで、床まで落ちた顎をもとに戻すのに何分もかかってしまった。

恐かった。今朝目覚めたときは、彼が寝返りを打って私の頬をつまみ、こう言いだすのではないかと恐れていた。〝楽しかったよ、ハーパー。いい思い出になった（ウィンク）。またな〟だが、いまはそのときよりも恐いぐらいだった。

どちらの結果のほうがよかったのかさえわからない。

ニックが私の人生から消えてしまうのは嫌だが、まだ決定的な関係になる覚悟もできていなかった。

彼に原因があるわけではない。あくまで私自身の問題だった。その種の覚悟を決めるまえに、まずは自分の人生を整える必要がある。自分が将来何になりたいのか、しっかり見つめ直さなければならないのだ。それなのに、いまやその種の問題は、私の目の前に――文字通り、ついさっきまでこのフラットに――立ちはだかっていた。もし二人の関係が冷えてしまうようなことになったら、私は一生後悔するだろうか？　未来の私は、彼といっしょにいられないことを嘆き悲しんでいた――死ぬ間際まで。

ああ、もう！

ひとまず落ち着かなければ。集中して。ちゃんと考えるんだ。

解決策は？　彼があのドアから入ってきたら、こう打ち明けるのはどうだろう。私の人生にはまだ整理すべき問題がある。そういう真剣な事柄を決めるまえに、軌道に乗せねばならないことがあると。そう、それが事実なのだ。初めて冷静になれた気がした――生きていくうえで自分が何をするべきか、いまははっきりと見える。

二一四七年で過ごしたあの時間がなければ、この気づきは得られなかっただろう。それに、ニックにも出会えなかった。どちらも私にとってはかけがえのないものだ。

自分が何を仕事にして生きていくべきなのか、いまならわかる。

アリス・カーターだ。

小さいころは、人生とは夢を追うものだったてではないか。私には、安全な道を選んでこの先を生きていくという選択肢もある。もし私がオリヴァー・ノートン・ショーの伝記を書かなければ、誰かが書くことになるだろう。その誰かは私よりいい文章を書くかもしれないし、少し劣るものを書くかもしれない。だが、いずれにしろ本は出来上がる。けれど、アリス・カーターの物語を書けるのはこの私だけだ。私しかいない。彼女の運命は私に懸かっている。

それが、人生にとって大切なことではないだろうか。ほかの誰でもない、自分にしかできないものを見つけ、一生懸命それに取り組むということが。ほかの誰よりも愛する人を、ほかの誰よりも愛してくれる人を見つけるということが。たぶんニック・ストーンはそういう相手だ。でも、アリス・カーターに比べれば彼のことはよくわかっていない。いまはまだ。

二人のことをもっとよく知るためにも、いまこそ動きださなければならなかった。リスクがあるのは承知のうえだ。

私のエージェントは無言でその場に坐り、耳を傾け、頷いていた。すべてを聞き終えると、彼はことばを探すようにオフィスに視線をさまよわせた。

私は首をすくめ、これから降ってくるであろうことばの砲弾に身構えた。〝キャリアを台無しにするつもりか。ぼくがきみのために必死で手に入れたチャンスを棒に振るのか。何て無責任な決断だ〟

だが、耳に入ってきたのはそれとはまったく違う台詞だった。「きみの決断を尊重するよ、ハーパー。きみにとって、夢を追うのはとても大切なことなんだろう。ぼくも精いっぱい協力させてもらうよ」まるで、パラシュートをもらったような気分だった。そのことばが私の体をふわりと引き上げ、それからしっかりと着地させて命を救ってくれたように感じたのだ。

これでひとつ解決した。

私の父は八年まえに心臓発作で死んでしまった。父がとても恋しいし、母も私と同じ気持ちでいる。父は私の故郷の小さな町で教師をしていた。母は写真家だが、父が亡くなってから数年のあいだ、彼女は精神的にも経済的にも苦労を味わった。父が遺した資産は二つだった。故郷の家と、父が自分の両親から相続したロンドンのフラットだ。昔、父の両親はとても羽振りのいい時期があったのだという。

母はフラットを人に貸していて、ここ二、三年は私に貸していた。お互いにとっていい取引だった。私は相場よりほんの少しだけ多めに家賃を払うと申し出たし、ときどき、たとえば仕事に間が開いて支払いがやや遅れてしまったときなどは実際に多めに出した――そう、母親が大家だというのは、娘にとっては最高にありがたいことなのだ。

だが、もし私がいまの仕事から身を退くなら、本気で生き方を変えるつもりなら、フラットはどうにかしなければならないだろう。母にはいくつか選択肢をあげたかった。具体的なプランを。それに、わざわざロンドンまで来て動きまわるという面倒も省いてあげたかった。母には散々世話になっているからだ。加えて、母は私以上に決断が苦手だという事情もある。

そんなことを考えながら、私は不動産仲介業者のごちゃごちゃしたオフィスに坐り、彼が淀みなく口にする数字や世の動向や、よくわからないことばを聞いていた。ロンドンの不動産価格は昨年よりこれぐらいの率で上昇しました。平均価格はこれぐらいの伸びで、住宅ローン金利は横這いで、しかし、今後はこれぐらいまで上がるはずです。とくに、もし英国中央銀行が来期に金融引き締め策に転じれば、その傾向は顕著になるでしょう。と言っても労働市場の動向から見れば疑問符はつきますが。あなたがお住まいの地区にも、現在問い合わせを受けている物件がこんなに数多くありまして、契約成立までの平均日数は……。

ついに私は手を上げ、肝心な点だけ教えてもらうことにした。ニックがいつ戻るかわからないし、彼は鍵をもっていないのだ。「とてもためになるお話です。ありがとうございます、本当に――ただ、あなたから見て、私のフラットはいくらぐらいで売れると思いますか？」

自分の実力が試されているとでも感じたのだろうか。彼は眉を上げ、深々と椅子に体を沈めた。「断言するのは難しいですね。しかし、これだけは言えます」彼が心もち身を乗り出して声を落とした。まるで、廊下を通る人間には聞かせられない極秘情報だとでもいうように。「いますぐ市場に出せば、最高額で売却できる見込みがあります」彼は続けて具体的な数字を口にした。公平を期して言えば、それはかなりの高額だった。期待していた以上の額だ。

「しかし、もし先に延ばすなら――たとえば冬まで――不動産市況は軟調になるでしょう。すでになりかけているかもしれません。最近はどの新聞もバブル崩壊の問題を取り上げていますからね。買い手が不安になっているんですよ」彼が急いで付け加えた。「ただ、あなたが所有している規模の物件は話がべつだと思います。いまは非常に需要が高まっているんです……少なくとも、いまこの瞬間はです」

私は頷いた。「それで、もし貸すとしたら？　いくらぐらいの家賃が見込めるでしょう？」

彼はその案にはあまり賛成できないようだった。その場合は同じオフィスの賃貸物件担当者に任せなければならないのだという。それに賃貸にしてしまったら、売却するよりも確実に損をするという話だった。彼はどんなマイナス面があるか事細かに予想してみせた。質《たち》の悪い賃借人から、将来の買い手に与える悪印象まで。そして、この物件は私の家族が代々所有してきたものだということを強調した。何でも、所有者がずっと同一だった物件というのは売却する際にプレミアがつくのだそうだ――「売る相手を間違えなければ」ということばが続いたが。

一方、私は私でこう返した。数年のあいだは収入がゼロになるかもしれない。たしかに父も所有しつづけることを望んだだろうが、そのためには人に貸すしかないのだと。そして、父はきっと、たとえ賃借人が出たあとにペンキを塗り直すことになっても、売るぐらいなら貸すことを認めたはずだと。

それでもまだ、その仲介業者は貸すという案に難色を示した。理由は容易に察しがつくが。

結局、私はまたひとつ決断すべき問題を抱えてその場を去ることになった。

もっとも、母へのアドバイスは売却か賃貸のどちらかになる、ということははっきりした。どちらに決まるにしても、私はアリス・カーターの第一巻を出せるようになるまで母のもとで暮らすことになるだろう。

家に帰ってみると、ほっとしたことに、正面玄関の前には待ちぼうけを食っているニックの姿はなかった。ただ、廊下にはやけに機嫌のよさそうな隣人がいて、まるで宝くじにでも当たったように体を弾ませていた。

私の勘はそれほど外れていなかった。どうやらいまのロンドンでは、リストに登録せずともフラットが売れるようになったらしい。

彼女はひそひそ話でもするように口に手を当てて言った。「向こうから申し出があったのよ、ハープ。海外の買い手ですって。しかも一括払いよ」

彼女はいくらで売れたか言わなかったが、迷う必要などない金額だということは明かした。

きっとあの仲介業者は、明日にでもこの小さなニュースを知らせてくるに違いない。そして、いまなら私の部屋の売り値もぐんと上げられるとか、隣に恐い住民が越してくるかもしれないといった忠告をするだろう。「いまが売りどきですよ」彼はそう言うはずだ。「この機会を逃せば大損するかもしれません」

部屋に入り、軽く片付けを始めたが、数分おきに窓の外へ目をやらずにはいられなかった。帰ってくるニックの姿が見えることを期待していたのだ。

53　ハーパー

部屋のドアが開いてニックが入ってきたのは、私が床に寝そべってアリス・カーターのノートに書き込みをしているときだった。彼が手にしている茶色い紙袋からいい匂いが漂ってきた。チキンとマッシュドポテトだ。

いったいどんな手を使っているのだろう？　鍵もないのに、彼はいつでも正面玄関を通り抜けられるようだ。

彼が微笑んだ。「なかなか魅力的な姿だな」

私は首をまわし、暖炉や窓の前を通り過ぎていく彼の姿を目で追った。大きい窓の向こうには通りが見えていて、日暮れを迎えた太陽が道沿いの店や忙しなく行き交う人々をオレンジ色に染めていた。彼がキッチンの古ぼけたテーブルに紙袋を置いた。私は最後にもう一度、自分の台詞を頭のなかで練習した。緊張が高まっていくのを感じた。

「夕飯にしよう」彼が呼びかけてきた。

「いいわね、お腹が空いたわ」

立ち上がって狭いキッチンに行った。

彼の手がポケットに伸びるのを目にし、一瞬、心臓が止まった。

指先で何かを探っている。彼が顔を上げ、にんまりと笑った。そして、ポケットから…

…携帯電話を出した。

「これを聞いてくれ」彼はテーブルに電話を置き、留守番電話の再生ボタンを押した。

〝ニック、オリヴァーだ。グレイソンと話をした。驚いたよ。息子は大よろこびしたんだ、ニック。二時間ほどだったが、息子とあんなに実のある会話ができたのは初めてだ。財団について少し話し合った――息子はとても積極的で、アイディアも山ほど出してくれたよ。ほかにも色々な話をした。母親のことを含めて、もっと早く話し合うべきだったことをな。きみが今朝電話をくれなければこうはならなかっただろう。本当に感謝している。私は信心深い人間ではない。信仰をもとうと思ったこともない。だが、すべてのことは何か理由があって起きるのだと信じている。人との出会いも、そのときに出会うべき理由があるから出会うのだと。そして、だからこそきみに会えたのだと思っているよ、ニック。まあ、些《いささ》か感傷的な気分になっているかもしれないが。酒も入っているんだ〟ショーが静かに笑った。〝こんなメッセージは消してくれて構わないぞ。それが済んだらすぐに電話をくれ〟

ニックが眉を上げて、上目遣いでこちらを見た。

「驚いたわ」私は言った。打ち明けるには最高の流れだった。「うれしい知らせね。それに、これなら伝記を書けないと伝えてもそんなにがっかりしないでくれるかも」

ニックが袋の中身を出しはじめた。「じゃあ、決めたんだな」

「ええ。アリス・カーターを選んだわ。彼女を追い求めるの。私の夢を」

テーブルに近づいていった。手が震えていることに気づき、それを隠そうとパジャマのポケットに両手を押し込んだ――それとも、私は無意識に、高価な宝石がついた金属製の輪をはめられる場所をなくそうとしているのだろうか？ 自分がまるで、腰に手を縛りつけられた病んだ人間になったような気がした。せめて声だけは普通に出そうと頑張った。

「今日はあれこれ先の計画を練っていたの。人に会ったりして。身のまわりを整理しようと思っているのよ」

彼が紙袋から視線を上げた。「そうなのか？ おれもだよ」

ああ、どうしよう。

「それに」と彼が言った。彼は付け合わせのマッシュドポテトの包みを開いていたが、緊張が高まりすぎた私はその匂いすら感じなくなっていた。「ユルと話したんだ。彼も少しずつ思い出しているらしい。そのうち四人で会いたいと言っておいたよ。まずはサンフランシスコに戻ったときに彼と会うつもりだが。向こうで引越し作業をしなくちゃならないからな」

〝向こうで引越し作業をする〟

「私も引越しするの」追い詰められて、思わず口走った。「このフラットは母のものなんだけど、誰かに貸さなきゃならないのよ――ちゃんと家賃を払える人に」私はかろうじて弱々しい笑みを浮かべた。「私はほら、アリスの第一巻を書き終えるまでかなり貧乏になってしまうから。しばらくかかると思うわ。そういう時期なのよ。人生の過渡期で、色んなことが変化するの。当面は忙しくなるはずよ。決断すべきこともたくさんある。たとえひとつでも、これ以上何かを決めることなんてできないわ。頭が爆発してしまいそうよ」

私は口を閉じ、じっと待った。

数秒が経過した。テーブルにはすでに料理が並んでいた。マッシュドポテト、にんじん、チキン。

「待ったほうがいいか?」彼が訊いた。

「ええ、待つことも大事だわ」つい、乱暴な、弁解めいた言い方をしてしまった。声を和らげ、できるだけ軽い口調で続けた。「そういう場合もあるでしょう? 時期が来るまで待つべきだと思う。べつに、あなたが無理強いするとは思っていないんだけど」

「まだ早いとは思わなかったな」

「私にはまだ無理なの」私はきっぱりと言った。

「わかった」彼があたりを見まわした。「じゃあ、オーブンにでも入れておこう」

何を言っているんだろう？「どうしてそんなことを？」

「冷めないようにだよ」

私は無言で彼を見つめた。

彼が肩をすくめた。「冷えたチキンは苦手なんだ」

「ああ、ええ」夕食のことだった。彼はずっと、食べるのを待つかどうかという話をしていたのだ。パジャマのパンツから手を引っ張り出し、自分の拘束を解いた。まさに私は病んだ人だが、これで少しはまともに見えるかもしれない。「ええと……やっぱり食べましょう。私は平気よ」

椅子に坐ると、彼がすぐに皿に料理を取りはじめた。きっと朝食を最後に何も口にしていなかったのだろう。私もチキンとにんじんをいくつか自分の皿に載せたが、食べることができなかった。

彼がリヴィングの方を指し示した。「アリスの小説だが、スタートは好調のようだな。一冊めを書き終えるのはいつぐらいになりそうなんだ？」

「何とも言えないわ。予定に合わせてインスピレーションが湧いてくれるわけじゃないもの。一年か、それ以上かかるかもしれない」

「このフラットはきみの母親のものなのか？」

「ええ。実は今日、仲介業者に会ってきたの。母にいくつか案を出したくて。その業者が言うには、ここはかなりの高値で売れるみたい。そのお金があれば母もしばらくやっていけると思うわ。引退するまでもつかもしれない。人に貸すという手もあるけど、その場合は母が管理費を払わなくちゃならないし、不安定な面もあるのよね。ロンドンの不動産市場はちょっとおかしくなってきてるから。隣のフラットもつい最近売れたのよ――しかも、向こうから申し出があったんですって。きっと欲深な海外投資家よ。そのうちロンドンはぜんぶ彼らに買い占められちゃうかもしれないわ。このあいだも、ノルウェーの人がメイフェア地区のかなりのエリアを買い取ったって聞いたし。サヴィル通りまで入ってるのよ。もうすぐロンドンにはロンドンっ子がひとりもいなくなるんじゃないかしら」

「みんな従来とは違う投資先を探しているのさ。実を言うと、おれも今日はそういうことを考えていたんだ。この先何をするべきか、タイタン財団をどうしていくか。とくに、二一四七年の世界から学べることは何かと自分に問いかけていたよ」

もしかして、この話が行き着く先は――。

「大事なのは人間の性質だ」

私はフォークを置いた。「人間の性質？」

「彼らは、タイタンたちは、それを見誤ったのさ。ニコラスが何度かそのことばを口にしたんだ。あのときの彼は嘘をついていなかったと思う。タイタンの偉業と呼ばれた彼らのテクノロジーは、たしかに世界の動きを加速させた。だが、おれたちが抱える本当の問題は解決できなかった。つまり、人間の性質だ。彼らのテクノロジーでは、人間に優しさや思いやりをもたせることはできなかった。寛容な心を育てることもできなかった。テクノロジーは、おれたちの内側にあるものを根底から変えることはできなかったんだ。しかし、そこにこそ大きなやりがいがあるはずだ。彼らはそこに目標を見出すべきだったのさ。テクノロジーとか発明とか、建造計画なんかじゃなく。おれはこう思っているんだ。まだ成し遂げられていない偉大な仕事とは、人と人との関係をよくすることだと。おれの人生に欠けていたのはそういう種類のやりがいだ。だからあんなに不幸せだったんだろう」彼がまっすぐ私の目を見つめた。「まあ、これは学んだことの半分だが。おれは二一四七年でそういうことに気づかされた。とにかく、人間の性質を変えるというのが――ダムを築いたり新しいテクノロジーを開発したりするんじゃなく――おれが取り組みたい課題なんだよ」

「どんな方法を考えているの？」

「まだはっきりしない。一日中考えていたんだがな」

緊張がほんの少し解けてきたせいか、ちょっとだけ彼をからかってみたくなった。

「実は私、人間の性質の問題に対処できるテクノロジーを知っているの。人間を理解したり、思いやりの心を育てたり――まさに、あなたがいま言ったような問題を解決するのに役立つものよ、ミスタ・ストーン」

「本当か？」

「大昔からあるテクノロジーだわ」

「大昔から？」

「それに、驚くべき力をもっているの。それは一瞬にして人々を――何万人、何億人という大勢の人間を一度に――ほかの世界へ運べるし、そこで人々は、不思議なほど自分とよく似た相手から教えを授かることができる。そして、彼らから学んだことを自分の世界に持ち帰ることができるのよ。技術を習得したり、世界規模の変革を起こすような着想を得たりすることもできるわね」

「費用は？」彼の口の端には笑みが浮かびはじめていた。

「ほとんどかからないわ。環境を整備する必要もないわね」

「だとしたら、ぜひ実現しなくちゃな」

「その必要はないわよ。もうここにあるもの」私は本棚のところへ行き、ペーパーバックを一冊抜き取った。「それは本よ」

「本だって？」

「そのとおり」

「そいつは気づかなかったな」彼は椅子の上でのけぞってみせた。「しかし、面白いアイディアかもしれないな。おれたちが二一四七年で経験したことを本にして、みんなに考える材料を提供するというのは。これまで思いつかなかったが、そういう事業に投資するという手があるんだよな」

「たしかに……面白いかもしれないわね」

「それに」彼が続けた。「そうなれば、きみは運転資金を手にできる――この居心地のいい小さなフラットを売ったり貸したりしなくてもよくなるわけだ」

私は眉を上げた。「私と仕事の交渉をするつもり？」

彼が大声で笑った。「そうだよ。こんなにいい投資先は滅多にないからな。ただし、もし引き受けてくれるなら、おれたちはいっしょに仕事をすることになる。半分はおれの話、半分はきみの話という形になるからだ。おれの章はきみに手伝ってもらわなきゃならないが」

「それはもちろん構わないけど」

「それに、それだけの共同作業をするとなると、おれはきみのそばにいる必要がある。たとえば、隣のフラットとかにな」

私は啞然とした。「まさか」

「おれは〝欲深な海外投資家〟なんだよ」彼は私が口にしたことばを持ち出した。

ばつが悪くなり、黙って首を振った。

「おれが今朝言ったことは本当なんだ、ハーパー。おれは、おれたちの関係をとても大事に考えている。きみがまだその気になれないと言うなら、おれはサンフランシスコに留まる。だが、そうじゃないなら隣に住むつもりだ。壁はすぐに取り払わなくていい。きみが望まないなら、ずっとそのままだって構わない」

私は頷いた。私も壁を取り払いたい。いつかその時期が来たら。いまはそう確信できた。もうひとつの世界では壁は消えていたのだから、ここでだって可能なはずだ。

可能性があることがうれしかった。以前は嫌だったのだが。可能性がいくつもあると、選択を——決断を——しなければならないからだ。だが、最近はその決断もだいぶ上手にできるようになった気がする。

私たちはそれから何時間か、いっしょに書く本のことや将来のことを話し合った。画用紙や厚紙や、すり切れたノートが散らばるリヴィングでは、暖炉がパチパチと音を立てていた。

背の高い窓の外で、この冬初めての雪がちらつきはじめた。暖かそうな格好をした人々が、街灯の黄色い明かりの下で家路を急いでいる。

夕食が半分ほどなくなったころ、私たちは残った料理を包み、明日のためにそれを冷蔵庫にしまった。そして、夜に備えて暖炉の火を強くすると、そのまま寝室に向かった。

思い出せる限りでは初めて、私は将来に対して何の不安も抱いていなかった。

著者あとがき

本作品を読んで頂きありがとうございます。『タイタン・プロジェクト』（原題 Departure）は楽しんで頂けたでしょうか。

私にとってこの小説を書くことは挑戦でもありました。というのも、本作品はある面では私の個人的な経験を描いているからです（もちろん二一四七年の場面ではありませんが）。前作の〈アトランティス・ジーン〉三部作が人類の起源を扱っていたとすれば、こちらは私の作家人生の起源を扱っていると言えるかもしれません。少なくとも、なぜ私がIT系ベンチャー企業を辞めて自らの情熱に従うことにしたか、その理由が書かれています。

世界の動きは年々スピードを増しているように思えます。私たちは数々の先端テクノロジーに膝まで浸かって生きているのです。しかし、それで世界が本当によくなっているのか、あるいは単に速度が上がっているだけなのか、私にはまだわかりません。答えは時が教えてくれるでしょう。いつか私たちはみなタイタンになるのかもしれないし、賢明にも、力を合わせてその運命を避けられるのかもしれない。

私が本作品で書きたかったのもそこなのです。テクノロジーは私たちをどこへ連れていき、どんな結末があり得るのか。私はそうした〝もしも〟を思索する物語を読むことも、（基本的には）書くことも楽しんでいます。

優れた物語は読者をよい方向に変えてくれると思います。なかには人の理性や魂を高めてくれるものさえあるでしょう。自分の作品にそれだけの力があるのかどうかわかりませんが、そんな物語を書きたいと思っていますし、今後もその旅におつきあい頂ければこれ以上の幸せはありません。

それではまた。

ゲリー

謝辞

小説は著者ひとりで書くものではなく、村が力を合わせて作るものなのかもしれません。幸運にも私の小さな村は今年になって飛躍的に大きくなり、結束も強くなりました。

妻のアンナはここリドル家で列車が定刻どおりに走るように気を配ってくれます（おかげでたとえ頭がどこかを放浪していても飛行機に乗り遅れることはありません）。彼女がいなければ私はまだヨーロッパのどこかの停車場にいて、あなたもこの小説を読むことはなかったでしょう。それ以上に私の人生が変わっていたはずですが。

仕事の面でも才能溢れる人々に出会うことができ、彼らが私の作品を世に送り出してくれました。デビュー作を出したばかりの私にチャンスをくれたのはグレイホーク・エージェンシーのグレイ・タンです。百万部が売れたいまでも彼はアジア各地に版権を売り込み、素晴らしい仕事をしてくれています。ダニー・バロアとヘザー・バロア・シャピロもまた、彼と同様の情熱とスキルをもって、ヨーロッパなど世界各地で私の代理人を務めてくれています。これら二つのエージェンシーの尽力により、前作〈アトランティス・ジーン〉シリーズは世界二十カ所ほどの地域で出版されることになったのです。感激ですし、グレイ、ダニー、ヘザーに代理人を務めてもらうことに恐縮もしています。

『タイタン・プロジェクト』が読者のもとへ届くまでの道のりは、ハーパーやニックの冒険並みに驚きに満ちていて、ある意味ではタイムトラベルの要素も含んでいます。もともと本作は二〇一四年十二月に個人出版で発売されました。その際にはフリーの編集者ミランダ・オトウェルが協力してくれました（彼女は世界的に人気のある作家、ミッチ・アルボム、エリザベス・ギルバート、ダニエル・シルヴァ、バーバラ・キングソルヴァーらの作品も手がけた人物で、いっしょに仕事ができたことを光栄に思います）。うれしいことに本作は発売後数ヵ月で約二十五万部を売り上げるヒット作になり、その後、20世紀フォックスが映画化権を取得しました。またハーパーコリンズ社のSF部門、ハーパーボイジャーからは出版権を取得したいという熱心な申し出がありました。これは私にとって難しい決断でした。出版社を通しての発売は未経験でしたし、非常にナーバスにもなっていました——本作品はかなり個人的な題材を扱っているため、特別な思い入れがあったのです。愛着のあるものを他人に委ねるのは簡単なことではありません。ですが、最後は思いきって申し出を受けようと決めましたし、ボイジャーの方々も逐一私の意思を確認してくれました。デヴィッド・ポメリコの編集や助言のおかげで物語は次のレベルに到達できたと思っています（私ひとりでは不可能だったでしょう）。デヴィッドや校閲者のグレッグ・ヴィレピクの尽力により、本作はこれまで書いたなかでもっとも洗練された自慢の小説になったのです。広報、宣伝、書店でのレイアウト等、見事な仕事ぶりで本作を本格的に売り込んでくれたレベッカ・ルカッシュ、ショーン・ニコルズ、パム・ジャフィーにも感謝しています。ボイジャーのチームは滑らかに動く機械のようで、私もそこで小さな歯車になれたことをうれしく思います。最後にボイジャーの食物連鎖の頂点に立つ人物、ライエイト・ステーリックにも心からお礼を言います。彼女の協力のおかげで本作を再刊行することができました。個人出版から約一年で、内容も編集も新たに、さらに改良されて書店に並ぶことになったのですから、これはちょっとした冒険旅行でしょう。

出版まえに試し読みをし、この旅の始まりを見届けてくれたアルファ・リーダーにも感謝します。二〇一四年の段階で貴重な指摘や助言をくれ、私をまたも助けてくれました。作品を書くたびに多くのことを学ばされますし、いつも試読してくれる彼らの存在をありがたく思います。フラン・メイスン、キャロル・デュバート、リサ・ワインバーグ、マイケル・ハッティです。

ベータ・リーダーの方々も私に勇気をくれ、出発直前まで有益な意見を寄せてくれました。以下の人々です。リー・エイムズ、スー・アーネット、アイヴァン・アーリントン、ローラ・アヴラミディス、ジェフ・ベイカー、ジョシュア・ベイカー、ポーラ・バレット、エリス・バーズマン、ジェン・ベングトソン、トレイシー・ビッグポンド、ベン・バード、ケイシー・ボートマン、スティーブ・ボースン、ポール・ボーエン、ジェイコブ・ブリセク、マイケル・カムニッシュ、ステファニー・キャンベル、エミリー・チン、リアン・クリスチャン、マーケル・コールマン、ロビン・コリンズ、ヘザー・カマーフォード、ジャッキー・クック、フランク・コワン、ケン・カドバック、テリー・デイグル、スー・デイヴィス、シルヴィ・デレゼイ、ジョー・デヴス、キャシー・ディキンソン、アダム・ドレル、デビー・ドウディ、ミシェル・ダフ、マット・イーガン、クリストファー・エイクス、マイシャ・イロネイ、アマンダ・フライズ、スキップ・フォールデン、ケイ・フォーブス、ベン・フォレスト、ホリー・フルニエ、N・J・フリッツ、ベン・ヒューリー、マシュー・ファイフ、ブレンダ・ゲールマン、ザカリー・ガーシュマン、キャシー・ジャンネスキ、ヴィッキー・ギビンズ、クリスティン・ガーテン、ジュリー・ゴドニク、カール・グレイ、ジュリア・グリーナウォルト、マイク・グリオン、チェット・ヘイル、ミオラ・ハンソン、ダスティン・ハーモン、エイミー・ヘス、マティアス・ヒュルス、テッド・ハスト、メアリ・ヤコボウスキ、ポール・ジェイミソン、サム・ジャーヴィ、クリストファー・カズ・ウィリアムズ、ショーン・カーカー、ジャニーン・クロス、リンダ・コーク、カリン・コスティザク、マット・レイシー、ケンダル・レイン、ダニエル・ルイス、キャメロン・ルイス、マリナ・ロバート、ディー・ロペス、ピーター・リンチ、ケリー・マホニー、ジェーン・マルコーニ、アンジェラ・マルクス、ヴァージニア・マクレーン、リアン・マクギヴァロン、スティーヴン・マッケニー、ジェイムズ・マクマレン、ジェイク・ミールズ、サキブ・ミアン、クリステン・ミラー、ブライアン・ミラー、トマス・ミッチャム、テラ・モンゴメリー、キム・マイアズ、スティーヴン・ニーズ、ケヴィン・グェン、ジョーダン・グェン、アンバー・オコナー、アン・パーマー、サラ・パターソン、マイク・ピーズ、シンディ・プレンダーガスト、ニキータ・プハルスキー、ブランドン・ピュリアム、ブライアン・パッゾ、レイチェル・クゥアルス、デボラ・レイダンツ、ケアリー・レイダンツ、アカシュ・ラジパール、ケイティ・レーガン、テリー・ライリー、デイヴ・レニゾン、テオドラ・リテガン、ライオネル・リーム、ティモシー・ロジャーズ、アンディ・ロイル、マイク・ラッセル、デニス・セイブル、ジョン・スキャフィディ、ステファノ・スカリオーネ、スコット・シェフラー、アンドレアス・シールド、ジョン・シュミット、シェアー・ショーニン、キャメロン・シュッツァ、シェーン・シュバイツァー、デビー・センベラ、アンジュリー・シーメンチャック、キース・シャーマー、ラッセル・シムキンズ、アンドレア・シンクレア、ロンダ・スローン、クリスティン・スミス、デュアン・スペルケイシー、リンダ・スポッツ、ジョージ・スターリング、エリザベス・スタイニンガー・ウルフ、アレックス・スティーヴンズ、ケイディ・

ステュワート、ティファニー・タナー、ポーラ・トーマス、メイシー・ティンデル、ケヴィン・ヴェネスキー、アンドリュー・ヴィラマーニャ、トム・フォーゲル、ジミー・フォン・リーゼン、リズ・W、ローレン・ウォール、ルイーズ・ウォード、ロン・ワッツ、クリス・ワッツ、シルヴィア・ウェブ、スコット・ワイナー、ダナ・ウェストファル、チャーリー・ホワイト、リンダ・ウィントン、ロバート・ワイズマン、サマンサ・ウォラセク、ジョン・ワーター、ルー・ウースト、アシーナ、テレサ。

そして、以下の好奇心溢れる面々にも感謝します。私のユーモア感覚を刺激してくれました。ジェイソン・バローカ、バーダー・ブアルキ、スティーヴ・ブレンクル、リー・デイヴィス、マイケル・デ・フィオ、クリストファー・ダンハム、デヴィッド・ガリ・カレーラ、エリン・ハンソン、ロブ・ハヌス、マット・アイザックス、ジョシュ・ジェイコブス、サミュエル・リンチ、コスタス・マヴラガニス、デザレイ・メルコヴィッツ、ジョナサン・ムーア、ブライアン・ネルソン、ジョナサン・パーマー、サム・ペンリー、ダーリン・パウエル、ザック・レンショー、エヴァン・ロイ。

そして最後に、あなたに感謝します。そこがどこで、いつであろうと、読んでくれてありがとう。

またお会いしましょう。

訳者あとがき

本書『タイタン・プロジェクト』はA・G・リドル著*Departure*（2015）の全訳です。

前作〈アトランティス・ジーン〉三部作は、個人出版で刊行した処女作にも拘わらず大反響を呼び、全米刊行部数百万部超、翻訳された言語十八種、CBSフィルムズによる映画化権取得と華々しい成功を収めました。続く本作は著者初の単発長篇。こちらももとは二〇一四年に個人出版されましたが、発売後数カ月で約二十五万部を売り上げ、翌年には大手出版社のもとで再刊行されることとなりました。そして本作も20世紀フォックスが映画化権を取得したというのですから、著者の活躍ぶりには目を見張るものがあります。

リドル作品の魅力を挙げるなら、まずはそのプロットの緻密さとスピード感だと言えるでしょう。タイムトラベルSFである本作も、二人の主人公の視点を通した敏速な場面転換や、ひとつ真相がわかるとまたひとつ謎が生まれるというスリリングな展開で読者を物語の世界に引き込みます。森に墜落した飛行機。一刻を争う救出劇。いつまでも現われない救助隊。やがて判明する驚愕の真実と、タイタンと呼ばれる謎の集団の襲撃。人類の運命が自らの手に委ねられていると知ったとき、主人公たちはどんな決断をするのか……。

著者はIT関連事業に十年ほど携わったのち、長年の夢である小説家に転向したという経歴の持ち主です。本作はその個人的経験を題材にした作品でもあり、著者自身が特別な思い入れがあると語るように、前作とはひと味違った作風を（とくに第三部で）味わうこともできます。

ちなみに著者のホームページには後日譚が載っています。ここでごく簡単に内容を紹介したいと思いますが、本篇をまだ読んでいない方はぜひそちらを先にお読み下さい。

物語から二年後、ハーパーはついに〝アリス〟の初稿を完成させますが、多忙なニックとはすれ違いの毎日を送っています。そんな折、ニックはQネットや不死の療法が遅かれ早かれ現実化するという事実を悟り、未来の記憶をもつ四人とオリヴァー、グレイソンとで久しぶりに顔を合わせます。話し合われたのは、一見有益なテクノロジーがもたらし得る危険にどう対処していくか。ニックは投資会社をきっぱりと畳み、タイタン財団を技術の暴走に警鐘を鳴らす組織に変えることを決意します。また、この再出発を機にフラットの壁が取り払われたという情報も、最後に付け加えておきましょう。

二〇一七年九月

訳者略歴　1974年生，旧東京都立大学史学科卒，英米文学翻訳家　訳書『追跡者たち』メイヤー〔共訳〕，『約束の道』キャッシュ，『解剖迷宮』グイン，『第二進化』リドル（以上早川書房刊）他

HM=Hayakawa Mystery
SF=Science Fiction
JA=Japanese Author
NV=Novel
NF=Nonfiction
FT=Fantasy

タイタン・プロジェクト

〈SF2148〉

二〇一七年十月 十 日　印刷
二〇一七年十月十五日　発行
（定価はカバーに表示してあります）

著　者　A・G・リドル
訳　者　友《とも》廣《ひろ》純《じゅん》
発行者　早川　浩
発行所　株式会社　早川書房
郵便番号　一〇一 - 〇〇四六
東京都千代田区神田多町二ノ二
電話　〇三 - 三二五二 - 三一一一（大代表）
振替　〇〇一六〇 - 三 - 四七七九九
http://www.hayakawa-online.co.jp

乱丁・落丁本は小社制作部宛お送り下さい。
送料小社負担にてお取りかえいたします。

印刷・株式会社亨有堂印刷所　製本・株式会社明光社
Printed and bound in Japan
ISBN978-4-15-012148-8 C0197

本書は活字が大きく読みやすい〈トールサイズ〉です。